# ÉLÉMENTAIRE,
# MA CHÈRE SARAH !

JÔ SOARES

# ÉLÉMENTAIRE, MA CHÈRE SARAH !

*roman*

Traduit du portugais
par François Rosso

CALMANN-LÉVY

*Titre original brésilien :*
O XANGÔ DE BAKER STREET
(Première publication : Editora Schwarcz,
Companhia das Letras, São Paulo, 1995



ISBN 2-7021-2690-1

*Ce livre est dédié à mes amis Rubem Fonseca,*
*Fernando Morais et Hilton Marques,*
*qui ont eu la patience et la gentillesse*
*de le lire avant tout le monde.*

*Et à Flávia, qui l'a elle aussi lu*
*avant tout le monde... par-dessus mon épaule.*

« Nous sommes tous plus ou moins fous ! »

BAUDELAIRE

« L'humour n'est pas un état d'esprit,
mais une vision du monde. »

WITTGENSTEIN

# *1*

Il était trois heures du matin, et l'on pouvait encore distinguer dans la nuit de pleine lune quelques esclaves noirs qui sortaient des lupanars de la rua do Regente, portant des baquets remplis d'ordures et d'excréments. Tout cela allait s'amonceler dans un terrain voisin, et formait peu à peu un autre de ces remblais putrides qui agrémentaient le paysage de la ville de Rio de Janeiro par cette fin du joli mois de mai de l'an de grâce 1886. Certains des esclaves rivalisaient de célérité, histoire de voir lequel parviendrait à faire le tas le plus haut dans le temps le plus bref, et plantaient des fanions au sommet de leurs tumulus d'immondices lorsqu'ils estimaient qu'il était impossible de les élever davantage. Par la suite, la population n'aurait plus qu'à attendre les pluies, l'écoulement naturel qui emporterait ces matières nauséabondes jusqu'à la mer, lessivant les rues et empuantissant toute la ville. Passée la période des orages, de jolis petits mouchoirs parfumés et serrés sous les narines aideraient les grands bourgeois et la noblesse de la capitale brésilienne à faire comme si les superficiels travaux de voirie accomplis par la City Improvements Corporation — la compagnie anglaise à laquelle la municipalité avait confié la tâche d'assainir la ville à peu de frais — pouvaient se comparer à l'invisible réseau d'égouts de la ville de Paris.

Au coin de la rua do Regente et de la rua do Hospício, une blafarde silhouette tout de noir vêtue et coiffée d'un grand chapeau enfoncé jusqu'aux oreilles guettait le départ des derniers clients. Malgré la chaleur, l'homme était enveloppé dans une cape qui lui tombait jusqu'aux chevilles. Immobile, il se tenait à l'affût. Sous la cape, qui accentuait sa maigreur, on pouvait distinguer la forme d'un objet indéfini : peut-être un colis, peut-être un fusil. Du troisième des bordels sortit soudain une fille, presque une gamine encore, visiblement prise de vin. Sa jupe écarlate était fendue sur le côté jusqu'en haut de la cuisse, et elle avait les seins à l'air car l'étoffe mince et bon marché de son corsage jaune vif n'avait pas résisté aux gestes voraces des clients trop excités par l'alcool. Elle, complètement saoule, ne se rendait nullement compte qu'elle exhibait sa poitrine. Elle cherchait seulement un coin un peu moins souillé d'immondices que partout ailleurs pour y vomir tout à son aise, et ce désir incongru la fit brusquement s'esclaffer : « Ce que je peux être bête, moi ! Chercher un endroit pas trop dégueulasse justement pour dégueuler... » Mais au fond, c'était par pure superstition. Le vomi a beau être répugnant, c'est quand même de soi qu'il jaillit, et il lui déplaisait de voir le contenu de son propre estomac mélangé aux excréments de personnes inconnues. Elle s'engagea dans une impasse obscure entre deux bordels, disputant à quelques gros rats le douteux privilège d'être pour quelques instants maîtresse du territoire. S'appuyant d'une main contre le mur, elle se pencha au-dessus d'un bout de potager et ouvrit grand la bouche, s'apprêtant à se soulager de son mal au cœur.

Comme dans une scène longuement répétée pour le Théâtre du Grand-Guignol, voilà qu'alors l'homme en noir se jette sur elle, une longue dague affûtée comme un rasoir à la main, et lui tranche la gorge avec une précision chirurgicale. De la profonde ouverture sous la mâchoire gicle aussitôt un flot de sang mêlé au premier jet de vomi qui commençait à lui emplir la bouche. Sans se presser, l'homme s'agenouille près du corps étendu de la petite putain et, avec sa lame, il lui coupe délicatement la langue, qu'il enveloppe ensuite soigneusement dans un mouchoir et glisse dans la poche de sa redingote. Puis il se relève, et l'on peut enfin apercevoir quel est l'objet volumineux qu'il dissimulait sous sa cape. Ce n'est ni un colis ni un fusil, mais un violon dans son étui, qu'il ouvre d'un geste précis. Il en arrache une corde — celle de *mi* —, soulève la jupe de la fille et entortille le long fil souple dans la toison crépue du pubis de sa victime. Après quoi, satisfait, il s'en repart tranquillement par la rua do Regente, jouant tout en marchant un des vingt-quatre *Caprices* de Paganini sur les trois cordes restantes de l'instrument.

Le public qui applaudissait, très ému, avait conscience qu'il était en train de vivre un moment historique dans l'histoire du théâtre au Brésil. Cela faisait déjà des mois que la ville entière se préparait à *LA* recevoir, et l'Imperial Teatro de São Pedro de Alcântara, dans le quartier de Rossio, avait été entièrement restauré dans l'attente de sa visite. La loge d'honneur avait été redécorée par Mme Rosenwald, de la très renommée Casa das Parasitas, et sensiblement agrandie conformément aux instructions que le secrétaire particulier de l'actrice avait au préalable envoyées par courrier à la direction du théâtre. Il s'y trouvait maintenant un nouvel assortiment de fauteuils, un sofa et une méridienne en velours vert capitonné. Un grand paravent séparait ce charmant petit salon, où l'illustre visiteuse recevrait ses admirateurs, du fond de la loge où elle pourrait se changer. Sur la scène, l'éblouissante, la sublime, l'unique, la divine Sarah Bernhardt recevait les ovations frénétiques des Brésiliens, qu'elle remerciait de quelques mots en français. La veille, la *Fédora* de Victorien Sardou avait remporté un succès colossal, mais ce soir la représentation de *La Dame aux camélias* avait été entachée par quelques incidents. L'acteur Philippe Garnier, dans le rôle d'Armand Duval, avait commis l'imprudence d'entrer en scène avec le visage glabre, sans la moustache lustrée et calamistrée jusque-là inséparable de l'image de l'amant de Marguerite Gautier. Puis, du poulailler, quelques étudiants avaient voulu se gausser des élégants et des élégantes du parterre en jetant sur eux des bouts de cigares allumés. À la fin du second acte, le jeune et populaire dramaturge Artur

Azevedo s'était levé de son fauteuil pour se lancer dans un éloge dithyrambique du spectacle, criant à la cantonade qu'il fallait voir en Mlle Sarah Bernhardt « le symbole vivant du plus pur génie français ». Il avait connu la grande Sarah à Paris, et c'était à lui qu'elle devait d'avoir été surnommée « la Divine ». À la fin de la représentation, quatre petits garçons en livrée étaient apparus sur scène pour déposer aux pieds de l'illustrissime actrice de luxuriantes gerbes de fleurs envoyées par Sa Majesté l'empereur en personne. Cueillis dans les jardins du Palais impérial, les immenses bouquets étaient, sans conteste, absolument splendides et témoignaient du goût le plus raffiné, hormis, peut-être, les hortensias géants apportés de Petrópolis la petite ville sur les hauteurs dominant Rio où se trouvait la résidence impériale.

De jeunes romantiques qui se pressaient, eux, aux premiers rangs, faisaient choir sur la Divine une pluie de camélias, emblèmes de l'abolitionnisme cultivés dans le *quilombo*[1] du faubourg de Leblon, en même temps qu'allusion point très subtile à la pièce, cheval de bataille de la plus grande actrice du monde.

« On doit bien pardonner à ces charmants visages
Quelque excès de candeur dans leurs fervents hommages »

faisait observer, *sotto voce,* Sarah Bernhardt à ses partenaires de scène qui s'efforçaient de dissimuler quelques sourires ironiques en même temps qu'ils se protégeaient comme ils pouvaient de l'avalanche de fleurs.

Le rideau du São Pedro se baissa pour la vingt-troisième fois.

« J'estime, cependant, qu'à présent c'est assez.
S'il savait qu'en saluts plus de temps s'est passé
Qu'à jouer le destin cruel de Marguerite,
Alexandre à bon droit nous crierait : "Ça m'irrite !" »

conclut-elle, faisant allusion à Dumas fils.

Sarah et le reste de la troupe étaient arrivés à Rio de Janeiro peu de jours auparavant, le jeudi 27 mai 1886, à

1. Les notes sont renvoyées à la fin du livre.

bord du *Cotopaxi.* Bien que mai fût un des mois les plus agréables de l'année, l'actrice souffrait beaucoup de la chaleur ; mais elle avait été enchantée par l'accueil délirant d'enthousiasme qui lui avait été réservé dès sa descente sur le quai, et plus encore lorsque des étudiants avaient dételé les chevaux de la calèche qui l'attendait et s'étaient disputé l'honneur de prendre leur place et de traîner le véhicule jusqu'à la porte de son hôtel. En chemin, elle avait prié le cocher de relever la capote de la calèche pour mieux observer cette ville inconnue, et aussi tous ces gens qui s'étaient massés le long des rues pour apercevoir le visage, voire seulement une main ou une épaule de cette Française dont on racontait tant de merveilles, mais l'interprète brésilien qui l'accompagnait l'en avait dissuadée.

« N'en faites rien, madame. Au Brésil, une personne élégante ne se déplace jamais en voiture décapotée.

— Et d'où vient, je vous prie, un si curieux usage ?

— Je ne sais pas, madame. Je crois que c'est pour donner l'impression qu'à l'intérieur on est moins incommodé par la chaleur que les gens du commun qui sont dehors. »

À présent que les folles acclamations s'étaient tues, Sarah n'avait plus qu'une envie : retourner au plus vite dans sa loge pour s'y débarrasser de la lourde robe de Marguerite Gautier. Elle avait beau, malgré ses quarante-deux ans, avoir gardé l'apparence d'une jeune fille alliée à une vigueur et une robustesse d'adolescente, les tropiques étaient quand même les tropiques. Mais elle n'en eut pas le temps : devant la porte de la loge attendait déjà, entouré de sa suite, Pedro de Alcântara João Carlos Leopoldo Salvador Bibiano Francisco Xavier de Paula Leocádio Miguel Gabriel Rafael Gonzaga, Sa Majesté l'empereur Pedro II du Brésil. Le souverain avait fait la connaissance de Sarah Bernhardt à l'occasion d'un de ses voyages en Europe, et c'était en grande partie à son instigation qu'elle était venue se produire à Rio. Il était descendu de Petrópolis tout exprès pour la représentation.

« Vive l'empereur ! » s'écria de loin le Mythe vivant, dès l'instant qu'elle eut aperçu Sa Majesté — et parmi ceux qui l'entendirent, nul ne put percevoir s'il y avait ou non dans cette exclamation l'écho de quelques souvenirs polissons.

Dom Pedro rougit de plaisir. C'était la première fois qu'on lui adressait ce salut en français.

« Et vive la reine du talent ! » répondit-il aussitôt.

La clique des flagorneurs qui l'entouraient ne manqua pas de commenter cette réplique, en feignant de baisser la voix comme s'ils ne voulaient pas que dom Pedro les entendît :

« Quel sens de la repartie ! Quel esprit ! »

Une fois passée la porte, chacun prit place dans un des luxueux fauteuils nouvellement installés dans la loge. Tous les courtisans étaient tirés à quatre épingles, portant leurs uniformes de parade ou leurs habits de gala. On aurait pu croire qu'ils se trouvaient dans quelque salon aristocratique du faubourg Saint-Germain, n'eussent été les larges taches de sueur qui rendaient les costumes de chacun humides aux aisselles. Sarah ordonna à son secrétaire, Maurice Grau, de faire apporter du champagne, cependant qu'elle se glissait derrière le paravent et, avec l'aide de l'habilleuse, se dépouillait de ses kilos de jupons et de dentelles détrempés par la transpiration. Tout en se dévêtant, elle s'adressa à Sa Majesté :

« Je ne connais point, Sire, honneur plus désirable
Que l'hommage rendu par un prince admirable !
Aussi, qu'espère encor mon cœur émerveillé ?
Que ce prince en ces lieux ne s'est point ennuyé !

— Comment aurais-je pu m'ennuyer ? La seule chose que je regrette, c'est que nos théâtres ne soient pas encore à la hauteur des scènes européennes.

— Oh, vous savez, un théâtre n'est jamais qu'un théâtre. La seule chose qui compte, c'est ce qu'on y voit.

— En ce cas, je suis sûr qu'aujourd'hui le théâtre où nous nous trouvons est le plus beau, le meilleur et le plus éclatant du monde, répondit galamment l'empereur. Tout ce qui me chagrine, c'est de n'être pas accompagné ce soir d'une grande amie à moi, qui est aussi une de vos admiratrices les plus ferventes. Je veux parler de Maria Luísa Catarina de Albuquerque, baronne de Avaré. Elle parle excellemment le français, et elle a montré des dispositions pour le théâtre dès l'enfance, lorsqu'elle était pensionnaire dans un couvent de carmélites. Les sœurs disaient que son talent était tout à fait étonnant. Une fois, lors d'un spectacle pour Noël qu'elles avaient mis en scène, elle a fait pleurer les pères et les mères de toutes les pensionnaires en apparaissant dans le rôle d'un ange du Seigneur.

— Et d'où vient qu'une artiste aux dons si merveilleux
Fut ce soir empêchée de venir en ces lieux ?

s'enquit Sarah, avalant une gorgée de champagne pour dissimuler son ironie.
— Voici pourquoi. Cette chère baronne possédait un violon rarissime, un stradivarius. Or, ce violon lui a été volé il y a quelques jours, et depuis dona Maria Luísa se morfond dans ses appartements. Ni les plus exquises confitures de citrouille que je lui fais porter ni les danses de nègres que je fais exécuter dans la cour de son palais ne parviennent à la tirer de cette terrible tristesse. Ses esclaves racontent déjà partout que leur maîtresse souffre du *banzo.* »

Sarah sourit, sans bien comprendre.

« Le banzo ? Qu'est-ce que c'est ?

— C'est le nom que les esclaves noirs donnent à la mélancolie, à ce qu'on appelait autrefois "maladie de langueur". C'est ce qu'ils éprouvent quand l'Afrique leur manque comme une mère qu'ils ne reverront plus. Imaginez-vous que certains d'entre eux en arrivent à mourir de... de *saudade,* un autre terme intraduisible. En jouant un peu sur les mots, on pourrait dire que la saudade, c'est, justement, avoir les idées noires.

— Votre amie, j'en suis sûre, a réclamé justice.
De cet odieux larcin que pense la police ?

— Malheureusement, la baronne Maria Luísa ne peut pas vraiment se permettre d'alerter les autorités. Il se trouve que ce violon est un cadeau que je lui avais offert naguère. En conséquence, et bien que notre amitié soit purement platonique, l'impératrice ne verrait pas d'un très bon œil cette histoire s'étaler dans tous les journaux.

— Puisqu'il en est ainsi, sans doute il m'est possible
D'aider votre baronne à l'âme si sensible.
Si, pour ne point causer de scandale à la cour,
C'est dans la discrétion qu'il lui faut du secours,
Le plus grand détective au monde est mon ami :
Sherlock Holmes, Majesté ! S'il lui était permis
D'exercer son génie sur ces rives aimables,
Je sais qu'en peu de jours il tiendrait le coupable
Et vous le livrerait sans que rien s'ébruitât.
Bien sûr, son nom déjà circule en vos États ?

dit Sarah.

— Madame, je dois vous avouer mon ignorance. C'est la première fois que j'entends ce nom.

— Hélas ! voilà pourquoi j'éprouve un tel dépit :
Au bon docteur Watson, son ami, sans répit
Je dis qu'il devrait bien secouer sa paresse
Et du grand Sherlock Holmes raconter les prouesses !
Le monde méconnaît ce génie sans pareil.
Peut-être un jour enfin suivra-t-il mon conseil...
Holmes, par le seul pouvoir de la déduction
Des plus obscurs mystères trouve la solution.

— Et pourriez-vous me citer une de ces énigmes miraculeusement résolues par votre ami ? demanda l'empereur.

— Mais bien sûr, mon ami, laissez-moi réfléchir... »

Elle se tut un instant, puis reprit :

« Une soprano russe au sommet de son art
Vint jadis à Paris pour y chanter Mozart.
Un soir qu'elle chantait, ses bijoux disparurent :
Or — moi-même j'eus peine à croire à l'aventure ! —,
Holmes n'eut qu'à observer à son heure propice
La robe qu'avait arborée la cantatrice
Lors d'un banquet auquel assistait l'empereur
Pour retrouver sans peine et bijoux, et voleur !

— L'empereur ? Moi ? s'écria dom Pedro.

— Non, Majesté. Napoléon III...

— Je ne connais pas de détectives, du moins de détectives en chair et en os, dit dom Pedro, sans relever ce petit impair. Pourtant, j'aime bien lire des histoires mystérieuses, de temps en temps. Je ne sais, chère madame, si vous connaissez les œuvres d'Edgar Allan Poe. Poe a créé un personnage tout à fait fascinant, un détective du nom d'Auguste Dupin. Il apparaît dans *Double Assassinat rue Morgue,* et aussi dans d'autres nouvelles, comme *Le Mystère de Marie Rouget* ou *La Lettre volée.* J'ai été très impressionné en les lisant, car, entre autres choses, Auguste Dupin est capable de deviner ce que pense une personne uniquement grâce à ses facultés de déduction. C'est un être humain, mais doué d'une intelligence presque inhumaine.

— Il se peut. Quant à moi, je ne puis concevoir,
De quelques déductions dont il ait le pouvoir
Et de quelque génie dont l'ait doué l'auteur,
Qu'auprès de Sherlock Holmes il soit à la hauteur !

— Et votre ami — qui est anglais, je suppose — serait prêt à venir de si loin pour retrouver un violon ?

— Certainement. »

Des bruits de soieries doucement froissées provenaient de derrière le paravent. Puis :

« Je le sais parfois las des brumes et du grésil,
Et l'honneur de servir l'empereur du Brésil
L'enchanterait si fort que le violon perdu
À votre triste amie serait bientôt rendu »,

conclut Sarah Bernhardt, réapparaissant soudain, éblouissante dans une superbe toilette blanche comme neige.

Elle reprit :

« Et maintenant, si Votre Majesté veut bien me le permettre, un souper m'attend au *Grande Hotel.* Je suis littéralement morte de faim. Je ne mange jamais rien avant une représentation, et je brûle d'impatience de goûter enfin à la cuisine brésilienne dont on m'a tant parlé. »

Ce disant, elle tendit sa main à l'empereur, qui la baisa respectueusement. Tous sortirent de la loge, enivrés par le charme ensorceleur de la Divine. Avant de monter dans son carrosse, dom Pedro nota discrètement dans un petit carnet le nom du détective.

# 2

Le *Grande Hotel* se trouvait dans le quartier de Catete, rua Marquês de Abrantes. Construit en haut d'une petite colline toute couverte de jardins et de bosquets, on y jouissait des brises légères venues de la mer, visible à quelque distance. Il était réputé pour ses suites luxueuses et spacieuses et l'excellence de son service. Les vieux funiculaires, montant et descendant devant le portail d'entrée, donnaient à l'édifice une touche romantique. L'immense salle à manger était décorée avec le plus grand raffinement, et l'on pouvait y admirer des nappes de dentelle venues de la lointaine province du Ceará, d'énormes chandeliers au centre des tables, de la vaisselle en porcelaine de Limoges, des verres et des carafes en cristal de Baccarat, et de lourds couverts de vermeil signés Cristofle. Depuis un long moment, des journalistes et quelques noms connus de la bohème littéraire de Rio de Janeiro attendaient debout tout autour de la table. Il y avait là João Pardal Mallet*, célèbre chroniqueur de la *Gazeta de Noticias,* et le toujours jovial Sebastião dos Guimarães Passos*, poète en même temps qu'archiviste de la Maison impériale, et un des fonctionnaires les mieux payés de tout l'empire. Toutefois, Guimarães Passos avait coutume de dire qu'il était certes

* Les personnages ayant réellement existé qui apparaissent dans le cours du roman et dont le nom est suivi d'un astérisque font l'objet d'une brève notice à la fin du volume.

fonctionnaire de l'État, mais poète avant tout. Défenseur acharné — et intéressé ! — de la monarchie impériale, il passait maintes nuits blanches dans les tavernes de la ville, à discuter passionnément avec ses amis républicains. Un peu plus loin, Múcio Prado, chroniqueur mondain du *Jornal do Commercio*, Belmiro de Almeida, créateur du périodique nouvellement lancé *Rataplan*, Joaquim Correa, du journal humoristique *O Mequetrefe,* Angelo Agostini*, de la *Revista Ilustrada,* qui prenait un plaisir sans cesse renouvelé à publier des charges contre de nombreuses personnalités, telles que la caricature de l'empereur, et aussi le dandy milliardaire Alberto Fazelli, fils d'immigrés italiens, qui se considérait ouvertement comme irrésistible. « Albertinho », qu'on tenait pour le parti le plus enviable de toute la ville, avait décidé qu'il mourrait vieux et solitaire, de préférence à Paris. Ses amis se gaussaient de lui et de ce projet, en affirmant qu'il ferait beaucoup mieux de s'en aller vivre à Paris et de revenir mourir au Brésil. Près du groupe de journalistes se trouvait le jeune libraire Miguel Solera de Lara, propriétaire polyglotte de la librairie *L'Antre d'Aphrodite,* un des principaux lieux de rencontre des intellectuels de la capitale et d'où les gens de la cour impériale se faisaient livrer les nouveautés européennes en diverses langues ; le marquis de Salles, un homme aux grandes oreilles, toujours vêtu de noir, lecteur assidu de son presque homonyme le marquis de Sade ; et le fameux tailleur Salomão Calif, qui habillait une bonne moitié des élégants de la ville, sans parler des riches fermiers qui faisaient le voyage de la capitale pour le seul plaisir de faire appel à ses ciseaux magiques et de se pavaner quelques jours dans leurs nouveaux atours. Également présent, le propriétaire de l'hôtel, Aurélio Vidal, ainsi que ses amis qui occupaient la plupart des tables. Ce qu'il y avait d'un peu curieux, c'est qu'aucun acteur ou personnalité du théâtre n'avait été convié, et qu'on n'apercevait pas la moindre femme dans la salle, hormis les esclaves noires, qui, avec d'autres serviteurs, étaient là pour servir le souper. Les fenêtres étaient ouvertes, pour qu'on profitât de la vue incomparable sur la baie. À cette époque de l'année, il suffisait de quatre esclaves agitant de grands éventails pour rafraîchir l'air dans la salle. Soudain, un des négrillons qui faisaient office de chasseurs et de porteurs entra en courant :

« Messié Aurélio ! Messié Aurélio ! La dame arrive ! »

Par-dessus la tête du petit nègre essoufflé, tous les yeux de la salle se braquèrent sur la Française éblouissante et toute de blanc vêtue qui faisait son entrée. Le garçonnet faillit mourir de frayeur et repartit à toutes jambes vers le hall. Sarah Bernhardt recula légèrement pour le laisser passer. Il y eut un moment de silence qui parut interminable, puis, brusquement, la salle tout entière éclata en applaudissements frénétiques :

« Bravo ! Bravo !

— Messieurs, je vous en prie ! Le spectacle a pris fin
Voilà déjà une heure, et l'actrice a grand faim ! »

Tout le monde se mit à rire et s'approcha pour voir d'un peu plus près ce phénomène qui avait bien voulu venir promener un moment sa grâce et son génie en terre brésilienne. L'actrice pénétra dans la salle accompagnée de son fils Maurice, un très séduisant jeune homme de vingt-deux ans. Le père de Maurice était le prince belge Henri de Ligne, avec qui Sarah Bernhardt avait eu une liaison passionnée dans sa prime jeunesse ; mais il ne portait que le nom de sa mère, et était officiellement né de père inconnu. L'histoire de cet amour était digne d'un mélodrame. Le prince, follement amoureux, était résolu à épouser l'actrice, alors au tout début de sa carrière. Mais l'oncle d'Henri, le général de Ligne, exactement comme Duval père dans *La Dame aux camélias,* était venu la trouver à Paris sans que son neveu en fût averti. Au cours d'une conversation courtoise, mais sans complaisance, il avait représenté à la jeune Sarah que si ce mariage avait lieu le prince Henri serait immédiatement déshérité et mis au ban de sa famille, et qu'il lui faudrait renoncer tant à son rang social qu'à son patrimoine. Le cœur brisé, Sarah avait alors rompu avec son amant, sous prétexte que sa carrière était la seule chose qui comptât vraiment pour elle. Jamais Henri de Ligne n'avait su la véritable raison de cette douloureuse séparation.

Si ce soir-là Sarah Bernhardt espérait vraiment faire l'expérience de la gastronomie brésilienne, elle fut déçue. Le souper, préparé par un chef français engagé spécialement pour l'occasion, était la copie conforme de ce qu'on aurait pu lire sur le menu d'un grand restaurant parisien. Roland Blanchard était venu chercher fortune au Nouveau Monde, et vivait depuis plusieurs années à Botafogo, un des quartiers récents du sud-ouest de Rio qui s'étendaient le long de la côte. Il lui arrivait parfois de cuisiner pour l'empereur, et il avait publié un livre de recettes et de conseils en matière de bonnes manières à table où, entre autres choses, il enseignait qu'on ne devait jamais tenir de travers la cuiller qu'on portait à sa bouche. Il expliquait aussi que, si une personne ressentait un besoin irrésistible de cracher, il valait mieux le faire par terre que dans son assiette. Le menu du souper comprenait du jambon en croûte, un turbot admirablement présenté, du gibier, de la salade, des fromages français, un saint-honoré et des sorbets, le tout arrosé de vins de Bordeaux et de Bourgogne et, naturellement, de champagne. Pour donner toutefois à l'ensemble une légère touche brésilienne, le chef avait fait servir un peu de riz. Sarah Bernhardt était assise à droite d'Aurélio Vidal, qui occupait le haut bout de la table, avec à son côté le marquis de Salles, et, lui faisant face, Guimarães Passos. À gauche de ce dernier, Alberto Fazelli s'efforçait de se rapprocher le plus possible de l'actrice, à deux doigts, semblait-il, de mettre son coude dans l'assiette de son voisin.

À peine les convives avaient-ils pris place que les journalistes se lancèrent dans un feu roulant de questions, transformant le souper en une interview collective.

« Madame, qu'avez-vous l'habitude de manger pour votre petit déjeuner ? »

« Buvez-vous pendant les entractes ? »

« Avez-vous des superstitions ? Lesquelles ? »

« Comment trouvez-vous le Brésil ? »

« Quelle pointure chaussez-vous ? »

« Combien pesez-vous, tout habillée ? »

« Et déshabillée ? »

« Est-il exact que vous prenez toujours un bain de pieds très chaud en même temps que vous apprenez vos rôles ? »

« Peut-on vous demander quel est votre âge ? »

« Et que pensez-vous, madame, des hommes de ce pays ? s'enquit d'un ton lascif Alberto Fazelli.

— Pour le moment, tout ce que j'en pense est qu'ils posent trop de questions », répliqua Sarah en buvant un verre de vin.

Pour changer de sujet, Guimarães Passos interrompit ce flot de demandes d'une haute portée intellectuelle.

« J'espère, madame, que vous voudrez bien excuser l'enthousiasme de mes confrères. Je déplore seulement que certains de mes amis n'aient pu être présents ce soir. Je suis sûr, par exemple, que vous prendriez le plus grand plaisir à vous entretenir avec Olavo Bilac*, qui est un merveilleux poète. Le malheur, c'est que jusqu'à présent il s'est trouvé dans l'impossibilité de faire éditer ses œuvres.

— Olavo Bilac ?

— Oui. Un grand ami et un admirable écrivain.

— Et d'où vient qu'il n'a pu ce soir être des vôtres ?

— Malheureusement, Olavo a commis l'erreur de trop afficher ses opinions républicaines, si bien qu'en ce moment il se trouve dans l'obligation de se cacher. Il a publié un petit pamphlet contre la monarchie, et le commissaire Mello Pimenta a lancé ses hommes à ses trousses. Mello s'est juré de faire en sorte que ce pauvre Bilac passe quelques nuits sur la paille humide des cachots. Mais vous serez d'accord avec moi, je pense, pour estimer que le temps est venu pour des changements radicaux dans le régime politique de ce pays ?

— Monsieur, de tout cela je sais que l'on confère,
Mais ne me mêle point de ces sortes d'affaires,

répondit Sarah avec un sourire.

— Qu'a-t-elle dit ? » interrogea avidement Pardal Mallet, de l'autre côté de la table.

Alberto Fazelli traduisit :

« Mlle Sarah Bernhardt a vu Mello avec ses *alferes.* Je crois qu'en français, on dirait ses sbires. »

Múcio Prado, du *Jornal do Commercio,* le corrigea :

« Non, Albertinho, vous avez mal entendu. Madame a seulement dit qu'elle ne se mêlait pas de ces affaires. »

Il profita de ce malentendu pour glisser une question.

« Je sais, madame, que ce soir vous avez reçu la visite de notre empereur. Que pouvez-vous nous dire de cette rencontre ?

— Seulement que l'empereur est un des hommes les plus charmants qu'il m'ait été donné de rencontrer. En ce moment, toutefois, quelque chose le tracasse beaucoup, confia, à voix basse, l'actrice au chroniqueur mondain. Figurez-vous qu'on a volé le stradivarius d'une de ses amies, une certaine baronne, qui en est inconsolable. C'est pourquoi j'ai suggéré à Sa Majesté d'inviter au Brésil un détective anglais que je connais bien, Sherlock Holmes, pour qu'il éclaircisse ce mystère. »

Múcio vit tout de suite qu'il tenait là un morceau de choix pour sa rubrique. Une baronne, amie de l'empereur : ce ne pouvait être que dona Maria Luísa Catarina de Albuquerque. Jusqu'à ce jour, le seul stradivarius — un instrument d'une valeur inestimable — dont on connût la présence à Rio appartenait au violoniste José White, un excellent musicien d'origine cubaine qui jouait souvent pour ces messieurs et dames de la cour. De toute évidence, cet autre violon était un cadeau secret de dom Pedro à la baronne. Autour de la table, peu nombreux furent ceux qui prêtèrent attention à cette nouvelle, peut-être parce que le français rapide et presque murmuré de l'actrice ne leur était pas intelligible ; mais pour sa part, le journaliste savait déjà que ce potin ne manquerait pas de causer un croustillant petit scandale à la cour.

Le repas était tellement exquis que, malgré la présence de la Divine, le silence finit par se faire autour de la table. Quand, après le dessert, les questions recommencèrent à fuser, Sarah se leva en toute hâte.

« Messieurs, c'est à regret qu'à présent je vous quitte.
Mais du devoir d'artiste il sied que l'on s'acquitte,
Et demain, si j'entends ne vous point décevoir,
Il me faut répéter de bonne heure. Bonsoir ! »

Et en une seconde, avant même que quiconque eût le temps de se lever pour l'aider ou la saluer, elle repoussa sa chaise et, d'un pas étonnamment agile, quitta la table, laissant choir sa serviette par terre. Elle sortit de la salle à manger, légère comme une plume en dépit du copieux souper auquel elle venait de faire honneur, et se dirigea vers l'escalier conduisant à sa suite au premier étage.

Alberto Fazelli ramassa la serviette, la porta à ses narines comme pour respirer le parfum d'un délicat mouchoir en dentelle oublié par une femme aimée, et prononça sentencieusement :

« Voilà ce qu'on appelle filer à la française ! »

Le commissaire Mello Pimenta avait pour le moment des soucis plus graves que de mettre la main sur Olavo Bilac. Il avait certes proclamé qu'il ferait passer au poète trublion quelques nuits en prison, mais cette menace était l'effet d'un accès d'emportement beaucoup plus que d'une volonté réelle. En fait, il n'avait pas vraiment de raison de poursuivre Bilac le « subversif ». Surtout maintenant, avec ce meurtre sur lequel il avait commencé d'enquêter. Mello Pimenta était un petit homme replet, qui arborait une énorme moustache noire à la Balzac. Bien qu'il souffrît terriblement de la chaleur, il portait en permanence un costume sombre par-dessus un gilet et une chemise à col cassé impitoyablement amidonnée qui lui enserrait le cou. Mais, bizarrement, Mello ne transpirait jamais. Son aspect lourdaud et ventru trompait beaucoup de malfaiteurs, qui sous-estimaient son agilité, car, s'il le fallait, il était capable de courir comme une gazelle. À ses côtés, enveloppé dans une blouse de médecin couverte de taches sombres de sang coagulé, se tenait le docteur Saraiva, médecin légiste de l'État. C'était, par contraste avec le commissaire, un homme très maigre, qui portait une barbiche et une longue chevelure blanche, elle aussi tachée de sang, car le docteur, distrait, avait la manie de se gratter le tête en même temps qu'il réfléchissait aux conclusions qu'il devait tirer de ses autopsies. En les voyant tous les deux côte à côte, il était impossible de ne pas penser à Don Quichotte et à son fidèle écuyer. Ils s'étaient retrouvés à la morgue de l'hôpital du Tiers-Ordre de la Pénitence, qui donnait sur le largo da Carioca. La police utilisait cet endroit toutes les fois que la morgue officielle de la Santa Casa da Misericordia, sur le largo do Moura, était surpeuplée de cadavres.

Étendu sur une froide table en pierre, le corps de la fille assassinée s'offrait aux regards d'une manière encore plus obscène qu'au temps où elle s'adonnait au plus vieux métier du monde. Elle avait été découverte par un marchand de balais portugais qui allait par les rues dès le point du jour, en criant : « Beauôôôôx mes plumeauôôôôx ! Beauôôôôx mes balais en crin ! » À peine avait-il tourné le coin encore sombre de la rua do Regente et aperçu ce spectacle d'horreur que le pauvre homme avait laissé tomber tous ses balais par terre et s'était enfui en hurlant : « Seigneur Jésus ! C'est l'Enfer de Dante ! L'Enfer de Dante ! », situant, dans sa confusion, le chef-d'œuvre du poète italien en terre lusitanienne. Avec le coup de scalpel habile d'un professionnel expérimenté — Saraiva avait commencé sa carrière en tant que médecin militaire lors de la terrible guerre du Paraguay dans les années 1860, et la légende disait que c'était lui qui avait pratiqué l'autopsie du dictateur paraguayen Solano López — l'homme de l'art avait procédé à l'incision classique, en forme de Y, faisant apparaître les principaux organes vitaux de la jeune prostituée. Mello Pimenta ne voyait guère l'utilité de ce rituel, puisque la cause de la mort était on ne peut plus évidente : la victime avait été égorgée par une lame acérée qui lui avait entaillé le cou si profondément que la tête avait presque été détachée du tronc. Mais même en pareil cas, estimait Saraiva, les règles étaient les règles. D'une voix monocorde, il continuait à disséquer le cadavre et à commenter ses gestes à l'intention du commissaire.

« Compte tenu de l'état avancé de rigidité cadavérique, la mort remonte vraisemblablement aux premières heures du mercredi 26 mai 1886. L'âge de la victime semble se situer entre quinze et vingt et un ans. Lorsque le corps a été découvert, il était totalement froid et exsangue. Lèvres cyanosées — c'est-à-dire bleuies —, pupilles arrondies et dilatées bilatéralement. Je constate une enflure du foie, probablement due à une consommation exagérée de boissons alcoolisées. Si cette jeune personne n'avait pas trouvé la mort sous les coups d'un assassin, il est presque sûr qu'une cirrhose précoce n'aurait pas tardé à se développer. La cause de la mort est une profonde blessure à la gorge, qui a lacéré horizontalement le larynx et le pharynx. Le coup a été porté de gauche à droite. L'agresseur a utilisé un instrument tranchant extrêmement aiguisé. Au vu de la pression exercée, il doit s'agir d'un homme doué d'une grande force physique. La langue de la victime a également été coupée, avec, cette fois encore, une adresse et une précision remarquables. La victime... »

Impatienté, le commissaire Mello Pimenta l'interrompit :

« Tout ça, mon cher Saraiva, n'importe qui pourrait le voir. Mais n'y a-t-il pas un détail moins évident qui soit passé inaperçu lors de l'examen préliminaire du cadavre ?

— Oh ! Que si. Je gardais le meilleur pour la fin. »

En disant ces mots, il mit dans la main du commissaire la corde de violon qu'il avait trouvée enroulée dans les poils pubiens de la petite prostituée.

« Qu'est-ce que c'est que ça ?

— Je ne sais pas exactement. Une corde en boyau de chat. On dirait une corde de mandoline, ou d'un autre instrument de musique.

— En tout cas, c'est une piste. Une corde de mandoline.

— Ou de n'importe quel instrument à cordes de dimensions modestes. Je suis sûr qu'elle provient d'un instrument de musique.

— Alors, ça veut dire que notre assassin est musicien ?

— Peut-être que oui, peut-être que non. Compte tenu de la sauvagerie avec laquelle a été perpétré cet assassinat et de l'endroit où j'ai déniché cette corde, tout ce que je sais, c'est qu'il a l'esprit plus ou moins dérangé.

— Pourquoi ? Où l'avez-vous trouvée, cette corde ? demanda Mello, soupçonneux.

— Entortillée dans les poils pubiens de la jeune victime. Pauvre petite, elle n'en avait pas encore beaucoup... »

Non sans répugnance, Mello Pimenta enveloppa la corde dans un mouchoir et s'essuya les mains contre les pans de sa veste.

« Je peux l'emporter ?

— Bien sûr, elle vous revient de droit. Vous voulez un emballage-cadeau ? » dit en riant le docteur Saraiva, dans un de ces traits d'humour morbide si courants chez les gens de sa profession.

# 3

DANS SON APPARTEMENT du 221 b, Baker Street, Sherlock Holmes achevait de servir le thé pour lui et pour le docteur Watson. Le docteur paraissait totalement absorbé par la lecture de son journal.

« Deux cuillerées de sucre, Watson ?

— Mmm ? Oui, s'il vous plaît. Voilà qui est étrange... Très étrange...

— Puis-je savoir ce qui est étrange ? s'enquit Holmes, en lui tendant sa tasse et en se dirigeant vers son fauteuil préféré.

— En lisant toutes les nouvelles contenues dans ce journal, j'ai une très étrange impression de "déjà vu".

— Élémentaire, mon cher Watson, dit Sherlock Holmes, prononçant la phrase qui avait le don d'irriter son ami.

— Que voulez-vous dire ?

— Vous êtes en train de lire le *Times* d'hier. »

À l'instant où Watson refermait sa bouche, qui s'était ouverte toute grande sous l'effet de la stupéfaction, la porte s'ouvrit et la fidèle gouvernante, Mrs. Hudson, entra avec un plateau sur lequel était posé un télégramme. Elle semblait terriblement agitée.

« Du calme, Mrs. Hudson. Je suppose que ceci est un message de l'inspecteur Lestrade, affirma le détective.

— Supposition erronée, Mr. Holmes. C'est un télégramme qui vient du Brésil. Expédié par l'empereur en personne !

— L'empereur du Brésil ? Que peut-il bien avoir à vous dire ? s'enquit Watson, intrigué.

— C'est ce que je saurai quand j'aurai lu son télégramme, dit Sherlock Holmes. Merci, Mrs. Hudson. Je vois que, malgré les ordres de votre médecin, vous continuez à manger des œufs en cachette pour votre breakfast. »

La pauvre femme sursauta et balbutia, toute honteuse :

« C'est vrai, Mr. Holmes. Je n'y résiste pas, c'est plus fort que moi... Comment vous en êtes-vous aperçu ?

— Rien de plus simple, Mrs. Hudson. Dans votre hâte à les avaler, vous avez laissé couler un peu de jaune sur votre corsage, ce qui a laissé une petite tache brillante. Voilà comment j'ai pu déduire que vous aviez désobéi aux ordres de votre médecin. »

La gouvernante examina le devant de son corsage d'un air gêné.

« Euh... En réalité, Mr. Holmes, ce que vous avez pris pour une tache de jaune d'œuf est une petite broche en or que je tiens de ma mère. Mais le plus amusant, c'est que je me suis bel et bien fait une omelette tout à l'heure.

— Évidemment. Mes déductions se révèlent toujours exactes. C'est votre broche qui se trompe. Vous pouvez disposer, Mrs. Hudson. »

Fort à contrecœur, la gouvernante, dévorée de curiosité, sortit et referma la porte. Watson s'exaspéra une fois de plus de la vanité absurde et obstinée avec laquelle un aussi grand homme se refusait à porter des lunettes. Sherlock Holmes s'approcha de son bureau et ouvrit le télégramme, utilisant en guise de coupe-papier un couteau avec lequel il avait été blessé quelques années plus tôt, lors de la poursuite d'un malfaiteur dans les ruelles de Spitafields.

« Intéressant, Watson. Figurez-vous que Sa Majesté Pedro II, l'empereur du Brésil, nous invite à Rio de Janeiro, sa capitale.

— Comment ? La capitale du Brésil n'est pas Buenos Aires ? s'étonna le docteur.

— Non, Watson. Buenos Aires est la capitale de l'Argentine.

— Et qu'est-ce que l'empereur du Brésil peut bien attendre de vous ?

— Apparemment, le violon d'une dame de ses amies — un stradivarius — a été récemment volé, et dom Pedro me demande de venir faire une enquête discrète pour le retrouver.

— Comment se fait-il qu'il ait entendu parler de nous ?

— Pas de nous, mon cher Watson. De moi ! Sa Majesté l'empereur a eu la chance que la grande Sarah Bernhardt, qui est une de mes excellentes amies, soit venue faire une tournée au Brésil justement en ce moment.

— Ça alors ! Il y a donc des théâtres dans ce pays-là ?

— Naturellement, Watson. Du reste, le Brésil est un pays un peu à part. C'est la seule monarchie des Amériques, et, d'après ce que l'on dit, l'empereur est un homme de grande culture.

— Je voudrais bien savoir comment vous connaissez tant de choses sur un empire dont personne ne sait exactement où il se trouve », marmonna Watson.

De fait, les connaissances du détective étaient des plus paradoxales. Holmes était capable de parler en détail de pays lointains et inconnus, de géologie, de musique, de botanique, de chimie ou d'anatomie, mais, incroyablement, il ignorait par exemple la théorie de Copernic et la composition du système solaire. Pour Watson, il était difficile d'admettre qu'un être humain aussi civilisé que son ami pût méconnaître, en cette fin du XIXe siècle, le fait que la Terre tournait autour du Soleil. Parfois, de telles bizarreries l'agaçaient un peu.

Magnanime, Sherlock Holmes donna une petite tape condescendante sur l'épaule du docteur.

« Ne me regardez pas avec cet air bête, mon bon ami. C'est seulement par hasard que je connais tous ces détails. Je les tiens d'un Américano-Écossais que j'ai rencontré lors d'un voyage en France.

— Qui est-ce ?

— Son prénom est Alexander. Vous ne le connaissez sûrement pas.

— Alexander ?

— Oui, Alexander Graham Bell, l'inventeur de cette merveille du monde moderne qu'est le téléphone.

— Je ne savais pas que vous fréquentiez des Américains, ironisa Watson avec dépit.

— Je lui ai été présenté il y a six ans. Vous vous souvenez de mon voyage à Paris à cette époque ? Bell s'y trouvait pour recevoir le prix Volta, d'un montant de cinquante mille francs, pour cette remarquable invention.

— Ne me dites pas que Graham Bell connaît l'empereur du Brésil ? continua Watson sur le même ton incrédule.

— Non seulement il le connaît, mais dom Pedro fut la première personne à utiliser le téléphone en public, pour l'exposition du centenaire de Philadelphie. Bell m'a raconté cette histoire dans de grands éclats de rire. Sans le vouloir, il lui a fait une petite farce. Savez-vous quelle est la première phrase qu'a dite l'empereur lorsqu'il a essayé l'appareil ?

— Aucune idée.

— *To be or not to be, that is the question...* Alors, Sa Majesté, en entendant sa propre voix dans l'écouteur, s'est exclamée d'un ton abasourdi : "Ciel ! Mais cette chose parle !", acheva le détective, que l'anecdote amusait visiblement beaucoup. Quoi qu'il en soit, reprit-il, cette invitation nous fournit une excellente occasion de connaître un peu ce pays, qu'en pensez-vous ? De surcroît, dans les veines de dom Pedro coule le sang des plus illustres lignées du Vieux Continent : les Bragance, les Bourbon, les Orléans, les Habsbourg... Il y aurait presque de quoi faire envie à notre bien-aimée reine Victoria, conclut-il, les yeux mi-clos, en soufflant une bouffée de la fumée de sa pipe dans le visage de Watson.

— Bon, autant aller faire mes malles tout de suite, dit Watson, résigné. Quand vous fermez à moitié les yeux et que vous m'envoyez votre fumée dans la figure, c'est toujours le signe que vous êtes décidé à partir en voyage.

— Pas de précipitation, Watson. Pour commencer, puisque vous avez le *Times* d'hier, regardez donc quand part le prochain vapeur à destination du Brésil. »

Watson ouvrit le journal à la page des dates et des heures de départ des transatlantiques.

« J'y suis. Nous avons de la chance. L'*Aquitania,* des Cunard Atlantic Lines, lève l'ancre demain pour l'Amérique du Sud.

— Parfait. Priez donc Mrs. Hudson de s'occuper des réservations. Rendez-vous compte, Watson ! Quelle curieuse coïncidence : vous lisez un journal d'hier qui nous apprend que nous pouvons partir demain. J'espère que ce n'est pas un mauvais présage, ajouta Sherlock Holmes, de manière assez inattendue.

— Je ne savais pas que vous étiez superstitieux, mon cher, fit observer Watson, en se levant et en consentant enfin à sourire.

— *Yo no creo en brujas, pero que las hay, las hay*[2] *!*

— Et que signifie cette phrase ? demanda Watson, jetant un coup d'œil en direction du télégramme déplié sur le bureau.

— Je n'en ai pas la moindre idée. Mais c'est ce que les Espagnols ont coutume de dire chaque fois qu'il est question de superstition », dit Holmes, qui n'avait pas une passion particulière pour le sens exact des vieux dictons ibériques.

Watson quitta la pièce en songeant que de sa vie il n'avait vu un télégramme aussi long.

# 4

*IL APPROCHE SA LAMPE de chevet du traité d'anatomie dans lequel il est plongé. Il s'agit du* Précis d'anatomie et de dissection, *de H. Beaunis et A. Bouchard. C'est aux chapitres consacrés à la dissection qu'il s'intéresse plus particulièrement. Ce qu'il a si brillamment réussi dans le cas de la première femme ne requérait en réalité pas de connaissances bien approfondies en cette matière. Les cours d'escrime et de maniement du poignard qu'il a reçus dans son adolescence à l'Académie du baron de Francken se sont avérés amplement suffisants. La gorge de la petite putain s'est ouverte aussi facilement que celle des chèvres noires qu'il décapitait d'un seul coup, avec la même lame, lors des rituels de magie auxquels il participait en secret, dans son enfance, avec la complicité des esclaves nègres qui travaillaient dans la manufacture de café de son père. Les esclaves l'appelaient Oluparun, « l'Exécuteur ». Mais il est d'un tempérament imaginatif, créatif. Il lui déplairait que son acte se répétât de manière identique. C'est pourquoi, dans sa chambre humide, silencieuse et presque monacale, il continue, alors même que l'aube commence à poindre, à lire avec avidité, le souffle court, tant est extrême l'excitation qu'éveillent en lui ces pages : « Avant de s'engager dans la dissection d'une partie du corps humain, il est indispensable d'en connaître parfaitement les particularités anatomiques... On sélectionnera de préférence des corps très jeunes et vigoureux. On pratiquera d'abord une incision dans la peau et on détachera successivement les couches cutanées et sous-cutanées, avant de décoller le tissu musculaire qui enveloppe le muscle proprement dit. Il convient ensuite de couper profondément... » Couper* profondément *: le français est une langue étrange.* Profondément, profond dément. *Il préfère le portugais :* profundamente, profunda mente, *ce qui en français donnerait « esprit profond ». Il chasse ces pensées qui font divaguer son attention, et se concentre à nouveau sur le sujet de sa sinistre lecture. C'est qu'il tient à être parfaitement préparé...*

# JORNAL DO COMMERCIO

## ÉDITORIAL

Voilà déjà bientôt trente ans qu'est mort Auguste Comte! Comme il manque à l'humanité d'aujourd'hui, cet éblouissant penseur! Parent intellectuel de Hobbes, Comte considérait comme le but de toute élaboration doctrinale la connaissance des lois qui régissent les phénomènes. Voir pour prévoir, savoir ce qui est pour anticiper ce qui sera : voilà l'objet de toutes ses interrogations philosophiques.
Génie incomparable de la pensée universelle, il a su prouver que l'état définitif de l'esprit humain est l'état positif. Il l'a prouvé par le raisonnement : non en fonction de principes de base posés comme des *a priori*, mais à partir de données expérimentales. Cet immense penseur, cet Aristote moderne, inventeur de la philosophie positiviste qu'il a fait connaître dans le monde entier, a beau être mort : on se souviendra indubitablement de lui comme du plus grand immortel de notre siècle.

## ANNONCES CLASSÉES

**À vendre :** Trois excellents esclaves, dont un jeune nègre de 17 ans, très bonne présentation, un autre de 35 ans, d'une grande habileté manuelle et très expérimenté dans les travaux de labour, et une créole de 19 ans, extrêmement décorative.

**Voiture et esclave :** À vendre une victoria, très bon état, avec rênes et harnais. On recherche d'autre part esclave d'âge moyen, en bonne santé et digne de confiance, pour tous travaux. Prix à débattre.

**Occasion à ne pas manquer :** À vendre, belle et élégante esclave: *mucama*, recueillie et élevée dans maison particulière, 18 ans, bonne santé, dents excellentes. Peut être employée pour nombreux travaux délicats (blanchissage, repassage, raccommodage et couture, travail sur patrons ou à partir de gravures de mode). Vente pour motifs respectables.

## NOUVELLES SCIENTIFIQUES

À Rome vient de prendre fin le Congrès international d'anthropologie, réuni pour étudier les moyens d'éradiquer chez l'être humain les tendances au vice ou au crime. Les spécialistes du monde entier qui ont participé à ce prestigieux congrès ont conclu que tout criminel est avant tout un individu mentalement attardé, et qu'on peut diviser ces individus en cinq catégories distinctes : les criminels-nés, les criminels par aliénation, les criminels par crises, les criminels compulsifs ou passionnels et les criminels par habitude.

## FAITS DIVERS

On n'a pour le moment aucune nouvelle de l'enquête de police sur l'effroyable assassinat commis cette semaine dans une impasse donnant dans la rua do Regente. L'atrocité de ce crime a choqué toute la ville de Rio de Janeiro. Bien que la jeune victime fût une personne de mauvaise vie, la sauvagerie dont a fait preuve le meurtrier est tellement hors du commun que même les dames de la meilleure société se sont déclarées horrifiées par le triste sort qui a frappé la malheureuse. Le commissaire Mello Pimenta, chargé de l'affaire, a déjà déclaré qu'il aurait recours à toutes les ressources de la criminologie moderne pour faire aboutir ses investigations, et affirme que l'auteur de ce monstrueux forfait devrait être rapidement appréhendé.

•

## LA CHRONIQUE MONDAINE
## de Múcio Prado

J'ai eu, avant-hier, le privilège de souper à la table de la sublime Sarah Bernhardt, qui, comme on sait, nous fait l'honneur de se produire actuellement dans notre capitale. Mlle Sarah Bernhardt allie non seulement une beauté radieuse à un talent incomparable, mais elle sait aussi faire preuve d'une vivacité d'esprit et d'une intelligence qui en remontreraient à beaucoup d'hommes. Étaient présents à cette soirée, outre la fine fleur intellectuelle du journalisme brésilien, plusieurs messieurs appartenant aux meilleures familles de la ville, dont le sportsman Albertinho Fazelli, l'élégant libraire Miguel Solera de Lara, érudit et polyglotte, et ce fin connaisseur en matière d'arts et de littérature qu'est le marquis de Salles. On remarquait également à ce souper une figure haute en couleur : le célèbre tailleur Salomão Calif, qui, malgré ses origines orientales, est reconnu comme un des meilleurs « ciseaux » de tout l'Occident. Le généreux amphytrion, Aurélio Vidal, propriétaire du *Grande Hotel* — où est descendue la Divine —, était entouré de ses nombreux amis.

Du menu, digne des plus prestigieuses tables aristocratiques d'Europe, les convives garderont en mémoire le jambon de Prague en croûte à la sauce madère, l'exquis turbot Cambacérès, la somptueuse poularde Néva et un fabuleux saint-honoré, servis avec un chablis 65, puis un gevrey-chambertin 75, deux des meilleurs crus de ces dernières décennies. Et le champagne, cela va sans dire.

Au demeurant, plus savoureux encore que ce festin de Lucullus fut le récit que me fit à mi-voix l'invitée d'honneur d'un incident récemment survenu à la cour de notre monarque bien-aimé : j'ai ainsi appris de sa bouche (admirablement dessinée, soulignons-le au passage) que Sa Majesté Pedro II est tourmentée par le vol d'un violon appartenant à dona Maria Luísa Catarina de Albuquerque, baronne de Avaré. Imaginez, chers lecteurs : il s'agit d'un authentique stradivarius !

Sur le conseil de Mlle Sarah Bernhardt elle-même, notre très noble empereur aurait décidé d'inviter à Rio de Janeiro un détective anglais, du nom de Sherlock Hollmz (ou Holmes ?) pour élucider le mystère de la disparition du précieux instrument. Nous savions déjà que dans notre ville se trouvait un stradivarius, propriété du grand virtuose José White ; mais personne n'était au courant de la présence d'un autre de ces violons rarissimes et très convoités en terre brésilienne.

Outre le vol, un autre mystère demeure : QUI peut bien avoir fait un cadeau aussi royal à la ravissante baronne ?

M. P.

L'impératrice Teresa Cristina Maria de Bourbon était furieuse. Elle arpentait rageusement le petit salon privé qui séparait les deux appartements impériaux. Dans sa main, un exemplaire du *Jornal do Commercio,* ouvert à la page de la rubrique mondaine de Múcio Prado. Ses yeux, à l'expression généralement sereine, lançaient des éclairs en direction de l'empereur.

« Alors, monsieur mon mari, me direz-vous quel est le but de cette méchante farce ? Voulez-vous faire en sorte que je sois une fois de plus en butte aux sarcasmes de la cour ? »

Dona Teresa était, comme toujours, habillée avec la plus grande sobriété, dans des tons gris cendreux ; mais en ce moment, le vent de colère qui soulevait les pans de ses vêtements donnait à dom Pedro l'impression de se trouver face à la cape rouge sang d'un torero. La célèbre barbe de l'empereur, qui le faisait paraître beaucoup plus vieux que son âge, en frémissait d'effroi. Il se lança dans des excuses embarrassées.

« Je puis vous assurer, ma chère, qu'il ne peut s'agir que d'une erreur. Jamais...

— Une erreur ? coupa l'impératrice, hors d'elle. Comment cela, une erreur ? Ne croyez-vous pas que je sois déjà assez mortifiée d'entendre jour après jour des commentaires ironiques sur votre amitié pour cette extravagante ? »

L'idée de faire à son épouse un compliment galant, de lui dire que dans ces moments de colère il la trouvait plus belle que jamais traversa un instant l'esprit de dom Pedro ; mais la beauté n'était pas la qualité première de l'impératrice, et c'était plutôt l'ingratitude de son physique qu'accentuait sa colère. Sa démarche claudicante lui valait les quolibets des insolents chaque fois qu'on la voyait passer dans son carrosse. « Tiens ! Voilà la boiteuse dans sa boîte à roulettes ! » s'exclamaient de jeunes fanfarons du petit peuple. Quelques médisants disaient même que, le jour où le jeune souverain avait vu pour la première fois sa promise qui débarquait sur le quai de Rio, il lui avait fallu cacher les larmes qui coulaient sur son visage : « Il pleurait, oui, mais ce n'était pas l'émotion... », disaient les mauvaises langues.

« Et voilà qu'à présent Votre Majesté ne trouve rien de mieux à faire que d'offrir à cette femme un violon convoité par les virtuoses du monde entier ! Au moins, c'est un peu plus original qu'un bijou, ironisa dona Teresa.

— Voyons, ma chère, c'est absurde ! Je ne sais pas comment ce garçon a pu imaginer une pareille histoire...

— De toute évidence, parce qu'il la tient de la personne à qui vous aviez eu l'imprudence de la confier. Il l'a apprise de la bouche d'une... d'une théâtreuse ! siffla dona Teresa avec mépris.

— Je vous demande pardon, ma chère, mais je ne vois pas pour quelle raison vous employez un terme aussi péjoratif. Mlle Sarah Bernhardt n'est pas une théâtreuse, mais la plus grande actrice du monde, et si j'ai assisté à une représentation au Teatro São Pedro, c'était par devoir d'État. Sarah Bernhardt a déjà été reçue par toutes les cours d'Europe. On dit même qu'elle a été la maîtresse de... »

Il s'interrompit, se rendant compte qu'il était sur le point de commettre une terrible gaffe. Le moment était on ne peut plus mal choisi pour évoquer des secrets d'alcôves princières.

L'impératrice, cependant, étouffait de rage.

« Et pour couronner le tout, vous prenez l'initiative invraisemblable d'inviter un détective anglais pour qu'il mène l'enquête sur le vol de ce maudit violon ! Croyez-vous vraiment qu'il soit judicieux d'humilier notre police par un manque de confiance aussi affiché, et qu'elle n'ait pas déjà suffisamment de raisons d'être démoralisée ? »

Conscient que si l'on n'a pas à sa disposition d'arguments valables la seule défense possible est l'attaque, dom Pedro, comme il faisait généralement lorsqu'il était confronté à de telles situations, affecta de se draper dans une dignité offensée et d'être saisi d'un violent accès d'exaspération :

« Je sais, je sais, je sais ! Et je sais surtout, madame, que de toute façon vous êtes aujourd'hui résolue à rester sourde à toute parole raisonnable. Dans ces conditions, je n'ai pas d'autre choix que de vous demander la permission de me retirer. D'ailleurs, Joaquim Nabuco* m'attend à l'Institut d'histoire et de géographie », rétorqua majestueusement Sa Majestueuse Majesté.

Cela dit, il se dirigea d'un pas solennel vers la porte et sortit avec l'air hautain d'un général d'armée qui bat en retraite.

La jolie mucama remplit à nouveau les deux verres de jus de fruit de la passion.

« Encore une tranche de gâteau de manioc ? proposa la baronne de Avaré.

— Merci, madame la baronne. Je me contenterai de ce délicieux jus de fruit de la passion », répondit poliment Miguel Solera de Lara.

Maigre, longiligne, vêtu avec sobriété mais non sans recherche, Miguel, dans son apparence, avait tout du parfait hidalgo espagnol. C'était beaucoup plus par passion pour les livres que par nécessité matérielle qu'il exerçait sa profession, car il était issu d'une famille distinguée et fort riche. Fils particulièrement dévoué, il habitait avec sa mère, une pauvre malade imaginaire qui se plaignait sans cesse de maux purement chimériques, dans une grande demeure coloniale du quartier de Botafogo. Les mauvaises langues prétendaient que le jeune libraire était l'enfant adultérin du marquis de Paraná, mais, bien sûr, ces insinuations n'étaient que des ragots dépourvus du moindre fondement. Il était venu jusqu'à l'hôtel particulier de la rua Cosme Velho à la demande de Maria Luísa, pour lui apporter quelques livres qu'elle lui avait commandés et qui lui étaient arrivés par le dernier bateau en provenance d'Europe. Sa librairie, où l'on trouvait des ouvrages en cinq ou six langues qu'il pratiquait toutes avec aisance, était la meilleure de la ville, et il se faisait un devoir de se rendre personnellement chez ses meilleurs clients, ceux qu'il considérait comme d'authentiques connaisseurs, pour leur remettre les productions littéraires les plus dignes d'intérêt qu'il faisait venir du Vieux Continent. La baronne était au nombre de cette clientèle triée sur le volet. Elle vivait la plupart du temps à Petrópolis, mais elle adorait sa maison de Rio, en dépit de l'humidité et des insectes. La beauté de Maria Luísa Catarina de Albuquerque, baronne de Avaré, était vraiment éblouissante par cette fin d'après-midi. C'était une jeune veuve de vingt-six ans à peine, qui avait poursuivi ses études en Angleterre lorsqu'elle avait quitté son pensionnat religieux et possédait une excellente formation tant littéraire que musicale. Elle avait fait la connaissance de son époux sur le bateau qui la ramenait au Brésil.

Le baron de Avaré, qui avait trente ans de plus qu'elle, était mort dans un tragique accident de chasse, au bord de la rivière Piraí. Alors qu'il poursuivait un cochon d'eau, il s'était cogné contre un tronc d'arbre et s'était involontairement tiré un coup de fusil dans le pied. La balle lui avait causé une blessure sans gravité à un orteil, mais son chirurgien personnel avait insisté pour procéder à l'ablation du doigt blessé, et l'opération avait eu pour conséquence une gangrène qui lui avait coûté la vie.

Après avoir porté le deuil pendant presque dix-huit mois, la baronne s'était tellement dégoûtée du noir qu'à présent elle arborait toujours des tenues de couleurs vives et gaies. Ce jour-là, elle portait une robe en soie d'un vert éclatant, très ajustée, qui mettait en valeur la finesse de sa taille et la perfection de ses formes appétissantes. Le vert accentuait la flamboyance de ses cheveux roux et le bleu intense de ses yeux. Le jeune libraire et elle étaient assis dans la bibliothèque et, sur la table, on pouvait voir plusieurs paquets ouverts contenant les livres superbement reliés et dorés sur tranche qu'avait commandés Maria Luísa. Les doigts longs et maigres de Miguel feuilletaient délicatement l'*Histoire de la Révolution française* d'Adolphe Thiers, en quatre volumes, dans l'édition publiée en 1851 par Furne & Cie, libraires-éditeurs.

« Curieuse lecture pour une dame de la noblesse, dit-il d'un ton amusé.

— Voyons, mon cher Miguel, il est important de savoir ce qui se produit lorsque l'aristocratie méprise le bien du peuple. De surcroît, vous savez bien que je ne suis noble que par mon mariage. Comme beaucoup de gens à la cour mettent un point d'honneur à me le rappeler à tout bout de champ, mon père était directeur des abattoirs.

— Je préfère dire qu'il avait la noble charge d'approvisionner en viande les citoyens de cette ville », rectifia diplomatiquement Solera de Lara.

Il sourit, laissant voir des dents très blanches et impeccablement rangées. Inexplicablement, son sourire avait pour effet de rendre plus apparente sa calvitie précoce.

Maria Luísa prit sur la table un autre livre, à couverture jaune.

« Ah, mon Balzac est enfin arrivé ! Quel titre suggestif, vous ne trouvez pas, Miguel ? dit-elle avec un sourire un peu polisson en lui tendant les *Splendeurs et misères des courtisanes,* dans l'édition Mignot de 1872. Pensez-vous que ce devrait être mon livre de chevet ? »

Avant que le jeune libraire eût le temps de répondre, on entendit le bruit d'une voiture s'arrêtant devant la porte de la maison. À en juger par la précipitation des serviteurs, le visiteur était probablement l'empereur. Solera trouva sur-le-champ une excuse pour se retirer par la porte du fond : il ne voulait pas que sa présence fût une source d'embarras pour le monarque.

Lorsqu'il entra dans la bibliothèque, dom Pedro n'était pas encore remis de son acrimonieux face à face avec l'impératrice et semblait assez abattu. Maria Luísa, pour rire, lui fit une révérence exagérée. Mais l'empereur détestait ce genre de plaisanteries.

« Je vous en prie, relevez-vous, Maria Luísa. Le moment est mal choisi pour le badinage. Vous avez lu les journaux ?

— Bien sûr. La caricature de vous qu'a publiée Agostini dans l'*Ilustrada* m'a fait beaucoup rire ! La barbe était peut-être un peu trop longue, mais, à part ce détail, j'en ai rarement vu d'aussi réussie.

— Ce n'est pas cela qui me cause du souci, mais l'article où Múcio Prado parle du vol de votre violon.

— Mon violon ? Oh, pour moi, c'est de l'histoire ancienne. Je me suis beaucoup trop tracassée à cause de ce vol. Après tout, ce n'est pas si grave de perdre une bague du moment qu'on garde ses doigts, n'est-ce pas ? Et pour un violon, c'est la même chose... »

Dom Pedro était toujours abasourdi par la facilité avec laquelle la baronne changeait d'humeur. À présent, le stradivarius dérobé n'avait à ses yeux ni plus ni moins d'importance qu'un jouet égaré.

« Quoi qu'il en soit, je crois que ce sera très drôle d'accueillir un détective anglais à la cour. La semaine dernière, au Teatro do Gymnasio, j'ai vu la nouvelle mise en scène de *L'Anglais mécanicien,* de Martins Pena*. C'est cet impayable pitre de Brandão qui joue le rôle principal, et si vous saviez ce que j'ai ri en le voyant imiter un Anglais, avec son chapeau enfoncé jusqu'aux oreilles, en train de regarder partout avec des yeux qui lui sortaient de la tête ! pouffa Maria Luísa en coupant une autre tranche de gâteau.

— Je regrette que vous preniez toujours tout de manière aussi légère, ma chère. L'impératrice est tout simplement hors d'elle. Sans oublier que, maintenant, tout le monde sait que c'est moi qui vous ai fait cadeau de ce violon.

— Ah oui ? Et comment le sait-on ?

— Qui, à part moi, aurait pu faire une pareille folie ?

— Mon bon ami, je crois que vous vous montez le bourrichon, comme on dit. Je pourrais parfaitement m'être acheté un stradivarius moi-même ! Mon mari m'a laissé bien assez d'argent. Vous n'avez donc jamais entendu le petit quatrain qu'on fredonne sur mon compte, à la cour ?

*Maria Luísa, la baronnette*
*Est bien jolie et bien coquette ;*
*Ceux qui la courtisent ont raison,*
*Car elle a de l'or à foison !*

Elle rit de nouveau ; puis, tendant à dom Pedro une assiette :

« Vous prendrez bien une tranche de gâteau au manioc ? Il est tout frais, on l'a sorti du four il y a une heure à peine. »

Pour la seconde fois de la journée, dom Pedro fit demi-tour et sortit sans même dire au revoir. La dignité dont faisait preuve le monarque en un moment aussi critique était particulièrement impressionnante, d'autant plus que sa passion irrépressible pour le gâteau au manioc était connue de tous.

# 5

IL Y AVAIT DÉJÀ presque deux semaines que Sarah Bernhardt était au Brésil. Ce soir-là, elle se produisait dans *Frou-Frou,* la pièce de Meilhac et Halévy, où elle tenait le rôle de Gilberte. Dom Pedro avait pris place dans la loge impériale, et le théâtre était en fête. À son arrivée, deux heures plus tôt, l'actrice avait été accueillie par des étudiants pleins de ferveur et de fougue, qui lui avaient lancé une pluie de fleurs en criant sur un ton passionné — et dans le français légèrement approximatif appris lors de leurs quelques visites dans les bordels chic, lieux où la mode voulait qu'on s'exprimât le plus possible dans la langue de Molière, mais où les sujets abordés ne requéraient qu'un vocabulaire limité :

« Vive Sarah Bernhardt ! »

« Allons enfants de la patrie, Sarah Bernhardt est arrivée ! »

« Merci de nous faire jouir si fort tous les soirs ! »

« Tous les étudiants du Brésil voudraient vous baiser ! »

Sur les trottoirs aux abords du São Pedro, peu avant le début du spectacle, on voyait aussi une foule de petits marchands ambulants, qui avaient dressé leurs étals et interpellaient les passants :

« Elle est bonne ma *canjiquinha*[3], elle est bonne, elle est bien chaude ! »

« Achetez ma *pamonha,* bien fraîche, bien fraîche ! »

« *Doce de coco ! Doce de coco !* »

« Mon *quindim,* mon *quindim,* voyez comme il est beau, comme il est bon ! »

D'autres offraient à la clientèle des mets plus risqués pour les estomacs délicats :

« Pâtés à la crevette ! Pâtés à la crevette ! Et si on ne trouve pas de crevettes, on ne paye rien ! »

Les confiseurs proposaient du *pipoca,* de la *goiabada,* des *cocadas,* des gâteaux au gingembre ou à la banane, et autres délices.

Le théâtre était bondé. Du parterre au poulailler, on voyait des Brésiliens de toutes classes sociales venus admirer cette vedette française qui se produisait dans leur pays. Pour la plupart, qui ne comprenaient pas un mot de ce qui se disait sur scène, c'était une sorte de spectacle de cirque, et Sarah Bernhardt une créature aussi bizarre et mystérieuse qu'un tigre qui joue de la flûte ou un éléphant équilibriste. La pièce dura près de trois heures, en raison des interruptions des spectateurs les plus exaltés :

« Bien envoyé, madame ! »

« Attention, dona Sarah, il a déjà tout raconté à l'autre femme ! »

« Elle ment ! Ne la croyez pas, elle ment ! Elle a déjà lu la lettre pendant que vous étiez là-bas derrière ! »

À la fin du premier acte, beaucoup se levèrent et, croyant que le spectacle était terminé, se dirigèrent vers la sortie. Puis, s'étant aperçus de leur erreur, ils achetèrent des friandises et des boissons pour faire croire qu'ils avaient fait exprès de quitter la salle et regagnèrent leurs places.

Quand, enfin, le rideau tomba pour la dernière fois, une bonne moitié du public se précipita vers la sortie des artistes pour voir de près le mythe vivant. Dans la foule, une douce et gracile silhouette féminine, presque une adolescente encore, se frayait difficilement un chemin. C'était une toute jeune demoiselle d'honneur de la cour impériale qui avait réussi à obtenir un billet pour la représentation. Sarah ouvrit la porte, prête à affronter la multitude. Ce furent de nouvelles avalanches de fleurs, de nouveaux cris de « Vive Sarah Bernhardt ! », de nouvelles acclamations. Quelques-uns, plus hardis, s'approchaient pour toucher la cape ou le bas de la robe de l'actrice. Maurice Grau dut faire appel à toute son expérience pour écarter la foule des admirateurs sans se montrer désobligeant. En passant devant la jeune fille, la Française fut émue par son apparence timide et fragile.

« Comment vous appelez-vous, mon enfant ? demanda-t-elle.

— Francisca, madame », répondit la petite, sans parvenir à croire que c'était réellement la grande Sarah Bernhardt qui s'adressait à elle.

L'actrice sortit de sa pochette de soirée une petite carte en bristol, et, avec son porte-mine en or qui était un présent du duc de Strasbourg, elle écrivit :

> *Pour Francisca, jeune et ravissante*
> *Brésilienne qui m'a vue jouer* Frou-Frou
> *à Rio de Janeiro,*
>
> *Sarah Bernhardt*

Elle embrassa la jeune fille sur la joue, lui tendit la carte avec son autographe et se dirigea en hâte vers la calèche qui l'attendait. Elle marchait d'un pas si agile que Maurice Grau devait courir pour ne pas se laisser distancer.

Francisca Meireles avait peine à croire à son bonheur. Cela lui semblait un véritable miracle que la grande Sarah Bernhardt en personne, son idole depuis l'époque où elle était pensionnaire au couvent, eût pris la peine de faire quelques pas vers elle pour lui offrir un autographe. Elle glissa le précieux rectangle de bristol dans son petit sac à main et, d'un pas léger, s'engagea dans la rua da Constituição. Il lui serait difficile de trouver un fiacre à cette heure, se dit-elle. Les cochers, tous en redingote, étaient encore postés devant l'entrée du théâtre, dans l'attente de riches clients et de bons pourboires. Cela n'avait pas d'importance. Pour elle, la soirée avait été tout simplement merveilleuse. Francisca était une jeune fille aux excellentes manières, pour qui son oncle, le peintre Vítor Meireles, avait obtenu de l'empereur une place de demoiselle d'honneur au palais ; et, dans sa générosité, le destin bienfaisant avait voulu que cette situation lui permît d'obtenir sans difficulté un billet pour le spectacle de ce soir. Elle ouvrit son sac à main et regarda de nouveau la petite carte paraphée. Elle craignait presque que tout cela ne fût qu'un songe. Elle relut la phrase de dédicace, puis, serrant son trophée dans sa main droite, comme s'il risquait de disparaître sous ses yeux, se remit à marcher, perdue dans sa rêverie comme il arrive si souvent aux jeunes filles de son âge. Quand elle reprit ses esprits, elle était déjà arrivée à la rua São José. Poursuivant son chemin, elle traversa la rua da Guarda Velha en direction du *chafariz,* la grande fontaine publique, une énorme construction dont la configuration rappelait un peu celle d'un temple et d'où l'eau jaillissait de vingt-neuf becs de bronze, toujours parfaitement propres, avant de retomber dans le bassin. C'était là que le petit peuple des collines de Santo Antônio et du Castelo avait coutume de venir s'approvisionner en eau. À cette heure tardive, la petite place où se dressait le chafariz était entièrement silencieuse et déserte. Francisca, se sentant la bouche encore sèche sous l'effet de l'émotion, s'approcha du bord du bassin pour étancher sa soif. À l'instant où elle s'inclinait vers un des becs de bronze, elle sentit derrière elle la présence d'une autre personne.

La malheureuse enfant a tout juste le temps d'entrevoir le long couteau dont la lame brille un instant dans la clarté des réverbères. Très vite, son petit visage est enveloppé dans l'étoffe noire d'une grande cape, et une main de fer renverse son corps contre le rebord du bassin. La lame opère une incision parfaite dans la partie inférieure de son ventre et remonte lentement en direction de l'œsophage. Avec une habileté sans faille, l'homme entaille largement et profondément tout l'abdomen. Francisca n'est aucunement consciente de ce que son corps est en train de subir. Elle sent seulement qu'elle a froid, très froid, puis sombre dans l'inconscience et tombe en arrière dans le bassin, teignant de rouge sombre les eaux du chafariz. L'homme, alors, se penche sur le corps renversé et déjà presque exsangue, soulève la tête et, d'un geste impeccablement précis, coupe la langue de l'infortunée demoiselle d'honneur. Sans savoir pourquoi, il la porte un instant à ses narines et en respire l'odeur avant de l'envelopper dans un mouchoir immaculé et de la glisser dans la poche de sa redingote. Pour finir, il sort de son étui le violon fixé à sa ceinture et que dissimulait sa longue cape, et exécute une nouvelle fois son rituel macabre. Cette fois, c'est la corde de *sol* qu'il arrache à l'instrument. Il enroule le long fil souple dans les poils pubiens de sa victime, puis s'éloigne lentement en direction de l'église de Santana, exécutant, sur les deux cordes restantes de l'instrument, une csardas empreinte de pathos et de mélancolie.

Pour le commissaire Mello Pimenta, cette rue serait toujours la rua Bobadela. Il la connaissait depuis l'enfance, cette étroite venelle, et peu lui importait qu'on eût cru bon de la rebaptiser. Rua da Guarda Velha. Alors, c'est comme ça qu'elle s'appelle, maintenant ? pensait-il avec une intense nostalgie. La rua Bobadela avait changé de nom pour la seule raison qu'un corps de la Garde militaire s'y était installé, afin de maintenir l'ordre parmi la foule turbulente des porteurs d'eau qui venaient remplir leurs jarres au chafariz de la Carioca. Il traversa la rue, passa devant le couvent de Santo Antônio et arriva sur la petite praça da Carioca, au fond de laquelle s'élevait le chafariz. Le pauvre commissaire se sentait exténué. Il avait passé la nuit et une partie de la matinée à chercher un moyen de retrouver un groupe d'esclaves enfuis dans la direction du quilombo de Gávea. Secrètement, Mello Pimenta était un abolitionniste convaincu, mais ses fonctions l'obligeaient à protéger les intérêts du propriétaire, de surcroît un ami du chef de la police de Rio de Janeiro, lequel n'avait pas manqué de recommander à Mello de faire preuve dans cette affaire d'un zèle tout particulier. Le brûlant soleil de midi ne l'incommodait pas trop, mais il était fort mécontent que le corps de la fille assassinée n'eût pas encore été emporté à l'abri de la chaleur. Les sbires de la police municipale, ceux qu'on appelait les *mata-cachorros*, les « tueurs de chiens », parce qu'ils étaient chargés d'abattre les chiens errants, formaient un cordon d'isolement qui empêchait la petite foule des curieux de se presser autour de la jeune morte. On dirait un essaim de mouches bleues, se dit-il, sentant croître son irritation. Il fit signe aux vigiles de s'écarter pour le laisser passer et s'approcha du docteur Saraiva, déjà sur les lieux. Le légiste avait les yeux injectés de sang et qui lui sortaient des orbites, probablement parce qu'il avait trop bu la nuit précédente. Saraiva était un homme compétent, mais en plusieurs occasions il s'était trouvé à deux doigts d'être limogé à cause de son penchant immodéré pour la *cachaça*, cette puissante eau-de-vie à base de canne à sucre tant appréciée de nombreux Brésiliens. En effet, quand celle-ci lui déliait la langue, il lui arrivait de se laisser arracher toutes sortes d'informations par les journalistes, y compris celles qui étaient censément les plus secrètes. Sans même lui dire bonjour, Mello Pimenta lui demanda :

« Alors, cher professeur ? Qu'avez-vous à m'apprendre ?

— Rien de bien réjouissant, mon bon ami. Non, rien de bien réjouissant, répondit Saraiva, en se passant une main dans les cheveux et maculant comme à l'accoutumée ses mèches blanches d'une traînée rouge. En tout cas, cette affaire rappelle clairement l'assassinat de cette jeune prostituée de la rua do Regente.

— Pourquoi ? La victime est encore une fille publique ?

— Non, non. Selon les papiers que j'ai trouvés sur elle, c'est une jeune fille de très bonne famille. Il y a même une lettre d'introduction où il est précisé qu'elle est demoiselle d'honneur à la cour. Elle s'appelle, ou plutôt elle s'appelait Francisca Meireles. Apparemment la nièce de ce peintre, Vítor Meireles, l'ami de l'empereur qui siège à l'Académie impériale des beaux-arts.

— Il ne manquait plus que ça ! Et quelles sont les similitudes avec l'autre crime ?

— D'abord, il y a la langue qui a aussi été coupée. Ensuite, l'extraordinaire violence de l'agresseur. Sauf que cette fois il ne l'a pas égorgée. Il a éventré cette pauvre fille exactement comme si c'était un petit cochon de lait, dit Saraiva, qui adorait ces analogies culinaires. J'ajoute qu'on constate la même précision chirurgicale dans l'utilisation de la lame. »

Pimenta remarqua qu'il y avait quelque chose entre les doigts crispés de la victime. Son bras gauche était resté tendu hors du bassin, et il semblait que la morte avait fait un ultime et dérisoire effort pour que ce qu'elle tenait serré dans sa main ne se mouillât pas. Le commissaire tenta d'ouvrir cette petite main déjà raide, sans y parvenir.

« Si vous permettez... », dit Saraiva en s'approchant.

Il prit la main sans vie dans la sienne et la frappa violemment contre la pierre du chafariz, comme s'il voulait casser une noix. Les doigts, brisés, s'ouvrirent alors et laissèrent échapper un petit rectangle de bristol froissé. Délicatement, le médecin prit entre le pouce et l'index la carte portant la dédicace et la signature de l'actrice, et, d'un geste affecté, la tendit au commissaire.

Mello Pimenta lut, très intéressé.

« Sarah Bernhardt. Ce n'est pas cette Française qui joue en ce moment au Teatro São Pedro ?

— Exactement. La plus grande actrice du monde. Vous n'êtes pas encore allé la voir ?

— Comme si j'en avais le temps ! La dernière fois que j'ai mis les pieds dans un théâtre, c'était pour voir le père du brésilien, João Caetano lui-même dans *Antônio José.* »

Il examina de nouveau l'autographe.

« Apparemment, cette petite a dû assister à la représentation d'hier soir. Mais je ne sais pas si ça m'aidera beaucoup de le savoir », dit-il, glissant la carte dans la poche de son gilet.

Saraiva saisit le commissaire par le bras.

« Mais peut-être que ceci vous aidera, dit-il en sortant de sa poche la corde de violon. Une autre corde provenant d'un instrument de musique. Probablement du même instrument. Entortillée dans les poils du pubis, comme la première fois. »

Du geste soigneux de quelqu'un qui enlève un fil du revers de son veston, le légiste prit entre deux doigts un poil resté accroché à la corde. Puis il la tendit au policier.

« Un petit souvenir... »

Pimenta la mit dans son mouchoir, avec dégoût. Il n'avait pas prêté beaucoup d'attention à la corde lors du premier meurtre, mais la répétition de cette espèce de rituel indiquait clairement qu'il avait affaire dans les deux cas au même tueur fou. À présent, il importait de vérifier dès que possible à quel type d'instrument ces cordes avaient été arrachées, et à quelle catégorie de déments appartenait un homme qui collectionnait les langues des femmes qu'il assassinait. Peut-être ces étranges raffinements devaient-ils être interprétés comme des pistes que le meurtrier laissait délibérément sur son chemin. Au point où l'on en était, il ne faisait en effet plus aucun doute que les deux crimes avaient été commis par la même personne, et que cette personne était un déséquilibré. Deux victimes en moins d'un mois. Il espérait que le monstre ne continuerait pas à la même cadence. De toute sa carrière, il n'avait jamais rien vu de pareil. Deux victimes d'un même assassin, qui, pour ainsi dire, n'avaient rien en commun. La première : une prostituée ; la seconde : une demoiselle d'honneur à la cour impériale. Mais à la réflexion, il existait quand même certains points communs. Toutes les deux étaient jeunes, très jeunes même. Et jolies. Ni l'une ni l'autre n'avait de langue. Non, ce n'était pas exactement cela. Avant d'avoir le malheur de se retrouver en face de ce monstre, elles en avaient deux. Enfin, une chacune. Pimenta prit conscience que ses raisonnements n'étaient plus très clairs. Le soleil et la fatigue accumulée commençaient à lui brouiller les idées. Il était urgent qu'il rentrât chez lui, pour se passer de l'eau froide sur le visage et manger quelque chose. Il prit congé de Saraiva.

« Bon, je crois que je n'ai plus rien à faire ici. Prévenez-moi si vous découvrez quelque chose de nouveau.

— Je ne vais pas tarder à partir moi aussi, j'attends seulement qu'on vienne pour emporter le cadavre à la morgue. Je compte commencer l'autopsie dès cet après-midi. Mais je doute que je découvrirai quoi que ce soit de nouveau. À moins que vous ne teniez vraiment à savoir ce que cette petite a mangé avant d'aller au théâtre... », conclut le médecin avec un grand rire, illustrant une fois de plus son goût pour les traits d'esprit subtils et délicats.

Dona Esperidiana était depuis longtemps habituée aux horaires imprévisibles de son mari. Elle savait qu'un commissaire de police est souvent contraint de passer la nuit à travailler, et Mello Pimenta était un homme d'une parfaite conscience professionnelle. Il avait coutume de la plaisanter sur son prénom : « Tu t'appelles Esperidiana, pas vrai ? Alors, c'est normal que tu passes des soirées à m'espérer. » Elle n'était pas jalouse, car elle savait bien que si Pimenta ne rentrait pas de la nuit, c'était pour courir après des criminels, non après des jupons. Esperidiana, à trente-deux ans, était une femme très attirante. Non qu'elle fût d'une beauté classique : son charme s'apparentait plutôt à ce que les Français appelaient « la beauté du diable ». Elle avait la peau très blanche, de grands yeux sombres et brillants, de longs cheveux lisses et noirs comme l'encre, et ce physique un peu goyesque lui avait valu dans son enfance le surnom d'Espanholinha, « la petite Espagnole », qu'elle détestait. Pendant que son policier de mari se rasait avec un vieux coupe-chou allemand, unique héritage que lui avait laissé son père, elle dressait le couvert dans la cuisine. Au centre de la table, elle avait placé un grand plat fumant de tapioca au beurre — mets favori de son époux — et du café très chaud.

« Attention de ne pas te la couper, toi aussi ! lança-t-elle en direction de la chambre à coucher.

— De ne pas me couper quoi ?

— La langue, bien sûr... »

Pimenta avait coutume de discuter avec sa femme des affaires criminelles sur lesquelles il enquêtait ; aussi était-elle au courant des deux récents assassinats. Ayant achevé de se raser très soigneusement, il se lava le visage dans la cuvette émaillée et s'en vint retrouver sa jeune épouse. Il s'assit, cependant qu'Esperidiana lui versait son café, très fort et brûlant.

« Tu sais que je n'aime pas beaucoup ce genre de plaisanteries, dit Mello Pimenta, prenant une mine courroucée. On croirait entendre Saraiva !

— Bois ton café avant qu'il refroidisse. »

Elle s'assit à côté de son mari.

« Cette histoire de filles assassinées est un vrai casse-tête, reprit Mello d'un ton démoralisé. Je ne sais pas par où commencer.

— Pourquoi ne demandes-tu pas conseil à ce détective anglais qu'on attend d'un jour à l'autre ?

— Quel détective ?

— Tu n'es pas au courant ? C'était dans la rubrique de Múcio Prado il y a deux jours. Il paraît que notre bien-aimé souverain a fait appel à un certain Sherlock Quelquechose pour qu'il découvre le voleur d'un violon très précieux qui appartenait à la baronne de Avaré. On ne parle que de ça, en ville ! Tu ne l'as pas lu ? demanda Esperidiana, qui ne manquait jamais un seul article du chroniqueur mondain du *Jornal do Commercio,* car elle adorait les cancans concernant ces messieurs et ces dames de la cour et passait une bonne partie de ses après-midi à rêver qu'elle était conviée à leurs fêtes et à leurs bals.

— Un violon ? répéta Pimenta, sortant de sa poche la corde en boyau de chat que lui avait remise le légiste un moment plus tôt. Et ça, tu crois que c'est une corde de violon ?

— Aucune idée. Tout ce que je peux te dire, c'est que ce n'est pas une corde de guitare, répondit Esperidiana, qui, dans son enfance, avait appris à jouer sur cet instrument quelques mélodies de Caldas Barbosa*. Où l'as-tu trouvée ?

— Sur le lieu du crime, répondit évasivement Mello, qui s'était abstenu d'informer son épouse du détail le plus scabreux de l'affaire. En fait, il y en avait une tout près de chacun des cadavres. »

Il examina de nouveau la corde d'un air perplexe.

« Mange pendant que c'est chaud. »

Pensif, le commissaire rajouta du beurre dans son tapioca, tout en se demandant s'il ne serait pas bien avisé de demander de l'aide à ce détective anglais.

# 6

L'*AQUITANIA* était au mouillage à l'entrée du port de Recife, sa première escale sur la côte brésilienne. La ville avait été ainsi nommée en raison des nombreux récifs qui longeaient le littoral avoisinant et entre lesquels les navires devaient se faufiler avant de jeter l'ancre. L'énorme paquebot à quatre cheminées s'était arrêté avant la barrière de corail, et les quelques passagers qui n'allaient pas plus loin étaient forcés de descendre, craintivement, dans de petites nacelles d'osier qui les déposaient à bord des canots. La mer était infestée de requins qui nageaient tout autour du bateau en quête des débris d'aliments que les cuisiniers ne manquaient jamais de jeter par-dessus bord. À cinq heures de l'après-midi, la chaleur était encore intense. Sherlock Holmes et le docteur Watson restaient appuyés au bastingage, dans l'espoir d'une hypothétique brise marine.

« Ça me rappelle les Indes, disait Watson d'une voix plaintive. La seule fois dans ma vie où j'ai dû supporter une chaleur pareille, c'était à Bombay, quand j'y ai été envoyé en 78 comme assistant chirurgien du cinquième régiment de fusiliers du Northumberland. Pendant la deuxième guerre afghane », précisa-t-il.

Mais l'attention de Holmes était absorbée par autre chose. Il observait avec le plus grand intérêt les gestes des pêcheurs de requins qui s'étaient approchés de l'*Aquitania* dans leurs petites embarcations. La méthode qu'ils employaient était des plus curieuses. Ils avaient apporté dans leurs barques de grands réchauds en fer et des chaudrons dans lesquels ils faisaient bouillir d'énormes citrouilles. Quand les citrouilles étaient brûlantes, ils les lançaient à la mer; alors les requins, tels des phoques dressés, se jetaient sur elles en ouvrant tout grand leurs gueules, et les avalaient sans même les mâcher avant de replonger sous la surface. La chaleur des citrouilles bouillantes leur faisait éclater les entrailles, et ils reparaissaient quelques instants plus tard, le ventre en l'air, déjà morts. Les pêcheurs hissaient ensuite les énormes poissons dans leurs barques à l'aide de cordes et de crochets. Pour eux, toute cette opération était monotone et routinière : il s'agissait d'une technique rudimentaire mais efficace, qu'on se transmettait de père en fils depuis des temps immémoriaux. Ils travaillaient en silence, par respect, peut-être, pour les carcasses immobiles des monstres féroces qu'ils venaient de mettre à mort. Holmes, pour sa part, était littéralement captivé.

« Regardez, Watson. Voilà une méthode primitive, certes, mais ingénieuse. Les requins sont si voraces qu'ils n'ont même pas le temps de voir que la proie qu'ils dévorent d'un coup est en réalité un piège mortel.

— Jamais je n'aurais cru que des requins puissent être aussi bêtes », répliqua dédaigneusement Watson.

Il tira sa montre de son gousset, avant d'ajouter :

« Il est cinq heures passées, mon cher Holmes. L'heure du thé.

— Mon bon ami, je vois que vous vous refusez toujours obstinément à adopter les usages des pays tropicaux. Au lieu du thé, vous feriez beaucoup mieux d'essayer ce lait de coco que les matelots viennent de monter à bord. On dit que c'est délicieux et merveilleusement rafraîchissant.

— Eh bien, je préfère m'en tenir au thé. Je ne suis pas près d'oublier l'épouvantable diarrhée que j'ai attrapée à Calcutta quand on m'a fait boire du jus de mangue !

— Watson, je suis parfois stupéfait par votre incapacité à vous adapter aux circonstances. Pour ma part, je me sens déjà comme si j'étais né au Brésil.

— C'est possible. Moi, il me faut du temps. Après tout, Londres ne s'est pas faite en un jour.

— C'est Rome, mon cher Watson, Rome qui ne s'est pas faite en un jour, corrigea le détective.

— Londres non plus », grommela le docteur, têtu.

Tous deux traversèrent le pont en direction du grand salon : Holmes tout excité par la découverte de contrées nouvelles, et Watson que l'excitation de son compagnon remplissait d'appréhension.

L'immense salle principale de l'*Aquitania* accueillait les passagers, selon les heures, pour le café du matin, le déjeuner, le dîner ou la danse en fin de soirée. Lorsque le navire avait franchi l'Équateur, un grand bal costumé avait été organisé par les officiers de bord. Holmes, roi du travestissement, avait remporté triomphalement le prix du meilleur costume, au grand désespoir de Watson qui trouvait fort désagréable de voir son ami déguisé en bohémienne. Mais il fallait admettre qu'il eût été tout à fait impossible de reconnaître le détective sous sa perruque aux longues boucles noires et dans sa robe en satin rouge, à larges volants froufroutants, lorsqu'il s'était approché des autres passagers en leur proposant à tour de rôle de leur dire la bonne aventure. Le trophée, une statuette représentant le dieu Neptune, était maintenant rangé au fond des bagages. Le docteur ne voulait pas l'avoir sous les yeux, car elle lui rappelait en permanence cette nuit d'horreur. Car, de surcroît, avant que la fête commençât, Sherlock avait consommé dans sa cabine une grande quantité de cocaïne — habitude que Watson réprouvait depuis toujours, et qui avait eu pour effet en cette occasion que le génial détective, à qui la drogue avait vraiment brouillé les idées, avait terminé la nuit en dansant dans les bras du commandant.

En fin d'après-midi, dans ce même grand salon, on servait le thé. Les deux amis prirent place à une petite table près d'un hublot. Au loin, sur la gauche, ils apercevaient les maisons portuaires de la ville d'Olinda. Sherlock, qui n'avait pas entendu parler de la colonisation par Maurice de Nassau, exprima son admiration devant l'architecture de Recife :

« S'il n'y avait pas cette chaleur tropicale pour nous rappeler à la réalité, on pourrait jurer que nous n'avons pas quitté l'Europe[4], dit-il en avalant d'un trait son lait de coco.

— Mmm... À condition de ne pas voir tous ces esclaves à moitié nus qui travaillent sur le quai », fit observer Watson, qui sirotait précautionneusement son thé brûlant.

Ils s'apprêtaient à se lever quand un jeune steward en uniforme immaculé s'approcha d'eux, un plateau d'argent à la main.

« Un télégramme pour Mr. Sherlock Holmes. »

Le détective ouvrit l'enveloppe et déchiffra le message, rédigé dans un anglais laborieux :

> WELCOME MISTER HOLMES STOP PLEASE HELP STOP TWO STRANGE MURDERS OF YOUNG WOMENS STOP ASSASSIN CUTS OFF TONGUES AND LEAVES STRINGS STOP PERHAPS VIOLIN STRINGS STOP HOPE TO SEE YOU SOON IN RIO DE JANEIRO STOP
> YOURS TRULY
> MELLO PIMENTA POLICE OFFICIER

« Voilà qui est curieux. Très curieux, murmura Holmes en rangeant le télégramme dans sa poche.

— De quoi s'agit-il ? Un message d'Angleterre ?

— Non, de Rio de Janeiro. Un officier de police me demande mon aide. On croirait que le destin est résolu à me confronter en toute occasion aux crimes les plus scabreux, répondit Holmes, tirant sa pipe d'une autre poche et commençant à la bourrer. Mon cher Watson, quelque chose me dit que l'affaire du stradivarius volé risque fort d'être éclipsée par ces récents événements. »

Voyant dans le regard du détective une lueur qu'il ne connaissait que trop bien, Watson s'écria d'un ton agacé :

« Et moi qui me réjouissais en pensant qu'après toutes ces horribles affaires criminelles que vous avez débrouillées en Angleterre ces derniers mois, vous alliez profiter de ce voyage pour vous aérer l'esprit ! Il faut absolument que vous preniez du repos, mon ami. Après tout, Jésus lui-même s'est reposé le sixième jour.

— C'est Dieu le père qui s'est reposé, et le septième jour, mon cher Watson », rectifia Sherlock Holmes, en s'éloignant d'un pas vif vers la porte donnant sur le pont.

Huit heures du matin. Júlio Augusto Pereira, marquis de Salles, s'était changé dans une des confortables cabines de la Société des bains de mer de Boqueirão, et était étendu sur le sable fin de la plage de la Saudade. Bien qu'il n'eût que trente-huit ans, il arrivait parfois au marquis d'être affligé de violentes crises de goutte. Le docteur Ribamar, son médecin, lui avait recommandé les bains de mer, affirmant qu'il n'existait pas de remède plus infaillible pour le soulager du mal qui le tourmentait de temps à autre. Comme il menait une vie de bâton de chaise et qu'il lui était pénible de se lever tôt le matin, le marquis, chaque fois que venait le jour fixé pour ces plongeons thérapeutiques, prolongeait ses débauches de la nuit encore plus tard que d'habitude, puis se rendait directement à la plage. Assurément, le praticien aurait obtenu de meilleurs résultats en prescrivant à Júlio Augusto un régime strict et surtout en lui interdisant les vins, cognacs et autres spiritueux dont l'aristocrate dandy faisait une impressionnante consommation, mais comme il était un des plus fidèles compagnons du marquis dans ses virées nocturnes, il lui eût été difficile de lui suggérer de se mettre à la diète.

« Les bains de mer, mon cher. Contre la goutte, rien de tel que des bains de mer fréquents et prolongés. L'effet curatif de l'iode est absolument indiscutable », disait le docteur Ribamar, assis aux côtés du marquis à une table de la *Confeitaria do Paschoal*, un de leurs lieux de prédilection pour leurs soupers fins, tandis qu'ils sirotaient ensemble leur troisième armagnac.

Déjà passablement éméché, Júlio Augusto répondait :

« Voilà pourquoi je vous consulte si volontiers, Ribamar. Figurez-vous qu'un des médecins de la cour, un nommé Vilella, qui soigne l'érysipèle de dom Pedro, a eu le front de me dire que dans mon cas la consommation d'alcool était préjudiciable.

— Balivernes. Je connais Vilella. Il est de la vieille école française. Le traitement que je préconise est incomparablement plus moderne, répliquait doctement Ribamar, au grand soulagement du marquis.

— Parfait ! Alors, mon vieux, encore quelques verres et ensuite nous irons continuer la soirée chez les putes. Il paraît que la mère Raquel vient d'engager des nouvelles. »

Et c'était parti pour une noce effrénée qui ne prenait fin qu'au petit matin. Le marquis de Salles adorait fréquenter les filles de joie, et, bien que fort riche, trouvait très amusant de quitter les bordels sans payer, en prenant ses jambes à son cou une fois qu'il avait assouvi sa lubricité. Il était d'ailleurs connu pour cette habitude dans plusieurs maisons de passe de la ville, et quand il arrivait rua do Sabão, cœur du quartier « chaud » de Rio de Janeiro, les filles les plus expérimentées criaient à travers les persiennes à leurs consœurs moins averties :

« Faites gaffe ! V'là le resquilleur ! »

Júlio Augusto était étendu sur le sable depuis plus d'une heure. Il commençait à avoir terriblement sommeil et se demandait s'il aurait le courage de s'immerger dans les ondes encore une fois, ou s'il ne ferait pas mieux de se méfier de la marée montante. Au loin, fendant les eaux de la baie, deux rameurs retardataires d'un des clubs de régates de la ville passaient dans leurs canoës, en direction de la plage des Cavalos. Ils s'entraînaient probablement pour les prochaines courses nautiques de Paquetá. Tandis qu'il réfléchissait, de Salles entendit, à quelque distance, des gens qui s'approchaient en parlant français. Il se retourna et, à sa surprise, aperçut Sarah Bernhardt en personne qui marchait sur le sable, arborant une longue et élégante tenue de plage. À ses côtés, et engagé avec elle dans une conversation apparemment fort animée, son secrétaire, Maurice Grau. De toute évidence, l'actrice était dans l'ignorance de certains usages locaux. À Rio, l'étiquette ne permettait guère qu'une dame comme il faut vînt se baigner à pareille heure : les personnes de bonne famille arrivaient sur les plages à l'aurore et commençaient à les déserter dès sept heures du matin, pour protéger du soleil leur peau au teint de lait et parce que la grosse chaleur n'était supportable qu'aux robustes constitutions des manouvriers. Malgré son étonnement, il leur fit un signe de la main pour qu'ils s'approchassent davantage. Maurice Grau portait un costume de bain fort osé : maillot de coton rayé à manches très courtes qui lui moulait le torse et caleçon noir s'arrêtant juste au-dessus du genou. Sarah était vêtue de pantalons en bayette, très amples, et d'une blouse bleue à large col, façon marin, avec, aux pieds, des chaussures à semelle de corde attachées par des lanières autour des chevilles, comme les sandales des Romains. Sur sa tête, une grande capeline en paille tressée, retenue par un large ruban de soie noué autour du cou. Ils continuèrent leur discussion sans faire attention au marquis.

« Non, c'est ridicule ! criait Sarah, exaspérée. Je n'irai pas, un point c'est tout.

— Écoutez, maintenant le mal est fait. Ce serait jeter de l'huile sur le feu que de ne pas y aller, disait le secrétaire de son ton le plus persuasif.

— Mes hommages, madame. Bonjour, monsieur Grau, comment allez-vous ? dit en se levant le marquis. Mais peut-être ne vous souvenez-vous pas de moi. Je suis Júlio Augusto Pereira, marquis de Salles. Nous nous sommes rencontrés à ce souper au *Grande Hotel*, après cette magnifique représentation de *La Dame aux camélias*.

— Ah, oui, monsieur le marquis de Salles. Bonjour, monsieur, dit la Divine, visiblement très contrariée.

— Puis-je vous demander, madame, à quoi nos plages doivent l'honneur et le privilège de votre visite matinale ?

— À ma mauvaise humeur, monsieur. Oui, à ma mauvaise humeur. Mon médecin personnel a coutume de dire qu'il n'y a rien de meilleur que l'air marin pour calmer la neurasthénie.

— Alors, je rends grâces à votre irritation pour ce plaisir inespéré. J'ai peine à y croire : la divine Sarah Bernhardt sur les plages de Rio ! Si je recueillais dans des bouteilles le sable foulé par votre glorieuse personne, je gage qu'elles seraient plus recherchées que des flacons d'eau de Lourdes rapportés par un pèlerin », proféra d'un ton flagorneur le marquis.

Sarah et Maurice Grau se regardèrent un instant, puis partirent tous deux d'un grand éclat de rire.

« Quel amusant hommage, et que j'en suis flattée !
On m'a depuis deux jours si méchamment traitée
Qu'il fallait bien, marquis, pour calmer ma rancœur
Qu'un galant Brésilien sût me toucher au cœur !

déclara l'actrice, mi-amusée mi-amère.

— Et puis-je savoir, madame, la cause de cette colère ? demanda de Salles, qui avait passé les dernières vingt-quatre heures dans une des discrètes maisonnettes que possédait la senhora Barbada à proximité du Jardin botanique, et où les messieurs étaient accueillis par d'accortes hôtesses en tenue légère et toutes disposées à les divertir.

— Je vais vous le dire. Figurez-vous, monsieur le marquis, qu'avant-hier soir, pendant tout le quatrième acte d'*Adrienne Lecouvreur,* Martha Noirmont, une actrice de second ordre que j'ai laissé engager dans la troupe par pure bonté d'âme, a eu le toupet de se moquer du public au point de jouer son rôle comme une mécanique, à croire qu'elle récitait le Bottin mondain dans son sommeil. Elle a même poussé l'impudence jusqu'à me donner plusieurs fois la réplique à contretemps. Un comble ! Pour moi, un tel comportement est tout simplement inqualifiable. Impardonnable.

— Certes. J'imagine facilement combien cela a dû vous fâcher, dit le marquis.

— Oh, non, monsieur le marquis, vous ne pouvez pas l'imaginer, intervint sombrement Maurice Grau. Même Eugène Scribe, l'auteur de la pièce, ne serait pas entré dans une pareille fureur. Sarah était dans un tel état qu'elle est allée trouver Martha Noirmont dans sa loge, qu'elle lui a flanqué une paire de gifles et qu'elle lui a cassé une ombrelle sur la tête.

— Eh quoi ? Fut-il jamais fureur plus naturelle ?
Je n'ai qu'un seul regret, et c'est pour mon ombrelle !

rétorqua Sarah, sarcastique.

— L'ennui, poursuivit le secrétaire, c'est que Mlle Noirmont a très mal pris l'incident et qu'hier elle est allée porter plainte. En conséquence, Sarah est convoquée cet après-midi au commissariat pour donner sa version des faits et faire une déposition. Peut-on se figurer une situation plus désagréable ?

— Seulement, je n'irai pas. Voilà, c'est dit. Je n'irai pas.

— Sarah, voyons, soyez raisonnable. Je suis sûr qu'il s'agit d'une simple formalité. Qui plus est, on m'a garanti que notre avocat est un des meilleurs de la ville, dit Maurice Grau d'un ton pressant.

— Puis-je vous demander son nom ? intervint le marquis.

— Un certain maître Nabuco. Sizenando Nabuco, répondit Grau, articulant le nom avec difficulté. Il assistait à la représentation et il nous a été recommandé par l'imprésario de Sarah. Vous le connaissez ?

— Bien sûr ! Madame ne pourrait pas être entre de meilleures mains. Sizenando est le frère de Joaquim Nabuco, le député. Un abolitionniste, mais un homme d'une compétence tout à fait indiscutable. »

Sarah, cependant, avait détourné les yeux et contemplait l'océan.

« Bon, si c'est absolument nécessaire, nous verrons. Après le déjeuner. Pour le moment, puisque nous sommes sur la plage, profitons-en pour nous baigner. Regardez donc, Maurice ! Je n'ai jamais vu un paysage aussi magnifique. Cela me rappelle le poème :

*Là, tout n'est qu'ordre et beauté,*
*Luxe, calme...*

— ... *et volupté* », compléta De Salles, en baisant sensuellement le bout des doigts de la Divine.

Surprise, Sarah Bernhardt retira sa main.

« Baudelaire, marquis, vous est donc bien connu,
Et jusques au Brésil ses vers sont parvenus ?

— Chaque fois que je relis *L'Invitation au voyage*, j'ai l'impression que c'est au Brésil qu'il pensait en l'écrivant, dit Júlio Augusto en baissant les yeux d'un air faussement modeste.

— Et d'où vient cette si grande intimité avec les œuvres de nos poètes ? interrogea Maurice Grau, intrigué par l'érudition du marquis.

— Mon père avait une passion pour la France. Il m'a envoyé faire l'École polytechnique à Paris. C'est lui qui m'a initié à votre littérature, répondit De Salles, en se préparant à partir.

— Allons-y, Maurice », interrompit Sarah, poussant son secrétaire en direction des vagues.

Tout deux s'éloignèrent et se mirent à courir sur le sable, qui déjà commençait à devenir très chaud.

« Profitez bien de votre baignade, leur lança le marquis. Surtout, prenez garde au soleil, et à la marée qui est quelquefois traîtresse ! Ne vous écartez jamais du câble de sécurité. »

En disant ces mots, il désignait du doigt une grosse corde attachée à une bouée qui flottait à trente ou quarante mètres du rivage. Cette corde servait aux baigneurs à se retenir si la mer devenait trop forte.

« Au revoir, monsieur le marquis !

— Au revoir, madame », cria l'aristocrate libertin, songeant en son for intérieur que cette Française, bien qu'elle ne fût plus de première jeunesse, devait encore être un sacré bon coup.

Jamais on n'avait vu un tel remue-ménage au commissariat du troisième district de police, qui faisait le coin de la rua do Lavradio. Il était déjà un peu plus de quatre heures, et, d'un instant à l'autre, Sarah Bernhardt, la plus grande actrice du monde, allait franchir le seuil pour répondre à une convocation.

Pour le commissaire Mello Pimenta, maître des lieux, cette affaire était surtout une corvée. C'en était déjà assez des obstacles et de tous les contretemps qui freinaient son enquête sur les deux assassinats de la rua do Regente et du Chafariz. Vítor Meireles avait eu beau user de toute son influence auprès de la cour pour que tous les moyens d'accélérer les investigations fussent mis en œuvre et faire appel à tous les recours qu'il avait à sa disposition, le commissaire savait bien que tout cela ne l'aiderait guère. Et pour le moment, il ne parvenait toujours pas à rassembler les éléments qui lui permettraient d'établir un lien concret entre les deux crimes.

Un vacarme infernal à l'entrée du commissariat lui fit lever la tête.

« C'est elle ! C'est elle ! »

« Seigneur ! Quelle beauté ! »

Subitement, ce fut comme si un rayon de lumière éclatante était entré par la porte. Sarah Bernhardt, le teint délicieusement coloré par le soleil de la matinée, toute de rose vêtue, fit son entrée et s'approcha du bureau. Pimenta se leva pour l'accueillir.

« Commissaire Mello Pimenta, à vos ordres. Asseyez-vous, madame, je vous en prie, dit-il dans la langue de Racine.

— Ah, quelle surprise ! Vous parlez donc français ?

— Hélas, non, madame, dit le commissaire, revenant au portugais. Seulement ces quelques mots, que j'ai passé la matinée à apprendre par cœur. »

Mello contourna son bureau et approcha une chaise pour que l'actrice prît place.

À peine Sarah s'était-elle assise que la chaise, un pauvre siège fatigué aux pieds branlants, sembla parée de la majesté d'un trône. Debout à ses côtés se tenaient son secrétaire, Maurice Grau, et son avocat, maître Sizenando Nabuco.

« Ça n'a pas d'importance commissaire, dit celui-ci. Je ferai office d'interprète. Je suis maître Nabuco, l'avocat de Mlle Sarah Bernhardt dans cette malheureuse affaire. Je suppose, commissaire, que vous savez qui vous avez en face de vous.

— Naturellement, maître, naturellement. Mais, voyez-vous, je me suis trouvé dans l'obligation légale de donner suite à ce malheureux incident parce que Mlle Martha Noirmont a absolument insisté pour porter plainte. Voici une copie de sa déposition, dictée hier au greffier Lousada ici présent », répondit Mello Pimenta, en désignant le fonctionnaire en costume marron très élimé assis derrière son petit bureau, et en tendant à l'avocat une feuille de papier.

Lousada était un petit bonhomme chauve et maigrichon, à l'air mal lavé, qui remplissait les fonctions de greffier dans ce même commissariat depuis vingt-huit ans et avait une peur panique de toutes les situations susceptibles de lui valoir des remontrances. Il se leva et s'éloigna précipitamment vers le couloir menant aux cellules, marmonnant qu'il lui fallait apporter à manger aux gardés à vue.

« Salope », siffla Sarah entre ses dents, tout en parcourant la déposition de sa collègue.

Sizenando Nabuco lui prit le document des mains et fit mine de le lire avec la plus grande attention.

« C'est un malentendu déplorable... Vraiment déplorable... Vous devez comprendre, commissaire, que tout ceci n'est qu'une interprétation parfaitement fantaisiste, un pur produit de l'imagination de cette jeune personne. Voyez-vous, elle est toute débutante. Elle ne s'est pas rendu compte que Mlle Sarah Bernhardt était tout simplement en train de travailler son rôle.

— De travailler son rôle ? répéta Mello Pimenta, étonné.

— Mais bien sûr. La paire de gifles et le coup d'ombrelle sur la tête font partie des indications de mise en scène données par l'auteur. Avec l'enthousiasme et l'extraordinaire passion qui font de chacune de ses créations scéniques un événement exceptionnel, il se peut que Mlle Sarah Bernhardt se soit laissé emporter par une fougue un peu exagérée, voilà tout. Vous connaissez *Adrienne Lecouvreur* ?

— Malheureusement, je n'ai pas eu l'honneur de lui être présenté, dit le commissaire, qui n'était pas très amateur de théâtre.

— *Adrienne Lecouvreur* est le titre de la pièce, commissaire. L'auteur y raconte l'histoire d'une grande actrice française du siècle dernier et de son fol amour contrarié pour le comte Maurice de Saxe, maréchal de France. Quoi de plus naturel qu'une autre grande actrice française, incarnant ce personnage, ait épanché ses émotions par des gestes dictés par le lyrisme le plus grandiose ! Qui sommes-nous, pauvres profanes, pour critiquer l'interprétation fabuleuse de vérité que peut donner de ce drame une Sarah Bernhardt ? Allons-nous, au nom de la Justice, nous laisser aveugler par une vision béotienne de l'incomparable talent d'une actrice sublimement inspirée, et nous ériger en juges de la muse Melpomène et de la plus grande de ses prêtresses ? » s'écria, mélodramatique, le défenseur des arts et des lettres, en secouant la malheureuse feuille de papier.

La petite foule qui se pressait dans le commissariat — plaignants divers et nécessiteux venus demander une attestation d'indigence pour obtenir des délais auprès des créanciers — applaudit frénétiquement. Ils n'avaient pas compris un mot, mais l'éloquence de l'homme de loi était une preuve amplement suffisante de l'innocence de l'actrice. Pimenta se leva pour faire cesser ce tumulte.

« Silence ! Croyez-vous qu'un commissariat soit un jardin zoologique ? cria-t-il, soucieux de montrer que lui aussi avait de l'autorité. Si vous continuez ce tapage, j'envoie tout le monde au trou ! »

Il se rassit.

« Je suis sûr que tout ceci n'aura aucune suite, maître Nabuco. Après tout, nous ne voulons surtout pas que madame garde un mauvais souvenir de notre pays, et c'est là l'essentiel. Si je me suis vu contraint de lui envoyer une convocation, c'est uniquement parce que la loi l'exigeait. Maintenant que j'ai entendu vos explications, je crois pouvoir dire que l'incident est clos.

— Merci, commissaire », dit l'avocat en s'inclinant magnanimement et en glissant dans sa poche la copie de la plainte.

Mello Pimenta savait parfaitement qu'il était inutile de jouer les David contre Goliath. Les relations influentes de Nabuco et la réputation de l'actrice ne pouvaient qu'entraîner le classement automatique de l'affaire, et la déposition de la plaignante irait inévitablement finir dans un tiroir poussiéreux aux archives du Palais de justice de Rio de Janeiro.

« C'est tout ? demanda Sarah en se levant.

— Oui, madame », risqua en français Mello Pimenta.

Il se leva pour les raccompagner.

« Si je puis me permettre, dit-il lorsqu'ils furent sur le seuil, j'aimerais vous demander, madame, si par hasard vous vous souvenez de cette carte. »

Il tira de la poche de son gilet le petit rectangle de bristol froissé portant la dédicace de l'actrice. Sizenando Nabuco reprit son rôle de truchement.

« Mais bien sûr, répondit Sarah. J'ai donné cet autographe à une très jolie jeune fille en sortant du théâtre, il y a quelques jours. Elle avait l'air si douce que je l'ai remarquée. Serait-ce votre fille ?

— Non, madame. J'enquête en ce moment sur une affaire compliquée de meurtres de jeunes filles, et malheureusement c'est une des victimes.

— Horreur ! Le monde, hélas, est plein d'atrocités,
Et le sang coule à flots dans toutes nos cités !

— Auriez-vous, par hasard, vu si quelqu'un l'accompagnait ?

— Oh, non ! Quand je quitte le théâtre, je ne vois rien du tout. Je vais directement à la voiture qui m'attend. Si, par exception, je me suis arrêtée un instant cette fois-là, c'est seulement parce que cette enfant avait quelque chose de différent, de vraiment touchant dans le regard. Hélas ! commissaire, je ne puis vous aider, mais croyez bien que je le regrette beaucoup. J'espère que vous arrêterez très vite celui qui a fait une chose aussi monstrueuse. Bonne chance dans votre enquête, ou, comme nous autres gens de théâtre avons coutume de dire en France, merde !

— Merde à vous aussi, madame », répondit de son ton le plus déférent Mello Pimenta, en serrant vigoureusement la main de l'actrice.

Sarah Bernhardt quitta le commissariat accompagnée de sa suite, aussi altière que si elle sortait de scène à la fin du second acte de *Ruy Blas*.

# 7

*LA FLAMME DU BOUGEOIR projette des ombres mouvantes sur les parois de la chambre. Il regarde sa propre silhouette, sinistre et dégingandée, et sourit. Avec ses mains, il s'amuse à faire des ombres chinoises, créant sur le mur des formes enfantines de lapins ou de renards. Puis, c'est de nouveau son spectre à lui qu'il fixe des yeux. C'est cette image qu'elles gardent imprimée sur la rétine avant de mourir. La raison qui le conduit à commettre ces actes lui échappe, mais il sait qu'il lui faut continuer. Tant qu'on ne l'arrêtera pas, il continuera à tuer. Le sens des messages qu'il laisse à chaque fois est évident, mais il semble que personne ne les comprenne. À force de le lire et de le relire, il connaît maintenant par cœur le chapitre du traité d'anatomie de Le Pileur,* Le Corps humain, *qui traite des poumons. Il le déclame à haute voix, comme si c'était de la poésie : « Principaux organes de la respiration, les poumons sont au nombre de deux, mais c'est par un seul et même conduit qu'ils reçoivent l'oxygène, et par une seule et même artère qu'ils sont irrigués de sang. Il faut les considérer comme la double expansion terminale de la trachée-artère, ou, si l'on préfère employer une image, comme les deux têtes d'un même arbre. Ils occupent la plus grande partie de la cage thoracique, qui peut être considérée comme leur "forme", leur moule... » Puis, cette récitation achevée, il garde un long moment le silence, écoutant attentivement sa propre respiration. À la fin, il a dû passer presque une heure à écouter l'air entrer et sortir de son corps. Il s'agenouille ensuite, soulève une des lattes du plancher et vérifie que le bocal contenant les langues est toujours dans sa cachette. Il remet la latte en place. De l'armoire, il tire la pierre à aiguiser et le long couteau. Assis sur le bord de son lit dur comme une couchette en bois, il commence à affûter la lame avec des gestes longs, sur un rythme lent. Pierre à aiguiser, pierre tumulaire. Stèle d'un sépulcre sans nom. Pierre à aiguiser, pierre fondamentale, pierre philosophale. Pierre. Pierre précieuse, presciente, omnisciente. Pierre à aiguiser, pierre angulaire, pierre. Il accélère le rythme, et sur la pierre le tranchant de la lame va, vient, court de plus en plus vite. Le voilà qui halète, sentant l'excitation monter, la sueur perlant par tous les pores de son front. Il serre plus fort dans sa main la poignée du couteau, et, visualisant sa prochaine mise à mort, il pousse un long râle orgasmique. Puis, son corps exténué tombe en travers du lit étroit. Pierre. Une pierre de moins à l'abject édifice de l'impudicité.*

Dans la rua do Ouvidor, cœur du quartier intellectuel de Rio, *L'Antre d'Aphrodite,* la librairie multilingue de Miguel Solera de Lara, était, avec la librairie Garnier, un des principaux points de rencontre des intellectuels de la ville, pour la plupart collaborateurs de journaux ou de revues. Son nom lui venait de ce qu'elle avait appartenu à un professeur de grec à la retraite fasciné par la mythologie. L'encadrement de la porte était gravé de toutes sortes de motifs helléniques et surmonté d'un fronton inspiré des représentations classiques montrant la déesse flottant sur les eaux dans une conque. Le sculpteur avait ajouté un livre ouvert dans la main d'Aphrodite, comme si elle lisait un des précieux volumes en vente à l'intérieur. Miguel, lorsqu'il avait racheté celle-ci, avait trouvé l'idée pittoresque et n'avait modifié ni ce décor ni le nom de la boutique.

Celle-ci recevait la visite presque quotidienne d'Olavo Bilac, de Guimarães Passos, de José do Patrocínio* — le rédacteur en chef métis de la *Gazeta da Tarde* —, sans oublier Aluísio Azevedo* (frère d'Artur le revuiste), le marquis de Salles, le caricaturiste Angelo Agostini, et, surtout, le prince de la bohème de Rio, Francisco de Paula Nei*. Paula Nei était un cas à part, car il n'avait jamais publié une ligne. Sa réputation était née et avait grandi uniquement dans la librairie de Solera et dans les cafés où il récitait pour ses amis poèmes et épigrammes. Il possédait un fabuleux talent verbal, et se distinguait aussi par son apparence : petit, laid, malingre et très myope, il portait toujours un chapeau de paille de coco repoussé en arrière.

Vers la fin de l'après-midi, tout ce petit monde commençait à défiler dans *L'Antre d'Aphrodite*. Ils y lisaient pour leurs amis des poèmes qu'ils venaient de composer, ou des articles non encore publiés. De temps à autre, il arrivait que Machado de Assis* lui-même fît à Miguel Solera de Lara l'honneur d'une apparition. Au reste, du temps où il n'était encore qu'un collaborateur parmi d'autres de la *Marmota,* la modeste petite revue où il avait fait ses débuts en littérature, il venait beaucoup plus fréquemment, mais depuis qu'il avait connu le succès grâce à la publication des *Mémoires posthumes de Brás Cubas,* ses visites s'étaient raréfiées. Il disait en plaisantant que la haute tenue de son œuvre n'était pas compatible avec le joyeux tapage que faisaient ces assemblées de jeunes bohèmes. Quant aux livres, ils en achetaient fort peu : ils préféraient lire les nouveautés sur place et restaient debout des heures près des présentoirs. Paula Nei avait même le toupet de venir chaque jour avec un marque-page pour savoir où reprendre sa lecture le lendemain. Miguel avait protesté, mais il lui répondait d'un air offensé :

« Tu préférerais peut-être que je corne la page et que j'abîme ton livre ? Drôle de libraire ! »

C'était pour ces raisons, et pour d'autres, que Miguel rêvait d'aller s'installer à Londres. D'y ouvrir, peut-être, une petite librairie dans les quartiers ouvriers de l'East End. Depuis toujours passionné par l'Angleterre, et de surcroît utopiste et romantique incorrigible, Solera de Lara avait conçu l'idée assez extravagante qu'il était de son devoir d'apporter un peu d'instruction aux classes les moins favorisées de la population anglaise. Ce n'était pas l'argent qui lui manquait. Seule sa vieille mère avec ses maladies imaginaires le retenait au Brésil. Ses amis, qui tous nourrissaient un amour pour la culture française confinant au fanatisme, se moquaient de lui :

« Je n'arrive pas à comprendre d'où te viennent ces lubies anglophiles, raillait le marquis de Salles. Tu ne sais donc pas encore que l'art et la pensée ont élu domicile à Paris ? »

Miguel préférait ne pas discuter. Il était inutile de parler de Shakespeare dans des oreilles qui ne voulaient entendre que la langue de Molière.

À deux heures de l'après-midi, il n'y avait jamais grand monde dans la librairie. Seuls quelques amateurs anonymes feuilletaient en silence les ouvrages nouvellement parus. Il y avait aussi des décorateurs, qui venaient acheter des livres au mètre pour leurs clients nouveaux riches, lesquels mettaient un point d'honneur à avoir une bibliothèque bien fournie dans leur maison — même si le luxe des reliures comptait pour eux beaucoup plus que le contenu des ouvrages. Du groupe habituel, seul Guimarães Passos était présent et lisait à haute voix pour le libraire son dernier poème satirique, où il était question d'un richissime négociant qui n'était pas parvenu à accomplir son devoir conjugal lors de sa nuit de noces. Leurs éclats de rire leur attiraient des coups d'œil réprobateurs de la part des clients. Au bout d'un moment, Guimarães prit congé de Miguel, en promettant de repasser plus tard dans l'après-midi.

Dehors, on entendait le vacarme habituel que faisaient les marchands ambulants :

« Aââââchetez mes beaux dindons, mes beaux dindons qui font la roue ! »

« Bouteilles, flacons, carafes ! Flââââcons, cââârafes ! »

« Elle est bonne, ma brioche ! Ma brioche qui sort du four ! Brioche, brioche toute fumante, brîîî-ôôôôche ! »

« Je vends des oignons, des oignons tout ronds, et des échalotes, tout en jolies bottes ! »

« Goûtez mes bons, mes bons sorbets,
Pour les vieux et pour les bébés !
Vite, un sou, ou tout est perdu
Car le sorbet sera fondu ! »

Soudain, à la grande surprise de Solera de Lara, Sarah Bernhardt en personne fit son entrée dans la librairie, accompagnée de son imprésario américain, Edward Jarrett, de son amie et confidente la comédienne Marie Jullien, et de deux autres acteurs de la troupe, Berthier et Philippe Garnier. Sarah, qui se trouvait au Brésil depuis maintenant un mois, avait épuisé la provision de livres qu'elle avait emportée avec elle, et on lui avait recommandé *L'Antre d'Aphrodite* comme le meilleur endroit à Rio pour trouver des nouveautés en français. Après avoir déjeuné à *La Renaissance*, le restaurant du chef français Pierre Labarth, elle avait décidé de faire halte à la librairie avant de retourner à l'hôtel, bien que Jarrett souhaitât pour sa part rentrer le plus vite possible car il ne se sentait pas très bien.

« Rien qu'un instant, mon chéri, avait dit Sarah. Je veux seulement voir si je peux trouver un livre de mon ami Émile, Émile Zola. »

Solera de Lara s'approcha pour l'accueillir, rayonnant, enchanté que la plus grande actrice du monde lui fît l'honneur de sa visite.

« Madame, je n'ai pas de mots pour vous dire combien je suis heureux de vous recevoir dans ma modeste librairie.

— Modeste ? On sait, monsieur, votre réputation
Et l'estime où chacun tient votre érudition :
Il n'est point de génie qui pense et qui médite
Dont l'œuvre ne se trouve à *L'Antre d'Aphrodite*.
C'est ce que l'on me dit : or, je recherche en vain
Certain livre nouveau d'un de nos écrivains.

— Mon Dieu, madame, il est vrai que je fais de mon mieux pour tenir à la disposition de mes clients toutes les nouveautés venues d'Europe, bien que les courriers par transatlantique me les livrent souvent avec retard, répondit le libraire d'un ton déférent. Puis-je vous demander quel est l'ouvrage que vous cherchez ?

— *L'Œuvre,* le dernier roman d'Émile Zola. Il paraît que sa publication fait beaucoup jaser à Paris : figurez-vous que Cézanne, qui est un ami de longue date de ce cher Émile, a cru se reconnaître dans le peintre qui est le personnage central du livre. Il en aurait pris ombrage au point que les deux hommes ne se parlent plus, chuchota l'actrice que ce potin mondain semblait beaucoup amuser.

— Malheureusement, madame, le livre vient juste de paraître. Je l'ai aussitôt commandé, bien sûr, mais je ne l'ai pas encore reçu. J'ai ici *Germinal,* qui est paru l'an dernier. Un livre passionnant. C'est l'histoire d'une révolte de mineurs dans le nord de la France. Je ne sais pas si vous le connaissez.

— Oui, je l'ai déjà lu. Il ne s'agit pas d'une révolte, mais d'une grève, corrigea Sarah.

— Ce n'est pas la même chose ? demanda le libraire d'un air contrit.

— Aux yeux de certaines personnes, j'ai bien peur que si, dit Sarah la libertaire, légèrement agacée. Mais je ne veux pas abuser davantage de votre temps. Si vous voulez bien m'excuser, je dois retourner à mon hôtel : mon imprésario, M. Jarrett, se sent un peu malade. »

Elle détourna les yeux et ajouta à voix plus basse, comme si elle se parlait à elle-même :

« Je me demande s'il n'aurait pas attrapé la fièvre jaune. »

Puis, regardant de nouveau Miguel :

« Au revoir, monsieur. »

Au moment où elle se retournait pour sortir, elle bouscula une petite femme fort boulotte mais portant une robe à la dernière mode, d'une délicate nuance bleu cendré, à sept volants. Elle laissa échapper le petit paquet qu'elle portait, qui s'ouvrit en tombant sur le sol, laissant apparaître son contenu : un livre et un jeu de longues cartes à jouer qui s'éparpillèrent.

« Oh, pardon ! Comme je suis maladroite ! s'excusa Sarah.

— Ce n'est pas grave, madame », dit en français la petite femme, qui se baissa pour ramasser son livre et ses cartes.

Sarah se baissa à son tour pour l'aider et s'exclama, surprise et ravie, en voyant le jeu :

« Mon Dieu ! Mais c'est un tarot de Marseille ! Ne me dites pas que vous savez tirer les cartes ?

— Oh, c'est seulement un passe-temps. Permettez-moi de me présenter. Je m'appelle Mercedes Leal. Pour votre part, naturellement, tout le monde sait qui vous êtes et je suis très honorée de rencontrer la grande Sarah Bernhardt. Je suis venue chercher cette commande : Miguel m'a dit qu'il l'avait déjà reçue depuis plusieurs jours. À présent, si vous voulez bien m'excuser... »

La femme s'apprêtait à partir, mais Sarah la retint par le bras.

« Ah, non ! Vous ne croyez donc pas au destin ? Chère madame, nous ne sortirons pas d'ici avant que vous ne m'ayez tiré les cartes. »

Les compagnons de Sarah protestèrent :

« Sarah, il faut vraiment que je rentre à l'hôtel. Le médecin m'attend, dit Jarrett.

— C'est vrai, Sarah. Et quant à moi, il me faut un peu de repos avant de répéter pour la représentation de ce soir, ajouta Berthier, qui avait secrètement donné rendez-vous dans sa chambre à une jeune admiratrice.

— Dans ce cas, allez-y. Je vous rejoindrai dans un moment avec Philippe et Marie, décréta la Divine, d'un ton définitif. À tout à l'heure. »

Elle se tourna vers Miguel.

« Cher monsieur, auriez-vous par hasard un endroit tranquille où madame pourrait me tirer les cartes ?

— Mais certainement. Il y a mon cabinet de lecture, derrière la boutique. »

Ce disant, il souleva une tenture et précéda le petit groupe.

Mercedes Leal s'assit à une petite table en face de Sarah Bernhardt et se mit à battre les cartes avec l'adresse d'une professionnelle.

« Comme le jeu est tout neuf, il faut battre longtemps. »

Autour de la table, Miguel, Philippe Garnier et Marie Jullien observaient en silence. Mercedes demanda à Sarah de couper et commença à disposer les cartes sur la table.

« Permettez-moi de vous répéter, madame, que tout ceci n'est qu'un amusement. Il ne faut donc pas accorder trop de crédit à ce que je vous dirai.

— Et pourquoi, je vous prie, tant de précautions ?
De quelque catastrophe avez-vous l'intuition ?

— Vous savez, ce sont des cartes neuves et je n'ai pas encore lu le livre. J'aurais beaucoup plus confiance en mon vieux Grimaud de Mme Normande. Je ferais peut-être mieux de battre encore une fois. »

Mais Sarah arrêta sa main avant qu'elle eût le temps de ramasser les cartes.

« Non, Mercedes. Lisez ce que vous voyez. Mon avenir ne peut pas être si terrible.

— Certainement pas. Cependant, si j'étais vous, je m'efforcerais à la prudence. »

Elle commença à déchiffrer les figures colorées étalées devant elle.

« Le Bateleur, également appelé le Sorcier, est la tête en bas, juste au-dessus de la Papesse. La Force, à côté de l'Empereur et de l'Impératrice, est placée au-dessus de l'Étoile. Ceci nous indique ce que nous savons tous déjà : que madame est dotée d'une force de caractère, d'un talent et d'une séduction hors du commun. Ensuite, nous avons le Fou et le Diable.

— Je vois que je suis en bonne compagnie », ironisa Sarah.

Tout le monde autour de la table partit d'un petit rire nerveux. Sans se troubler, Mercedes Leal poursuivit :

« Ce qui m'inquiète, c'est le Jugement, suivi de la Mort, du Pendu et de la Maison-Dieu, c'est-à-dire la Tour. Mais comme vous le savez, madame, l'interprétation dépend beaucoup de l'intuition personnelle de celui ou celle qui tire les cartes...

— Vos avertissements sont d'un bien triste augure !
Chère, quelles disgrâces annoncent ces figures ?

— Aucune, madame, aucune... Mais j'ai le curieux pressentiment qu'il serait plus sage pour vous de ne pas revenir au Brésil. Je vois ici un accident, lors d'un voyage ultérieur. Plus précisément, une chute qui risque d'avoir de graves conséquences[5]. C'est ce qu'indique la Tour. »

En disant ces mots, Mercedes Leal ramassa les cartes et les remit dans le paquet, avec son livre. Dans la petite pièce, on aurait pu entendre une mouche voler.

Sarah Bernhardt brisa cette atmosphère de sortilège en se levant et en déclarant d'un ton léger :

« Bon, au moins je n'ai rien à craindre pour cette saison. Tant mieux, parce que le théâtre est déjà complet pour toutes les représentations. Merci mille fois, Mercedes. Excusez-moi si je vous ai fait perdre un temps précieux.

— Madame, j'espère que vous ne prendrez pas tout cela trop au sérieux. Comme je vous l'ai dit, si j'avais lu dans mes vieilles cartes habituelles, celles de Mme Normande, ce serait peut-être différent, mais celles-ci...

— Je sais, c'est un jeu tout neuf, l'interrompit Sarah. En somme, c'est le contraire du baccara : pour lire l'avenir, on ne peut se fier qu'à des cartes ayant déjà beaucoup servi. Je vous en prie, venez donc me voir ce soir, dans *Le Passant.* Je vous promets de ne pas tomber. »

Elle montra ses magnifiques dents blanches dans un éclat de rire un peu excessif, prit congé de Miguel et sortit, riant toujours, dans la rua do Ouvidor écrasée de soleil.

# 8

TOUT PROCHE DU DÉPÔT de cadavres du Tiers-Ordre de la Pénitence, au coin du largo da Carioca et de la rua da Assembléia, se trouvait un café portant le nom on ne peut plus approprié de *Café de la morgue.* En dépit de ce nom, c'était, dès la tombée du soir, un des lieux les plus animés de la ville. Avec ses tables en marbre à pieds de fer forgé autour desquelles on conversait bruyamment, son piano droit où il se trouvait presque toujours un musicien noctambule pour venir s'asseoir, remplacé à l'occasion par un joueur de guitare quand la nuit avançait, son atmosphère enfumée par les meilleurs cigares venus de Bahia ou de La Havane, l'endroit, c'est vrai, avait une ambiance bien à lui. Surnommé par certains la « Chope des morts », le *Café de la morgue* était un des lieux de rencontre privilégiés de toute la bohème de la capitale. Elle venait s'y régaler des saucisses servies par le patron — un Allemand — et, surtout, de ses bières importées d'Europe : la Dois Machados, la Carlsberg, la Guinness, la Porter. Non qu'on n'y trouvât pas aussi d'excellentes *cervejas* nationales, la Kremer qui était produite dans la province de Minas Gerais, ou la Becker de Petrópolis, mais les bohèmes, en « européophiles » convaincus qu'ils étaient, refusaient avec ostentation de consommer des bières brassées du mauvais côté de l'Atlantique. Certaines étaient pourtant des bières pittoresques, la Gabel par exemple : elle était conservée dans des fûts fermés par un gros bouchon de liège, et, pour éviter que la fermentation ne fît sauter le bouchon, celui-ci était solidement attaché avec de la ficelle, qu'on ne coupait qu'au moment de servir, ce qui avait valu à la Gabel le surnom de « bière ficelée ».

Un des clients les plus assidus du *Café de la morgue* était Olavo Bilac. Ce soir-là, l'endroit était bondé. À la même table, tout au fond, étaient réunis autour du poète ses amis Guimarães Passos, Coelho Neto*, Paula Nei, Angelo Agostini, Aluísio Azevedo, Salomão Calif, le tailleur, José do Patrocínio, ainsi que le marquis de Salles et Albertinho Fazelli, qui payait l'addition. En cela, sa présence était indispensable car l'Allemand — il n'était connu que sous ce sobriquet —, fatigué des « ardoises » qui n'en finissaient pas, avait placé une pancarte bien visible juste à côté de la caisse, avec ces mots : LA MAIÇON FAIT GREDIT A PARTIR TE TEMAIN SEULEMENT. Cette graphie pour le moins curieuse était due au fait que le patron n'avait jamais parfaitement assimilé la langue de son pays d'adoption et confondait invariablement les D avec les T et les C avec les G. Aucun des clients, au demeurant, n'aurait voulu lui faire corriger ces erreurs cocasses.

Une autre personne faisait, ce soir-là comme souvent, partie du groupe : c'était Chiquinha Gonzaga*, femme compositeur de talent, qui avait remporté un grand succès l'année précédente avec son opérette satirique *La Cour à la campagne*. Comme elle était de surcroît une excellente pianiste, il arrivait parfois que Chiquinha, en fin de soirée, gratifiât ses amis de quelques mélodies ou ariettes de son cru, qu'elle chantait en s'accompagnant. Tout le monde l'adorait, et Paula Nei disait d'elle qu'elle était « notre George Sand ». De fait, faisant fi des conventions, Chiquinha Gonzaga était toujours entourée de compagnons masculins et avait eu l'audace de quitter successivement deux maris. Cela, naturellement, n'avait pas manqué de scandaliser les bourgeois biens-pensants, et c'était une raison supplémentaire pour que la joyeuse bande de bohèmes l'accueillît à bras ouverts. Par autodérision ou provocation, ils s'étaient eux-mêmes surnommés la Confrérie des fainéants.

Paula Nei, avec son bagout inimitable, était en train de lire les nouvelles ordonnances de la municipalité publiées ce jour-là dans le journal *O Paiz :*

« Il sera désormais interdit de poser des vases de fleurs sur le rebord des fenêtres, car, en cas de chute, ils sont susceptibles de blesser grièvement les passants. Le port de masques ne sera plus autorisé que pendant la période du carnaval. Il sera en outre interdit aux cavaliers de faire galoper leurs chevaux dans les rues, sauf aux soldats de la cavalerie dans les cas d'urgence. La construction d'urinoirs a été décidée, afin d'éviter que les citoyens ne fassent leurs besoins sur la voie publique. Enfin, tous les crachoirs seront retirés des lieux publics dans les plus brefs délais », conclut-il en feignant de cracher dans le chapeau de Salomão Calif, ce qui fit rire toute la bande.

Ensuite, le petit cénacle se mit à commenter l'arrivée de Sherlock Holmes, annoncée pour le lendemain. Le marquis de Salles avait été désigné par l'empereur pour aller l'accueillir à sa descente de bateau. Albertinho, en menteur effronté qu'il était, faillit se laisser aller à prétendre qu'il avait fait la connaissance du détective à l'occasion d'un de ses voyages à Londres ; il se retint cependant, de crainte que son affabulation ne fût démentie si, d'aventure, il était amené à rencontrer cet Anglais.

« Il paraît qu'il vient accompagné d'un médecin, un certain docteur Watson, dit José do Patrocínio, qui avait appris ce détail à la rédaction de la *Gazeta da Tarde*.

— Vraiment ? Est-il malade ou seulement hypocondriaque ? demanda Olavo Bilac.

— Ni l'un ni l'autre. Lui et ce Sherlock Holmes sont deux amis inséparables et ils habitent ensemble, répondit Patrocínio.

— Curieux. Ce Mr. Holmes serait-il... hmm... de la jaquette ? risqua le marquis de Salles, toujours très intéressé par les choses qui se passaient au-dessous de la ceinture.

— Il ne manquerait plus que ça. Deux tapettes anglaises ! gémit Salomão Calif. Comme si toutes celles de Rio ne suffisaient pas. Figurez-vous que l'autre jour, un de ces types est venu me commander des pantalons avec des braguettes sur les côtés, pour pouvoir se faire faire ce que tu devines sans même avoir à les baisser. “Votre prix sera le mien. Ce n’est pas l’argent qui me manque, senhor Calif...”

— Connaissant ta cupidité, je suis sûr que tu n’as pas fait de difficultés pour lui donner satisfaction », lança d’un ton goguenard Guimarães Passos à l’autre bout de la table.

Tout le monde s’esclaffa. S’il y avait une personne mal placée pour mettre en doute la générosité du tailleur, c’était bien Guimarães. Salomão lui avait confectionné il ne savait combien de costumes et de redingotes sans jamais voir la couleur de son argent. Un jour, irrité contre le poète qui lui devait le prix de toute une garde-robe, il lui avait annoncé qu’il n’accepterait plus de lui aucune commande tant qu’il ne l’aurait pas payé. En dépit de leur vieille amitié, il lui avait déclaré très sérieusement que son crédit était suspendu et qu’il se refusait désormais à travailler gratis. Sauf, avait-il ajouté, grand seigneur, si Guimarães avait besoin d’une petite réparation ou d’une retouche sur un des costumes qu’il possédait déjà. Guimarães l’avait pris au mot, et, une semaine plus tard, était entré dans l’atelier de son ami.

« Ta promesse de me faire quelques petites réparations en cas de besoin, est-ce qu’elle tient toujours ?

— Bien sûr », avait répondu le tailleur.

Le poète avait alors tiré de sa poche un sachet contenant des boutons et l’avait mis dans la main de Salomão.

« Voilà. Ces boutons ont perdu leur costume, et je voudrais que tu leur en accroches un nouveau. En cachemire, de préférence. »

C’était Salomão lui-même qui avait ensuite raconté l’histoire aux autres membres du groupe. L’effronterie de Guimarães l’avait tellement fait rire que, naturellement, il lui avait fait son nouveau costume.

Olavo Bilac revint au sujet initial de la conversation.

« Pour parler sérieusement, je me suis laissé dire que ce nommé Sherlock Holmes possède une capacité de déduction absolument extraordinaire. Et j’ai su que Mello

Pimenta, le commissaire, l'avait aussi contacté pour lui demander son aide dans l'affaire des deux filles assassinées.

— Tant mieux. Si c'est un cerveau aussi brillant qu'on le dit, ce serait idiot qu'il perde son temps à courir après un crin-crin volé, dit Paula Nei.

— Pas un crin-crin, mon cher. Il s'agit d'un stradivarius qui coûte une véritable fortune, corrigea De Salles.

— Peut-être. Mais même un stradivarius a moins de prix que la vie de ces deux malheureuses », objecta Bilac.

À cet instant, le commissaire Mello Pimenta en personne entra dans le café. Il connaissait bien toutes les personnes réunies autour de la table, car il passait très souvent boire une chopine au *Café de la morgue* le soir, quand il quittait le commissariat. Olavo Bilac, se rappelant que le policier avait promis de lui faire passer quelques nuits en prison, se leva précipitamment et s'accroupit derrière ses amis pour se cacher.

« Du calme, du calme, senhor Bilac ! Soyez tranquille, il n'existe aucune charge réelle contre vous. Les journaux se plaisent à toujours tout exagérer. Après tout, si nos jeunes gens ne pouvaient plus écrire de pamphlets, que deviendrait ce pays ? Je suis seulement entré pour boire une bière, dit Pimenta.

— Alors, permettez-nous de vous l'offrir, commissaire », dit Albertinho en faisant signe au garçon.

Bilac, rassuré, se rassit.

« C'est une curieuse coïncidence que vous soyez entré maintenant, dit-il. Figurez-vous que nous étions justement en train de parler de l'affaire des jeunes filles assassinées. Une affaire qui doit vous causer beaucoup de souci, je suppose. On dit même que vous comptez demander les conseils de ce détective anglais à qui l'empereur a fait appel.

— Peut-être que oui, peut-être que non, répondit Mello Pimenta, fort mécontent de constater que la nouvelle s'était déjà répandue.

— Allons, Pimenta. Tout le monde est déjà au courant, intervint Chiquinha Gonzaga, avec son irrévérence coutumière. Paiva, le receveur des postes, a raconté partout que vous lui aviez envoyé un télégramme. »

L'indignation de Pimenta fut telle qu'il manqua s'étrangler avec sa bière.

« Infraction caractérisée au secret professionnel ! s'écria-t-il. Alors, cette canaille a le culot de divulguer ma correspondance ? C'est un délit passible des tribunaux !

— Oh, nous le savons, que c'est une canaille. Seulement, Paiva n'est pas seulement fonctionnaire de l'État. C'est aussi le frère de la gouvernante du comte d'Eu. Voilà pourquoi personne ne peut rien contre lui, fit observer Coelho Neto.

— Même pas un très zélé commissaire de police persécuteur des poètes », ajouta Bilac, en regardant Pimenta d'un œil espiègle.

Toute la tablée éclata de rire, même Mello Pimenta. Il finit sa chope de bière, et aussitôt, Albertinho Fazelli fit signe à Laurindo, leur serveur attitré, de lui en apporter une autre.

« Le jeune Bilac dit vrai, admit le commissaire. Puisque le texte de mon télégramme à cet Anglais est apparemment tombé dans le domaine public, inutile que je prétende le contraire. J'ai bel et bien demandé son aide à ce Mr. Holmes. Seulement, j'ignore s'il pourra m'accorder un peu de son temps. Après tout, il vient au Brésil pour répondre à une invitation de dom Pedro.

— Aucun détective digne de ce nom ne pourrait manquer de s'intéresser à deux meurtres aussi étranges, rétorqua Aluísio Azevedo en allumant un cigare. Mais qu'a-t-il donc de si extraordinaire, cet Anglais, pour qu'on le fasse venir de si loin ?

— À cela, je peux vous répondre, dit Pimenta, à qui sa seconde chope de bière déliait la langue. Voyez-vous, j'ai pris des renseignements auprès de Scotland Yard... »

Sans doute grâce à la bière, il parvint à prononcer presque parfaitement le nom de la police britannique. Les membres du petit groupe, intéressés, tendirent davantage la tête vers lui. Albertinho commanda une autre tournée.

« Je parie que c'est un spécialiste de la déduction, dit le marquis de Salles. À partir de simples indices, un grand détective doit posséder la capacité de parvenir à des conclusions en utilisant la logique et le raisonnement. Est-ce que je me trompe, commissaire ? »

Mello Pimenta acquiesça. Il prenait grand plaisir à être le centre de l'attention générale.

« En effet. Et je dois ajouter, marquis, que c'est beaucoup plus difficile qu'on ne croirait. Du reste, laissez-moi profiter de cette rencontre inopinée pour vous en faire la démonstration. Je vais vous raconter une affaire très célèbre, et nous verrons qui d'entre vous parviendra à la solution alors que vous disposerez tous des mêmes indices.

— Excellente idée ! applaudit Aluísio Azevedo. Ce sera comme un jeu de devinettes.

— Non, senhor Azevedo, il ne s'agit nullement d'une devinette. Il s'agit de déduction ! » corrigea Mello Pimenta d'un ton sentencieux, en prenant place à leur table.

Soudain, le commissaire devint la vedette de la soirée. Les bohèmes, y compris ceux qui étaient assis aux tables voisines, s'approchèrent pour boire ses paroles en même temps que quelques pintes de bière supplémentaires. Mello prit le temps d'avaler une autre gorgée, essuya la mousse sur sa moustache, fit mine de se concentrer et commença.

« Comme je viens de le dire, la déduction est une chose très difficile. Une affaire de professionnels. Aussi, ne vous tracassez pas si vous n'arrivez à aucune conclusion. Cela n'aurait rien d'étonnant. Je vais donc vous raconter cette histoire, en omettant, bien sûr, les noms et les lieux. »

D'une voix lugubrement assourdie, il entama le récit d'une charade policière vieille comme le monde, en feignant d'en avoir été un des protagonistes.

« Un jour, une femme fut retrouvée morte dans son jardin, à une douzaine de mètres à l'arrière de sa maison. Elle avait été tuée d'une balle de fusil dans la poitrine.

— Heureusement que ce n'était pas elle qui avait dû viser », intervint ironiquement Albertinho Fazelli, qui ne tenait pas le sexe faible en très haute estime.

Coelho Neto lui ordonna de se taire, et Pimenta continua.

« Quand j'arrivai sur les lieux, son mari me déclara que c'était lui qui l'avait découverte. Il avait entendu le coup de feu de la maison, il était sorti et avait couru dans sa direction, et, voyant qu'elle saignait abondamment, il était rentré en toute hâte pour chercher des bandages. Mais à son retour, sa femme était morte. Il était alors revenu dans la maison et m'avait envoyé chercher.

— Pauvre homme, murmura Salomão Calif, pour qui la vie de famille était sacrée.

— Après avoir minutieusement examiné le lieu du crime, je dis au mari que le coup de feu avait été tiré depuis l'autre bout du jardin, car entre la maison et l'endroit où avait été trouvé le corps il n'y avait que quatre séries d'empreintes de pas : l'une laissée par les bottines de la femme lorsqu'elle était sortie, les trois autres par les souliers du mari. Nous marchâmes donc jusqu'à l'autre bout du jardin, et là, derrière des arbustes, je découvris des traces de poudre.

— Et comment avez-vous fait pour deviner qui était l'assassin ? demanda José do Patrocínio, impatient.

— Eh bien, lorsque nous sommes rentrés dans la maison, j'ai remarqué sur la table de la salle à manger une bouteille de vin de Porto débouchée, avec une tache sombre sur l'étiquette. En outre, le miroir du vestibule était cassé. Je me tournai donc aussitôt vers le mari, et donnai ordre à mes hommes de l'arrêter. Pourquoi ?

— Parce que le vin était empoisonné ! s'écria précipitamment Albertinho Fazelli, qui parlait plus volontiers qu'il ne réfléchissait.

— Albertinho, la femme avait été tuée d'une balle dans la poitrine, lui rappela Bilac.

— Alors c'est la balle qui était empoisonnée ! insista Fazelli, qui était d'une nature têtue.

— Si au lieu d'un concours de déductions nous faisions un concours d'idiotie, tu gagnerais facilement le premier prix, lui lança Paula Nei.

— Le mari avait-il bu le porto ? » s'enquit Bilac.

Mello Pimenta, solennel, fit non de la tête.

« Il avait cassé le miroir quand il avait vu son propre reflet. Il devait porter un costume terriblement mal coupé », avança Salomão Calif.

Même Albertinho Fazelli comprit que la déformation professionnelle poussait le tailleur à proférer des absurdités. En revanche, personne d'autre ne proposa de solution à l'énigme. Pimenta, satisfait, alluma un cigare que lui offrait Guimarães Passos, et, se rengorgeant, souffla une épaisse bouffée de fumée, savourant en même temps son havane et son succès.

« Les empreintes de pas. Je suis sûre que la solution se trouve dans les empreintes de pas, suggéra au bout d'un moment Chiquinha Gonzaga.

— Ne dis pas d'âneries, Chiquinha. Qu'est-ce que les empreintes de pas ont à voir là-dedans ? rétorqua Aluísio Azevedo, dédaigneux.

— Et pourtant, dona Chiquinha a raison », déclara Pimenta, légèrement contrarié.

Chiquinha continua :

« Vous êtes tous plus niais les uns que les autres. Le commissaire a dit qu'il avait observé quatre séries d'empreintes, trois faites par le mari et une par la femme. Or, si le mari était effectivement sorti de la maison en entendant le coup de feu comme il l'a prétendu, il y aurait eu non pas quatre, mais cinq séries d'empreintes. Une de la femme et quatre du mari. La première qu'il aurait laissée en courant auprès de sa femme, la deuxième en revenant chercher les bandages, la troisième en retournant vers elle dans le jardin et la quatrième en rentrant finalement dans la maison pour appeler la police. Mais comme le commissaire n'a trouvé que quatre séries d'empreintes, cela prouve qu'il était déjà dans le jardin quand elle est sortie, à la guetter derrière les arbustes avec son fusil. »

Tout le monde, dans le *Café de la morgue,* fut éperdu d'admiration devant les facultés de déduction de la compositrice. Paula Nei se leva et cria :

« Hourrah pour Chiquinha Gonzaga, notre détective en jupons !

— Hourrah ! crièrent, en chœur, clients et garçons.

— Maintenant, d'autres chopes pour les vivants, dans cette "Chope des morts" ! » réclama Albertinho.

Au milieu de toute cette agitation, seul Mello Pimenta faisait plutôt grise mine, assez mécontent que la solution de son énigme eût été découverte, et par une faible femme, encore. Interrompant les manifestations de gaieté, le marquis de Salles demanda :

« Commissaire, quel rapport avec le crime avaient la bouteille de porto débouchée avec la tache sur l'étiquette et le miroir cassé ?

— Aucun. C'était seulement pour donner plus de saveur à l'histoire », dit, un peu gêné, Mello Pimenta, jetant un coup d'œil oblique à Chiquinha et provoquant les éclats de rire de l'auditoire.

Même l'Allemand, le patron du café, applaudit la musicienne.

« Ach ! La prochaine dournée est overte bar la maiçon, beugla-t-il. Zette jeune tame, elle est engore plus géniale que Beethoven. »

Personne ne sut jamais s'il comparait les capacités intellectuelles ou l'inspiration musicale des deux compositeurs.

Pimenta se rendait bien compte que Chiquinha Gonzaga était en train de lui voler la vedette. Pour renverser la situation et prendre sa revanche sur la jeune femme, il s'efforça de changer le sujet de la conversation et d'en reprendre les rênes.

« Les crimes sur lesquels j'enquête actuellement sont beaucoup plus complexes. Deux jolies filles, presque des gamines, assassinées sauvagement, et — du moins à ce qu'il semble — sans rien qui permette d'établir le moindre lien entre la première et la seconde. L'une était une prostituée, l'autre une demoiselle d'honneur au palais impérial. Pourtant, toutes les deux ont été victimes du même tueur sanguinaire.

— Mais comment êtes-vous si sûr qu'il s'agit bien du même assassin ? » demanda Guimarães Passos.

Aussitôt, Pimenta se repentit d'en avoir trop dit. Les indices laissés par le meurtrier n'avaient pas encore été révélés publiquement. N'eût été toute la bière qu'il avait ingurgitée, il aurait certainement réfléchi avant de parler. Mais à présent, il était trop tard pour revenir en arrière et il poursuivit :

« À cause des langues...

— Quelles langues ? demanda Olavo Bilac, très intrigué.

— Les deux fois, l'assassin a coupé la langue de sa victime et l'a emportée avec lui. »

Un frisson de dégoût parcourut l'auditoire. Pimenta se réjouit d'avoir fait sensation.

« Peut-être dona Chiquinha aimerait-elle jeter un coup d'œil aux cadavres ? Qui sait si elle ne pourrait pas me donner un coup de main, grâce à ses brillantes capacités de déduction, ajouta-t-il perfidement, en se tournant vers la jeune femme.

— Excellente idée ! approuva le marquis de Salles, tout émoustillé à la perspective de visiter une morgue.

— Je n'y vois aucun inconvénient, dit Chiquinha Gonzaga.

— Moi non plus. Au contraire ! renchérit Paula Nei, lui aussi très excité par cette idée.

— J'aimerais beaucoup vous accompagner, mais je ne peux pas. J'ai oublié les clefs de chez moi et je ne veux pas réveiller toute la maisonnée en sonnant au milieu de la nuit, prétendit Albertinho.

— Moi aussi, il vaut mieux que j'aille dormir. J'ai un client qui vient pour un essayage très tôt demain matin, déclara Salomão Calif, qui, de même qu'Albertinho, préférait se dérober à cette macabre expédition.

— Si nous devons y aller, allons-y tout de suite, dit Olavo Bilac en se levant.

— Du calme, du calme. Rien ne presse. Là où elles sont, il n'y a pas de danger qu'elles s'en aillent. Laissez-moi d'abord finir mon cigare. Ce serait un manque de respect d'enfumer des morts », dit Mello Pimenta, en soufflant un lourd nuage de fumée.

De la Confrérie des fainéants, seuls Guimarães Passos, Paula Nei, Coelho Neto, le marquis de Salles, Olavo Bilac et, bien sûr, Chiquinha Gonzaga se dirigèrent vers la morgue du Tiers-Ordre de la Pénitence. Ils parcoururent quelques mètres dans la rua da Assembléia jusqu'au largo da Carioca, puis, après avoir franchi les hautes grilles de l'édifice et présenté sa carte de police au veilleur de nuit, le commissaire fit ouvrir les lourdes portes de fer qui donnaient au lieu une apparence plus sinistre que nature. En l'entendant grincer, Coelho Neto fut à deux doigts d'inventer une excuse pour partir en courant, mais il resta, bravement, par crainte des quolibets de ses amis. Tous les six suivirent le commissaire, en silence, par les couloirs tortueux qui conduisaient à la salle mortuaire. À mesure qu'ils en approchaient, ils étaient assaillis par de puissants effluves de formol mêlés à une autre odeur reconnaissable entre toutes — l'odeur de mort. Ils arrivèrent devant l'entrée de la salle mortuaire, et Pimenta cria pour appeler le préposé.

« Gervásio ! Gervásio, réveille-toi ! »

Le préposé apparut, l'air ensommeillé, les cheveux en bataille. À son apparition, tous les nouveaux venus sursautèrent. Gervásio était nain. Il devait avoir dans les trente ans et mesurait tout au plus un mètre dix. Il appartenait à une famille de gens du cirque, et on l'avait autrefois présenté dans les foires comme le nain le plus petit du monde ; mais il avait été forcé d'abandonner son métier de saltimbanque à cause d'une calamité qui était le cauchemar de tous les nains : il avait commencé à grandir. Au début, quand il s'était aperçu qu'il était passé de quatre-vingt-dix-huit centimètres à un mètre deux, il avait tenté de dissimuler cette catastrophe, en se courbant un peu chaque fois qu'il entrait sous un chapiteau, mais ses parents et ses frères — tous des nains — n'avaient pas tardé à remarquer l'artifice du jeune Gervásio, et, avec l'intégrité qui caractérise le monde des forains, ils s'étaient refusés à cautionner cette ruse. En versant force larmes, l'infortuné Gervásio avait donc dit adieu à ses amis, à la femme à barbe — qui était sa maîtresse depuis quelques années —, et était parti affronter le monde hostile des gens à taille normale. Le seul emploi qu'il avait pu trouver, après de longues recherches, était celui-ci : préposé à la garde des cadavres de la morgue du Tiers-Ordre de la Pénitence, et cela seulement grâce à l'intercession d'un prêtre charitable qui s'était ému de son sort. Au commencement, il avait eu de la peine à s'habituer à la compagnie des morts, tous beaucoup plus grands que lui.

Mais à présent, cinq ans avaient passé, et il circulait parmi tous ces corps sans vie d'une démarche presque allègre.

« Dites-moi, commissaire, est-ce que vous savez l'heure qu'il est ? Vous n'avez donc pas peur de réveiller ma clientèle ? plaisanta le préposé miniature, de sa voix de fausset.

— Excuse-moi, Gervásio. Tu sais bien que la justice ne connaît pas les horloges. J'ai besoin de montrer à mes amis ici présents, qui sont tous de grands enquêteurs, les corps des deux jeunes filles assassinées.

— Très volontiers. Quelle que soit l'heure, c'est toujours un plaisir de vous recevoir, commissaire, dit le nain, sincère, car Pimenta était le seul policier qui ne se permît jamais de plaisanteries douteuses sur sa petite taille. Les deux petites sont en excellent état. J'espère seulement que la prochaine livraison de glace ne sera pas en retard une fois de plus. »

Gervásio faisait allusion aux blocs de glace naturelle qui arrivaient par bateau d'Amérique du Nord. Ils étaient transportés dans les cales, soigneusement couverts d'épaisses couches de sciure, et, une fois débarqués, on les mettait immédiatement à l'abri dans des dépôts prévus à cet effet, du côté de Santa Luzia. Là étaient creusées des fosses profondes où la chaleur ne pénétrait pas. Aussi incroyable que cela parût, les pertes étaient minimes : jamais plus de trente ou quarante pour cent au bout de cinq mois. L'ennui, c'était que les vapeurs arrivaient parfois avec du retard, ce qui avait des conséquences très fâcheuses pour les responsables des morgues et les fabricants de sorbets.

Agilement, le nain ouvrit deux énormes tiroirs, dévoilant aux regards les corps des deux jeunes mortes. Dans l'un d'entre eux, il prit une chose enveloppée dans du papier brun.

« Tout à l'heure, j'ai mis au frais le reste de mon sandwich », expliqua-t-il.

Les bohèmes furent saisis d'effroi devant le spectacle qui s'offrait à eux. À l'exception d'Olavo Bilac et du marquis de Salles, tous deux d'une curiosité morbide, tous se repentaient d'avoir accepté la proposition du commissaire et n'avaient plus qu'un seul désir : sortir de cet endroit le plus vite possible. Ils avaient beau feindre l'indifférence, Mello Pimenta était parfaitement conscient de la sensation d'extrême malaise et presque de panique qu'éprouvaient ses invités, comme tous ceux qu'il amenait dans de tels lieux. Lui-même l'avait aussi ressentie, il y avait de cela bien des années, quand, au début de sa carrière, il avait pour la première fois mis les pieds dans une morgue. Et pourtant, bien que les circonstances de leur mort eussent été particulièrement violentes et tragiques, les deux jeunes filles, enveloppées dans de longs linceuls blancs, semblaient seulement plongées dans un profond et paisible sommeil. D'une certaine façon, les visiteurs auraient pu se croire non pas dans une morgue mais dans un pensionnat, comme s'ils s'étaient glissés en cachette dans le dortoir des filles.

« Comme elles sont jolies ! murmura Bilac.

— Quel est le monstre qui a pu commettre des atrocités pareilles ? s'interrogea Guimarães Passos.

— C'est ce que je voudrais bien savoir », dit sombrement Pimenta.

Puis il se tourna vers Chiquinha Gonzaga, et, savourant sa vengeance, lui demanda :

« Alors, chère collègue ? Voulez-vous examiner les cadavres de plus près ?

— Vous savez très bien que je ne suis pas spécialiste en la matière. En outre, vous nous avez déjà révélé le détail le plus étrange. Le meurtrier leur a coupé la langue, répondit Chiquinha, sans pouvoir détourner les yeux des deux cadavres.

— Il y a aussi les cordes, dit le commissaire.

— Les cordes ? Quelles cordes ? »

C'était la voix du marquis de Salles.

« Je ne vous en ai pas encore parlé ? On a trouvé une corde provenant d'un instrument de musique, enroulée dans les... euh... sur le corps de chacune des victimes, expliqua Pimenta, tirant de la poche de son gilet une enveloppe contenant les longs fils en boyau de chat. Mais je ne sais pas de quel instrument au juste. »

Chiquinha Gonzaga prit l'enveloppe des mains de Pimenta et en examina le contenu.

« Mon cher commissaire, pour le savoir, ce n'était vraiment pas la peine de nous emmener dans cet horrible endroit. Ce sont deux cordes de violon. Je peux même vous dire que ce sont la première et la dernière : la corde de *sol* et celle de *mi.* »

Elle replaça les cordes dans l'enveloppe et les rendit à leur dépositaire, avant de se tourner vers la sortie.

« À présent, pouvons-nous partir ou devons-nous continuer à visiter cette version ultra-réaliste du musée de Madame Tussaud ? demanda-t-elle d'un ton sec.

— Allons-nous-en. Assez d'horreurs pour ce soir, renchérit Coelho Neto, en prenant par le bras Olavo Bilac qui contemplait, fasciné, les visages des deux jeunes victimes. Viens, Olavo.

— Elles sont tellement jolies... », murmura le poète, rêveusement.

Gervásio referma les tiroirs et raccompagna ses visiteurs jusqu'à la porte.

« Revenez quand vous voudrez, commissaire. Vous savez comme j'ai plaisir à tailler une bonne bavette, et, malheureusement, mes hôtes ne sont pas très loquaces. »

Le nain demanda au veilleur de nuit de l'aider à refermer les lourdes portes et regarda s'éloigner le petit groupe, qui franchit les grilles sans demander son reste. Puis, quand il eut disparu au coin de la rua da Assembléia, il tira de sa poche le petit paquet enveloppé de papier brun et termina tranquillement son sandwich.

# 9

POUR LE VOYAGEUR qui arrivait par la mer, le spectacle qu'offrait la ville de Rio de Janeiro lorsque le navire en approchait était un éblouissement. Sur toute la côte, magnifiquement parée d'une végétation exubérante, se dressaient des cocotiers, des muscadiers, des sapotilliers, et une myriade d'autres variétés d'arbres, pour la plupart immenses, et plus splendides qu'aucun esprit européen n'en aurait jamais pu rêver. Au moment où le navire franchissait la barrière de corail et obliquait vers la baie de Guanabara, entre l'île du Gouverneur et le Pain de Sucre, ses passagers commençaient d'apercevoir les quartiers de Botafogo, de Catete et de Glória, avec, déjà, quelques installations portuaires. Alors, les eaux se couvraient de petites embarcations venues accueillir les paquebots et d'où les matelots lançaient des cris de bienvenue. Entre les collines de Castelo et de São Bento, on devinait, au loin, les toits du centre-ville ; mais ce qui frappait surtout le regard des nouveaux arrivants était l'incroyable blancheur des plages de sable fin.

C'était tout cela que contemplaient, appuyés au bastingage sur le tillac de l'*Aquitania,* le détective Sherlock Holmes et le docteur John Hamish Watson. Le docteur était vêtu d'un costume de laine marron clair, avec un gilet et un chapeau de feutre de même couleur ; le détective portait, lui, un costume plus foncé, avec, par-dessus, la cape à carreaux et, sur la tête, la casquette à double visière du même tissu qui faisaient presque immuablement partie de son habillement. Il n'était que sept heures du matin, et, à cette époque de l'année, la température était assez agréable, dans les vingt-trois ou vingt-quatre degrés. Comme le bateau n'accosterait pas, les passagers attendaient dans les canots qui devaient les transporter jusqu'au quai. Distrait par la vision du paysage qui s'étendait devant ses yeux, imaginant ce que pouvait être la vie dans cette cité inconnue, Sherlock Holmes n'entendit pas que, d'une des embarcations, quelqu'un l'appelait en criant son nom. Il fallut que Watson le tirât de ses rêveries :

« Holmes, je crois qu'on vous appelle.

— Qui cela ?

— Je ne sais pas. Quelqu'un.

— Où ?

— De ce côté, il me semble. Dans ce bateau », dit Watson en désignant du doigt une barque non loin de là.

En bas, dans son canot, Júlio Augusto Pereira, marquis de Salles, faisait de grands signes de la main en direction du détective. Il n'avait presque pas dormi, et son visage révélait la fatigue de la mauvaise nuit qu'il avait passée après la lugubre visite de la soirée précédente. De surcroît, il avait horreur de monter dans un bateau, et seule la requête personnelle de l'empereur avait pu le tirer de son lit pour cette effrayante aventure nautique. Il se tenait debout, tâchant de garder son équilibre malgré le balancement du canot sur les vagues, et, plaçant ses mains en porte-voix près de sa bouche, cria de nouveau :

*« Mr. Sherlock Holmes ! I am looking for Mr. Sherlock Holmes !*

— *Here I am !* » répondit le détective en agitant les bras.

Le marquis ordonna au conducteur de la barque de se rapprocher de l'*Aquitania.*

« Je suis venu vous accueillir à la demande de Sa Majesté l'empereur. J'espère que vous avez fait bon voyage.

— Excellent, merci.

— Parlez pour vous », grommela Watson, pour qui chaque heure de cette traversée avait été un supplice.

Comme il avait coutume de le dire en plaisantant, son estomac n'avait pas le pied marin. Même sa recette habituelle contre le mal de mer, qui consistait à boire chaque matin un lait de poule avec un verre de xérès, s'était révélée inefficace et n'avait pas empêché le pauvre docteur de régurgiter systématiquement tous les repas pantagruéliques qu'on avait servis sur le paquebot.

« Watson, rendez-vous utile et faites descendre nos bagages. Pendant ce temps, je vais faire mes adieux au commandant. »

Avant que Watson eût le temps de protester — car il détestait que Holmes le traitât comme son valet, ce qui se produisait un peu trop souvent à son goût —, le détective disparut par une des portes du pont.

Le trajet de l'*Aquitania* jusqu'au quai Pharoux se déroula sans incident notable. Les bagages furent chargés dans un chariot, tandis que De Salles et les deux voyageurs montaient dans le landau du marquis. Alors qu'ils parcouraient les rues du centre-ville, Watson s'étonna :

« C'est curieux ! Je ne vois pas un seul indien dans ces rues. »

La surprise du docteur amusa beaucoup le marquis.

« Et vous n'en verrez pas, docteur Watson. Nous sommes déjà presque des gens civilisés, ironisa-t-il. De surcroît, les indiens sont libres comme l'air, il n'y a pas moyen de les faire obéir. Ils ne sont bons à rien pour les travaux domestiques. Mais nous pouvons compter sur nos esclaves. La plupart du temps, les nègres donnent entière satisfaction, même s'il y en a quelques-uns qui sont très... très... »

Il cherchait le mot « paresseux » en anglais, mais ne le trouvait pas : seul le terme français, lui revenait.

« Preguiçosos... preguiçosos... *How would I say* preguiçosos *in English...*

— *Lazy* », traduisit Holmes, le plus tranquillement du monde.

La stupéfaction de Watson n'eut d'égale que celle du marquis.

« Comment ? Vous parlez donc portugais, Mr. Holmes ?

— Je suppose que oui », répondit Holmes, dans la langue de Camões.

Watson, qui, malgré sept années de cohabitation avec le détective, ne parvenait toujours pas à s'habituer à ce genre de révélations soudaines, demanda, très intrigué :

« Et où diable avez-vous appris à parler cette langue ?

— À Macao, en Chine, un an avant de faire votre connaissance. J'y ai passé presque six mois pour me documenter sur les mystérieux poisons orientaux, et il se trouve que le plus grand spécialiste en cette matière était un savant de nationalité portugaise, Nicolau Travessa.

— Jamais entendu parler, dit Watson, non sans un certain dépit.

— C'est normal, mon cher Watson. Pourquoi un chirurgien des armées de Sa Gracieuse Majesté devrait-il s'y connaître en poisons orientaux ?

— Et ce Nicolau Travessa était vraiment un expert en ce domaine ? s'enquit De Salles, avec la curiosité fascinée qu'il éprouvait pour tous les sujets macabres.

— Travessa était un génie incompris. Il avait vu le jour à Lisbonne, dans une famille du meilleur monde, mais très tôt son esprit aventureux le poussa à aller s'installer à Goa, aux Indes. Malheureusement pour lui, il en fut chassé au bout de quelque temps.

— Pourquoi ? interrogea le marquis.

— Parce qu'il s'était servi de son propre corps pour des expériences sur le venin de naja, qui lui avaient coûté la perte d'un œil et la paralysie d'une jambe, expliqua Holmes, d'un ton de profond respect.

— Il essayait les venins sur lui-même ? s'écria Watson, horrifié.

— Naturellement. Comme tous les grands savants, Travessa faisait de son organisme un laboratoire expérimental. De Goa, il partit pour la Chine, et, au cours des ans, il étudia de cette façon les effets de l'arsenic, du cyanure, du carbonate de plomb, de la strychnine, du curare et même du *conum maculatum,* un venin très rare qu'on extrait d'un poisson japonais. Pendant mon long séjour à Macao, j'ai eu la chance d'apprendre énormément de choses de cet homme affable et entièrement dévoué à ses recherches. C'est une honte que la science ne lui rende pas justice.

— Et qu'est-il devenu, ce génie du poison ? demanda, perplexe, le marquis de Salles.

— Il est mort, hélas, en testant sur lui-même un concentré de venins de scorpions africains », répondit Sherlock Holmes, ému.

Bien que peu porté à la sentimentalité, le détective s'attendrissait toujours au souvenir du savant lisboète.

Pendant le reste du trajet, Holmes eut tout loisir d'exhiber devant le marquis tout ébaubi sa maîtrise de la langue. Comme il l'avait apprise dans une colonie portugaise, il la parlait avec un fort accent lusitanien, mais presque à la perfection. Le landau s'arrêta devant l'*Hotel Albion,* et le cocher, un tout jeune homme de vingt ans à peine, ouvrit la porte pour aider les passagers à descendre. Holmes fut le dernier à mettre pied à terre, en s'appuyant sur l'épaule du garçon.

« Merci, mon jeune ami. Je vois que votre frère était poitrinaire et qu'il est mort tout récemment de phtisie galopante. Mes condoléances », dit-il.

Devant la stupeur du cocher et de ses deux compagnons, il poursuivit :

« Je me rends compte que vous êtes fort perplexes devant cette déduction, et pourtant elle est élémentaire. Je remarque, sur la redingote de ce jeune homme, une tache rouge : une tache de sang, certainement causée par une hémoptysie. Je constate aussi que le vêtement en question est visiblement trop large pour celui qui le porte, preuve qu'il a d'abord appartenu à une autre personne. Comme il est d'usage dans les familles socialement moins favorisées, les frères cadets héritent des vêtements de leurs aînés. Donc, il est évident, jeune homme, que cette redingote, tachée à la suite d'un crachement de sang, était celle de votre malheureux frère, récemment emporté par cette terrible maladie. »

Abasourdi, le marquis de Salles se tourna vers son cocher :

« Les observations de Mr. Holmes sont-elles exactes ?

— Non, monsieur le marquis. Je suis fils unique. La redingote m'a été donnée par mon oncle, qui est pharmacien. C'est pour ça qu'il y a cette tache, mais c'est une tache de Mercurochrome. »

Sherlock Holmes, cependant, qui était déjà entré dans le hall de l'hôtel, dédaigna de prêter l'oreille aux explications balbutiées du jeune cocher.

L'*Hotel Albion* n'avait rien à envier à ses congénères du Vieux Continent. Situé dans la rua Fresca — ainsi nommée parce qu'il y soufflait toujours une délicieuse petite brise venant du large —, ses fenêtres, à l'arrière, donnaient sur l'océan, en sorte que les chambres étaient constamment bien aérées. Le sol du grand hall était en marbre et le grand salon, à la porte duquel s'ouvrait le guichet du portier, s'ornait de meubles de style qu'on avait fait venir de France, avec des sièges garnis de tapisserie ou tendus de soie. Aux murs étaient suspendus de grands miroirs florentins, qui augmentaient encore l'impression d'espace. Sur les tables, couvertes de nappes en dentelle immaculées, d'énormes vases de porcelaine débordant de fleurs tropicales donnaient au nouvel arrivant la sensation de franchir les portes du paradis. À gauche du hall était aménagée une immense salle de billard, fréquentée par les grands bourgeois de Rio qui s'y réunissaient après avoir consacré leur journée aux affaires. À l'opposé, un salon de thé, où l'on servait, outre les gâteaux anglais les plus raffinés, la meilleure pâtisserie française, sur des plats d'argent et dans de délicats services de porcelaine. Dans l'hôtel, tout était importé, depuis la literie jusqu'aux cure-dents.

Le marquis de Salles s'approcha du guichet du portier avec Holmes, cependant que Watson surveillait les bagages que transportaient trois négrillons en livrée.

« La Couronne a réservé des chambres pour Mr. Sherlock Holmes et Mr. John Hamish Watson », dit le marquis.

Inojozas, le très efficient portier, véritable pierre d'angle de l'*Hotel Albion,* leur tendit les clefs. Maigre, très élégant avec ses moustaches calamistrées et ses cheveux noirs plaqués sur le crâne grâce à une quantité considérable de brillantine importée d'Argentine, il n'existait nul problème que ce portier expert entre tous ne fût en mesure de résoudre. La somme des pourboires qu'il recevait des clients satisfaits de ses multiples services dépassait, et de beaucoup, le montant de son salaire. On disait que si la gratification promise était à la mesure du service demandé, Inojozas était capable de réunir cinq prostituées encore vierges dans le lit de n'importe quel voyageur, quelles que fussent la vigilance, pourtant sévère, du propriétaire des lieux et l'improbabilité de découvrir autant d'oiseaux rares même en s'adressant à tous les bordels de la ville.

« Ce sont les meilleures chambres de l'hôtel, dit-il avec une courbette, et en faisant signe à un autre employé pour qu'il accompagnât Holmes et Watson jusqu'à leurs appartements.

— J'en doute, rétorqua Holmes, sceptique. Selon toute vraisemblance, les meilleures sont déjà occupées par quelques propriétaires terriens millionnaires, et le docteur et moi devrons nous contenter de... *How would you say "second best" in Portuguese ?*

— Je pense que c'est intraduisible. Si vous avez besoin de quoi que ce soit, il suffit de m'en aviser. Mon nom est Inojozas, à vos ordres, ajouta le portier, changeant de sujet dans un anglais impeccable.

— Bien, je vais vous laisser vous reposer un peu, dit le marquis de Salles. Nous sommes attendus au palais pour le déjeuner, à une heure et demie. Mlle Sarah Bernhardt sera des nôtres. Généralement, Sa Majesté déjeune plus tôt, à onze heures, mais puisque le bateau est arrivé tard, dom Pedro a daigné faire une entorse à ses habitudes. Je sais qu'il est très impatient de vous conter l'affaire du stradivarius de la baronne de Avaré. Je passerai vous prendre à midi et demi, car le palais de Boa Vista est assez loin d'ici. Mr. Holmes, docteur Watson, j'ai eu grand plaisir à faire votre connaissance », conclut le marquis pour prendre congé.

En passant, il saisit une fleur dans un des grands vases, la mit à sa boutonnière et se dirigea, d'un pas rapide, vers son landau qui l'attendait.

La table pour le déjeuner avait été dressée dans le jardin d'hiver, derrière une des ailes du palais. Pour d'évidentes raisons de discrétion, fort peu de gens avaient été conviés : il y avait là Sarah Bernhardt, son fils Maurice, Sherlock Holmes, Watson, l'empereur, le vicomte de Ibituaçu et le marquis de Salles. Edward Jarrett, l'imprésario américain de l'actrice, également invité, avait été contraint de s'excuser, car les craintes de Sarah s'étaient avérées : l'infortuné Jarrett souffrait de la fièvre jaune. Le vicomte de Ibituaçu était un ami de longue date de l'empereur. Richissime propriétaire terrien de la vallée du Paraíba, il possédait un magnifique hôtel particulier de style néoroman dans la rua das Laranjeiras, entouré d'un parc de toute beauté. Il y passait plusieurs mois par an. C'était un vieux dandy célibataire, qui adorait réunir pour des fêtes dans sa demeure toute la bohème et les gens de lettres de la ville — d'où ses relations privilégiées avec De Salles. Dans les salons de sa résidence, il accueillait Olavo Bilac, Medeiros de Albuquerque*, Dermeval Fonseca*, Guimarães Passos et beaucoup d'autres. Dom Pedro appréciait son amitié, qui lui était fort utile, car, grâce à elle, il était toujours informé de ce qui se disait dans les cafés où se retrouvaient les intellectuels progressistes de sa capitale. Dès qu'ils se retrouvèrent, Sarah Bernhardt et Sherlock Holmes commencèrent à évoquer le souvenir de précédentes rencontres :

« Jamais je n'oublierai votre Lady Macbeth à Londres, il y a deux ans, au Gaiety Theatre. La scène du somnambulisme a non seulement coupé le souffle à tous les spectateurs, mais les actrices anglaises ont failli en périr de jalousie.

— Mon cher Holmes ! Toujours aussi gentil », répondit Sarah.

Puis elle se tourna vers le docteur Watson et s'adressa à lui en anglais :

« Et ce cher docteur, comment va-t-il ? J'espère que vous avez pris ma suggestion au sérieux lorsque je vous ai encouragé à raconter dans des livres les fantastiques aventures de votre ami.

— J'y pense, madame, j'y pense. Mais pour le moment, je n'ai pas le temps. »

Dom Pedro était sobrement vêtu comme à l'accoutumée : redingote noire et mains gantées de blanc. Il commença par s'excuser :

« Je vous prie de bien vouloir pardonner l'absence de l'impératrice, mais dona Teresa Cristina ne se sent pas très bien aujourd'hui. Si elle n'était pas affligée d'une de ses terribles migraines, j'aurais d'ailleurs offert un grand banquet à mes illustres invités. »

Tout le monde, autour de la table, devina sans peine que la « terrible migraine » en question n'était qu'un prétexte : en réalité, le sujet dont on allait débattre au cours de ce déjeuner n'était certainement pas du goût de l'impératrice.

La conversation qui s'ensuivit aurait pu se dérouler dans la tour de Babel, car Watson parlait en anglais, Sarah Bernhardt et son fils Maurice en français, et l'empereur, le marquis et le vicomte en trois langues. Sherlock Holmes, pour sa part, qui s'exprimait correctement en portugais du Portugal, donnait l'impression d'être un négociant venu de Lisbonne beaucoup plus qu'un détective britannique.

« Sire, c'est pour moi un immense plaisir de faire connaissance avec ce pays, dit-il à l'empereur.

— Je regrette que le motif de votre voyage soit de nature professionnelle », répondit dom Pedro, qui souhaitait qu'on en arrivât rapidement au sujet du violon dérobé.

Très courtoisement, il traduisit sa phrase pour les autres. Sarah Bernhardt ne manqua pas d'en profiter pour faire l'éloge du monarque.

« Permettez-moi, Majesté, de vous dire toute l'admiration que m'inspire la délicatesse de vos manières. Moi qui ai rencontré plusieurs souverains, je puis vous dire que tous ne sont pas comme vous, loin s'en faut. Prenez François-Joseph, par exemple, l'empereur d'Autriche. J'ai eu à diverses reprises l'occasion de constater avec quelle grossièreté et quelle brusquerie il traite son épouse, l'impératrice Élisabeth, qui est aussi sa cousine. La pauvre n'avait que quinze ans quand on l'a mariée. C'est une jeune femme pleine de charme, de douceur, mais qui pour son malheur n'a jamais pu se plier à la rigidité ridicule de l'étiquette à la cour de Vienne. Depuis que j'ai assisté à certaines mufleries que son mari lui fait subir, je refuse systématiquement de monter sur la scène de tout théâtre où François-Joseph pourrait se trouver. »

Tous les Brésiliens présents dans le jardin d'hiver se réfugièrent dans un silence gêné. Sans le savoir, Sarah Bernhardt venait de commettre une gaffe monumentale : dom Pedro, fils de la princesse autrichienne Léopoldine de Habsbourg, était le cousin germain de François-Joseph. Ce fut lui, toutefois, qui entreprit de dissiper le malaise en changeant de sujet.

« Chère amie, j'ai lu dans votre livre de souvenirs[6] que vous vous étiez produite aux États-Unis il y a six ans et qu'en cette occasion vous aviez fait la connaissance de la veuve du président Lincoln.

— C'est vrai, Majesté, je l'ai rencontrée. Mais dans des circonstances assez peu agréables. »

Elle se tourna vers tous les convives, et aussitôt le jardin d'hiver se transforma en parterre de théâtre.

« Un matin, voyageant à bord de *L'Amérique,*
Je voulus contempler l'horizon chimérique
Et, sur le pont, rêver face à la vaste mer.
Dès l'aube, je sortis. Des fonds du gouffre amer
Montait un air glacé. Je marchai cependant,
Au seuil de l'infini mes regards se perdant.
Je croisai une femme, à l'expression souffrante,
Toute vêtue de noir, allant telle une errante,
Aveuglée, solitaire, éperdue de malheur.
À peine ai-je perçu son intense douleur
Qu'un flot violent, soudain, vient frapper le navire
Et je ne vois plus rien que nos corps qui chavirent.
Je parviens dans ma chute à saisir un pilier,
Mais la dame a glissé tout près d'un escalier !
Bondissant vers son corps qui déjà se dérobe,
Je la sauve, agrippant les replis de sa robe.
"Madame, on a failli pleurer votre trépas !

Dis-je. — Il est vrai. Hélas ! Dieu ne le voulait pas.
Il faudra donc encor que dure mon épreuve :
Du président Lincoln je suis la triste veuve !" »

Sarah avait narré l'incident avec tant de pathos qu'à la fin l'auditoire faillit applaudir.

« Pauvre femme ! Elle était donc bien malheureuse, dit le marquis de Salles.

— Certes. Et quelle ironie du sort, ne trouvez-vous pas ? Son mari, le président, avait été assassiné par un acteur, Booth, et c'est une actrice, Sarah Bernhardt, qui l'a empêchée d'aller rejoindre son époux bien-aimé. J'avoue que pendant tout le reste de la traversée je n'ai pas eu le courage de lui adresser une seule parole. »

À nouveau, l'amphytrion dut se charger de faire dévier la conversation vers un sujet plus gai. Il annonça d'un ton jovial :

« J'espère que Mlle Sarah Bernhardt, Mr. Holmes et le docteur Watson apprécieront ce repas. J'ai demandé qu'on nous serve deux plats typiques de ce pays. La *feijoada* et le *vatapá*. Ainsi, nos convives pourront choisir entre l'un et l'autre.

— Merveilleux ! s'écria Sarah. Et qu'y a-t-il dans ces plats ? »

À un signe de l'empereur, plusieurs valets en livrée s'approchèrent, portant de grands plateaux. Dom Pedro fit les honneurs de la maison. D'abord, il désigna d'un geste la feijoada et expliqua, en traduisant pour ses hôtes non lusophones :

« Ce sont des *feijões-pretos,* des *black beans,* des haricots noirs, cuits avec divers types de viandes : de l'oreille et du pied de porc, des travers de porc en saumure, de l'échine de bœuf, de la *carne-seca,* autrement dit des filets de bœuf coupés très fins, séchés et salés, des tranches de *paio* qui est une sorte de gros saucisson, de la *lingüiça,* une saucisse plus petite et fumée, de la langue, du lard maigre et plusieurs autres variétés. La viande et les haricots sont cuits et servis avec du chou, des tranches d'orange, de la farine de manioc grillée et du riz blanc. C'est un délice.

— Et l'autre plat ? demanda Maurice Bernhardt, avec la curiosité naturelle des Français pour la nourriture et l'exotisme.

— Cela s'appelle du vatapá. C'est une spécialité de Bahia. Une merveille pour ceux qui préfèrent le poisson et les fruits de mer. Le vatapá est préparé avec des filets de plusieurs poissons, des crevettes, du beurre de cacahuètes, de la fécule de manioc, du lait de coco et assaisonné avec de la coriandre, du persil, du laurier, du gingembre, de la noix de muscade, de l'ail, de l'oignon, de l'échalote, de la tomate et beaucoup de piment malaguette. Le tout est cuit dans de l'huile de *dendê*.

— De dendê ? Qu'est-ce que c'est ? demanda Sherlock Holmes, intrigué.

— C'est un petit palmier qui ne pousse qu'au Brésil, et dont on extrait une huile aux effets... hmmm... un peu particuliers, expliqua très euphémiquement l'empereur. Le vatapá est servi accompagné de *pirão,* aussi appelé *acaçá* ou crème blanche. Le pirão est confectionné à base de farine de riz et de lait de coco. Tout cela donne un véritable festin pour les dieux. Madame, messieurs, à présent, à vous de choisir. »

Sarah Bernhardt, qui avait beaucoup voyagé, se méfia du vatapá très pimenté et prit seulement quelques cuillerées de feijoada avec du riz. Maurice imita sa mère. Les autres se partagèrent entre l'un et l'autre plat, excepté l'empereur, qui, pour se conformer aux ordres de ses médecins, se fit apporter une salade verte. Quant à Sherlock Holmes, qui en dépit de sa maigreur avait un bon coup de fourchette, il se servit une bonne portion de feijoada en même temps qu'une autre de vatapá, puis releva le tout de plusieurs cuillerées d'huile de dendê et de piments malaguette. Le vieux vicomte de Ibituaçu avait contracté en Allemagne une maladie mal définie, mais probablement d'origine vénérienne car il courait les dispensaires médicaux où il se répandait en propos désobligeants à l'égard de la gent féminine. Pour cette raison, il était obligé de suivre un régime strict, à base de bouillons et de volailles. Comme c'était un farceur invétéré, il décida de profiter de la voracité du détective pour lui jouer un petit tour à sa façon et se mit à exciter encore davantage son appétit.

« Cher ami, vous mangez du bout des lèvres. Prenez donc un autre travers de porc avec du piment malaguette.

— Merci, mastiqua Sherlock.

— Et une tranche de poisson. Celle-ci. Mais bien arrosée avec de l'huile de dendê. Le dendê est excellent pour le cœur.

— Merci, déglutit Sherlock.

— Et ne laissez pas tout ce beurre de cacahuètes dans votre assiette. Il n'y a rien de meilleur pour la circulation.

— Merci, bâfra Sherlock.

— Maintenant, reprenez de la saucisse, avec un peu de fécule de manioc. C'est une recette infaillible pour faciliter la digestion.

— Merci, ingurgita Sherlock.

— Vous verrez, je vous inviterai chez moi et je vous ferai préparer une sorte de ragoût aux aromates absolument délicieux qu'on appelle un *sarapatel*. C'est un plat typique de la région du Pernambuco, et j'ai une cuisinière du Nordeste dont c'est la spécialité.

— Merci », rota discrètement Sherlock.

Il dévorait, suivant en confiance les conseils du vicomte. Seul le docteur Watson, pensif, n'avait encore rien avalé. Il fixait d'un œil perplexe le festin disposé sur la table impériale.

« Alors, Watson, vous ne mangez pas ? Tout ceci est un vrai régal », affirma Holmes entre deux énormes bouchées.

Watson continuait à regarder les énormes plateaux d'un air dubitatif. Ses expériences culinaires de l'époque où il était médecin de l'armée des Indes l'avaient rendu méfiant. Depuis lors, il ne touchait plus aux mets assaisonnés bizarrement ni à aucune sorte de viande. Il répondit, sans détacher son regard des plats :

« Je n'ai pas encore décidé si j'ai plutôt envie de la chose jaune ou de la chose noire.

— Si je peux vous conseiller, docteur, prenez des haricots noirs, du riz et du chou, mais pas de viande », dit le marquis de Salles, avec l'expérience d'un homme qui avait survécu à plus de mille banquets.

Puis, profitant de ce que l'attention des convives était absorbée par ce qu'ils avaient dans leurs assiettes, il questionna le détective sur l'affaire des jeunes filles assassinées.

« J'ai entendu dire qu'un commissaire de police de Rio vous avait demandé votre aide à propos d'une horrible affaire de meurtres sur laquelle il enquête en ce moment.

— En effet, répondit Holmes en avalant une crevette. Je dois dire que son télégramme a piqué ma curiosité. D'ailleurs, en tant que détective, l'affaire à laquelle il fait allusion ne pouvait que m'intriguer. J'attends avec impatience le moment de le rencontrer. Bien sûr, sans négliger pour autant la raison principale de ma présence dans ce pays », ajouta-t-il en adressant un sourire aimable à l'empereur.

Dom Pedro répondit :

« Je sais, je sais... Toutefois, Mr. Holmes, si vous pouviez aider notre police à capturer l'auteur de ces monstrueux assassinats, je vous en serais également très reconnaissant. D'autant plus qu'une des victimes était la nièce d'un de mes bons amis, Vítor Meireles, un de nos peintres les plus talentueux. »

Le déjeuner se poursuivit sans autres propos méritant d'être relevés. Comme dessert, les valets apportèrent de grandes corbeilles de fruits, et Holmes réussit le prodige d'ingurgiter un ananas et deux mangues. Après le café, le cognac et les cigares, l'empereur raccompagna ses hôtes jusqu'à la porte du jardin d'hiver.

« Si vous n'y voyez pas d'inconvénient, je vous demanderai, Mr. Holmes, de rester encore un moment, avec le docteur Watson, pour que je vous explique un peu plus en détail l'affaire pour laquelle je vous ai fait venir. Ensuite, je vous ferai reconduire à votre hôtel. »

Sarah Bernhardt se tourna vers le détective.

« À bientôt, monsieur Holmes. Ne manquez pas de venir me voir au théâtre. Je suis presque triste à l'idée de devoir bientôt partir pour l'Argentine. Je sens que la chaleur de ce merveilleux public brésilien va beaucoup me manquer.

— Comptez sur moi, madame. Aussitôt que j'en trouverai le temps. Je suis sûr que ce sera, comme toujours, une expérience inoubliable », dit Sherlock, comme tout le monde sous le charme ensorceleur de l'actrice.

Dom Pedro salua ses invités, baisa élégamment la main de Sarah Bernhardt et s'en retourna dans le palais accompagné des deux Anglais.

Tous trois s'installèrent dans un petit cabinet de lecture, un des refuges préférés de l'empereur quand il souhaitait trouver un peu d'intimité dans l'immense palais de Boa Vista. C'était une petite pièce discrètement meublée, où dom Pedro conservait des objets auxquels il tenait tout particulièrement et des souvenirs de famille. Il y avait de délicates statuettes anciennes, et les murs étaient couverts de tableaux de Vítor Meireles, d'Almeida Júnior et d'Araújo Porto Alegre. Sur une des tables étaient disposés des soldats de plomb, placés de manière à reconstituer un des plus fameux combats de la guerre du Paraguay, la bataille de Tuiuti, au cours de laquelle le grand général Sampaio était mort en héros. Holmes alluma sa pipe, cependant que Watson observait, intrigué, un daguerréotype déjà jauni où l'on voyait dom Pedro entouré d'indiens. Les indigènes étaient nus et l'empereur arborait, par-dessus son uniforme de parade et son manteau d'apparat, un camail en plumes de toucan.

« Fantastique ! s'écria le docteur.

— Ça vous plaît ? Dommage que le daguerréotype soit déjà un peu terni. »

Holmes se rapprocha et examina à son tour le portrait encadré.

« Heureusement, le daguerréotype appartient désormais au passé. Grâce à la création du procédé colloïdal, qui est basé sur l'utilisation d'une solution de nitrate de cellulose inventée par mon compatriote Frederick Scott, c'est la photographie qui est devenue la technique des temps modernes, déclara le détective, ravi d'avoir une occasion d'étaler son savoir. Les clichés photographiques nous sont d'un grand secours pour l'identification des criminels.

— Puis-je demander à Votre Majesté l'origine de ce daguerréotype ? s'enquit le docteur Watson.

— Il est très ancien. Je l'avais apporté, comme une sorte de relique, à Philadelphie, pour l'Exposition du centenaire en 1876. Il décorait le pavillon du Brésil. À ce que l'on m'a dit, nous avons fait très bonne figure, déclara l'empereur avec fierté. C'est en cette occasion que j'ai fait la connaissance de...

— Graham Bell, l'inventeur du téléphone, coupa Sherlock Holmes.

— Vous êtes au courant de cela ? demanda l'empereur, surpris que le détective eût entendu parler de cette rencontre.

— Mais oui. C'est Graham Bell lui-même qui m'a raconté l'épisode du téléphone : *To be or not to be...* »

Dom Pedro expliqua, un peu contrarié :

« C'est une injustice que l'histoire ne manquera pas de me faire, je le crains. En réalité, ce n'est pas moi, mais Graham Bell lui-même qui a prononcé cette phrase dans le téléphone. J'ai été tellement stupéfait d'entendre nettement sa voix dans l'écouteur que j'ai répété, éberlué : *"That is the question! To be or not to be, that is the question!",* en me rendant compte que cette invention permettait bel et bien de parler à distance.

— Que Votre Majesté veuille bien se montrer indulgente envers ceux qui racontent cette anecdote de manière inexacte, dit Holmes en rallumant sa pipe. Comme disait un de nos grands hommes politiques, Benjamin Disraeli : "S'il existe une version plus pittoresque que les faits, c'est cette version qu'il faut raconter." »

L'empereur s'assit dans son fauteuil préféré et fit signe à ses invités de prendre place dans le petit sofa en face de lui.

« Je sais que vous devez être fatigués par votre voyage, et je ne veux donc pas vous retenir trop longtemps. J'aimerais vous raconter brièvement l'histoire de ce violon, mais je ne sais guère par où commencer, avoua dom Pedro.

— Et si vous essayiez de commencer par le commencement, Majesté ? suggéra Sherlock Holmes, en croisant ses longues jambes avec nonchalance et faisant tomber, dans ce mouvement, un guéridon sur lequel était posée une petite collection de porcelaines de Sèvres.

— Ce n'est pas grave », dit dom Pedro, qui devint blême mais ne cilla pas, bien que ces précieux objets eussent été un cadeau de Bonaparte à Marie-Louise de Habsbourg et appartinssent à la famille depuis des générations.

Il détourna le regard de ce désastre qui ne semblait pas avoir affecté son hôte anglais, et commença son récit.

« Depuis les années soixante-dix se produit fréquemment à la cour un merveilleux violoniste d'origine cubaine, du nom de José White. White a fait ses études à Paris, auprès de grands maîtres tels qu'Alard, Reber et Taite. Il y a même remporté un premier prix du Conservatoire. La première fois que je l'ai entendu, j'ai été tellement frappé par son talent que je l'ai pris sous ma protection. José White a fondé ici, avec le pianiste Artur Napoleão, la Société des concerts classiques, qui nous a souvent procuré des bonheurs musicaux inoubliables.

— J'espère pouvoir partager quelques-uns de ces bonheurs pendant mon séjour », dit Holmes, dont le violon d'Ingres était précisément le violon.

Dom Pedro continua, ignorant l'interruption plutôt inconvenante du détective :

« J'ai appris de José White que le dernier violon fabriqué par Antonio Stradivari, peu avant sa mort et alors qu'il avait atteint l'âge vénérable de quatre-vingt-treize ans, était un instrument appelé — de manière on ne peut plus appropriée — "le Chant du cygne".

— Très intéressant. J'ai toujours cru que le dernier était le "Muntz", qu'il avait fabriqué à l'âge de quatre-vingt-douze ans, dit Holmes, qui, bien qu'il ne fût qu'un amateur, connaissait bien le sujet.

— C'est ce que j'ai cru moi aussi pendant de nombreuses années, mais en 1822 on a retrouvé par hasard le Chant du cygne, fabriqué en 1737. Il est admirable qu'à cet âge, Stradivari soit une fois de plus parvenu à obtenir, dans sa dernière œuvre, un parfait équilibre entre toutes les parties de l'instrument. La sonorité de ce violon est d'une amplitude et d'une puissance presque incroyables. Un seul détail, émouvant d'ailleurs, trahit le tremblement de ses doigts de vieillard : c'est la manière légèrement incertaine avec laquelle ont été pratiquées les deux ouïes en forme de *f* qui constituent le système acoustique dans la table supérieure. Cette œuvre ultime du grand maître a abouti entre les mains d'un certain professeur Bertuzzi, à Milan. En 1840, le Chant du cygne s'est ensuite retrouvé à Paris, où il a été acheté par un négociant du nom de Jean-Baptiste Vuillaume. Mais quarante ans plus tard, le célèbre violon est redevenu la propriété d'un violoniste, le Français Claude Miremont. Enfin, après avoir été de nouveau revendu deux ou trois fois, il a été mis aux enchères à l'Hôtel Drouot de Paris, et c'est la maison Gand & Bernardel qui l'a acheté. »

Dom Pedro fit une pause et se servit un petit verre de vin de Madère.

« J'espère que ce long récapitulatif n'est pas trop fastidieux, dit-il, en voyant le détective réprimer un bâillement.

— Bien au contraire. En tant que musicien, toute cette histoire me passionne », dit Holmes en décroisant précautionneusement ses jambes.

L'empereur reprit son récit :

« Il y avait déjà quelque temps que mon amie Maria Luísa Catarina de Albuquerque, baronne de Avaré, m'avait confié qu'elle rêvait de posséder un stradivarius. Or, vous savez, Mr. Holmes, ce que sont les caprices des femmes. Quand elles se sont mis quelque chose dans la tête, il n'y a pas moyen de les faire renoncer.

— Je ne le sais que trop bien. C'est pourquoi je reste célibataire », acquiesça Holmes.

Dom Pedro se versa un autre verre de madère et continua :

« Donc, je montai un petit complot avec mon protégé José White. Je lui remis la somme de vingt mille francs, le prix du violon, et il se rendit à Paris pour l'acheter comme s'il était pour lui. À son retour, sans que nul n'en sût rien, mon cher violoniste m'apporta le stradivarius et en garda pour lui une copie parfaite, fabriquée en secret par une famille de luthiers d'origine allemande installés à Santa

Catarina, et qui font des instruments d'une qualité extraordinaire. Ainsi, je pus faire cadeau du Chant du cygne à la baronne dans la plus grande discrétion et sans faire jaser. Et voilà : le désir de cette chère Maria Luísa était satisfait, et je pouvais me dire : tout est bien qui finit bien.

— À ceci près que le précieux Chant du cygne lui a été volé.

— Exactement », acheva dom Pedro, le front baigné de sueur.

Sherlock Holmes se leva et arpenta la pièce à grandes enjambées, sous l'œil inquiet de l'empereur qui avait peur pour ses autres porcelaines.

« Avant toute autre chose, dit le détective, je tiens à déclarer à Votre Majesté toute mon admiration pour son dévouement à la cause des arts. Au reste, je connaissais déjà le talent musical des Brésiliens, ayant eu la chance d'assister à la première représentation d'*Il Guarany* à la Scala de Milan. J'avais à peine seize ans à l'époque, mais je me rappelle cette soirée comme si c'était hier. Je peux même vous dire que c'était un samedi, et qu'une petite pluie fine tombait sur Milan. »

L'empereur faillit en renverser sa bouteille de madère.

« Vraiment, Mr. Holmes, quelle extraordinaire coïncidence ! Ainsi donc, vous connaissez Carlos Gomes* ?

— Je l'ai seulement vu cette fois-là, dans les coulisses. J'étais venu à Milan avec mes parents, qui étaient de grands amis du chef d'orchestre Terziani. À la fin de la représentation, nous sommes allés féliciter le maître dans sa loge. J'étais absolument fasciné. C'était mon premier voyage en Italie et mon premier opéra. Je vais vous confier un secret, Sire. C'est *Il Guarany* qui a éveillé en moi la passion pour la musique.

— Incroyable ! » s'écria dom Pedro, bouché bée.

Holmes continua d'aller et venir dans le petit cabinet de lecture, frôlant à chaque pas les précieux bibelots de Sa Majesté.

« Revenons-en au violon volé. Je pense qu'avant toute autre initiative il importe que j'aie une conversation le plus rapidement possible avec Mme la baronne de Avaré. J'ai besoin de savoir exactement dans quelles circonstances l'instrument a disparu.

— Rien de plus facile. Je dirai à mon cocher personnel de vous conduire jusqu'à sa demeure. Pour tout vous dire, elle vous attend déjà avec impatience, dit l'empereur. Toutefois, il ne faut pas trop compter sur elle pour vous être d'un grand secours. Entre nous, Maria Luísa est une enfant gâtée. Son mari, le vieux baron de Avaré, faisait ses quatre volontés, et, pour elle, ce violon n'était guère plus qu'un jouet. Elle a beaucoup pleuré lorsqu'il lui a été volé, mais à présent, sa charmante petite tête de linotte est déjà remplie par une foule d'autres distractions. Maintenant, messieurs, si vous voulez bien m'excuser, j'ai quelques affaires à régler qui ne peuvent attendre », conclut le souverain, en se levant et en raccompagnant Sherlock Holmes jusqu'à la porte.

Le détective se tourna vers son compagnon :

« Watson ! Nous partons », appela-t-il.

Le docteur, qui sommeillait tranquillement, se réveilla en sursaut.

« Bien sûr, bien sûr ! Hmm... L'histoire de ce daguerréotype était, euh... vraiment passionnante », bredouilla-t-il, révélant ainsi, sans le vouloir, à quel moment de l'entretien il s'était endormi.

Holmes prit congé du monarque :

« J'espère que mes investigations aboutiront rapidement. En attendant, il ne me reste qu'à remercier Votre Majesté pour ce splendide déjeuner. Les spécialités que vous avez fait servir en notre honneur sont vraiment extraordinaires : j'ai beau m'être resservi plusieurs fois, je me sens léger comme une plume. »

Son couvre-chef à la main, il s'inclina élégamment devant l'empereur pour le saluer, et lorsqu'il se retourna sa cape fit tomber de son piédestal un vase ancien et très précieux de la Compagnie des Indes occidentales qui décorait le petit cabinet. Avec une agilité qu'on n'aurait pas soupçonnée chez un homme ayant dépassé les soixante ans, dom Pedro exécuta un plongeon d'une souplesse féline et parvint à rattraper au vol l'inestimable relique avant qu'elle s'écrasât en mille miettes sur le sol de marbre.

Holmes, franchissant les portes en direction du carrosse impérial, n'aperçut même pas cette scène peu ordinaire : Sa Majesté l'empereur du Brésil tombant sur le dos, les quatre fers en l'air, à la porte de son cabinet de lecture, et serrant un gros vase en porcelaine contre sa poitrine.

Un esclave en livrée entra dans le salon de musique où Maria Luísa Catarina de Albuquerque, baronne de Avaré, jouait du Couperin sur le clavecin qui avait appartenu à la famille de feu son mari.

« Il y a en bas deux messieurs qui désirent parler à madame la baronne.

— Et que veulent-ils ?

— Je ne sais pas, madame. Je sais seulement qu'il y en a un qui parle une langue bizarre et que l'autre doit être portugais. Le Portugais m'a dit qu'il était un homme. Mais ça, je l'avais déjà vu. »

Aussitôt, la baronne comprit que l'« homme » était « Holmes ». Elle ordonna à son serviteur de faire entrer les deux visiteurs.

Malgré la splendeur imposante du palais de Cosme Velho, demeure ancestrale de la famille de Avaré, avec ses jardins et ses cascades, ce qui frappa plus que toute autre chose le détective et le docteur fut la beauté radieuse de Maria Luísa. Ils ne s'attendaient pas à trouver, au Brésil, des yeux si bleus et des cheveux si roux. De surcroît, la jeune baronne arborait une robe beige très décolletée, qui mettait en valeur la rondeur parfaite de ses seins généreux. Holmes s'approcha, lui baisa le bout des doigts et présenta le docteur Watson. Puis, cependant que le docteur allait admirer la vue qui s'offrait aux regards par la petite verrière au fond de la pièce, Sherlock et la baronne prirent place dans une causeuse.

« Vous prendrez bien un café, messieurs ? On vient de le moudre. Et voici des gâteaux de patate qui viennent de chez Castellões, une de nos meilleures pâtisseries », dit la baronne en désignant une petite table couverte de friandises.

Watson déclina de loin l'offre de leur belle hôtesse, mais Sherlock, qui ne disait jamais non lorsqu'on lui proposait de manger, prit un gâteau et une tasse de café.

« Je suppose, madame la baronne, que vous connaissez déjà le motif de notre visite, commença-t-il en humant son café.

— L'empereur m'a informée de votre arrivée. Mais je ne sais vraiment pas ce que je puis vous dire pour vous aider dans votre enquête.

— Beaucoup de choses, madame. Vous seriez étonnée de découvrir à quel point de petits détails qui passent inaperçus des profanes peuvent devenir révélateurs pour un esprit capable de déployer ses facultés de déduction. Par exemple, je suis dès à présent capable de vous dire que vous êtes veuve, que votre défunt époux était à la tête d'une fortune considérable, qu'il est décédé à la suite d'un accident de chasse survenu au bord d'une rivière, qu'il était beaucoup plus âgé que vous et qu'à sa mort il vous a laissé tous ses biens. »

Maria Luísa, interloquée, faillit en renverser sa tasse de café.

« Mais c'est incroyable ! Comment avez-vous fait pour déduire tout cela ?

— Je l'ai lu dans le *Bottin de l'aristocratie brésilienne* que j'ai trouvé à l'hôtel. »

Revenue de sa surprise, la baronne posa dans son assiette un petit gâteau aux amandes confites dans le sirop, et demanda :

« Comment puis-je vous être utile, Mr. Holmes ?

— Je voudrais savoir où se trouvait exactement le violon lorsqu'il a été volé, répondit Holmes, en mangeant un deuxième gâteau à la patate.

— Il n'était pas dans cette maison. J'avais remarqué qu'une des clefs de l'instrument était un peu relâchée, ce qui me gênait beaucoup pour l'accorder. J'ai donc chargé un de mes domestiques de l'apporter à la *Viola d'Ouro*, qui est la boutique d'un luthier italien installé à Rio depuis de nombreuses années.

— Et quel est le nom de ce monsieur ?

— Giacomo Peruggio. C'est un homme en qui j'ai la plus entière confiance. Il sait tout sur les violons. Peruggio est non seulement un artisan d'une compétence exceptionnelle, mais c'est aussi, à ses heures, un excellent violoniste. Il lui arrive de se produire au *Club Mozart,* que notre empereur fréquente régulièrement.

— Pourrais-je interroger le domestique qui a apporté le violon à la boutique ? »

La baronne agita une petite clochette ; une jeune mucama apparut, à qui elle ordonna de faire venir le serviteur en question. Quelques instants plus tard, un nègre en grandes bottes et redingote rouge vif apparut. Il avait un chapeau haut de forme à la main et parlait d'une voix de basse profonde.

« Madame la baronne m'a fait appeler ? »

Holmes et Watson regardaient, impressionnés, l'énorme silhouette qui se tenait sur le seuil de la porte. Le nègre, un homme d'une quarantaine d'années, devait mesurer presque deux mètres et son épaisse redingote ne parvenait pas à dissimuler le dessin de ses muscles incroyablement puissants. Son crâne entièrement rasé et une longue cicatrice entaillant son visage de l'œil gauche à la commissure des lèvres lui donnaient une apparence encore plus redoutable. La baronne fit les présentations :

« Voici Mukumbé. C'est mon ange gardien. Autrefois, c'était un des esclaves de mon père, mais à présent c'est un homme libre, car je l'ai immédiatement affranchi quand il est mort. Mukumbé est mon factotum. Il est à la fois mon cocher, mon majordome, mon messager et mon garde du corps. Je ne sais pas pourquoi, mais je me sens en sécurité quand il est là », dit en riant la baronne.

Le nègre entrouvrit les lèvres dans un large sourire qui fit apparaître ses énormes dents blanches, et son visage prit une expression aussi douce que celle d'un enfant.

« Mukumbé, voici Mr. Holmes et son ami le docteur Watson. Ils veulent te poser quelques questions au sujet du violon.

— Bien sûr, madame. »

Holmes s'approcha du géant :

« Je voudrais seulement savoir si par hasard vous avez remarqué que quelqu'un vous suivait, quand vous avez apporté le violon au luthier.

— Non, monsieur. Il n'y avait ni âme qui vive ni ombre errante qui m'ait suivi dans la rue.

— On peut facilement deviner pourquoi, murmura le détective. Êtes-vous certain que le violon était bien dans son étui ?

— Tout à fait certain, monsieur. J'ai vu de mes yeux madame la baronne le ranger avant de me le confier. Juste après que nous avions joué ensemble une petite valse pour des invités, ici même, dans ce salon.

— J'ai oublié de vous dire. Mon cher Mukumbé est aussi un excellent musicien. Il joue du piano, du clavecin, et quand on célèbre la messe ici, dans la chapelle, c'est toujours lui qui tient la partie d'orgue. »

Sherlock faillit s'étouffer avec son cinquième gâteau à la patate. Watson, qui observait la scène mais ne comprenait rien à ce qui se disait, s'inquiéta :

« Que se passe-t-il, Holmes ?

— Ce Nubien joue du piano, de l'orgue et du clavecin, traduisit le détective, ahuri.

— Je parle aussi anglais, compléta Mukumbé, avec un parfait accent londonien.

— C'est vrai, confirma la baronne. Quand mon défunt père m'a envoyée terminer mes études en Angleterre, il a exigé que Mukumbé m'accompagne et fasse office de chaperon.

— En outre, je ne suis pas nubien. Ma famille est originaire du Congo. Mon père était le roi de la tribu des Yorubas, mais il a été fait prisonnier par les Zingalas qui l'ont vendu aux Portugais.

— Et quel genre de musique jouez-vous ? demanda Holmes, revenant au sujet initial.

— Ça dépend. Dans la chapelle, de la musique sacrée, évidemment. Quand je joue en duo avec madame la baronne, des valses et des polkas. Mais ce que je préfère, c'est la matchiche et la samba.

— La matchiche ? La samba ?

— Ce dont des danses très populaires au Brésil, quoique originaires d'Angola. Si madame la baronne me le permet, je peux vous faire une petite démonstration. »

Mukumbé jeta un regard en direction de la baronne, comme pour solliciter son approbation.

« Bien sûr, Mukumbé. Mais le clavecin n'est pas un instrument très approprié. Ne fais pas perdre trop de temps à ces messieurs. »

Avant même que Maria Luísa eût fini de parler, le géant s'assit au clavecin et commença à improviser. Le rythme était irrésistible. Les mains énormes de Mukumbé couraient comme des araignées d'un bout à l'autre du clavier. Sans s'en rendre compte, Sherlock Holmes battait la mesure en frappant de sa pipe une console Louis XV placée juste à côté de l'instrument. Mukumbé termina par une petite danse sur un thème folklorique d'Ernesto Nazareth*.

« Quel dommage que j'aie laissé mon violon à l'hôtel ! J'adorerais apprendre ces rythmes exotiques, dit le détective, en continuant à battre la mesure avec sa pipe qui avait déjà laissé une marque indélébile sur la console.

— Je suis sûre que les occasions ne manqueront pas, le rassura la baronne en se levant. À présent, si vous n'avez plus d'autre question, je vous demande la permission de me retirer. J'ai un cours d'équitation dans quelques minutes. Mukumbé va vous raccompagner jusqu'à la porte, et, quand vous le souhaiterez, il pourra aussi vous conduire à la *Viola d'Ouro* dans une de mes voitures.

— Merci infiniment, madame la baronne. Demain, sans faute, j'irai rendre visite à ce luthier italien. Au revoir.

— *Obrigado* », dit le docteur Watson, prononçant de manière difficilement intelligible le seul mot de portugais qu'il connût.

# 10

*Il exècre les kiosques à boissons. Ces édicules en bois grossièrement équarri prolifèrent dans toute la ville comme autant de monuments à l'immondice et au péché. Ce sont de petites tours fétides qui, de toutes parts, souillent et déshonorent les rues et les places. Et il voue une haine toute particulière à celui qui se dresse en face de la fenêtre de sa chambre. Souvent, à la tombée de la nuit — comme en ce moment — il reste des heures d'affilée à observer, toutes lampes allumées, les mouvements des passants qui, telles des bêtes assoiffées, s'agitent devant cet antre du vice. Des porcs se précipitant vers leur auge. Et il abomine le carré de sol terreux qui entoure cette soue où ils se roulent. Il sent monter une vague de nausée en devinant de loin la poussière rendue bourbeuse par l'épaisse salive de la populace infâme qui se réunit sous ce pavillon putride, beuglant, crachant et avalant de grandes gorgées d'eau-de-vie bon marché. À force de boire et de cracher, ils pataugent dans un tapis visqueux comme un cloaque. Il n'a que haine et que dégoût pour ces ivrognes dégénérés, ces déchets d'humanité pour qui le kiosque apparaît comme une oasis au milieu d'un mirage éthylique. Mais il vomit tout autant ces boutiquiers minables qui s'arrêtent là pour acheter des billets de loterie, comme si la fortune, en les touchant, pouvait transformer en princes les dégoûtants crapauds qu'ils sont. Sa plus profonde répugnance, toutefois, il la réserve à ceux qui viennent acheter des cartes postales pornographiques. On y voit toutes les obscénités possibles et imaginables. Des femmes nues, le sexe à l'air, avec un sourire niais sur les lèvres, des femmes à demi couchées aux cheveux immenses qui leur tombent jusqu'entre les cuisses. Des femmes qui se frottent contre d'énormes pieux en bois, et même des femmes enlacées avec d'autres femmes. Et toujours en train de rire, du même rire idiot et pervers. Des putains. Toutes des putains. Il repense à la fille du chafariz. Ainsi donc, elle était demoiselle d'honneur au palais ? Dommage pour elle, mais après tout que faisait-elle dans la rue à une heure pareille ? Si elle était dans la rue, c'était forcément une putain. Une putain, oui, une putain ! D'ailleurs, est-ce qu'elles ne sont pas toutes des putains dans l'âme ? De nouveau, son regard s'arrête sur le kiosque. Comme pour le défier, une femme apparaît et s'approche du comptoir. C'est une mulâtresse, mais presque blanche. Il entrevoit son visage aux traits fins, éclairé par le réverbère ; elle est très jeune, et il est frappé par sa beauté. Quelque chose que lui a dit le patron du kiosque la fait rire aux éclats. Une proposition ignoble, aucun doute là-dessus. Cet éclat de rire lui blesse les oreilles comme un coup de lame. Encore une putain. Elle repart d'un pas pressé, emportant une bouteille de lait. Alors, il descend rapidement dans la rue. Il court à la recherche de sa proie.*

Sherlock Holmes fut réveillé par un grand bruit de grenades qui explosaient. Il pensa aussitôt qu'un groupe d'insurgés tentaient de renverser le régime. Il bondit de son lit, traversa la chambre en chancelant de sommeil et entrouvrit la porte qui donnait sur celle du docteur Watson. Son ami avait le sommeil léger des médecins, mais il vit pourtant qu'il était profondément endormi. Les coups de feu et les explosions n'en continuaient pas moins, de plus en plus sonores. Il s'approcha de la fenêtre. La rue, comme toujours à cette heure avancée, était parfaitement calme et déserte. Ce fut seulement alors qu'il comprit que les sons qu'il entendait n'avaient rien à voir avec des grenades. Le bruit d'explosions provenait directement de son abdomen. C'était le dendê qui, finalement, produisait son effet. Le détective commençait à éprouver l'action dévastatrice de son ingestion massive de fruits de mer, de saucisses, de piments et de beurre de cacahuètes, sans oublier les gâteaux de la baronne de Avaré. Soudain, il sentit une douleur aiguë, perçante, qui naissait au creux de ses entrailles. Transpirant abondamment, il ouvrit la porte de sa chambre et se dirigea en toute hâte vers la salle de bains.

Quelques minutes plus tard, se sentant un peu mieux, il retourna dans sa chambre. Quoique assez mal en point, il ne voulait pas réveiller le docteur Watson pour une simple indisposition digestive. Il but quelques gorgées d'eau et eut l'impression que son malaise commençait à se dissiper. Au demeurant, il n'avait plus du tout sommeil. Aussi décida-t-il d'aller faire un petit tour dehors, espérant que la brise nocturne l'aiderait à se remettre tout à fait. Il enfila son pantalon par-dessus sa chemise de nuit, mit sur sa tête sa légendaire casquette, jeta sa cape sur ses épaules et sortit de sa chambre sans faire de bruit pour ne pas réveiller le docteur. À la porte de l'hôtel, il respira profondément, et, encore un peu faible, tourna dans la rua Fresca en direction de Santa Luzia. L'air marin lui redonna un peu d'énergie. Il sentit qu'une longue promenade lui serait salutaire, et continua à marcher. Au bout d'un moment, il s'était déjà beaucoup éloigné de l'hôtel, mais, accoutumé qu'il était à parcourir des heures d'affilée les ruelles de Londres, il n'en avait pas vraiment conscience. Il poursuivit son chemin jusqu'à l'impasse du Campo dos Frades, au coin de la rua do Passeio. Là, il s'arrêta sous un bec de gaz, et, enfin revigoré, alluma sa pipe. Il s'appuya contre le poteau et souffla une grande bouffée de fumée.

La jeune mulâtresse se sentait épuisée. Ce jour-là, on avait donné deux représentations presque d'affilée de la revue *La femme qui était un homme*. Sa participation au spectacle n'était pas de premier plan : elle était à peine plus qu'une choriste, mais le dramaturge Oscar Pederneiras, qui l'avait vue sur scène, avait été conquis par son charme et sa vitalité et lui avait promis un bon rôle pour la saison prochaine dans *Zé Capoira,* où elle partagerait l'affiche du Teatro Príncipe Imperial avec le célèbre acteur Machado. Toute jeune encore, elle avait le temps d'attendre qu'on lui confiât les morceaux de bravoure réservés aux vedettes. En quittant le théâtre, elle était passée par le kiosque du vieil Isidoro, rua do Lavradio, pour acheter une bouteille de lait, comme de coutume : seule chez elle, elle aimait boire un bol de lait chaud avant de s'endormir. Comme de coutume aussi, le vieux Portugais lui avait adressé quelques compliments un peu grivois. Mais la jeune fille ne prenait pas ombrage de ces bêtises, au fond bien inoffensives, qu'il lui répétait à chaque fois comme si c'était un rituel obligé en fin de soirée, et elle l'avait remercié en riant de ses lourdes galanteries. À présent, elle marchait distraitement dans la rua Nova dos Arcos. Elle n'avait pas remarqué la grande silhouette, au visage presque diaphane à force d'être pâle, qui la suivait à pas furtifs. Au moment où elle dépassait la rua do Visconde de Maraguape et atteignait la rua do Passeio, l'homme s'élança sur elle. Enveloppé dans son immense cape noire, il avait l'air d'une gigantesque chauve-souris fondant brusquement sur la malheureuse.

Cette fois, pourtant, ce fut la proie que favorisa le hasard, et non le chasseur. Au moment où le bourreau vêtu de noir se jetait sur sa victime, son pied heurta un pavé qui dépassait de la chaussée et il perdit l'équilibre. La jeune fille se retourna avec la souplesse et l'agilité qu'elle avait apprise sur les planches, et lui lança au visage sa bouteille de lait. Puis elle s'enfuit à toutes jambes dans la rua do Passeio en criant au secours.

Sherlock Holmes, qui fumait sa pipe à l'autre bout de la rue, se précipita aussitôt dans sa direction. Il arrêta dans sa course la jolie mulâtresse affolée et la pressa contre sa poitrine. Dans sa terreur, elle continuait à crier, désignant du doigt la haute silhouette noire :

« Là-bas ! Un homme ! Il a voulu me tuer ! Au secours ! Au secours ! »

Le détective vit alors que l'agresseur serrait dans sa main un long poignard. De loin, il lui était impossible de distinguer les traits de son visage.

« Restez ici ! » dit-il à la jeune fille.

Déjà, l'homme avait fait volte-face et prenait la fuite. Holmes se lança à sa poursuite. Dans la rue, quelques curieux, alertés par le bruit, commençaient à allumer de la lumière aux fenêtres et à sortir sur le pas de leurs portes. L'assassin ralentissait, épuisé par sa course. Il jeta un coup d'œil par-dessus son épaule et vit que Holmes se rapprochait. Comprenant qu'il allait être pris en tenailles entre le détective et les hommes qui arrivaient dans sa direction, il se tourna vers le premier édifice qui s'offrait à ses yeux ; avec la pointe de sa lame, il força la serrure du lourd portail et disparut à l'intérieur du bâtiment. C'était la Bibliothèque nationale.

Avec plus de cent mille volumes répartis dans quarante-deux salles, la Bibliothèque nationale était une des grandes fiertés de l'empereur. Holmes s'arrêta un instant à l'entrée. Il y avait dans l'air une légère odeur de moisi. Puis il entendit les pas du monstre résonner sur le sol dallé.

« Je suis Sherlock Holmes ! Arrêtez-vous ou je tire ! » cria-t-il, bluffant, car il avait laissé son revolver à l'hôtel.

Le tueur fit comme s'il n'avait rien entendu.

Sans hésiter, Holmes reprit sa course. Il passa devant la niche où était placé le buste en marbre blanc du roi João VI[7], et aperçut, au loin, la silhouette noire qui se glissait prestement parmi les rayons de la salle numéro 3, où étaient rangés les quarante-cinq mille volumes de la section de théologie. Faisant fi de toute prudence, le détective s'élança, et cette témérité faillit lui coûter la vie : à l'instant où il dépassait l'arche qui divisait l'immense salle en deux parties, il s'en fallut de peu qu'il ne fût écrasé par un énorme rayonnage surchargé de livres non moins énormes que le fuyard tentait de faire choir sur sa tête. Par pur réflexe, il fit un bond de côté et le sol se joncha d'ouvrages précieux, telles les bibles polyglottes de Ximenes et Arias Montanus. Il eut le temps de voir le monstre pris de panique traverser les salles des classiques grecs et latins, continuer par celles des sciences morales et se sauver à toutes jambes par un petit escalier en colimaçon. Comme une flèche, Sherlock franchit l'espace qui le séparait de l'escalier, et monta les marches quatre à quatre. Arrivé en haut, l'assassin, telle une bête féroce acculée, ouvrit une porte. C'était celle des toilettes. Sans s'arrêter ne fût-ce qu'une seconde, il fracassa la fenêtre du petit réduit qui donnait sur la ruelle derrière la bibliothèque, sauta et se mit à courir en laissant derrière lui, tels les cailloux blancs du petit Poucet, une piste d'éclats de verre qui s'étaient accrochés à sa cape. Holmes, qui l'avait presque rattrapé, s'apprêta à sauter lui aussi par la fenêtre brisée pour emprunter le même chemin. Mais ce fut alors qu'il aperçut la jolie cuvette en faïence française, ornée de rameaux de roses rouges délicatement entrelacés. Cette vision eut pour effet immédiat qu'il fut pris d'une violente colique. Il hésita entre son devoir, qui était de s'élancer par la fenêtre, et la tentation de s'asseoir sur la cuvette; mais cette hésitation ne dura que quelques brèves secondes, et, déboutonnant précipitamment son pantalon, le prince de la déduction céda aux péremptoires exigences de la nature. Puis il resta là, dans cet obscur réduit, humilié, jusqu'au petit matin. Le dendê avait accompli une prouesse que même l'ennemi le plus acharné du détective, le diabolique professeur Moriarty, n'avait jamais été capable de réaliser : faire renoncer Sherlock Holmes.

Le nom de la jeune mulâtresse était Anna Candelária. Fille naturelle d'une lavandière métisse, elle avait été élevée par un prêtre, le père Marcial Fiúza, curé de la paroisse d'Itaguaí, non loin de Rio. Les commères du bourg, naturellement médisantes, racontaient à qui voulait les entendre que le curé était le père de la fillette : tout cela parce que le prêtre, originaire de la province du Pernambuco et descendant d'une famille hollandaise, avait les cheveux très roux et les yeux verts. Par une ironie du destin, Anna Candelária avait les mêmes yeux vert émeraude que le brave curé. Pure coïncidence, sans aucun doute, mais les commères ravies de pouvoir colporter des ragots y voyaient une preuve irréfutable.

Le père Marcial avait une habitude qui ne plaisait pas beaucoup aux habitants d'Itaguaí. Le dimanche, après la messe, il se promenait sur la place de l'église et, glissant ses mains par des trous au fond des poches de sa soutane, se grattait imperturbablement les testicules. Puis il portait en cachette ses doigts à ses narines, les reniflait longuement et balbutiait, extasié : « Mmm ! Ils sentent meilleur que jamais ! Quel délice ! Ils sentent meilleur à chaque fois ! » C'étaient ces mêmes mains qu'il donnait à baiser aux passants qui venaient lui demander sa bénédiction. « Dieu te bénisse, mon fils... Oh, c'est meilleur que jamais... Meilleur à chaque fois... Dieu te bénisse, ma fille... Oh, quel délice... » Et il continuait ainsi toute la sainte journée, se grattant, humant et bénissant.

Anna Candelária s'était enfuie pour Rio de Janeiro lorsqu'elle avait quinze ans, avec un commis voyageur de passage dans sa petite ville. À présent, elle en avait vingt et un, vivait seule dans une petite pension de famille de la rua das Marrecas, et c'était la toute première fois qu'elle pensait à Itaguaí avec nostalgie. Là-bas, au moins, sa vie n'avait jamais été menacée. Or, sans l'intervention de cet homme de haute taille qui parlait avec l'accent portugais, elle serait morte. Naturellement, elle n'avait pas attendu son sauveur. Elle savait trop bien qu'on ne faisait guère de différence entre la profession d'artiste de théâtre et celle de prostituée, et ne voulait pas d'embrouilles avec la police. Arrivée chez elle, elle s'était assise sur son lit, le cœur battant encore à grands coups, et elle avait repensé à cet homme avec sa drôle de casquette à carreaux. Peut-être, après tout, aurait-elle dû attendre son retour. Il ne manquait pas de charme, cet homme, avec sa haute stature et ses traits anguleux, comme taillés à la serpe. Pas beau à proprement parler, mais séduisant. Et surtout, il lui avait sauvé la vie ! Anna Candelária soupira, se glissa dans son lit et tira les couvertures. Cela ne servait à rien de pleurer quand on a renversé son lait, comme une certaine Perrette dans une fable française qu'elle avait lue un jour — ce qui, par association d'idées, la fit immédiatement penser à la bouteille de lait qu'elle avait jetée à la tête de son agresseur. Ele souffla la lumière du petit bougeoir posé à son chevet et, quelques minutes plus tard, elle dormait du paisible sommeil des justes et des filles de curés.

La *Viola d'Ouro* — la « Vielle d'Or » — se trouvait dans la rua dos Ourives. Bien que le quartier fût traditionnellement celui des bijoutiers, Giacomo Peruggio, le luthier, avait choisi cette rue pour y ouvrir sa boutique, car il estimait que son métier était aussi une sorte de travail d'*ourive* — d'« orfèvre ». Natif de Crémone, berceau des Amati, des Stradivari et des Guarneri, les plus célèbres dynasties de luthiers de tous les temps, il avait émigré vers le Brésil en 1866, le jour de ses trente ans. À la vérité, il avait d'abord projeté d'aller s'établir aux États-Unis ; mais, en arrivant au port, il s'était aperçu que le vapeur sur lequel il comptait s'embarquer était en fait à destination de l'Amérique du Sud. Sans hésiter un instant, il était monté à bord, avec sa femme et leurs maigres bagages. Car dans sa vie, Giacomo avait toujours agi de cette manière pragmatique et expéditive. Quand il s'était décidé à se marier, après avoir courtisé pendant cinq ans une fille du pays, il était allé trouver son père pour demander sa main. Le père, un paysan, lui avait répondu :

« Dans ma famille, on se marie dans l'ordre. D'abord les plus âgées, ensuite les plus jeunes.

— Très bien. Alors je prends la plus âgée. »

Et Giacomo avait épousé la sœur aînée de sa fiancée, qu'il avait rencontrée pour la première fois ce jour-là.

À la *Viola d'Ouro*, on pouvait acheter et faire réparer tous les types d'instruments à cordes, mais c'étaient surtout les violons qui passionnaient Giacomo Peruggio. Non seulement il avait appris son métier dans la ville même d'Antonio Stradivari, auprès d'un vieux luthier qui officiait dans un petit atelier à deux pas de la maison du grand maître, mais il était lui-même un violoniste amateur assez doué, et, chaque fois que l'occasion s'en présentait, il aimait à se produire dans les concerts organisés par les diverses sociétés musicales de la ville. De surcroît, avec sa maigreur et les longues boucles blondes qui lui tombaient sur les épaules, il ressemblait beaucoup plus à un virtuose qu'à un artisan.

Cet après-midi-là, appuyé à son établi à l'arrière de la boutique, il examinait les deux cordes que lui avait apportées le commissaire Mello Pimenta.

« Aucun doute, commissaire, dit-il avec son accent italien. Ce sont des cordes de violon. Celle de *sol* et celle de *mi.* Autrement dit, la première et la dernière.

— Vous êtes sûr ? insista Pimenta, contrarié d'apprendre que Chiquinha Gonzaga avait bel et bien vu juste.

— Absolument sûr. Vous savez, les cordes de violon, ça me connaît ! Regardez : ce sont des cordes extrêmement fines, en boyau de chat, très différentes par leur texture et leur épaisseur des cordes d'un violoncelle, d'une mandoline ou d'une guitare. J'ajouterai même qu'elles proviennent certainement d'un violon d'excellente qualité. Puis-je vous demander où vous les avez trouvées ?

— Oui, vous pouvez. Seulement, moi, je ne peux pas vous répondre. Leur découverte est liée à une enquête que je dois mener dans le plus grand secret.

— Alors, elles doivent avoir un rapport avec l'affaire des jeunes filles assassinées, dit le luthier, démontrant par ces mots qu'à Rio de Janeiro, même le plus grand secret n'était pas si secret que cela.

— Est-ce que par hasard quelqu'un serait venu dernièrement chez vous pour vous demander de les remplacer ?

— Non, commissaire. Si c'était le cas, je m'en souviendrais. Ne serait-ce que parce que je connais bien tous les violonistes de la ville.

— Alors, si cela se produisait, je vous serais très obligé de m'en avertir aussitôt. »

Le commissaire reprit les deux cordes des mains de Peruggio. Il s'apprêtait à quitter la boutique quand Sherlock Holmes, l'air plutôt abattu, fit son entrée en compagnie du docteur Watson. À la place de sa pipe, il tenait dans sa main une noix de coco verte, et la portait fréquemment à sa bouche pour en boire le jus. Le jus de coco vert était le remède que lui avait conseillé Inojozas, le portier de l'hôtel, en lui affirmant qu'il n'y avait rien de meilleur pour mettre un terme à ses désagréments intestinaux de la veille. Le docteur Watson, pour sa part, avait insisté pour que Holmes prît un peu de teinture d'opium camphré, mais le détective avait préféré ce remède plus exotique.

« Commissaire Mello Pimenta, je présume », dit Sherlock.

Pimenta resta un instant bouche bée.

« C'est exact. Comment le savez-vous ?

— Je suis passé au commissariat pour vous rencontrer et l'on m'a dit que je vous trouverais ici. Je suis Sherlock Holmes, et voici mon ami le docteur Watson.

— Alors c'est vous, le célèbre détective anglais ? Justement, j'avais l'intention d'aller vous trouver à votre hôtel aujourd'hui même. J'espère que vous avez bien reçu mon télégramme », dit Pimenta, surpris d'entendre Holmes s'exprimer en portugais.

Il se tourna vers Watson.

« J'ignorais, messieurs, que vous parliez notre langue. »

Watson, qui n'en connaissait pas le premier mot, resta muet.

« Moi seulement, dit le détective. Le docteur Watson ne comprend rien de ce que vous dites.

— Cette rencontre est un très heureux hasard. Il se trouve que j'ai le plus grand besoin de vos conseils. Figurez-vous que... »

Holmes interrompit le commissaire :

« Un moment, s'il vous plaît. Avant toute chose, je dois avoir une petite conversation avec le signor Peruggio », dit-il en se tournant vers le luthier.

Giacomo était incapable de dissimuler son allégresse. Ce n'était pas tous les jours qu'il se trouvait au cœur d'affaires aussi palpitantes. Des assassinats, le vol d'un stradivarius, des cordes mystérieuses. Et c'était dans sa propre boutique que des spécialistes discutaient de tout cela ! Il bénit le jour où il avait décidé à la dernière minute de s'embarquer pour le Brésil.

« Bien sûr, Mr. Holmes. Je suis à votre disposition.

— Alors, j'aimerais que vous m'expliquiez comment le violon de la baronne de Avaré a pu être volé dans votre boutique, dit l'Anglais.

— À cause de ma négligence, Mr. Holmes. Oui, à cause de ma négligence, se lamenta Giacomo. J'avais posé le violon sur l'établi, dans mon atelier derrière la boutique, et, quand je suis revenu le lendemain, il avait disparu. La fenêtre de l'atelier avait été forcée.

— Je vois. Mais je n'arrive pas à comprendre comment vous avez pu laisser un violon aussi précieux à la portée du premier cambrioleur venu, fit observer le détective, articulant chaque mot avec la perfection d'un Lisboète pur sucre.

— Mr. Holmes, je sais que dans ce pays on vole tout et n'importe quoi : de la nourriture, des chaussures, des vêtements, et même des guitares de quatre sous. Mais jamais je n'aurais pensé qu'un de ces illettrés aurait l'idée de voler un violon ! » déclara l'Italien.

L'explication ne satisfit vraiment ni Holmes ni Pimenta.

« Très sincèrement, signor Peruggio, je crois que cette imprudence a fortement mécontenté Mme la baronne de Avaré, et, cela va sans dire, l'empereur lui-même », répliqua sèchement le détective.

Giacomo commença à comprendre quelles graves conséquences pourrait avoir pour lui cette fâcheuse affaire. Il adorait se produire devant dom Pedro, lorsqu'il jouait dans les clubs de musique et les petits théâtres de la rua da Glória, que Sa Majesté fréquentait régulièrement. Il se mit à pleurer et à trembler exagérément.

« Oh, Dio, Dio, Dio... La baronne ne me pardonnera jamais ! Pauvre de moi, que vais-je devenir à présent ? »

Et, en bon Italien, il se mit à se frapper violemment la tête contre le mur.

Watson, qui n'avait pas compris un traître mot de tout ce qui s'était dit jusqu'à présent, ouvrit sa mallette, en tira une petite fiole et se précipita vers Peruggio, en criant :

« Ciel ! C'est la malaria ! Vite, Holmes, aidez-moi à lui faire avaler ce flacon de quinine ! »

Et, avant que quiconque eût le temps de l'en empêcher, il força le pauvre luthier à ingurgiter tout le contenu du flacon.

« Et voilà ! Vous comprenez pourquoi, sous les tropiques, je ne me sépare jamais de ma mallette, dit-il ensuite, fièrement.

— Mon cher Watson, je suis au regret de devoir vous informer que ce malheureux Italien était seulement sous l'empire d'une crise de nerfs, comme il arrive fréquemment aux citoyens originaires de pays latins, rétorqua Holmes.

— Ah oui ? Mais personne ne m'a dit qu'il était italien ! maugréa Watson avec humeur, en refermant sa mallette. Vous croyez peut-être que je comprends quelque chose à cette langue de sauvages ? »

Sherlock reprit son interrogatoire :

« Signor Peruggio, avez-vous quelque idée de l'identité de la personne qui a pu s'emparer du violon ?

— Non, aucune, répondit Giacomo, en se raclant la gorge pour chasser le goût amer de la quinine.

— À quelle heure le violon a-t-il été volé ?

— Je ne sais pas précisément. Entre huit heures du soir et huit heures du matin.

— J'aimerais examiner la pièce où le violon a été subtilisé », dit le détective.

Peruggio fit entrer tout le monde dans le petit atelier installé derrière la boutique. Holmes tira de sa poche une loupe et examina minutieusement la surface de l'établi. Watson, qui connaissait bien les méthodes de son ami, le regarda faire d'un œil flegmatique, mais Pimenta, fasciné, observait le moindre geste du détective. Après l'établi, Holmes scruta avec la même minutie l'encadrement de la fenêtre. Accroché à un clou qui dépassait du bois, il y avait un minuscule lambeau d'étoffe noire. Sherlock prit soigneusement entre le pouce et l'index le petit morceau de tissu.

« Voilà qui est curieux, très curieux, dit-il en approchant sa loupe du bout de ses doigts.

— Qu'est-ce que c'est ? Est-ce que ce bout de tissu a quelque chose de suspect ? s'enquit Pimenta, électrisé.

— Non. C'est mon ongle. Il y a quelque chose en dessous. Probablement une esquille de noix de coco », répondit le détective, jetant le lambeau d'étoffe par la fenêtre et suçant la pointe de son index.

Sherlock continua à fureter dans le reste de la pièce, sans rien découvrir d'intéressant. Lorsque tous furent de retour dans la boutique, Pimenta et lui prirent congé de Peruggio. Watson, quoique encore un peu vexé, tendit la main au luthier :

« Cela me rassure de savoir que vous n'avez pas la malaria ! Pour prévenir ces crises de nerfs, je vous conseille l'eau de mélisse ! » cria-t-il, avec la certitude bien britannique qu'il suffisait de parler assez fort pour que tous les êtres humains vivant sur la planète comprissent l'anglais.

Pimenta s'apprêtait à dire quelque chose, quand il fut interrompu par le bruit causé par l'entrée dans la petite boutique d'un nègre gigantesque, à qui la porte faillit rester dans les mains. Le commissaire avait déjà tiré son revolver de sa poche, mais Holmes le tranquillisa :

« Calmez-vous, commissaire. Cet homme est Mukumbé, un des serviteurs de la baronne de Avaré, qui l'a mis à ma disposition.

— Un commissionnaire vient de m'apporter un message à l'intention de Mr. Holmes et du docteur Watson. M. le marquis de Salles se trouve en ce moment au *Café do Amorim* et vous invite à prendre un rafraîchissement, annonça Mukumbé, imperturbable.

— Si vous n'y voyez pas d'inconvénient, Mr. Holmes, j'aimerais à présent m'entretenir avec vous de l'affaire au sujet de laquelle je vous ai télégraphié, dit Mello Pimenta, en rangeant son arme.

— Alors, accompagnez-nous à ce café, proposa Holmes. Si les usages de ce pays sont les mêmes que ceux de Londres, les tables de café sont toujours une véritable mine d'informations. »

L'idée ne plaisait guère à Pimenta, qui eût préféré discuter de son enquête de manière confidentielle. Toutefois, devant l'enthousiasme du détective, il ne sut comment refuser. Giacomo Peruggio les raccompagna jusqu'à la porte.

« Je vous en prie, Mr. Holmes, dites à dona Maria Luísa qu'elle ne doit pas trop m'en vouloir.

— Soyez tranquille, signor Peruggio. Je ne voulais pas vous inquiéter. La baronne comprend parfaitement que ce n'est pas votre faute. »

Giacomo Peruggio, éperdu de reconnaissance, lui ouvrit théâtralement les bras. Holmes profita de ce geste pour placer d'autorité sa noix de coco vide dans les mains du propriétaire de la *Viola d'Ouro*.

Le *Café do Amorim* était situé dans la petite rua das Cancelas, qui faisait le coin avec la rua do Rosário. Il était renommé pour ses excellents repas froids et ses boissons rafraîchissantes, ainsi, naturellement, que pour son café. On y servait aussi les meilleurs vins et liqueurs. Le patron, Amorim — c'est-à-dire « Petit-Amour » — était un homme d'une corpulence énorme, qui arborait une non moins énorme moustache aux pointes tournées vers le ciel. Il était toujours habillé d'un pantalon noir et d'un gilet de même couleur par-dessus une chemise blanche, avec un nœud papillon, noir également, et un tablier blanc noué autour de la taille, comme les garçons de café parisiens qu'il avait vu représentés sur des gravures. Le tablier était si grand que Paula Nei avait coutume de le taquiner : « Amorim, ton tablier a l'air d'un drap cachant les monceaux de provisions que tu gardes dans ton ventre ! »

Amorim riait, et continuait à se glisser tant bien que mal entre les tables pour servir personnellement ses clients préférés.

Parfois, il lui arrivait de poser des questions indiscrètes — comme ce jour-là, où un groupe de planteurs de café sirotaient de la liqueur de genièvre en parlant des profits qu'ils avaient tiré de la dernière récolte. L'un d'eux était un ancien militaire, le colonel Mendes Freire, benjamin d'une famille de sept enfants. Or, bien qu'il fût né de parents blancs et que tous ses frères et sœurs eussent la peau claire et les cheveux blonds, Mendes Freire avait un teint de moricaud et les cheveux noirs et crépus. Amorim ne put y résister.

« Colonel, il y a une question que j'ai envie de vous poser depuis longtemps. Comment se fait-il que vos parents et vos frères et sœurs aient la peau si blanche et les cheveux si blonds, et que vous soyez né comme ça, tout noiraud ? »

Mendes Freire but une gorgée de liqueur et expliqua, tant à l'intention d'Amorim que de se amis :

« C'est une histoire presque surnaturelle. Quand ma mère était enceinte de deux mois, elle est allée passer quelques jours dans la plantation de café de mon grand-père. Un jour qu'elle se promenait dans la campagne alentour, un esclave noir au regard halluciné surgit de la plantation en criant et voulut se jeter sur elle. Ma mère s'enfuit à toutes jambes vers la ferme, avec l'esclave à ses trousses. Grâce à Dieu, elle parvint à regagner la ferme sans qu'il la rattrapât, et les serviteurs de mon grand-père se saisirent de ce pauvre nègre pris de folie. Je suis né avec cette couleur de peau et ces cheveux à cause de la peur qu'avait eue ma mère ce jour-là. »

Les amis de Mendes Freire secouèrent la tête, d'un air ému. Amorim, respectueusement, déclara :

« Excusez-moi, colonel, mais moi, j'ai plutôt l'impression que ce jour-là, le nègre a bel et bien rattrapé madame votre mère ! »

Les autres planteurs s'efforcèrent de retenir le rire qui leur montait aux lèvres et, avant que Mendes Freire eût le temps de protester, Amorim s'éloigna pour accueillir Sherlock Holmes et ses deux compagnons. Il guida le petit groupe jusqu'à la table du marquis de Salles.

À peine eut-il aperçu le journal qu'était en train de lire le marquis que Pimenta comprit combien il était désormais inutile qu'il s'efforçât de garder le secret sur l'affaire des jeunes filles assassinées. Tout était déjà en première page de la *Gazeta da Tarde,* sous le titre LE CHASSEUR DE LANGUES. Júlio Augusto salua les trois nouveaux arrivants et tendit le journal à Sherlock Holmes, tout en disant au commissaire, d'un ton de reproche :

« Eh bien, mon cher, je vois que vous nous avez caché quelques éléments assez pittoresques le soir où nous sommes allés à la morgue. On peut dire que vous nous faites grande confiance, ironisa-t-il.

— Je ne vois vraiment pas ce qu'il y a de pittoresque dans cette histoire épouvantable », rétorqua Mello Pimenta.

Le marquis, naturellement, faisait allusion à l'aspect le plus scabreux de l'affaire, car le journal racontait tout, jusqu'au détail particulièrement morbide des cordes de violon que le monstre laissait enroulées dans les poils pubiens de ses malheureuses victimes. Pimenta maudit en silence le professeur Saraiva. Seuls le légiste et lui-même connaissaient l'endroit exact où l'assassin plaçait les fameuses cordes, et pour sa part il n'en avait parlé à personne, pas même à sa femme. Le commissaire se demanda combien de verres d'eau-de-vie il avait fallu faire ingurgiter au légiste pour lui délier la langue. Il y avait aussi, à la deuxième page de la *Gazeta*, une caricature de Sherlock Holmes tenant dans sa main une énorme pipe. Le commentaire du dessin expliquait que le détective se trouvait à Rio, invité par Sa Majesté l'empereur en personne. Holmes lut tout cela avidement, puis traduisit pour le docteur Watson.

« Je vois que je n'ai plus rien de neuf à raconter, dit Pimenta, agacé.

— Mais moi, j'ai du nouveau, intervint Sherlock Holmes, qui avait fini de lire.

— Que voulez-vous dire ?

— Hier soir, j'ai rencontré l'assassin. »

Le commissaire était stupéfait.

« Où ? Comment ?

— Dans la Bibliothèque nationale. Je n'ai, hélas, réussi à le voir que de loin.

— Je vous en prie, Mr. Holmes, racontez-nous tout », supplia Júlio Augusto.

Sherlock Holmes relata, minutieusement, l'épisode de la nuit précédente, omettant seulement de préciser le motif qui l'avait empêché de continuer sa poursuite. Il prétendit que, lorsqu'il était arrivé à la fenêtre, le monstre avait déjà disparu par les ruelles du quartier.

« Ce que je regrette surtout, c'est que cette mystérieuse demoiselle ne m'ait pas attendu. Elle était vraiment d'une rare beauté : une métisse, mais au teint très clair, avec de grands yeux verts, de larges hanches et une poitrine superbe », soupira-t-il, visiblement sous le charme.

Le marquis n'avait pas de mal à comprendre le ravissement où la rencontre avec la jeune femme avait plongé le détective.

« Mon cher, vous n'êtes ni le premier ni certainement le dernier visiteur étranger à être charmé par l'étonnante beauté des métisses de ce pays. Au reste, il est arrivé à nombre de vos compatriotes de tout abandonner pour une belle mulâtresse brésilienne. Et l'empereur du Mexique, Maximilien d'Autriche en personne, les a célébrées dans un fort beau poème. »

Il se mit à réciter :

« Avec leurs visages à la peau brune, aux traits fins comme ceux d'une hindoue, leurs grands yeux scintillants et pourtant voilés par l'expression enchanteresse de quelque secrète mélancolie, leurs cheveux noirs telle l'aile du corbeau, elles ont la grâce ensorceleuse des sylphides et la démarche sensuelle des daines... »

Pimenta, conscient que la conversation se dispersait, revint au sujet initial :

« Il n'y a qu'une chose que le journal ne dit pas. Plusieurs personnes qui demeurent près des lieux où ont été commis les crimes ont déclaré à la police qu'elles avaient entendu quelqu'un jouer du violon dans la rue.

— S'il continue à arracher les cordes de l'instrument, on n'entendra bientôt plus rien, fit observer Júlio Augusto.

— Bon sang ! Mais c'est bien sûr », s'écria Holmes en frappant sur la table, réveillant le docteur Watson qui s'était assoupi.

Le commissaire semblait ne pas avoir compris.

« Que voulez-vous dire ?

— Vous ne saisissez donc pas, mon bon ami ? Un violon a quatre cordes : G, D, A, E, expliqua le détective, désignant les notes par des lettres selon le système utilisé par les Anglais. Si l'assassin a déjà enlevé deux cordes, cela veut dire qu'il lui en reste encore deux.

— Essayez-vous de me dire que cet individu a l'intention d'assassiner deux autres femmes sans le moindre mobile ?

— Exactement, commissaire : sans le moindre mobile, parce que cet homme a perdu la raison. C'est seulement dans un recoin malsain de son cerveau qu'il trouve un prétexte à sa furie sanguinaire. Tout ce que j'espère à présent, c'est qu'en travaillant de concert nous parviendrons à l'empêcher de frapper à nouveau, dit Sherlock Holmes.

— Nous l'espérons tous », renchérit le marquis de Salles.

Sherlock se tourna vers Watson et traduisit toute la conversation en anglais. Le médecin parut horrifié.

« C'est épouvantable ! Alors, cet homme assassine des femmes simplement parce qu'il en a envie, sans aucun mobile ?

— Oui. Dans toute ma carrière, je dois avouer que n'ai jamais rien vu de pareil. Oter sauvagement la vie à ces malheureuses, toujours suivant le même rituel et sans aucun motif rationnellement explicable. Ce criminel est un dément qui prend plaisir à les assassiner en série, ce que j'appellerais un *serial killer.* Oui, c'est exactement cela, un *serial killer »,* déclara Sherlock Holmes, tout content de l'expression qu'il venait d'inventer.

Après avoir répété plusieurs fois son néologisme sans parvenir à se faire comprendre, il se tourna vers Júlio Augusto et lui demanda :

« *How would you say* serial killer *in Portuguese ?*

— Euh... *Assassino serial ?* suggéra le marquis, incapable de trouver une traduction vraiment satisfaisante.

— Quoi qu'il en soit, il faut absolument trouver moyen de l'arrêter », trancha Mello Pimenta.

Holmes alluma sa pipe. Une idée commençait à germer dans son cerveau.

« Dites-moi, commissaire, est-ce qu'il ne vous est jamais venu à l'esprit que notre assassin et l'homme qui a volé le stradivarius de la baronne ne sont probablement qu'une seule et même personne ? »

Pimenta se maudit intérieurement pour n'y avoir pas pensé plus tôt. Bien sûr, cela tombait sous le sens ! Et même, dans toute cette histoire démentielle, c'était la seule et unique chose qui eût un sens. L'auteur des meurtres était aussi l'homme qui avait volé le violon. Il ne savait pas jusqu'où cette découverte pourrait le conduire, mais il était évident que l'Anglais avait raison. Le premier meurtre avait été commis presque aussitôt après le vol du stradivarius. Ce qu'il ne parvenait pas à comprendre, toutefois, c'était pourquoi le tueur fou laissait les cordes du précieux instrument enroulées sur le pubis de ses victimes. Pourquoi ? Mais justement parce qu'il est fou, voilà ! pensa-t-il en lui-même. Mille idées lui passaient en même temps par la tête. L'assassin était-il un musicien professionnel ? Les sociétés de concerts étaient si nombreuses à Rio ! Par où commencer ? D'abord, il fallait vérifier dans les archives de la police si un violoniste y était fiché. Sherlock Holmes l'interrompit dans ses réflexions :

« Commissaire, il y a une question qui continue à m'intriguer plus que tout le reste.

— Laquelle, Mr. Holmes ?

— Comment pourrais-je faire pour retrouver cette belle mulâtresse ? » répondit Sherlock, le fixant avec le regard triste des amoureux transis.

# *11*

*SON CHAT SIAMOIS, qui, d'habitude, préfère aller se promener sur les toits, est ce soir paisiblement endormi dans son panier d'osier, à côté de la porte de sa chambre. Mais lui ne prête pas attention à son chat. Étendu sur son lit étroit, il n'a plus la notion du temps. Cela fait plus de deux heures qu'il est là, allongé sur le dos, le visage tourné vers le plafond. C'est un authentique exercice spirituel qu'il accomplit, quand la haine qui habite son cœur commence à perdre de sa force. Il s'allonge, entièrement nu, et, fermant les yeux, il se représente la haine qui prend à nouveau possession de tout son corps, de tout son être. Bientôt, il a la sensation qu'elle imprègne peu à peu chaque fibre de sa chair. Elle commence par le bout des orteils, puis remonte progressivement le long des jambes. Par la pensée, il se fixe sur cette haine qui envahit le moindre recoin de son anatomie, le moindre pli, le moindre pore de sa peau. La haine pénètre ses cuisses musclées et continue à monter. Maintenant, elle se diffuse au profond de son sexe. Il n'a jamais compris pourquoi la haine durcit son membre, qui, brutalement, se roidit et se dresse. Mais avec la haine vient la chaleur. Haine et chaleur montent en lui inséparablement. Il perçoit la fracture qui se crée dans sa personne au cours de l'exercice. Quand la haine a submergé son ventre et atteint le plexus solaire, il sent la moitié inférieure de son corps qui entre en incandescence, cependant que l'autre moitié reste glacée comme de la viande morte. Ce sont comme deux hémisphères distincts d'une même entité humaine. À ce moment, il sait qu'il lui faut se concentrer plus encore, en se répétant mentalement, comme un mantra sacré : haine, haine, haine. Alors, la haine obéit, poursuit son chemin, son destin, lui pénètre la tête jusqu'à la pointe des cheveux. Soudain, tout son corps est parcouru d'un grand frémissement. Les draps de son lit sont imbibés de sueur. Le processus est achevé. L'essence de son être est revitalisée par la haine la plus pure. Ce n'est que rarement qu'il a besoin de recourir à cet exercice. Il n'y a qu'une chose qui puisse diminuer la force de sa haine. La Peur. Il a ressenti la peur la nuit dernière. Peur que cet Anglais le rattrapât, qu'il le dénonçât. Il a bien reconnu de loin cette casquette ridicule, cette cape à carreaux, et il a eu peur. Peur de mourir, peur de vivre. Il ne veut pas être pris, il sait qu'il ne veut pas être pris. Et pourtant, quelque chose le contraint à laisser derrière lui des pistes qui, inévitablement, le conduiront à la catastrophe. Il y en a trop désormais. Ce policier gros, gras et obtus ne comprend rien à rien, mais le détective anglais n'aura pas grande difficulté à déchiffrer les messages. Sherlock Holmes ne saurait manquer de découvrir la signification évidente des indices qu'il sème sur son chemin. Il se lève, et commence à essuyer son corps moite avec une serviette en lin. Il est tellement trempé de sueur qu'il lui faut bientôt une deuxième serviette. Il prend, dans la boîte cachée dans l'armoire, son vieux couteau bien-aimé et presse la lame froide contre son front, ses joues, sa nuque, pour calmer la sensation fébrile qu'il éprouve encore. Ni la fille ni le détective n'ont pu distinguer son visage, sa grande cape et l'obscurité étaient là pour le protéger, et pourtant il se sent frustré. Il a eu de la chance. Beaucoup de chance. Mais il n'a pas pu transpercer de sa lame affûtée la molle poitrine de cette fille, pour lui arracher les poumons. Cette putain métisse doit avoir sept vies, comme les chats. Ou neuf ? Les chats ont-ils sept ou neuf vies ? Il ne s'en souvient plus. Il s'approche du siamois qui dort dans son panier d'osier. D'une main, il l'attrape par le cou et de l'autre, d'un seul coup de couteau, il lui ouvre le ventre. Son geste est si rapide que le chat meurt sans même ouvrir les yeux. Une vie. Au bout du compte, les chats n'ont qu'une seule vie. Comme les putains.*

Ayant reçu de nombreux hommages de la part d'artistes brésiliens, Sarah Bernhardt souhaitait leur rendre la politesse, et décida de créer la surprise en allant assister, accompagnée de toute sa troupe, à un spectacle théâtral autochtone.

Le spectacle choisi fut la revue satirique qui faisait fureur cette saison, *La femme qui était un homme :* précisément celle où se produisait, dans un petit rôle de soubrette, la jeune mulâtresse Anna Candelária dont la beauté avait tant subjugué Sherlock Holmes. Elle se jouait au Teatro Santana, qui se trouvait sur la praça da Constitução comme le Teatro São Pedro de Alcântara, juste en face, où Sarah Bernhardt se faisait acclamer tous les soirs. Le sujet de la revue était inspiré d'un fait réel qui s'était passé l'année précédente : un homme désireux de se faire engager comme domestique dans les demeures des familles huppées de la capitale s'était présenté aux maîtres de maison déguisé en femme. Lorsqu'il avait été démasqué, le scandale avait été tel que toute la ville de Rio en avait parlé pendant des mois. Toute l'affaire était relatée sur le mode humoristique dans la revue, qui avait dépassé les deux cents représentations. La plupart des chansons étaient sur des musiques de Chiquinha Gonzaga, et les textes des très populaires poètes-vaudevillistes Valentim Magalhães et Filinto de Almeida. Chaque soir, le public se tenait les côtes quand l'excellent acteur comique Vasques se trémoussait dans ses vêtements féminins en interprétant son grand monologue chanté, qui finissait par ces mots :

*Permettez donc que je m'explique :*
*Je n'ai ni volé ni tué,*
*Mais dans le cœur et les pratiques*
*Je suis un être asexué...*

Tout juste sortie de scène, sans même se changer, Sarah quitta le São Pedro et entra dans le Teatro Santana au moment où commençait le finale de la revue et où toute la troupe était réunie pour le tableau intitulé *Matchiche dans la ville nouvelle.* Ce fut une entrée triomphale, comme seule la Divine en était digne. Au moment où les comédiens s'apercevaient de la présence inattendue de l'illustre visiteuse, Heller, le producteur de *La femme qui était un homme,* apparut sur la scène, interrompit sa troupe et ordonna au chef d'orchestre d'attaquer *La Marseillaise.* Le public délira. Sarah monta sur scène à son tour et offrit à Cinira Polônio, l'actrice principale, un gros bouquet de fleurs attaché par des rubans vert et jaune, les couleurs du drapeau brésilien. La salle, surexcitée, l'ovationna debout. Vasques ne put y résister : il s'approcha, serra la Française contre son cœur et l'embrassa sur les deux joues. Puis il se mit à bondir d'un bout à l'autre de la scène en criant : « J'ai embrassé Sarah Bernhardt ! J'ai embrassé Sarah Bernhardt ! »

La fête se termina dans une atmosphère de grande confraternité, qui conduisit Français et Brésiliens bras dessus bras dessous au *Restaurant de la terrasse,* pour un souper bien arrosé offert par Heller. En homme raffiné, celui-ci ordonna qu'on servît une cuvée de prestige de Roederer Cristal, l'unique champagne en bouteilles transparentes, conformément à l'idée originale du tsar Alexandre II qui souhaitait que ses convives pussent apprécier ce nectar non seulement avec le palais, mais en l'admirant d'abord dans les bouteilles.

Le lendemain après-midi, quand Sarah Bernhardt arriva au théâtre pour la répétition, elle ressentait encore les effets des réjouissances de la veille. Comme ils étaient passionnés, ces Brésiliens ! Quelle fougue ! À croire que tous étaient tombés amoureux d'elle. On lui avait raconté que, la semaine précédente, un riche fermier avait voyagé à cheval pendant trois jours et trois nuits pour venir l'applaudir. Quand il s'était présenté au théâtre et avait voulu acheter son billet, toutes les places étaient louées, comme toujours. L'homme, alors, s'était mis à crier et tempêter, affirmant qu'il ne partirait pas sans avoir vu la célèbre artiste venue de France. L'administrateur du São Pedro, alerté par ce tapage, était sorti de son bureau et, pour le calmer, lui avait offert une place debout, au fond du parterre. Enchanté d'avoir obtenu gain de cause, le fermier s'était dirigé vers l'entrée de la salle, et, au moment d'y pénétrer, s'était retourné vers l'administrateur et lui avait demandé : « À propos, que fait-elle au juste, cette Française ? Elle chante ou elle danse ? » L'actrice avait ri aux larmes lorsqu'on lui avait rapporté cet incident.

Sarah Bernhardt communiquait avec l'équipe technique du théâtre par l'intermédiaire de son interprète, un nommé Sarmento, dont le São Pedro avait loué les services et qui avait vécu deux ans à Paris. Sarmento, un homme trapu et dépourvu de cou, était natif d'un petit bourg au fin fond du Ceará, une des provinces les plus pauvres et les plus arriérées du Nordeste brésilien. Très jeune, mû par un goût prononcé pour l'aventure, il s'était engagé comme mousse sur un navire de la New Zealand Shipping Company et avait décidé de courir le monde. Pendant quinze ans, il avait exercé dans différents pays les professions les plus variées. Il avait été tireur de pousse-pousse à Hong Kong, banderillero à Barcelone, vendeur d'eau à Bombay, cocher de diligence dans le Missouri, chaman au Pérou, croupier à Londres, gondolier à Venise, distillateur de whisky à Glasgow, chanteur de yodel au Tyrol, fossoyeur à Istanbul, meunier à Coïmbre, et, pour finir, gigolo à Paris. Au cours de ces années, Sarmento avait appris à parler le mandarin, l'espagnol, l'hindoustani, l'anglais, l'italien, l'allemand, le turc et le français, toutes langues qu'il maîtrisait à merveille et prononçait avec un parfait accent du Ceará.

Sarah réunit tous ses collègues sur scène pour peaufiner les derniers détails du *Maître de forges,* de Georges Ohnet, où elle interprétait le rôle de Claire de Beaulieu. Ce rôle était un de ses grands succès et, en grande professionnelle, elle tenait à ce que rien ne fût négligé pour assurer la perfection du spectacle. Elle s'aperçut qu'il manquait une chaise dans le décor, et, par la voix de Sarmento, demanda au régisseur Papioca où elle était passée.

« Elle sera là ce soir, répondit laconiquement Papioca.

— Et le tapis à l'avant-scène ?

— Il sera là ce soir.

— Puis-je savoir où est la lampe de chevet ?
— Elle sera là ce soir.
— Je ne vois pas non plus les coussins.
— Ils seront là ce soir. »

Sans perdre son calme le moins du monde, Sarah se tourna vers Sarmento :

« Veuillez dire à M. Papioca d'apporter immédiatement sur scène tous les objets manquants. J'ai bien dit immédiatement. Sinon, il y a quelque chose qui ne sera pas là ce soir, et ce quelque chose, c'est moi. »

Elle se retourna et commença à discuter avec les autres acteurs de certains passages du texte. Mais avant que la répétition pût véritablement commencer, l'actrice fut interrompue par l'entrée du commissaire Mello Pimenta.

« À quoi devons-nous le plaisir de votre visite, commissaire ? Est-ce que par hasard on aurait déposé une autre plainte contre moi ? demanda-t-elle ironiquement, toujours par l'intermédiaire de Sarmento.

— Non, madame, bien sûr que non. Je suis à la recherche d'un homme qui travaille dans ce théâtre. Pardonnez-moi de vous avoir dérangée », s'excusa courtoisement Pimenta, en soulevant son chapeau, avant de s'engager dans le couloir qui menait vers la salle où répétaient les musiciens attachés au São Pedro.

L'homme qu'il était venu chercher était un violoniste du nom de Haroldo Borges. Celui-ci avait eu à quatre reprises maille à partir avec la police pour avoir violemment rossé sa femme. À chaque fois, le commissariat avait été prévenu par un voisin, un militaire qui était venu à la rescousse de l'épouse maltraitée du musicien, et Borges avait fini par payer ces brutalités conjugales de deux mois derrière les barreaux. Le commissaire entra dans la salle, où plusieurs musiciens, leurs instruments posés à côté d'eux, discutaient avec animation. La discussion, comme à l'accoutumée, tournait autour de la scandaleuse médiocrité des salaires que le théâtre leur versait. À l'entrée de Pimenta, tout le monde se tut.

« Je cherche un violoniste nommé Haroldo Borges », dit le commissaire.

À ces mots, un petit homme malingre, au visage creusé, se leva dans le fond de la salle.

« C'est moi.

— Commissaire Mello Pimenta. J'aimerais avoir un entretien en particulier avec vous, monsieur. »

Sans dire un mot, Haroldo Borges rangea son violon dans son étui et vint à la rencontre du commissaire. Tous deux se dirigèrent vers la sortie des artistes ; mais aussitôt qu'ils eurent passé la porte, Borges jeta son violon dans son étui à la tête de Pimenta et voulut prendre ses jambes à son cou. En trois pas, le gros policier le rattrapa et le coinça contre le mur.

« Où donc allez-vous si vite ? demanda-t-il en le tenant solidement par le bras.

— Quelque part où les persécutions policières n'existent pas.

— Les persécutions policières ?

— C'est encore une fois Gouveia qui est venu vous trouver, pas vrai ? »

Mello Pimenta était très dérouté : il ne connaissait pas de Gouveia, et n'avait jamais été enclin à persécuter qui que ce fût.

« Je ne comprends rien à ce que vous me racontez. Qui est ce Gouveia ?

— Le sergent de la Brigade militaire de la police impériale qui habite dans ma rue. C'est toujours lui ! »

Pimenta commençait à entrevoir la nature du malentendu. Gouveia était certainement le militaire qui venait dénoncer Borges à la police chaque fois qu'il battait sa femme.

« Ce qui m'occupe n'a rien à voir avec vos démêlés conjugaux. Je mène une enquête sur deux assassinats et je voudrais savoir ce que vous faisiez les soirs où les crimes ont été commis. »

Ce disant, Pimenta tira de sa poche son carnet de notes. Malheureusement pour lui et heureusement pour le violoniste, aux dates en question, Haroldo Borges se trouvait à Juiz de Fora, une ville à plusieurs dizaines de kilomètres de Rio de Janeiro, où il donnait une brève série de concerts avec le quatuor à cordes qu'il avait fondé et grâce auquel, lorsqu'il pouvait s'absenter du São Pedro, il améliorait ses maigres émoluments. C'était son collègue Lima qui avait pris sa place pendant ces quelques jours : Lima était capable de jouer de sept instruments, et c'était toujours lui qui remplaçait les autres musiciens de l'orchestre lorsque l'un d'entre eux allait courir le cachet en province. Pimenta rangea son carnet et dit sèchement :

« Vous pouvez partir. Mais, puisque je vous tiens, laissez-moi vous dire que vous seriez bien inspiré de cesser de maltraiter une pauvre femme sans défense et d'accuser ensuite la police de vous persécuter. »

Haroldo Borges regarda Pimenta d'un air malheureux.

« Monsieur le commissaire, connaissez-vous ma femme, Marieta ?

— Bien sûr que non.

— Elle pèse plus de cent kilos et mesure un mètre quatre-vingts. Croyez-vous qu'avec mon physique d'avorton, je sois en mesure de lui faire le moindre mal ? »

Pimenta fronça les sourcils.

« Mais alors, qu'est-ce que c'est que ces histoires de violences conjugales ?

— Voilà, commissaire. Elle me trompe avec ce sergent Gouveia, qui habite dans ma rue. Chaque fois que j'ai l'audace de protester, Marieta me flanque une volée. Puis, le sergent va faire une déposition au commissariat du quartier en prétendant que c'est moi qui l'ai battue. J'ai encore pris une raclée pas plus tard qu'hier, dit le violoniste, en déboutonnant sa chemise et remontant ses manches pour montrer son corps couvert d'hématomes. Quand je vous ai vu entrer, j'ai été pris de panique. J'ai cru que Gouveia était allé se plaindre à la police une fois de plus et que vous étiez venu pour m'arrêter. Je ne pourrais pas supporter de retourner en prison alors que je n'ai rien fait de mal !

— Et pourquoi mes collègues du commissariat de votre quartier n'ont-ils jamais mis en doute les histoires que leur raconte cet homme ? demanda le commissaire, incrédule.

— Je vous l'ai dit, monsieur le commissaire, Gouveia est sergent, il sert dans la Brigade militaire de la police impériale. Il a beaucoup d'amis parmi les forces de l'ordre, beaucoup de relations, et moi, je ne suis qu'un pauvre violoniste.

— Eh bien, je ferai le nécessaire pour que vous ne soyez plus jamais injustement accusé. Comptez sur moi, promit Pimenta, ému par les malheurs du musicien. Mais laissez-moi vous donner un conseil, mon ami. Quittez cette femme et trouvez-vous en une autre !

— Je ne peux pas, commissaire. Je voudrais bien, naturellement, mais je ne peux pas. J'ai trop peur ! Marieta est d'une jalousie féroce. Elle m'a dit et répété que si jamais je la quittais, elle me retrouverait n'importe où et qu'elle me tuerait », expliqua Borges à voix basse, en reboutonnant sa chemise.

Mello Pimenta le salua et, tout en s'éloignant, sincèrement peiné par l'histoire du pauvre violoniste cocu, il pensa qu'il ferait bien d'acheter dans la première pâtisserie quelques *pés-de-moleque* — les gâteaux qu'elle préférait — pour sa chère Esperidiana, son épouse toujours si douce, si aimante, et qu'il bénissait le Ciel d'avoir rencontrée.

# 12

RODRIGO MODESTO TAVARES s'était vu conférer le titre de vicomte de Ibituaçu dans des circonstances peu conventionnelles. Quelques années plus tôt, c'était un roturier fort riche et déjà d'un certain âge, et un personnage bien connu au palais impérial où il se rendait chaque fois que l'occasion s'en présentait, faisant tout son possible pour s'attirer les bonnes grâces de Sa Majesté. Par un beau matin d'avril, dom Pedro, qui avait très à cœur de doter son pays d'un réseau ferroviaire de qualité, était allé inaugurer une nouvelle ligne de chemin de fer. Il était accompagné de divers dignitaires de l'empire, ministres, sénateurs, conseillers particuliers, maréchaux, courtisans en tout genre, et, naturellement, Rodrigo Modesto Tavares était présent aussi car il tenait absolument à être vu aux côtés de l'empereur lors de toutes les cérémonies officielles. Sa Majesté impériale était radieuse dans son uniforme de parade. À son arrivée en grande pompe, la fanfare avait joué des marches militaires et une multitude de gens s'étaient rassemblés pour voir de près le souverain. Le soleil resplendissant, l'azur limpide d'un ciel sans nuages accentuaient encore la solennité de l'événement. Or, sur l'estrade dressée pour l'occasion où se tenaient le monarque et sa nombreuse suite, alors que dom Pedro s'apprêtait à déclarer ouverte la cérémonie d'inauguration, il s'était produit quelque chose d'on ne peut plus inattendu. Dans le silence qui avait suivi les applaudissements saluant l'exécution de l'hymne national, Sa Majesté avait laissé échapper une flatulence aussi sonore que malencontreuse. Embarras terrible et général sur l'estrade officielle. Personne, parmi les plus hautes autorités de l'empire rassemblées autour du souverain, ne savait comment réagir devant un si fâcheux incident. Ce fut alors que Rodrigo Modesto, avec la présence d'esprit si caractéristique des flagorneurs invétérés, dit, à haute et intelligible voix : « Mille pardons, Majesté. C'est moi. Cela m'arrive quelquefois, malheureusement. Je souffre de météorisme. » Ainsi avait-il pris à son compte, avec la plus grande dignité, le fracassant pet impérial.

Ministres, sénateurs et maréchaux lui avaient furieusement envié cet admirable sens de l'opportunité. Bon sang ! Pourquoi n'en ai-je pas eu l'idée le premier ? se disaient-ils tous rageusement, en leur for intérieur. Le monarque, reconnaissant, avait aussitôt octroyé à l'ami qui l'avait sauvé d'une effroyable humiliation le titre de vicomte et l'avait fait Grand du Brésil. Et pour que le titre du nouveau noble fût en rapport avec les circonstances qui le lui avaient mérité, Rodrigo Modesto fut nommé vicomte de Ibituaçu, terme qui, dans la langue des indiens tupi-guarani, signifie « vent puissant ».

L'hôtel particulier du vicomte, dans la rua das Laranjeiras, était une des demeures les plus somptueuses de la ville. Construit sur une butte au milieu d'un parc dominé par d'immenses cocotiers, on le voyait émerger à distance de la luxuriante végétation qui l'entourait. Les invitations aux fêtes que Rodrigo Modesto Tavares, vicomte de Ibituaçu, donnait dans sa résidence, étaient l'objet des convoitises de tout ce qui comptait dans la ville, mais le maître de maison avait une prédilection pour la compagnie des artistes, des intellectuels et de toute la bohème de Rio. C'est pourquoi, ce soir-là, à l'occasion du dîner qu'il offrait en l'honneur de Sarah Bernhardt et de Sherlock Holmes, il avait convié toute la bande qui avait coutume de se rassembler autour d'Olavo Bilac et de Paula Nei, le plus amusant du groupe. La baronne de Avaré était également présente, de même que plusieurs jeunes personnes aussi ravissantes qu'élégantes, pour contrebalancer la nette prédominance des convives de sexe masculin. Sarah Bernhardt était accompagnée de son fils Maurice, mais Sherlock Holmes était venu seul : le docteur Watson avait préféré rester à l'hôtel, sous prétexte qu'il avait plusieurs lettres urgentes à écrire. En réalité, il avait en horreur ces soirées mondaines qui se prolongeaient immanquablement jusqu'à des heures indues. Irrévérencieux comme à son habitude, Paula Nei s'exclama, lorsqu'il vit apparaître le détective sans son fidèle compagnon :

« Regardez ! Don Quichotte sans Sancho Pança ! »

Après le dîner, on passa dans un grand salon que le vicomte, d'un ton faussement modeste, appelait la salle des cristaux en raison de l'immense lustre viennois qui l'illuminait. La conversation se fit en français, seul idiome commun à tous les présents, y compris Sherlock Holmes. Une agréable surprise les attendait : assis au piano et assurant l'ambiance musicale de la soirée se tenait Ernesto Nazareth.

Nazareth était un jeune pianiste et compositeur de vingt-trois ans, qui gagnait sa vie en donnant des cours particuliers et en se produisant lors des fêtes et des banquets donnés par la haute société de la capitale. Il avait aussi publié certaines de ses compositions, et ses polkas en particulier, comme *Fontaine des soupirs* ou *Tes yeux m'ont captivé,* rencontraient un grand succès public. Pour le moment, il ciselait sur le clavier sa plus récente création, une valse lente intitulée *Dora* et qu'il avait dédiée à Teodora Amália de Meireles, la jeune fille qu'il allait épouser dans quelques jours. Avec la toison de cheveux châtain clair qui lui tombait presque sur les épaules, Ernesto faisait songer à Chopin, pour lequel il nourrissait de surcroît une fervente admiration. Lorsqu'il eut terminé, le vicomte lui demanda de jouer une autre de ses polkas qui faisaient fureur dans les salons, le *Baiser-Fleur.* Ce qui frappait dans les compositions du jeune pianiste, c'était cette légère touche de tendre mélancolie qui affleurait jusque dans ses matchiches les plus entraînantes.

Le vicomte de Ibituaçu était heureux. Sa soirée était une réussite sans précédent, même dans sa maison. En hommage à Sherlock Holmes, Miguel Solera de Lara avait surmonté sa timidité coutumière et déclamé magistralement quelques strophes du *Triumph of Life,* de Shelley, son poète de prédilection. Tous les invités sans exception trouvaient visiblement la réception très divertissante. À un moment donné, Guimarães Passos s'approcha de Sarah Bernhardt, suivi d'Olavo Bilac.

« Avec votre permission, madame, j'aimerais vous présenter le jeune poète dont je vous ai parlé lors du dîner au *Grande Hotel,* Olavo Bilac.

— Mes hommages, madame. Je suis très honoré de vous rencontrer, dit Olavo.

— Monsieur, votre ami m'a fait de vous les plus grands éloges. Qui sait ? Peut-être un jour vous servirai-je de muse, et vous inspirerai-je un beau texte. J'en serais enchantée, répondit aimablement Sarah.

— Il se trouve, madame, que j'ai précédé votre suggestion. J'ose à peine l'avouer, mais j'ai eu l'audace de composer un petit sonnet, qui rend humblement gloire à votre talent. Il s'intitule *Fedora,* et j'ai l'intention de le publier dans une de nos revues, *A Semana* », dit Olavo Bilac en rougissant.

Ravie, l'actrice insista pour que Bilac récitât son poème sur-le-champ. Sans se faire longtemps prier, celui-ci déclama dans un français extrêmement soigné ses vers en l'honneur de l'illustrissime actrice, qui s'achevaient par cette strophe extasiée :

*Tu sais tous les secrets des abîmes du cœur,*
*Ô toi, qui sais mêler, pour montrer ta douleur,*
*Le cri d'une lionne aux sanglots d'une femme !*

De tous côtés crépitèrent alors des applaudissements enthousiastes, et Sarah, émue, baisa sur le front le jeune barde. Bilac ne se tenait plus de joie. Le marquis de Salles, qui gardait toujours en réserve une surprise à sa façon pour ce genre d'occasions, se proposa pour déclamer quelque chose à son tour.

« De qui est-ce ? demanda le revuiste Artur Azevedo, qui de toute la soirée ne s'était pas éloigné un instant de sa bien-aimée Divine.

— Tu ne le connais pas. C'est un auteur encore totalement ignoré. Il est né en Uruguay, mais c'est un compatriote de madame, car il était le fils du consul de France. Son nom est Isidore Ducasse. Nous avons fait nos études ensemble, à l'École polytechnique de Paris, à la fin des années soixante. Il a écrit un long recueil de poèmes sous le pseudonyme de comte de Lautréamont.

— Jamais entendu parler. Le seul Lautréamont que je connaisse est le personnage d'un roman d'Eugène Sue publié sous forme de feuilleton », dit Miguel, dont la mémoire était un véritable trésor d'archives littéraires.

De Salles poursuivit :

« Le recueil en question était sur le point d'être publié, mais au dernier moment, malheureusement, l'éditeur n'a pas eu le courage de le mettre en vente dans les librairies, par peur d'un procès pour publication d'une œuvre allant à l'encontre de la morale », dit-il, enchanté de sentir se créer autour de lui une de ces ambiances insolites et vaguement troubles comme il adorait en susciter.

De fait, la curiosité de l'auditoire était devenue presque palpable. Tous brûlaient d'envie d'en savoir davantage sur cet écrivain énigmatique et sulfureux. Solera de Lara, en tant que libraire, était de loin le plus intéressé.

« Et comment s'appelle le recueil ?

— *Les Chants de Maldoror.* Par bonheur, j'en possède un volume dédicacé qui m'a été offert par Isidore Ducasse lui-même. Une rareté, mon cher Miguel, un vrai trésor pour bibliophile, souligna le marquis, de plus en plus enchanté de son effet.

— Voulez-vous, ô marquis, me mettre à la torture ?
De grâce, mettez fin au tourment que j'endure :
Dites-nous quelques vers de ce livre martyr,
Car ce mystère est plus que je ne puis souffrir !

s'exclama Sarah Bernhardt.

— À la réflexion, madame, je ne sais pas si je dois. Les poèmes de mon ami pourraient choquer les oreilles sensibles des dames. »

Toutes les femmes présentes dans le salon protestèrent avec indignation. Chiquinha Gonzaga se fit leur porte-parole :

« Marquis, nous sommes au XIX^e siècle. De nos jours, il n'y a plus rien de bien choquant que puisse nous révéler votre écrivaillon, dit-elle d'un ton dédaigneux.

— Très bien. Puisque vous insistez, voici un fragment des conseils donnés par Maldoror dans le premier des six chants », répondit le marquis de Salles, prenant place au centre du salon et commençant à déclamer, de sa voix veloutée de baryton :

*« On doit laisser pousser les ongles pendant quinze jours. Oh! Comme il est doux d'arracher brutalement de son lit un enfant qui n'a rien encore sur la lèvre supérieure, et, avec les yeux très ouverts, de faire semblant de passer suavement la main sur son front, en inclinant en arrière ses beaux cheveux!*
*Puis, tout à coup, au moment où il s'y attend le moins, d'enfoncer les ongles longs dans sa poitrine molle, de façon qu'il ne meure pas; car, s'il mourait, on n'aurait pas plus tard l'aspect de ses misères.*
*Ensuite, on boit le sang en léchant les blessures; et, pendant ce temps qui devrait durer autant que l'éternité dure, l'enfant pleure.*
*Rien n'est si bon que son sang, extrait comme je viens de le dire, et tout chaud encore,*
*Si ce ne sont ses larmes amères comme le sel...*

— Je crois que nous en avons entendu assez », interrompit sèchement Miguel Solera de Lara.

Une sensation de malaise et de dégoût s'était répandue dans le salon. Les plus jeunes invitées du vicomte agitaient fébrilement leurs éventails.

« Maintenant, je comprends la réticence de l'éditeur à mettre en vente cette horreur, dit d'un ton irrité le vicomte.

— Je vous avais prévenus », rétorqua le marquis, sans parvenir à masquer son sourire de satisfaction devant le climat chargé de gêne et de répugnance qu'il avait provoqué.

Sarah Bernhardt, tout en se servant une autre coupe de champagne, prit la défense de l'auteur :

« J'ai fort goûté ce texte et l'avoue sans ambages.
Voudriez-vous, marquis, me prêter cet ouvrage ?

— Avec le plus grand plaisir, madame. Je suis ravi que mon ami Isidore ait trouvé en vous une si glorieuse voix pour le défendre. »

Sherlock Holmes brisa le charme assez malsain sous lequel étaient encore les invités du vicomte, en demandant candidement :

« Cela dérangerait-il quelqu'un si je fumais ma pipe ?

— Mon cher Mr. Holmes, après l'intermède littéraire dont vient de nous gratifier le marquis, je crois que vous pourriez même fumer de l'opium sans choquer personne », conclut Paula Nei.

L'assistance se détendit et la remarque du jeune bohème suscita même quelques rires, au grand soulagement du vicomte.

Comme toujours dans ce genre de soirées, au bout d'un certain temps la petite foule des invités se divisa en deux groupes : les hommes d'un côté, les femmes de l'autre — excepté Chiquinha Gonzaga, la baronne de Avaré et Sarah Bernhardt qui préférèrent la compagnie des messieurs, et le marquis de Salles et Maurice Bernhardt qui, évidemment, choisirent celle des dames. Maurice, comme le marquis, était un incorrigible trousseur de jupons, et son tempérament un peu trop fougueux lui avait déjà attiré quelques ennuis depuis son arrivée à Rio. Ainsi, un jour qu'il se trouvait accoudé au portail de l'hôtel et lançait des galanteries pour le moins appuyées aux jeunes et jolies passantes, un garçon qui accompagnait l'une d'elles ne s'était pas privé de le prendre par le col pour lui assener quelques gifles retentissantes. Il avait fallu l'intervention du gérant pour que l'incident n'eût pas de conséquences plus graves. À présent, aux côtés du marquis et déjà oublieux de cette mésaventure, il conversait avec les jeunes élégantes, qui lui posaient une foule de questions sur Paris et sur son illustre génitrice :

« Est-ce vrai qu'elle a un lion apprivoisé chez elle ? »

« Tout ce qu'on raconte sur Pigalle, est-ce que c'est la réalité ? »

Maurice répondait en disant tantôt la vérité, tantôt des mensonges, mais toujours avec la complicité égrillarde du marquis.

Dans la grande bibliothèque, sirotant du cognac entre deux havanes, Sherlock Holmes, après avoir narré sa rencontre avec l'*assassino serial,* selon la traduction un peu maladroite du marquis, satisfaisait aussi la curiosité des invités qui le pressaient de demandes. Aluísio Azevedo voulut vérifier la rumeur qui circulait déjà dans la ville :

« Dites-nous, Mr. Holmes : est-il exact que le voleur du violon et le tueur fou ne sont qu'unc seule et même personne ?

— Je le présume. Si nous prenons en compte le fait qu'on a trouvé des cordes de violon sur les deux cadavres, ce serait une bien étrange coïncidence que les deux événements n'aient aucun rapport entre eux alors qu'ils se sont produits au même moment, et je ne crois pas aux coïncidences, pontifia le détective en aspirant une longue bouffée de son cigare.

— Mais selon vous, pour quelle raison laisse-t-il des cordes de violon près de ses victimes, et pourquoi leur coupe-t-il la langue ? » interrogea Olavo Bilac, très intrigué.

Chiquinha Gonzaga, allumant un petit cigarillo discret, parla avant que Sherlock eût le temps de répondre :

« Mais c'est élémentaire, mon cher Olavo. Cet homme laisse délibérément des pistes derrière lui, comme pour défier les enquêteurs. Il est probable qu'il y a en lui une volonté inconsciente de se faire arrêter. »

Sherlock Holmes fut étonné par la sagacité du raisonnement de la musicienne. Il y avait un moment qu'il était parvenu à la même conclusion.

« Très juste, senhorita Gonzaga. C'est exactement ce que je pense.

— Mais pourquoi avoir volé MON violon ? demanda la baronne de Avaré, qui suivait attentivement la conversation.

— Cela, je ne le sais pas encore. Ce peut être pour différents motifs. D'abord, parce qu'il s'agit d'un stradivarius. Il est évident que notre assassin tient beaucoup à attirer l'attention sur lui. Mais il est tout aussi possible que cc soit le premier instrument sur lequel il ait pu mettre la main.

— Et les langues coupées ? Pourquoi tient-il tant à en faire cette collection sinistre ? demanda Artur Azevedo, assis à côté de son frère.

— Certainement pas par goût du silence. Il n'a pas eu le temps de se rendre compte si ses victimes étaient trop bavardes, intervint Albertinho Fazelli, toujours amateur de plaisanteries d'un goût exquis.

— Les langues coupées aussi sont un message. Un message sadique du *serial killer* », affirma Holmes, sentencieusement.

Comme son néologisme n'avait encore été entendu par aucun des présents, Artur Azevedo s'enquit d'un air perplexe :

« *Serial killer ?* Qu'est-ce que ça veut dire ?

— Je n'ai jamais été confronté à une affaire comme celle-ci, c'est pourquoi j'ai inventé ce terme pour désigner un individu qui assassine plusieurs personnes à la suite, toujours de la même manière et sans le moindre mobile apparent. Ce qui, du reste, rend son identification particulièrement difficile.

— *Serial killer.* Disons "sirialquiler", alors », murmura Paula Nei, brésilianisant la prononciation.

Coelho Neto, que les histoires de crimes à sensation n'intéressaient guère mais qui adorait observer les gens pour les transformer en personnages d'un de ses prochains romans, fit dévier la conversation vers un sujet plus banal :

« Dites-nous, Mr. Holmes, que pensez-vous de notre Brésil ?

— C'est un pays fascinant, véritablement fascinant, dont les coutumes m'enchantent, répondit le détective. La population est on ne peut plus accueillante et cordiale. Je me sens parfaitement à l'aise, comme si j'étais chez moi. Toutefois, il y a quelque chose que je n'arrive pas à comprendre, ajouta-t-il d'un air perplexe.

— Et de quoi s'agit-il, Mr. Holmes ? s'enquit Coelho Neto.

— L'habillement. Je ne comprends pas pourquoi les hommes sont tous habillés de noir, à l'européenne, malgré le climat tropical. »

Sans le savoir, le détective avait touché un point sensible. L'habitude de copier les gilets et les lourdes redingotes des pays froids était un fréquent motif d'étonnement et de moquerie de la part des voyageurs, et même *O Mequetrefe* avait publié des satires où cette manie était tournée en ridicule.

« Vous devez nous excuser, Mr. Holmes : la civilisation a son prix. *Il faut souffrir pour être beau,* comme disent les Français, répondit la baronne de Avaré.

— Soit. Mais pour ma part, je regrette de n'avoir pas emporté avec moi de vêtements plus légers. J'aimerais bien trouver un tailleur qui me fasse quelques costumes clairs.

— Salomão Calif ! » crièrent à l'unisson les messieurs réunis dans la pièce.

Guimarães Passos expliqua :

« C'est le meilleur tailleur de la ville, et de surcroît un très bon ami à nous. Quand vous voudrez, je pourrai vous conduire chez lui, offrit-il avec empressement.

— Je vous en serais très reconnaissant, dit Sherlock Holmes. Pour le reste, une autre chose m'a frappé : c'est la beauté des femmes. La jeune personne à qui j'ai sauvé la vie était à tomber à la renverse. Je ne l'ai vue qu'un bref instant, mais j'ai d'excellents yeux et j'ai pu distinguer qu'il s'agissait d'une métisse à la peau très claire, avec des cheveux noirs légèrement ondulés, la taille fine, le corps très ferme et de grands yeux verts. »

Sarah Bernhardt prit la parole :

« Comme c'est amusant, mon cher ! L'autre soir, je suis allée assister à un spectacle de revue, et j'ai remarqué dans la troupe une jeune mulâtresse qui répondait exactement à cette description. Il y avait longtemps que je n'avais vu une jeune femme aussi belle.

— Les belles mulâtresses, ce n'est pas ce qui manque à Rio », fit observer Paula Nei.

Sherlock Holmes, cependant, était soudain pétrifié.

« Dans quel théâtre ? demanda-t-il.

— Je ne me souviens plus de son nom. Tout près de celui où je joue. »

Comme il y avait plusieurs théâtres dans le quartier de Rossio, il était difficile de savoir duquel Sarah Bernhardt parlait.

« Si c'était une revue, ce devait être au Santana, où on donne *La femme qui était un homme*, suggéra Artur Azevedo, le spécialiste du genre. La musique est de notre bien-aimée Chiquinha ici présente.

— C'est bien cela, se rappela Sarah. Je ne l'ai vue de près qu'en passant, sur la scène, mais ensuite nous sommes tous allés souper ensemble. D'après ce que j'ai compris, elle n'a qu'un petit rôle, mais on m'a assuré qu'elle avait du talent et de l'avenir.

— La seule métisse de la troupe est Anna Candelária, déclara Chiquinha Gonzaga en allumant un autre cigarillo. Une très jolie fille, encore débutante. »

Holmes prit son calepin dans sa poche et nota le nom de la jeune comédienne et du théâtre.

Tandis qu'Albertinho Fazelli s'efforçait de persuader Sherlock Holmes de ne pas s'emballer, car, selon son expérience, nombreuses étaient les métisses qui pouvaient correspondre à une description aussi succincte, Maurice Bernhardt entra dans la bibliothèque. Il était accompagné du marquis, et de quelques donzelles qui étouffaient des gloussements surexcités.

« Maman, je viens d'avoir une idée merveilleuse. Si nous faisions une séance de spiritisme ?

— À cette heure, mon petit ?

— Justement, c'est la meilleure heure ! L'heure des esprits. C'est ce que je viens de dire à ces demoiselles. Quand je suis là, le verre bouge toujours. »

L'idée séduisit tout le monde, à l'exception de Sherlock Holmes, qui ne croyait pas au surnaturel et de surcroît ne pensait en ce moment qu'à sa belle mulâtresse. Aussitôt, le vicomte de Ibituaçu débarrassa une table ronde qu'il poussa au centre de la pièce. Les autres allèrent chercher des chaises, cependant que la baronne de Avaré, penchée sur un bonheur-du-jour, découpait de petits carrés de papier sur lesquels elle écrivait les lettres de l'alphabet.

« Peut-être qu'un esprit se manifestera pour me dire où est mon violon ! » plaisanta-t-elle.

Paula Nei but le reste de son champagne et plaça sa coupe retournée au centre de la table, puis la baronne l'entoura des petits carrés de papier. Le vicomte ordonna à ses serviteurs d'éteindre toutes les lumières, en ne laissant qu'un chandelier allumé près des rayonnages chargés de livres. Bilac, le marquis, Paula Nei, Guimarães Passos, Maurice et quelques-unes des demoiselles prirent place autour de la table. Les autres restèrent debout, formant un cercle autour du petit groupe. Ceux qui étaient assis placèrent un doigt sur la coupe renversée et demeurèrent ainsi plusieurs minutes, se concentrant sur les âmes des défunts et les fantômes, sans qu'il se produisît rien de spécial.

« Apparemment, les esprits font relâche ce soir, observa Paula Nei.

— Ils sont sans doute vexés de n'avoir pas reçu une invitation en bonne et due forme du vicomte, renchérit Guimarães Passos.

— Concentrez-vous. L'essentiel est de se concentrer », dit Maurice Bernhardt, pour faire taire les petits rires de ses jolies voisines.

Il ajouta :

« Je crois qu'il y a encore trop de lumière. Mr. Holmes, auriez-vous l'amabilité d'éteindre ce chandelier ? »

Mais Holmes, perdu dans ses rêveries, ne l'entendit même pas. Ce fut Sarah Bernhardt en personne qui se chargea de souffler les bougies. Seul un rayon de lune éclairait à présent la bibliothèque, projetant sur les murs les ombres déformées des présents.

Le silence put alors régner sur la pièce obscure. Au bout de quelques instants, toutefois, il fut brisé par un petit cri terrifié, poussé par une des demoiselles. Avant que quiconque eût le temps de rallumer les bougies, on entendit le bruit d'un soufflet bien sonore. Dans l'ombre, on vit se lever brusquement la jolie personne assise à côté de Maurice.

« Espèce de malotru ! Allez donc plutôt fourrer vos mains sous les jupes de madame votre mère ! »

Quand la lumière revint, Maurice Bernhardt se frottait encore la joue d'un air plutôt gêné. Le jeune Français polisson avait encore une fois fait des siennes.

Le commissaire Mello Pimenta tira de sa poche son grand mouchoir blanc en batiste bordé de dentelle et s'épongea le front. Ce n'était pas la chaleur qui le faisait transpirer ; cette sudation excessive était l'effet de la réprimande que lui infligeait en ce moment son supérieur. Il l'avait convoqué dans son bureau du commissariat central, au 36 de la rua do Lavradio. Une mouche des plus importunes, qu'il n'osait chasser, se promenait avec obstination sur son front. Le préfet Coelho Bastos, chef de la police de Rio, assis derrière son énorme bureau d'acajou, le fixait d'un œil coléreux tout en se lissant les moustaches, et le morigénait d'un ton extrêmement peu amène.

« Vous devez vous rendre compte à quel point votre inefficacité me place dans une situation délicate. Même aujourd'hui, les journalistes n'ont pas oublié le vol des bijoux de la Couronne. »

Coelho Bastos faisait allusion à la disparition des bijoux de l'impératrice Leopoldine, de la baronne Fonseca da Costa et de la princesse Isabel, qui avaient été dérobés au palais quelques années plus tôt, du temps où Trigo de Loureiro était chef de la police. Par la suite, on avait su à la cour que l'auteur du larcin était Manuel de Paiva, le propre frère de Pedro de Paiva, qui était le secrétaire de l'empereur plus particulièrement chargé de ses affaires d'alcôve, et l'affaire avait été étouffée ; mais Bastos n'était pas près d'oublier les caricatures et les articles tournant impitoyablement la police en ridicule que *O Mequetrefe* avait publiés à l'époque.

« Comme si cela ne suffisait pas que j'aie appris le vol du violon de la baronne Maria Luísa en lisant les journaux ! Il est clair que dom Pedro n'a plus guère confiance en son préfet de police, même pour retrouver le voleur d'un vulgaire crin-crin, maugréa Coelho Bastos, dépréciant volontairement l'inestimable instrument. Et pour couronner le tout, voilà maintenant un assassin apparemment insaisissable !

— Un "sirialquiler", corrigea Mello Pimenta, reprenant le terme que Paula Nei avait déjà popularisé dans toute la rua do Ouvidor.

— Un quoi ?

— Un "sirialquiler". C'est le nom que Sherlock Holmes a donné à ce fou qui tue en série, répondit Pimenta, osant enfin chasser la mouche qui, à présent, s'était aventurée sur le bout de son nez.

— Sherlock Holmes. Encore une preuve du manque de confiance de Sa Majesté. Pourquoi diable avons-nous besoin qu'un détective anglais vienne enquêter chez nous ? se plaignit Coelho Bastos, en tentant vainement d'écraser la même mouche sur son bureau avec son lourd buvard en bois d'ébène.

— Que monsieur le préfet veuille bien m'excuser, mais je crois que dans cette affaire sans précédent toute aide sera la bienvenue. Grâce à lui, nous savons maintenant que le voleur du violon et l'assassin sont la même personne.

— Et que savons-nous de plus ?

— Pas grand-chose. Je suis allé au palais pour me renseigner sur la pauvre petite qu'on a retrouvée morte au bord du chafariz. C'était une orpheline, qui avait son oncle pour tuteur, et, à ce que l'on m'a dit, elle menait une vie extrêmement tranquille. Elle n'avait pas d'amoureux, ni même d'amies intimes. Elle préférait rester toute seule dans son coin, à lire des romans français à l'eau-de-rose. En somme, une fille absolument sans histoires.

— Et l'autre, celle de la rua do Regente ? demanda Coelho Bastos.

— Tout le contraire. Je suis aussi allé me renseigner à la maison de passe où elle travaillait. J'ai parlé avec l'esclave en chef de la tenancière, un travesti qui s'occupe des comptes de la maison et pour qui les filles n'ont pas de secrets. Il m'a dit que celle-ci était une des plus dévergondées. Elle n'avait même pas dix-huit ans, mais elle buvait déjà comme un trou et elle couchait avec qui voulait. Elle n'avait pas de clients attitrés.

— Et nos indicateurs habituels ?

— De ce côté-là, rien à espérer. Croyez-moi, monsieur le préfet, ce ne sera pas facile de mettre la main sur cet individu, parce que c'est un détraqué qui tue sans aucun mobile, conclut Mello Pimenta, chassant de nouveau la mouche qui, cette fois, essayait de s'introduire dans son oreille.

— Et alors ?

— C'est la première chose qu'on nous apprend à l'école de police, monsieur le préfet. Pour identifier un criminel, il faut commencer par découvrir le mobile du crime.

— Le mobile, toujours le mobile ! Le mobile, c'est que ce type est fou à lier, un point c'est tout ! s'écria Coelho Bastos.

— Oui. Mais justement, ce n'est pas si facile de découvrir le mobile d'un dément », dit Mello Pimenta en s'essuyant de nouveau le front avec son mouchoir.

Le chef de la police se leva, exaspéré.

« Dans ce cas, allez à l'asile, parlez avec les docteurs, parlez même avec les fous. Emmenez cet Anglais avec vous, si vous pensez que c'est utile, mais attrapez-moi ce cinglé avant que moi aussi je perde la boule ! »

Dans son irritation, Coelho Bastos avait fait à Pimenta une suggestion intéressante. Ce ne serait pas une mauvaise idée, se dit le commissaire, d'avoir un entretien avec un des médecins aliénistes de l'Hospício Dom Pedro II, praça Vermelha. Pour connaître mieux la manière d'être et d'agir des malades mentaux, et même — pourquoi pas ? — parler avec l'un ou l'autre d'entre eux, et voir comment ils pensaient, comment ils se comportaient. Le plus tôt serait le mieux, car il n'était pas pensable de laisser ce monstre continuer impunément ses atrocités. Deux femmes étaient déjà mortes, et tout indiquait que l'assassin était loin d'avoir terminé sa sanglante besogne.

« Autre chose ? » demanda le préfet Coelho Bastos, interrompant les réflexions du commissaire.

Mello Pimenta, qui connaissait bien les fureurs explosives du chef de la police, savait aussi quand le moment était venu de se retirer.

« Non, excellence, dit-il cérémonieusement.

— Alors, au revoir ! »

Le commissaire fit une petite courbette et sortit en claquant la porte, écrasant contre le chambranle, par le plus grand des hasards, la mouche qui tentait de le suivre.

Sans le moindre doute, Salomão Calif avait la meilleure clientèle de la ville. Il y avait certes à Rio des tailleurs aux noms plus prestigieux, comme Luiz Maria de Mattos, de la rua do Ouvidor, qui accomplissait des miracles lorsque l'empereur lui commandait un de ses uniformes brodés, ou Adolpho Ornellas, de la rua dos Ourives, ou encore Teixeira, du *Cygne d'Or,* ou même Braga, le spécialiste des vêtements sacerdotaux qui confectionnait les soutanes et les surplis de Son Éminence Dom Pedro de Lacerda, évêque de Rio de Janeiro. Mais les vrais élégants, les dandys de la ville, n'avaient confiance que dans les ciseaux de Calif. Sa boutique se trouvait dans la rua Uruguaiana, à côté du salon de coiffure d'Hippolyte Effantin.

C'était cette direction qu'avaient prise, après le déjeuner, Sherlock Holmes, le docteur Watson et Guimarães Passos. En passant devant la porte du salon de coiffure, Watson s'arrêta :

« Holmes, pendant que vous êtes chez ce tailleur, je pourrais en profiter pour me faire tailler la barbe et couper les cheveux, dit-il, en observant les grands miroirs et les sièges Napoléon III qui faisaient l'orgueil du coiffeur.

— Excellente idée, Watson. Pour ma part, j'ai plutôt envie de laisser mes cheveux pousser, mais je ne suis pas sûr que ce style romantique vous conviendrait tout à fait », dit le détective.

Il s'apprêtait à entrer dans la boutique de Salomão à la suite de Guimarães Passos quand Watson le rappela :

« Un instant. Vous savez bien que je ne parle pas un mot de cette langue barbare. Pouvez-vous expliquer à cet homme quel genre de coupe je veux ?

— Mon cher Watson, il est grand temps que vous appreniez à vous débrouiller tout seul dans cette ville ! Vous n'avez qu'à entrer et lui dire que vous voulez tout simplement qu'il vous coupe la barbe et les cheveux, *barba e cabelo* », répliqua Sherlock, en disparaissant dans la boutique avant que le docteur eût le temps de protester.

À l'intérieur, parmi des dizaines de coupons de tissu anglais qui s'empilaient sur les étagères, Salomão Calif les attendait et les accueillit à bras ouverts :

« Mr. Holmes, Guimarães, soyez les bienvenus !

— Mon bon Salomão, j'ai dit à Mr. Holmes que tu étais le meilleur tailleur de la ville. Alors, ne va pas me décevoir, prévint Guimarães.

— Ne le croyez pas, Mr. Holmes. Il exagère, par amitié. Quel genre de tissu vous plairait ? J'ai ici les plus belles flanelles et les plus beaux cachemires de votre pays. Que préférez-vous ? »

Holmes répondit, tout en caressant de la main les étoffes suggérées :

« Ni l'un ni l'autre. J'aimerais que vous me fassiez quatre costumes en lin blanc.

— En lin ??? s'écrièrent d'une seule voix Guimarães et le tailleur, stupéfaits.

— Mais aucun homme du monde ne porte de lin ! protesta Calif.

— Le lin, c'est tout juste bon pour les parents pauvres, renchérit Guimarães.

— Eh bien ! Dans ce cas, je lancerai la mode, répliqua le détective, têtu.

— Bon. Alors, du lin, se résigna Salomão, en prenant son mètre-ruban et en s'approchant de Holmes, debout très droit devant le miroir.

— Oui. Et du lin blanc, n'oubliez pas, insista celui-ci. Je ne comprends pas par quelle bizarrerie vous autres Brésiliens ne portez pas de vêtements plus légers, adaptés à la chaleur tropicale.

— Et pour la coupe, Mr. Holmes ? Quel style préférez-vous ?

— Oh, rien de très particulier. Les vestes un peu amples, avec de la place pour le revolver que j'emporte avec moi chaque fois que je voyage plus loin qu'Aldgate, répondit l'Anglais, sans daigner préciser qu'Aldgate était une banlieue de Londres. Et des poches profondes, parce que je ne me déplace jamais sans ma pipe et ma loupe. »

Salomão Calif commença à prendre les mesures de son nouveau client. En s'agenouillant pour mesurer l'entre-jambes, il fut frappé par le volume impressionnant de la bosse qui gonflait sur un côté le haut du pantalon.

« Je vois que monsieur est exceptionnellement bien... euh... doté par la nature, observa-t-il, sur le ton traditionnellement obséquieux des tailleurs.

— Ne dites donc pas de sottises, senhor Calif. C'est ma pipe », rectifia Sherlock Holmes.

Guimarães Passos partit d'un grand éclat de rire, ce qui ne plut guère à Salomão, qui se doutait que l'histoire ne manquerait pas d'être racontée plus tard, au *Café do Amorim* ou au *Café do Globo*. Il continua à mesurer le corps grand et maigre de l'Anglais, de haut en bas et de bas en haut, avec le plus grand soin et les gestes d'un expert, tout en disant :

« Je sais que vous devez en avoir assez qu'on vous parle toujours de la même chose, Mr. Holmes, mais je ne peux pas résister à l'envie de vous poser cette question : comment avance votre enquête ? Du nouveau en ce qui concerne le "sirialquiler", comme vous dites ?

— Pour le moment, j'en suis toujours au même point. Mais ce sinistre individu ne perd rien pour attendre, répliqua Holmes, tout fier que son néologisme fût déjà adopté par tant de gens.

— Avez-vous au moins découvert quel genre d'arme il utilise ? » s'enquit le tailleur, avide d'en savoir plus.

Sherlock Holmes, d'un ton insinuant, répondit :

« On sait de façon sûre qu'il s'agit d'un instrument tranchant extrêmement aiguisé. Ce peut être un couteau de chasse, une épée, une baïonnette, un poignard, ou encore un tranchet. Ou même... des ciseaux ! ajouta-t-il, en lorgnant l'énorme paire de lames croisées accrochées à la ceinture de Salomão. Oui, il pourrait parfaitement s'agir de ciseaux comme ceux-ci, insista-t-il non sans malice.

— Allons, Mr. Holmes, ce pauvre Turc a du mal à couper même ses tissus », railla Guimarães, amusé par l'expression de soudaine frayeur qui se lisait sur le visage de Calif.

Holmes sourit :

« Je plaisantais. Je sais fort bien que l'assassin ne peut pas être votre ami : il est beaucoup plus grand que le senhor Calif ici présent. N'oubliez pas que je l'ai vu de loin lorsque je l'ai poursuivi dans la Bibliothèque nationale. »

Après que Salomão Calif leur eut offert un café, Sherlock Holmes et Guimarães Passos prirent congé de lui. Le pauvre tailleur, tout secoué par le cruel badinage du détective, était encore tremblant.

« Au revoir, Mr. Holmes. Je vous préviendrai dès que vos costumes seront prêts pour l'essayage.

— Merci. Mais avant que j'oublie, je voudrais aussi acheter une casquette comme celle que je porte en ce moment, elle aussi en lin blanc. C'est possible ?

— Naturellement ! Permettez que je me charge moi-même de la commander au *Chapéu Monstro*, dans la rua São José. C'est la meilleure chapellerie de la ville. »

Tous deux sortirent de la boutique et entrèrent dans le salon d'Hippolyte Effantin, où Watson, assis sur une chaise à dossier incliné, une grande serviette blanche autour du cou, répétait pour la centième fois :

« Barba e cabelo. »

Le coiffeur, épuisé, lui demandait :

« Mais monsieur désire-t-il que je raccourcisse seulement les mèches trop longues, ou bien veut-il que je lui coupe les cheveux très court ?

— Barba e cabelo.

— Mais seulement un petit coup de ciseaux sur les mèches trop longues, ou bien..., répétait Hippolyte, au bord de la crise de nerfs.

— Barba e cabelo ! » criait Watson, exaspéré, de plus en plus fort chaque fois.

Ce n'était pas encore cette fois que le bon docteur retrouverait sa bonne vieille coupe de médecin-officier de l'armée des Indes.

# 13

SANS EN RIEN LAISSER VOIR, *il s'était beaucoup diverti en observant la réaction choquée, indignée de l'auditoire à la simple écoute de quelques lignes d'un poème. Comme l'esprit humain était donc étriqué ! Ainsi, ils n'avaient pas compris que Maldoror, comme lui, était né pervers ? Ils étaient horrifiés par une malignité qui n'existait que dans l'imagination d'un poète obscur, sans pour autant s'émouvoir de la cruauté, bien réelle celle-là, dont ils pouvaient voir les manifestations criantes dans toute la ville, lorsqu'ils se promenaient, gais et désinvoltes, et que leurs voitures empruntaient les ruelles immondes. Qu'auraient-ils dit s'ils avaient su que dans la même pièce qu'eux se trouvait un être infiniment plus cruel que n'importe quel personnage littéraire ? Probablement auraient-ils refusé de le croire ; et ils auraient détourné les yeux comme lorsqu'ils croisaient un nègre en haillons ou dépassaient un mendiant estropié et crasseux assis sur le trottoir. Quand le paysage se fait terrifiant, il n'y a qu'à fermer la fenêtre. Pour lui, c'est différent. Son esprit se nourrit de la misère quotidienne. Le malheur d'autrui agit toujours comme un baume apaisant sur la plaie de son absolue solitude. Les sermons des prêtres le font sourire, qui toujours opposent le Bien et le Mal, comme s'ils n'étaient pas les deux revers d'une même médaille. Pour lui, le Bien est le Mal. Et la cruauté, au fond, n'est rien de plus qu'une affaire de point de vue. Ils jugent cruel ce qu'il fait subir aux putains dont il fait sa proie. Mais pourquoi ? Cela ne diffère en rien de ce qu'il vient de lire, pour trouver l'inspiration, dans un manuel sur l'art et la manière de découper les viandes d'abattage. Il reprend le petit ouvrage posé sur sa table de chevet et relit les passages qu'il a soulignés, en murmurant tout bas, comme une prière : « La bête doit d'abord être soigneusement dépecée. Le poitrail, après qu'on en a retiré les cartilages, se coupe dans le sens des côtes, en enfonçant la lame dans les zones les moins résistantes. Les épaules se coupent en tranches, de haut en bas... Les cuisses se coupent dans le sens transversal, jusqu'à ce que la lame du couteau atteigne l'os; on doit ensuite tenir fermement le quartier de viande ainsi détaché et en faire des tranches minces, jusqu'à ce que l'os entièrement décharné apparaisse... On passera ensuite à la tête, qu'on séparera tout entière du corps de la bête... Les côtes et le cou sont les zones qui exigent le plus de précision... L'échine se coupe en deux parties au niveau de la colonne vertébrale, et les côtes qui restent fixées à chacune de ces parties doivent en être ensuite détachées... Puis on découpera le reste en morceaux dans le sens de la longueur, à partir des jointures qu'on aura dégarnies au préalable, en laissant les hanches pour la fin... Il convient de donner un grand coup en appuyant sur le tranchant du couteau au niveau de l'articulation avec l'os de la cuisse, qui se sépare sans peine de l'ossature du bassin... On pourra ensuite découper toute la bête plus complètement, en détachant les morceaux secondaires, et le squelette peut être disloqué pour extraire les bas morceaux... Pour retirer les abats, il faut fendre tout le corps de la bête à partir du garrot, en suivant la colonne vertébrale, puis en ouvrant le bas des flancs. Le foie et les rognons seront également découpés en tranches ou en petits morceaux, de manière qu'ils soient prêts à être cuits et consommés... Il est important de vérifier à tout moment si le fil du couteau est bien affûté... »*

*Il referme le petit livre et le replace soigneusement sur sa table de chevet. Jamais il ne viendrait à l'idée de personne d'affirmer qu'un rituel tel que celui-ci est cruel. Les gens estiment que cela n'a rien de cruel, tout simplement parce que les bêtes immolées sont destinées à l'alimentation. Voilà donc ce qui fait la différence. Il s'agit de manger. Lui aussi, peut-être, devrait manger la chair qu'il découpe. Goûter enfin la saveur de cette chair. Cette idée le fait brusquement saliver.*

*Il saisit son couteau et s'enfonce dans la nuit, pour rassasier son nouvel appétit.*

À cette heure, la praça da Constituição commençait à se vider. Les gens qui sortaient des théâtres alentour montaient rapidement dans leurs voitures pour rentrer chez eux, certains riant encore, d'autres sérieux, selon le genre de spectacle auquel ils venaient d'assister.

À la porte du Teatro Santana, arborant son costume en lin blanc tout neuf, on apercevait un Sherlock Holmes bouillant d'impatience. Il était seul. Exceptionnellement, il s'était débarrassé de Watson en prétextant une réunion strictement confidentielle avec le commissaire Mello Pimenta. Les photographies des acteurs, collées autour des affiches à l'entrée du théâtre, lui avaient confirmé ce que lui avait dit Sarah Bernhardt : la jeune métisse qui se produisait dans cette revue était bien celle qu'il recherchait. Le détective avait déjà tenté de rencontrer Anna Candelária plusieurs soirs de suite, mais, apparemment, le destin l'avait à chaque fois empêché d'arriver à temps au théâtre. Cette fois pourtant, soucieux d'éviter une nouvelle déception, il avait pris un fiacre qui l'avait déposé devant la sortie des artistes une demi-heure avant la fin de la représentation. Appuyé au mur près de la porte, Holmes attendait la belle mulâtresse qu'il ne parvenait pas à chasser de ses pensées. Il commençait à s'inquiéter : plusieurs artistes étaient déjà sortis, et, pour l'instant, pas trace d'Anna Candelária. Il avait vérifié auprès des portiers que tel était bien le nom de la jeune actrice, la première fois où il était venu à sa recherche. À présent, deux d'entre eux bavardaient en refermant les grilles :

« Tu as vu qui est encore là ?

— Qui ?

— Le Portugais. Celui qui vient attendre la métisse.

— Tu crois que je n'ai pas remarqué ? Ça fait au moins dix fois qu'il me demande à quelle heure finit le spectacle !

— Pourquoi diable est-il en blanc à une heure pareille ?

— Pfff... Des lubies de Portugais. »

Holmes s'apprêtait à rallumer sa pipe quand Anna Candelária apparut dans l'encadrement de la porte. Il lui fallut moins d'une seconde pour reconnaître son bienfaiteur.

« Bonsoir, monsieur. Que je suis contente de vous revoir ! Vraiment, je crois que je dois vous présenter mes plus humbles excuses.

— Des excuses ? Et pourquoi, mademoiselle, devriez-vous me présenter des excuses ?

— À cause de l'autre soir. Vous m'avez sauvé la vie, et je ne vous ai même pas attendu pour vous remercier, dit-elle, avec un sourire irrésistible qui acheva de conquérir le cœur de Holmes.

— Étant donné les circonstances, c'est assez compréhensible ! J'imagine que ce qui s'est passé vous a terriblement bouleversée. »

Depuis qu'Anna avait lu dans les journaux que son sauveur n'était autre que le célèbre détective anglais, elle se demandait de quelle façon elle pourrait le retrouver. Elle avait même envisagé d'aller se renseigner au commissariat pour savoir où il habitait.

« Comment avez-vous su que je travaillais ici ?

— Vous oubliez que je suis détective ? plaisanta Holmes, lui adressant à son tour un sourire charmeur. Je suis Sherlock Holmes, pour vous servir, mademoiselle.

— Anna Candelária », répondit-elle en lui tendant la main.

Holmes lui baisa délicatement le bout des doigts, sans détacher son regard bleu des grands yeux verts de la ravissante mulâtresse.

« Mademoiselle, pardonnez mon audace, mais vous me feriez un immense plaisir si vous me permettiez de vous inviter à dîner avec moi et quelques-uns de mes amis. Il y aura là le commissaire Mello Pimenta, et, puisque lui et moi enquêtons ensemble sur ces crimes abominables, votre présence, en tant qu'unique victime qui ait échappé aux griffes de l'assassin, nous serait d'une grande utilité, dit Holmes, se servant de l'épisode qui était à l'origine de leur rencontre comme prétexte.

— Je vous en prie, appelez-moi Anna.

— Volontiers, à la condition que vous-même m'appeliez simplement Sherlock », répondit le détective, étonné par la charmante familiarité que lui offrait sans ambages la jeune femme, alors qu'en général lui-même n'autorisait guère que Watson à l'appeler non pas même par son prénom, mais seulement par son nom de famille.

Prenant Anna Candelária par le bras, Holmes fit signe à un fiacre qui passait et l'aida à monter.

Le Jardin botanique, face au lagon Rodrigo de Freitas, était un des lieux les plus avenants de Rio de Janeiro. Au commencement, ce n'était qu'un petit parc aménagé par le marquis de Sabará près de la fabrique de poudre dont on lui avait confié la direction. Lorsqu'un visiteur se présentait, il était reçu par un employé de la fabrique qui l'escortait en lui faisant faire un long détour par le jardin fleuri, et lui désignait les diverses plantes qui faisaient le bonheur du marquis. Il y avait là du thé des Indes, des épices, et toutes sortes de végétaux dont les semences avaient été apportées en 1809 de l'île de France, qu'on n'appelait pas encore l'île Maurice. Plus tard, la fabrique avait été transférée sur les premiers contreforts de la sierra da Estrela, où de nouvelles installations avaient permis de produire plus de dix mille arrobes de poudre par an, soit une tonne. Le jardin de plantes exotiques, devenu une annexe du Musée royal, avait été agrandi et s'étendait sur plus de quatre kilomètres le long du lagon, de la rua da Humaíta jusqu'à la lointaine rua Pedra da Gávea. La beauté sereine du lagon ajoutait encore au charme incomparable de l'endroit. Le seul inconvénient du voisinage de ces ondes bleues et immobiles était les baisses soudaines de la quantité d'oxygène dans l'eau : chaque fois que ce phénomène se produisait, des milliers de poissons mouraient et flottaient à la surface, le ventre en l'air, et tous les alentours étaient empestés par une puanteur insupportable. Un projet avait certes été élaboré pour élargir l'étroit chenal qui reliait le lagon à la mer, mais il s'était égaré dans les méandres des bureaux ministériels.

Pour parvenir à l'entrée du jardin, on prenait la rua dos Voluntarios da Patria, d'où l'on apercevait sur la droite la colline du Corcovado, et, tout au fond, le croisement avec la rua Pedra da Gávea. De là, une allée bordée de palmiers conduisait jusqu'à l'entrée où, juste derrière le portail en fer soutenu par des piliers que surmontaient de grands vases de marbre blanc, se dressait un poirier séculaire.

C'était presque en face de ce portail, dans la rua do Jardim Botânico, que se trouvait le *Chalet Restaurant Campestre.* Tout entouré de grands arbres aux lourdes frondaisons, l'établissement servait des repas à n'importe quelle heure de la journée et ne fermait jamais avant deux ou trois heures du matin, ce qui en faisait un des lieux de prédilection des noctambules. Dehors, les tables étaient disposées sous les branches aux feuillages odorants, auxquelles étaient suspendues des balançoires fort appréciées des dames. À l'intérieur étaient installés un bar dans le style anglais, en bois de citronnier avec des tables à dessus d'acajou soigneusement poli, où l'on pouvait savourer des chopes de bière glacée tirées du fût au moyen d'une pompe à robinets de cuivre, et, à côté, une immense salle de billard. Le propriétaire, un ancien séminariste du nom de Macedo, faisait preuve d'une patience infinie à l'égard des jeunes bohèmes toujours à court d'argent et dont les « ardoises » n'en finissaient pas de s'allonger. La seule personne à qui il avait fini par refuser de faire crédit était Fernando Limeira, dit « l'Alezan », un jeune homme d'excellente famille qui avait passé plusieurs années en Europe, aux frais de son père, sous prétexte d'y poursuivre des études. Il avait un grand nez aquilin au milieu d'un visage très allongé, ce qui lui avait valu son surnom. Fernando se refusait catégoriquement à travailler et vivait de petits expédients, tout en utilisant les relations de ses parents pour tenter d'obtenir une charge d'archiviste de l'État, ce qui équivalait peu ou prou à une rente. Au demeurant, les subterfuges dont il usait pour se procurer de l'argent n'étaient pas toujours aussi conventionnels. Ainsi, lorsqu'on avait inauguré une nouvelle ligne de tramways qui desservait le quartier des Orangeraies, l'Alezan était un jour entré dans un café devant lequel passait la nouvelle voie ferrée et avait demandé à parler au patron, un Portugais dont les manières hautaines et taciturnes décourageaient la clientèle. Il s'était présenté, d'un air solennel :

« Enchanté de vous rencontrer, monsieur. Mon nom est Fernando Limeira, et je suis l'adjoint du maréchal Carnaúba, directeur de la Botanical Garden Rail Road Company.

— Connais pas, avait répondu le Portugais d'un ton rogue.

— Permettez-moi de vous expliquer le motif de ma visite. Vous vous êtes certainement aperçu que notre compagnie vient de construire une nouvelle ligne de tramways qui passe par votre rue.

— Ça m'est égal.

— Peut-être, mais imaginez à quel point la fréquentation de votre établissement augmenterait si un des arrêts de la ligne se trouvait exactement devant votre porte. Avec tous les passagers qui s'arrêteraient pour prendre un verre ici avant de poursuivre leur chemin, vous bénéficieriez d'une clientèle constamment renouvelée, expliqua Limeira devant le Portugais qui, déjà, calculait mentalement les énormes profits qu'il tirerait de l'opération.

— Et combien ça me coûterait-il ? demanda l'homme, qui savait très bien que ce genre de faveurs n'était jamais gratuit.

— Pas grand-chose. Disons quatre cent mille réaux.

— C'est cher !

— J'en conviens. Mais comme vous êtes extrêmement sympathique, je me fais fort d'arranger l'affaire pour seulement cent cinquante mille. De surcroît, sachez que je suis un honnête homme, un homme de parole : par conséquent, vous ne me paierez que lorsque les tramways auront commencé à s'arrêter devant chez vous. »

Le marché conclu, Fernando Limeira s'était retiré en emportant sa serviette remplie de vieux journaux, qu'il n'avait prise avec lui que pour donner plus de crédibilité à son rôle. Le lendemain, au petit matin, alors que la rue était encore vide, il était revenu avec un pot de peinture et avait peint en blanc le bec de gaz devant le café, ce qui était le système de signalisation utilisé par la Rail Road Company pour indiquer aux conducteurs des tramways les arrêts obligatoires.

En début d'après-midi, entrant de nouveau dans le café où les clients s'entassaient littéralement, il avait été accueilli à bras ouverts par un Portugais euphorique :

« C'est fantastique ! Les tramways s'arrêtent juste devant ma porte et les gens entrent comme des nuées de mouches ! Ça, on peut dire que vous êtes vraiment un homme de parole, ce qui se fait rare de nos jours. Voilà la somme dont nous étions convenus (et, ce disant, il avait tendu tout heureux au jeune aigrefin un sachet contenant une masse de pièces et de billets en vrac).

— Vous savez, je ne fais pas ça pour l'argent, mais seulement pour me conformer aux vœux du maréchal Carnaúba, qui a toujours à cœur de resserrer les liens entre nos deux peuples chaque fois qu'il en a l'occasion », avait répondu l'Alezan d'un ton magnanime, avant d'empocher les cent cinquante mille réals et de filer en vitesse, car il savait que la joie du Portugais ne durerait guère.

De fait, il n'avait pas fallu longtemps pour qu'on entendît parler dans les bureaux de la Botanical Garden Rail Road Company de l'existence d'un nouvel arrêt sur la ligne, et les responsables avaient aussitôt deviné qu'il s'agissait d'une fraude. Avant la fin de la journée, des employés de la compagnie avaient repeint le bec de gaz en noir, et les tramways recommençaient à passer devant le café sans s'arrêter, au désespoir du malheureux Portugais.

Au *Campestre,* Fernando Limeira s'était aussi permis quelques petites manigances à sa façon dont des clients de passage avaient été les victimes, et comme de surcroît il y avait plus d'un an qu'il ne payait pas sa note, le brave Macedo, en dépit de son indulgence coutumière, avait décidé de mettre le holà à toutes ces embrouilles et lui avait interdit l'entrée de son restaurant tant qu'il n'aurait pas acquitté sa dette. L'Alezan, indigné et surtout vexé, préférait donner une autre version de l'histoire : s'il ne venait plus au *Campestre,* prétendait-il, c'était parce que les prix pratiqués par le patron étaient scandaleusement abusifs.

C'était justement vers le *Campestre,* en bordure du Jardin botanique, que se dirigeait le fiacre transportant Sherlock Holmes et Anna Candelária. Une joyeuse tablée les y attendait, riant et parlant haut : on pouvait voir, assis sous les arbres, le commissaire Mello Pimenta et presque tous les membres de la Confrérie des fainéants. Le marquis de Salles fut le premier à saluer les nouveaux arrivants :

« Mr. Holmes, je suis ravi de voir que vous avez finalement retrouvé la merveille que vous recherchiez. Vous aviez raison : cette demoiselle est d'une beauté exceptionnelle », reconnut-il en examinant la jeune mulâtresse de haut en bas avec son regard d'expert.

Anna Candelária, actrice et femme aux mœurs assez libres, se sentait très à son aise. Holmes, en revanche, semblait fort embarrassé par la situation. Il n'avait guère l'habitude de la compagnie des femmes et rougit jusqu'à la racine des cheveux lorsqu'il sentit la main de sa compagne se glisser dans la sienne. Prenant des chaises de la table voisine, ils se joignirent au groupe. S'amusant de la gêne qui se lisait sur le visage du prude Anglais, Chiquinha Gonzaga lança à l'adresse d'Anna :

« Alors, ma petite ? Apparemment, vous avez tourné la tête à notre cher détective !

— Je n'en sais rien, dona Chiquinha. En tout cas, je lui ai une reconnaissance infinie. Si je suis encore vivante aujourd'hui, c'est uniquement grâce à lui. N'est-ce pas, Sherlock ? » dit-elle en se tournant vers Holmes.

En s'entendant interpeller sur ce ton bon enfant, Sherlock Holmes sentit tous les poils de son corps se hérisser. Il ne savait comment répondre à ces familiarités.

Ce fut Macedo en personne qui vint prendre la commande, et il insista pour offrir les vins en signe de bienvenue pour l'Anglais. Mello Pimenta, impatient, n'eut pas la force d'attendre le dessert pour remettre sur le tapis le sujet des jeunes filles assassinées : après tout, c'était pour en discuter que ce dîner avait été organisé. Au moment où les garçons apportaient le plat principal, il coupa court aux plaisanteries et aux amabilités et demanda à Anna Candelária :

« Mademoiselle, je ne comprends pas pourquoi vous n'êtes pas venue au commissariat nous raconter votre rencontre avec l'assassin.

— Parce que j'ai eu peur, commissaire ! Vous savez bien qu'au Brésil on confond encore le métier d'actrice avec celui de prostituée. Je ne savais pas comment je serais reçue.

— Je peux vous assurer que la police traite tout le monde avec beaucoup de politesse et de respect. Même les prostituées », affirma, non sans cynisme, Mello Pimenta.

Chiquinha Gonzaga faillit s'étouffer avec le blanc de poulet qu'elle était en train d'avaler :

« Allons, Pimenta ! Si tu veux continuer à être bien vu par les Fainéants, arrête de faire le faux-jeton ! »

Sans prêter attention aux rires de ses voisins, Mello Pimenta poursuivit :

« Pourriez-vous me faire une description de votre agresseur ?

— Impossible, commissaire. Il faisait nuit et il était enveloppé dans une grande cape, avec un chapeau enfoncé sur la tête. La seule chose que je me rappelle, ce sont ses yeux. Ils brillaient dans l'obscurité comme des éclairs.

— Vous n'avez pas vu quel genre d'arme il avait à la main ?

— Non. Je sais seulement que la lame était très longue.

— A-t-il dit quelque chose en s'approchant de vous ?

— Rien. Il n'a pas prononcé une parole.

— J'ai l'impression qu'il sera terriblement difficile de découvrir qui il est. Pour ce que nous en savons, ce pourrait être n'importe qui », observa Olavo Bilac.

Sherlock Holmes, qui avait déjà reposé ses couverts sur son assiette, était entièrement d'accord avec le poète. Néanmoins, pour les beaux yeux d'Anna Candelária, il décida de se mettre un peu plus en vedette :

« Vous avez parfaitement raison, senhor Bilac. N'importe qui. Même quelqu'un qui serait en ce moment assis tranquillement à une table voisine, à nous observer de loin tout en mangeant. »

Tous, en silence, regardèrent autour d'eux, fixant un moment des yeux les autres clients. Sherlock, satisfait de son effet, poursuivit :

« Qui sait ? Il se pourrait même qu'il soit assis à notre table, prononça-t-il d'un ton énigmatique.

— Quoi ? Vous pensez qu'il fait partie de la Confrérie ? s'écria Albertinho Fazelli, stupéfait.

— Je ne pense rien du tout. Je dis seulement que, pour ce que nous en savons, rien n'interdit d'imaginer que l'assassin ne soit autre que vous-même, cher monsieur », acheva le détective.

Le marquis de Salles intervint avant qu'Albertinho ne s'évanouît :

« N'exagérons pas, Mr. Holmes. J'ai fait un certain nombre de virées nocturnes avec notre ami Albertinho, et je puis vous assurer que je n'ai jamais vu ses yeux briller comme des éclairs dans l'obscurité. »

Holmes ne voulut pas s'avouer vaincu.

« N'oubliez pas, marquis, que notre homme est fou. Il se peut très bien qu'il ait une double personnalité. Il se trouve qu'avant de partir d'Angleterre j'ai lu un livre fort intéressant dont le thème est justement le dédoublement de la personnalité. Il s'intitule *The Strange Case of Dr. Jekyll and Mr. Hyde.*

— Dans ce cas, moi aussi je suis suspect ? plaisanta Guimarães Passos.

— Et pourquoi pas ? Les seules personnes qui ne peuvent pas être l'assassin sont le docteur Watson et moi-même, parce que nous n'étions pas encore ici quand les crimes ont commencé. Et aussi, naturellement, Anna Candelária, dit Holmes, posant sur son amie un œil attendri.

— Parce que c'est une femme ? demanda Albertinho, pour qui raisonner était toujours une entreprise hasardeuse.

— Non, parce qu'elle a failli être une des victimes. »

À l'autre bout de la table, Chiquinha Gonzaga prit la parole.

« Mais vous n'excluez pas *a priori* qu'il puisse s'agir d'une femme ? J'en suis ravie. Pour une fois, nous voilà les égales des hommes dans au moins un domaine !

— Pourquoi l'exclurais-je ? Notre *serial killer* pourrait parfaitement être déguisé. Quant à la force physique qu'il déploie, nous connaissons bien l'extraordinaire énergie dont est capable un fou — ou une folle — dans un moment de crise », dit Sherlock Holmes, essayant d'allumer sa pipe et se brûlant les doigts, car il n'arrivait pas à détacher son regard du visage d'Anna.

Mello Pimenta estima que le moment était venu de remettre la conversation sur ses rails.

« En parlant de fous, Mr. Holmes, mon chef, le préfet de police Coelho Bastos, m'a fait sans le vouloir une suggestion intéressante. Il m'a conseillé une visite à l'asile d'aliénés. Qui sait ? En parlant de notre affaire avec un médecin aliéniste, ou même avec un des internés, nous pourrions trouver l'inspiration qui nous manque.

— Excellente idée, commissaire. J'y avais d'ailleurs déjà pensé, mentit le détective.

— Dans ce cas, je vais prendre rendez-vous avec le directeur de l'asile. Dès que je saurai à quel moment il peut nous recevoir, je vous ferai prévenir. »

Après le café, les convives parlèrent de l'insécurité et de la criminalité à Rio de Janeiro.

« Rien que cette année, en comptant les deux filles, on a déjà enregistré quinze meurtres, dit Mello Pimenta.

— C'est la même chose dans toutes les grandes villes », fit observer Guimarães Passos.

Comme de coutume, ce fut Albertinho Fazelli qui paya l'addition. Au moment où tout le monde s'apprêtait à partir, on entendit quelqu'un qui faisait du tapage à l'entrée du restaurant. C'était Fernando Limeira, l'Alezan, qui venait d'arriver complètement saoul et discutait bruyamment avec Macedo. Le propriétaire du *Campestre* répétait patiemment :

« Je te l'ai déjà dit, Fernando. Je t'aime bien, mais si tu veux manger il faut que tu payes d'abord !

— Avec les prix exorbitants que tu réclames ? criait Limeira, repoussant les garçons qui tentaient de le mettre dehors *manu militari*.

— Mes prix ne sont pas du tout exorbitants. C'est toi qui commandes toujours ce qu'il y a de plus cher sur la carte. Ce qui coûte cher, c'est la marchandise, pas la préparation ni le service. »

Fernando Limeira rajusta sa cravate à moitié dénouée et essaya de temporiser.

« Je suis sûr que nous allons trouver un terrain d'entente », articula-t-il d'une voix pâteuse.

Il glissa sa main dans la poche intérieure de sa redingote et, en tirant un morceau de viande crue, demanda à la cantonade :

« J'apporte la marchandise ! Du bœuf de première qualité ! À votre avis, combien peut-on me demander pour la préparation et le service, m'ssieurs-dames ? »

Le restaurant tout entier éclata de rire en même temps que Macedo. Décidément, il était impossible de rester brouillé bien longtemps avec ce filou d'Alezan.

Sherlock Holmes et Anna Candelária quittèrent le *Campestre* dans une victoria de location. L'Anglais offrit à Anna de la reconduire chez elle, mais la jeune femme, après lui avoir donné son adresse, fit observer avec la franchise sans détour des gens de théâtre :

« Il est encore tôt. Avant de rentrer, j'aimerais bien connaître votre hôtel. On dit que les chambres de l'*Albion* sont magnifiques. »

Holmes se sentit partagé entre deux émotions. Il était si joyeux qu'Anna voulût l'accompagner qu'il avait peine à croire à sa chance, mais en même temps il trouvait cette idée extrêmement *shocking*. Jamais il n'aurait osé faire la même suggestion à une jeune femme, et pourtant c'était très exactement ce qu'il désirait. Tous deux gardèrent le silence jusqu'à ce que la victoria les déposât rua Fresca.

Cependant que Holmes distrayait l'attention du portier de nuit en lui demandant force renseignements complètement inutiles, Anna Candelária se glissa discrètement jusqu'à l'escalier. Quand ils entrèrent dans la chambre, elle s'assit aussitôt sur le lit.

« Mon Dieu, qu'il est grand et moelleux, votre lit ! Et la chambre est encore plus belle que tout ce que j'avais imaginé. »

Elle tapota de la main un des coussins :

« Venez donc ici près de moi. »

Holmes prit place gauchement à côté d'elle. Anna, d'un geste soudain, prit le visage de Sherlock entre ses mains et posa longuement ses lèvres sur les siennes. Un instant, le cœur du détective cessa de battre. Même lorsqu'il lui était arrivé de poursuivre les plus terrifiants des criminels, il n'avait jamais ressenti pareille émotion. Il n'avait aucunement l'habitude de ce genre de situations. Il se leva, rangea dans un tiroir de la commode le revolver Beaumont-Adams qui l'accompagnait toujours dans ses missions dangereuses et demanda, en ouvrant sa veste avec un air faussement dégoûté :

« Puis-je vous offrir quelque chose ? Du thé, du xérès, de la cocaïne ?

— De la cocaïne ?

— Oui. C'est un excellent stimulant. J'ai appris à l'utiliser sur le conseil de Sigmund Freud, un médecin viennois. Nous avons étudié ensemble la technique de l'hypnose dans la clinique du docteur Charcot, à Paris. Mon ami Sigmund est un authentique zélateur des propriétés miraculeuses de la coca, se justifia Holmes, qui tira de sa poche une petite boîte et un tube mince et se prépara pour une prise.

— Je pensais que j'étais moi-même un stimulant assez efficace », fit observer d'un ton insinuant Anna Candelária, ôtant les objets des mains du détective et les posant sur la table de nuit.

Elle attira de nouveau Holmes sur le lit, l'embrassa encore, plus sensuellement que la première fois, en commençant à déboutonner sa chemise. Sherlock la repoussa tendrement.

« Anna, j'ai un aveu terrible à vous faire.

— Quoi donc, mon chéri ?
— Je suis puceau. »
Anna Candelária ne pouvait croire à ce qu'elle venait d'entendre. Holmes paraissait approcher de la quarantaine et, sous les tropiques, les garçons commençaient à peloter les jolies mucamas dès l'âge de onze ans. Dans les fermes, les esclaves se chargeaient de les déniaiser alors qu'ils n'avaient pas encore le moindre duvet sur le visage.
« Mais, mon petit Sherlock, quel âge as-tu ?
— J'ai eu trente-deux ans au mois de janvier, répondit le détective, qui faisait plus vieux que son âge.
— Je ne comprends pas. Est-ce que tu as fait vœu de chasteté ?
— En quelque sorte. Pour tout dire, avant de te rencontrer, je n'avais jamais éprouvé aucun intérêt pour le sexe. Je ne me passionnais que pour la criminologie. »
Anna était tout émue, et aussi flattée :
« Tu veux dire que je suis la première femme de ta vie ?
— Oui, à part Violet.
— Qui est-ce, Violet ?
— Ma mère. »
Les yeux de la belle mulâtresse se remplirent de larmes. Tendrement, elle caressa les épais cheveux châtains de Sherlock.
« Tu comprends maintenant pourquoi je prends de la cocaïne ? »
Anna sourit, touchée par tant d'enfantine naïveté.
« Mais, mon chéri, ces drogues ne font qu'éloigner le désir. Ce dont tu as besoin, c'est de quelque chose qui t'aide à te détendre, à te décontracter. »
En disant ces mots, elle prit dans son sac un petit paquet bleu et le tendit au détective.
« Qu'est-ce que c'est ? demanda Sherlock Holmes.
— Tu ne connais pas ? Ce sont des cigarettes indiennes qu'on fabrique avec du cannabis, une plante asiatique mais qui pousse aussi très bien sous nos climats. On peut en acheter dans n'importe quelle pharmacie, expliqua Anna, en déroulant une bande de papier ciré et commençant à préparer une cigarette.

— Et à quoi sert cette plante ?

— À presque tout. La notice dit qu'elle est très efficace contre les ronflements, les insomnies, le manque d'appétit, l'asthme... C'est une vraie panacée. Surtout, elle a un effet extraordinairement calmant sur les nerfs, expliqua Anna Candelária, en tendant la cigarette à Holmes.

— Merci, mais je préfère mettre cette herbe dans ma pipe », dit Sherlock.

Il vida dans sa main une partie du paquet bleu, remplit son énorme pipe et l'alluma.

« Attention, il ne faut pas en fumer des quantités exagérées », le prévint Anna, tout en allumant sa propre cigarette.

Holmes tira quelques bouffées.

« À part l'odeur, je ne sens rien de particulier. »

Il aspira de nouveau.

« J'ai bien peur que sur moi, cette herbe n'ait aucun effet.

— Il faut aspirer la fumée très profondément et la garder dans tes poumons aussi longtemps que tu peux », expliqua la jeune femme.

Suivant ses conseils, Holmes consuma rapidement une première pipe bourrée de cannabis.

« Il faut que j'en fume encore. Je suis toujours aussi tendu, dit-il en se servant de nouveau dans le paquet bleu.

— Du calme, mon chéri. Il faut toujours un petit moment avant que l'effet se fasse sentir. »

Sans la croire, le détective continua à aspirer d'énormes bouffées.

« Ce doit être à cause de ma taille. Il me faut une dose de géant, plaisanta-t-il.

— N'exagère pas. J'ai déjà vu le cannabis faire s'écrouler des hommes plus grands que toi ! »

Après sa quatrième pipe, Holmes s'arrêta tout à coup :

« Je n'avais jamais remarqué combien cette chambre est colorée. Tu as vu, Anna, toutes ces jolies couleurs ? C'est la première fois de ma vie que je vois un jaune aussi brillant. Il vibre ! Et le papier peint ? Les fleurs dansent, Anna ! Regarde comme elles dansent ! On dirait qu'elles sont en relief. Que c'est drôle ! C'est incroyable l'envie de rire que ça me donne ! Hi, hi, hi ! Ce qu'elles sont rigolotes, ces fleurs ! » hoqueta Sherlock Holmes, pris d'une crise de fou rire incontrôlable.

Par contagion, Anna se mit à rire elle aussi.

« Je t'avais prévenu, mon chou. Tu as trop fumé ! »

Tous deux, en riant, s'allongèrent sur le lit. Holmes se mit à l'embrasser gloutonnement, tout en essayant de la déshabiller et de se déshabiller en même temps.

« Mon joli petit palindrome..., lui murmura-t-il à l'oreille.

— Mon joli quoi ?

— Palindrome. Tu ne sais pas ce que c'est ?

— Pas exactement.

— C'est un mot qu'on peut lire de gauche à droite ou de droite à gauche sans que l'ordre des lettres change. Comme ton nom, Anna... Anna... Sherlock *ama Anna...* Voilà, deux palindromes à la suite : *ama* et *Anna, Anna* et *ama... »*, répétait Holmes, égaré, en baisant les seins magnifiques de la métisse.

Il commença à sucer alternativement les tétons raidis d'Anna Candelária, qui gémissait de plaisir. Puis il baisa de nouveau ses belles lèvres sensuelles et fourra hardiment sa langue dans la bouche accueillante de la jeune femme. Brusquement, il interrompit le long baiser suave, s'écarta d'elle et se souleva sur un coude :

« Sais-tu de quoi j'ai envie ?

— De quoi ? Fais-moi tout ce qui peut te donner du plaisir, mon bel Anglais passionné..., murmura Anna, frémissante de désir. De quoi as-tu envie ?

— De manger des gâteaux.

— ???

— Je ne sais pas pourquoi, mais j'ai une envie irrésistible de manger des gâteaux.

— Je comprends. C'est le cannabis. Ces cigarettes ouvrent l'appétit, et tout spécialement pour les choses sucrées. Quand j'ai beaucoup fumé, je me bourre de confitures », expliqua Anna, en reboutonnant son corsage.

Elle se leva.

« Ne bouge pas d'ici. Je vais en chaparder quelques-uns dans la cuisine de l'hôtel. Je reviens tout de suite », dit-elle en riant, avant de se diriger vers la porte.

Sherlock, la bouche sèche, se laissa lourdement tomber en travers du lit, jouissant de la sensation bienheureuse qui s'emparait de tout son être. Pour la première fois depuis son arrivée, la nostalgie des brouillards de Londres l'avait entièrement quitté. Le charme des tropiques avait fait une victime de plus.

Le portier ronflait, la tête appuyée contre le guichet de la loge. Le journal qu'il s'était efforcé de lire était tombé à ses pieds sur le sol. Précautionneusement, sans faire aucun bruit, Anna traversa le hall et pénétra dans l'immense arrière-cuisine de l'*Hotel Albion.* Dans un des garde-manger, à côté du vaisselier, elle trouva ce qu'elle cherchait : une assiette de gâteaux à la noix de coco. Elle en goûta un et le trouva exquis. Au demeurant, son jugement n'était pas forcément des plus justes, car chaque fois qu'elle fumait du cannabis n'importe quel aliment très sucré lui semblait ensuite un pur délice. Elle repartit par le même chemin, emportant son butin avec elle. Puis elle entra dans la chambre et referma la porte derrière elle. Elle s'approcha du lit pour régaler son ami, mais vit que Holmes dormait comme un bébé, un sourire béat sur les lèvres. Anna n'eut pas le courage de le réveiller. Elle s'assit sur le bord du lit, et mangea toute seule tous les gâteaux. Puis elle baisa doucement le front du détective et ressortit de la chambre sur la pointe des pieds.

Des cris stridents tirèrent Holmes de son bienheureux sommeil, au moment où il rêvait qu'une superbe métisse nue, aux gros seins et longues cuisses fermes et fuselées, dansait pour lui sur la chaussée de Baker Street bordée de cocotiers et au bout de laquelle se détachait le Pain de Sucre. La métisse avait le corps merveilleux d'Anna Candelária, mais, curieusement, le visage était celui de sa mère. Le détective se hâta de chasser cette étrange image de son esprit. Il toucha l'oreiller à côté du sien et constata qu'il n'y avait personne. Cependant, les hurlements continuaient, de plus en plus fort. Il sauta de son lit et prit son revolver rangé dans la commode. En écoutant mieux, il comprit que ces rugissements à glacer le sang provenaient de la chambre de Watson, et ouvrit la porte de communication entre ses appartements et ceux du docteur. Watson criait tant qu'il pouvait, en s'efforçant d'étrangler le traversin.

« Meurs, canaille ! Il n'est pas encore né, le pleutre barbare qui parviendra à m'attaquer par derrière ! »

Sherlock comprit, soulagé, qu'il ne s'agissait que d'un cauchemar. Il se pencha sur le lit, secoua énergiquement le docteur et tenta de lui arracher le traversin :

« Réveillez-vous, Watson ! Pour l'amour du Ciel, réveillez-vous ! »

Le docteur Watson ouvrit les yeux. Pendant une seconde, il parut sortir de son sommeil, mais l'instant d'après il se dressa et se jeta sur Holmes :

« Ah, maintenant vous êtes deux ? Venez, venez, un seul, ce n'est pas assez pour un bon soldat de Sa Majesté ! *God save the Queen !* » brailla-t-il, surexcité.

Holmes lui assena une bonne gifle pour lui faire reprendre ses esprits.

« C'est moi, Watson ! Arrêtez de hurler avant de réveiller tout l'hôtel ! »

Le docteur cligna plusieurs fois des yeux, émergeant de son hallucination.

« Ça alors ! Je croyais que j'étais aux Indes et qu'un guerrier ghazi m'attaquait par-derrière.

— Heureusement, mon bon Watson, ce n'était qu'un rêve.

— C'est la faute de toute cette nourriture d'hérétiques ! Dorénavant, je ne mangerai plus que les *cream crackers* que j'ai apportés de Londres, maugréa-t-il d'un ton exaspéré.

— À votre guise. Maintenant, essayons de dormir un peu. Nous avons eu une nuit suffisamment agitée, dit Holmes, pensant à ses ébats interrompus avec Anna Candelária.

— En tout cas, je regrette de n'avoir pas emporté dans mes bagages mon vieux Colt de l'armée, grogna le docteur en voyant le revolver de son ami.

— Inutile de vous inquiéter d'avance, mon cher Watson. Souvenez-vous que ce qui doit arriver arrive de toute façon », proféra d'un ton philosophe le détective, en retournant vers sa chambre.

Le docteur tira les couvertures et renchérit :

« Vous avez raison. Comme le dit si bien un vieux proverbe écossais, les seuls oiseaux qui meurent tout éveillés sont le dindon et le cochon. »

Holmes referma la porte, estimant que la légère confusion des propos de son ami devait être la conséquence de son effroyable cauchemar.

# 14

EN L'AN 1693, se désolant de voir dans quel affreux dénuement on abandonnait, sans même qu'ils reçussent le sacrement du baptême, les orphelins nouveau-nés qui, très souvent, périssaient de froid et d'inanition au coin des ruelles, le gouverneur Paes de Sande écrivit à Sa Majesté le roi Pedro II du Portugal une missive en forme de supplique dans laquelle il lui demandait instamment des subsides pour leur assurer un secours, car la Santa Casa da Misericórdia — le seul orphelinat de la ville — était bien trop pauvre pour tous les recueillir, et, de surcroît, les membres du conseil municipal de Rio de Janeiro se désintéressaient complètement du sort de ces pauvres innocents. Attendu que le Portugal avait amassé d'immenses richesses grâce aux mines d'or récemment découvertes au Brésil, Sa Majesté se sentit encline à la bienveillance, et ordonna en retour que les enfants indigents fussent nourris et élevés aux frais du Trésor, et que pour ce faire on levât au besoin un nouvel impôt qui pourvoirait au coût de cette pieuse mission.

Le conseil municipal commença donc à consacrer les excédents de certains revenus fiscaux à l'éducation des petits malheureux laissés à l'abandon au bord des rues ou sur les marches des églises, et auxquels il arrivait parfois même qu'une bande de chiens errants et affamés les dévorât. Toutefois, certains continuaient à mourir car l'assistance des bonnes œuvres ne leur était pas toujours assurée.

Le destin misérable de ces innocents sans père ni mère émut le cœur sensible d'un certain Romão de Mattos Duarte, homme fortuné et compatissant qui, en janvier 1738, résolut d'octroyer à la Santa Casa da Misericórdia un don de trente-deux mille cruzados destiné à l'éducation des enfançons abandonnés. Ainsi fut créée la Roue des enfants trouvés.

La Roue était ainsi nommée parce qu'à l'entrée latérale de l'édifice il y avait une grosse porte en bois sombre percée d'une lucarne, derrière laquelle se trouvait un cylindre tournant autour d'un axe et garni de deux tablettes sur lesquelles les indigents pouvaient déposer les bébés non désirés. Avec une petite poussée, on faisait tourner le cylindre et l'enfant disparaissait, emporté sur sa tablette à l'intérieur du bâtiment. Une petite cloche reliée à l'appareil giratoire servait de signal aux sœurs de charité qui s'occupaient de l'orphelinat et venaient alors recueillir, le plus souvent de nuit, les nouveaux arrivages de vivants produits de la misère.

La Roue des enfants trouvés avait d'abord été établie sur le largo da Misericórdia, au bout de la rua de Santa Thereza. Mais depuis 1860, elle s'était transportée dans un édifice plus grand, à deux étages, situé au n° 66 de la rua Evaristo da Veiga, là où étaient installés précédemment les locaux de l'École de médecine.

C'était en juin de cette année-là qu'on avait inauguré la nouvelle Roue des enfants trouvés, en présence de la famille impériale au grand complet. Le vestibule était revêtu de marbre. D'un côté se trouvait le secrétariat où l'on payait les nourrices qui ne venaient travailler que le jour et les infirmières employées par la Santa Casa, et de l'autre la Salle de la Roue. Près de l'appareil, dont le mode de fonctionnement était resté le même qu'à l'origine, il y avait en permanence une sœur prête à recueillir les abandonnés. En bas de l'escalier central, on voyait une statue de Saint Vincent de Paul et une autre, qui était une allégorie de la Charité. Au premier étage étaient aménagés la cuisine, le réfectoire, la salle de jeux, la buanderie et la salle de repassage, ainsi qu'un petit jardin. Au second étaient les locaux de l'administration, le bureau de la mère supérieure, la chapelle, la pharmacie, une salle de lecture, un ouvroir, les cellules des sœurs, une salle avec quarante berceaux et les dortoirs des orphelins plus âgés, garnis de quarante-deux lits. Des portraits à l'huile de l'empereur Pedro I et de l'impératrice Leopoldine, de dom Pedro II leur fils et de l'impératrice Teresa Cristina, ornaient les murs. Les pensionnaires apprenaient à lire, à écrire et à compter, mais on leur enseignait aussi l'histoire sainte et, pour les filles, l'art de tenir une maison et les travaux d'aiguilles. Celles qui, plus tard, se mariaient, recevaient une dot de la communauté des sœurs. Tous les ans, la princesse Isabel envoyait des coffres remplis de vêtements confectionnés de ses propres mains, signe de l'infinie bonté de son noble cœur.

Au demeurant, la Roue des enfants trouvés tenait à montrer qu'elle n'oubliait pas ses premiers bienfaiteurs, et en particulier son père fondateur, le charitable Romão de Mattos Duarte, dont un portrait était exposé bien en vue à l'intention des visiteurs. Toutefois, ce qui inspirait à ceux-ci la plus vive émotion était un autre portrait, sur le mur de la salle des berceaux : celui d'un enfant hydrocéphale qui avait été abandonné sur la Roue par une inconnue, en juillet 1882, et qui était mort deux mois plus tard. Avant qu'il mourût, on l'avait baptisé et il avait reçu le prénom de Mateus. Pour toutes les personnes qui travaillaient dans l'institution, Mateus faisait figure de symbole.

Ce que personne ne savait, c'était que depuis plus de trois ans la mère de Mateus était employée à la Roue des enfants trouvés. Elle était très jeune et très belle, s'appelait Carolina de Lourdes et était fille d'un certain Josué Calixto, entrepreneur de pompes funèbres réputé de la rua Itapiru, à deux pas du cimetière São Francisco de Paula. Carolina avait eu la faiblesse de croire aux promesses mensongères de Caetano Lemos, un jeune homme au physique avantageux venu de Curitiba pour s'initier auprès de Calixto aux secrets de l'embaumement. La pauvre petite, qui n'avait alors que dix-sept ans, s'était laissé séduire par le beau

Caetano, lequel, en apprenant qu'elle était enceinte, s'était enfui quelque part au fin fond de la province du Paraná, et l'on n'avait plus jamais eu de ses nouvelles. Josué Calixto, un veuf aux principes austères et inflexibles, lecteur assidu de l'Ancien Testament, avait alors mis sa coupable fille à la porte. Sans la bienveillance d'une tante célibataire qui habitait Niterói, de l'autre côté de la baie, et l'avait recueillie chez elle, il est probable que l'infortunée Carolina n'aurait eu d'autre choix que de vivre la vie fort peu joyeuse des filles de joie.

Lorsque l'enfant était né, Carolina, horrifiée, avait attribué sa difformité à une malédiction divine. Une semaine plus tard, quittant son refuge, elle était revenue à Rio et, désespérée, avait abandonné à la Roue des enfants trouvés le triste fruit de son péché. Par la suite, elle avait renoué avec son père, qui avait fini par lui pardonner son inconduite après la longue pénitence qu'il lui avait infligée. Mais le remords avait commencé de ronger le cœur de Carolina et de lui faire perdre le sommeil. Elle passait des nuits blanches à se morfondre, songeant au pauvre enfant infirme qu'elle avait, par une froide nuit, abandonné dans le cylindre de la Roue des enfants trouvés. Dans l'obscurité de sa chambre, il lui semblait distinguer les grands yeux clairs de son bébé qui la regardaient sans jamais ciller. Un jour, ne supportant plus le fardeau de sa faute, elle avait frappé à la porte de l'institution pour se renseigner discrètement sur le sort de l'enfant. Quelle n'avait pas été sa détresse lorsqu'elle avait découvert que son fils était mort, et que la Roue des enfants trouvés en avait fait le symbole de toute la misère des innocents qu'elle secourait ! Sans rien révéler de sa propre histoire, elle avait décidé qu'il était de son devoir de faire quelque chose pour ces malheureux bambins qui, comme son propre fils, se retrouvaient à la merci de la charité publique. Avec le consentement de son père, elle s'était mise au service de l'institution, en tant que nourrice de jour, sans accepter le moindre salaire en échange du lourd travail qu'elle accomplissait du matin au soir. « Le seul salaire qui compte pour moi, c'est le réconfort que je peux apporter à mes petites victimes du destin », avait-elle coutume de dire. Les gens étaient étonnés et remplis d'admiration en voyant une jeune fille d'une beauté aussi rare, et qui était encore presque une adolescente, se consacrer avec tant de patience et d'abnégation à cette éprouvante mission. À la Roue des enfants trouvés, tout le monde l'adorait. Carolina se moquait des horaires, elle était toujours disposée à assurer la permanence près de la Roue jusqu'à une heure avancée de la nuit si une des sœurs était malade, et, le jour suivant, accomplissait son service auprès des enfants, sans jamais se plaindre de sa fatigue et avec un dévouement apparemment sans limites.

C'était un soir d'orage, et lorsque Carolina de Lourdes quitta la Roue des enfants il était déjà onze heures passées. Il y avait deux jours qu'elle n'était pas rentrée chez elle, et son père, inquiet pour sa santé, avait exigé qu'elle prît un peu de repos avant de tomber d'épuisement. Il était prévu qu'il viendrait la chercher en voiture, mais l'averse était si violente que les chevaux, aveuglés, avaient refusé d'avancer. Les sœurs avaient insisté pour qu'elle restât dormir, mais Carolina n'avait pas voulu : son père, leur avait-elle objecté, était ces temps-ci presque aussi seul au monde et abandonné que les « petites victimes du destin » qu'elle chérissait tant. Et, sous la pluie battante, elle avait commencé à descendre la rua Evaristo da Veiga.

La foudre déchire le ciel et éclaire, l'espace d'un instant, la silhouette vêtue de noir qui se tient aux aguets derrière un arbre, dans la petite rua da Chácara da Ajuda. Carolina de Lourdes presse le pas en direction de l'avenida Visconde de Maranguape. L'homme lui emboîte le pas. Les coups de tonnerre, les éclairs qui zèbrent l'air obscurci par l'épais voile de lourdes gouttes de pluie donnent aux maisons qui bordent la rue un angoissant air d'abandon. Carolina se hâte et s'engage dans la rua Nova dos Arcos, sur la droite. Lui la suit prestement, prenant soin, pour qu'elle ne l'entende pas marcher à grandes enjambées derrière elle, de poser le pied sur le sol en épousant exactement le rythme de ses pas. La distance qui les sépare s'amenuise d'instant en instant. Chaque fois que la jeune fille s'arrête, scrutant la nuit à la recherche d'un fiacre hypothétique, il s'immobilise derrière elle, et on pourrait croire qu'il improvise une sinistre chorégraphie. Un moment, tous deux attendent de part et d'autre des arches du grand aqueduc qui donnent son nom à la rue, tels deux danseurs perdus sur une scène démesurée. Aux alentours, il n'y a pas âme qui vive. Carolina poursuit son chemin, dépasse la rua do Lavradio et prend la rua do Resende. Quand l'homme s'en rapproche à son tour, il a subitement une idée : il s'engage dans la petite artère parallèle, la rua do Riachuelo, et se met à courir. C'est à peine si ses pieds touchent le sol ruisselant. Avec sa cape qui flotte autour de lui, il ressemble à un vautour géant fondant vers sa proie dans l'air chargé de pluie. Maintenant, ils avancent parallèlement, Carolina dans la rua do Resende et lui dans la rua do Riachuelo : le passereau sans défense et l'énorme et féroce oiseau carnassier. Il s'apprête à apparaître brusquement sur le chemin de la jeune femme : il sait, l'homme en noir, qu'elle ne peut lui échapper, car il n'y a pas d'autre croisement avant celui où la rua do Resende coupe la rua dos Inválidos, qu'il vient d'atteindre, et que, forcément, sa prochaine victime va bientôt tourner à droite dans sa direction. Ce qu'elle fait au bout d'une minute, tandis que lui, haletant, s'est collé contre le mur de la dernière maison, au coin de l'étroite rue. Il aperçoit son gibier qui s'approche, sans défense, cache sous sa cape le long couteau affûté, comme la muleta d'un torero, et attend.

Carolina de Lourdes a tout juste le temps de croiser ses mains sur sa poitrine, dans une vaine tentative pour se protéger de la lame scintillante qui s'élève au-dessus d'elle. L'acier à la pointe acérée lui traverse les paumes, s'enfonce dans le poumon. L'homme en noir retire son arme de la chair sanglante et frappe à nouveau, une fois, deux fois, cinq fois, quinze fois. Carolina est déjà étendue morte sur le sol quand il s'agenouille, lui ouvre le ventre de bas en haut, jusqu'à la pointe du sternum, et arrache avec violence le foie encore tout chaud de la malheureuse enfant. Alors, il le tient un instant entre ses mains, puis s'en frictionne longuement le visage, avec une sorte de voracité furieuse. Il lèche l'organe sanguinolent et visqueux, inspire profondément pour absorber en lui son odeur. Ce faisant, il n'éprouve pas le moindre dégoût : bien au contraire, c'est un violent spasme de plaisir que lui procure le douceâtre parfum du sang. Puis il s'assied, épuisé. Ce ne sera pas encore cette fois-ci qu'il mordra dans la chair pécheresse. Il préfère attendre encore, car il sait que les mets les plus suaves doivent être réservés pour la fin du banquet. Presque avec délicatesse, il replace le viscère dégouttant d'épaisses larmes brunâtres dans l'abdomen ravagé de la morte ; puis, dans un geste que la routine a rendu mécanique, il lui ouvre la bouche et lui tranche la langue d'un coup précis de sa lame, avant de l'envelopper dans un mouchoir immaculé et de la placer dans la poche de sa redingote. Après quoi, il prend l'étui à violon accroché à sa ceinture, l'ouvre, arrache à l'instrument une troisième corde — celle de *la* —, et, fidèle à son sinistre rituel, l'enroule sur le pubis de sa victime. Il s'éloigne enfin, exécutant tout en marchant quelques rapides mesures en pizzicato sur la dernière corde qui lui reste.

Dans la rue déserte, la pluie lave le sang dont se vide le corps de l'infortunée jeune fille étendue en travers de la chaussée, les bras en croix et les mains percées comme si elle portait les stigmates du Christ.

Sherlock Holmes se réveilla avec la bouche sèche. Il lui semblait que sa tête était vide, comme si son crâne s'était réduit à une cavité entièrement creuse alors qu'il avait naguère abrité un cerveau aux facultés exceptionnelles. C'était un nouvel effet d'une consommation excessive de cannabis. Il avait profité des orages de la veille pour passer toute la journée enfermé dans sa chambre, à réfléchir sur l'affaire du tueur fou, comme il avait coutume de le faire dans son appartement de Baker Street quand il était aux prises avec une affaire difficile, et bien qu'à ses pensées vinssent constamment se mêler de troublantes images d'Anna Candelária s'abandonnant lascivement dans ses bras. S'il avait été à Londres, il aurait tout naturellement eu recours à la cocaïne pour stimuler ses capacités de concentration, mais il avait aperçu sur sa table de nuit le paquet bleu oublié par Anna et préféré fumer de nouveau quelques pipes bourrées de cette étonnante herbe exotique. Il s'était assis près de la fenêtre, regardant la pluie tomber et tirant de longues bouffées parfumées. Au bout d'un moment, il avait pris son violon et, sous l'effet de l'herbe, il était parvenu à tirer de l'instrument des sonorités extrêmement étranges. Alors, il avait commencé à improviser, il avait inventé des mélodies qui rappelaient très fort les musiques autochtones aux rythmes inconnus que jouait Mukumbé dans l'hôtel particulier de la baronne de Avaré. Il ne se souvenait pas combien de temps il était resté là, assis, à fumer et à jouer. Watson, qui connaissait bien ces moments de recueillement intellectuel de son ami, l'avait laissé seul toute la journée. Holmes n'était même pas descendu dans la salle à manger de l'hôtel, mais avait demandé qu'on lui montât ses repas dans sa chambre. Il s'était couché tôt et avait eu des rêves bizarres et colorés. Et maintenant, le sommeil le quittait en lui laissant une sensation très différente de tout ce qu'il avait éprouvé dans sa vie, une espèce de gueule de bois d'un genre totalement nouveau.

Soudain, le docteur Watson ouvrit la porte avec un sourire jovial. À la grande surprise du détective, il semblait d'excellente humeur.

« Bonjour, mon ami. Je crois qu'il est l'heure de se lever », dit-il joyeusement, tout en posant sur sa tête un très curieux chapeau.

Holmes cligna plusieurs fois des yeux, s'efforçant d'éclaircir sa vision encore brouillée de sommeil. Il y avait quelque chose d'inhabituel dans l'apparence du docteur, que la torpeur qu'il avait peine à dissiper ne lui permettait pas de définir avec précision. Sherlock se frotta les yeux, et parvint enfin à se réveiller complètement. Il vit alors que Watson arborait un chapeau et des sandales de gaucho.

« Mon Dieu, Watson, qu'est-ce que vous avez sur la tête et aux pieds ?

— J'ai suivi votre conseil. Ne m'avez-vous pas dit qu'il fallait que je m'adapte aux habitudes de ce pays ? Ce sont des chaussures et un chapeau typiquement brésiliens. Pourquoi, ça ne vous plaît pas ?

— Puis-je savoir où diable vous les avez dénichés ?

— Hier, pendant que vous passiez la journée barricadé dans votre chambre, votre ami Paula Nei est passé, et il m'a offert de profiter d'une accalmie entre deux orages pour m'emmener faire un tour en ville. Vraiment, on trouve toutes sortes de choses à vendre dans les rues, c'est un vrai marché persan. Un marchand ambulant m'a proposé ces articles, et Paula Nei m'a persuadé de les acheter. Il paraît que tout cela est fabriqué par des artisans de la région du Nordeste. Je dois dire que les sandales sont merveilleusement confortables, dit Watson d'un ton allègre, en remuant ses orteils nus.

— Peut-être, mais vous ne trouvez pas qu'elles ont une odeur un peu forte ? fit observer Holmes.

— C'est justement ce qui m'a plu. Elles sont en peau de bouc, et l'odeur me rappelle le tabac turc que je fumais quand j'étais à Ankara.

— Et le chapeau ?

— Il sera beaucoup plus efficace contre le soleil que mon panama. Paula Nei avait l'air enchanté en me regardant », dit fièrement le docteur.

Holmes n'eut pas le cœur de refroidir l'enthousiasme de son ami, bien qu'il devinât sans peine que l'accoutrement de son cher Watson était le résultat d'une nouvelle farce du jeune bohème. La conversation fut interrompue par quelques coups discrets frappés à la porte, et le portier Inojozas entra, avec dans la main une feuille de papier pliée.

« Si vous permettez, Mr. Holmes, je... »

Le détective l'interrompit.

« Inutile de me dire quoi que ce soit. Je vois que vous avez souffert d'une crise de la pénible affection connue sous le nom de danse de Saint Guy, et que hier vous avez eu une altercation avec votre épouse. Je vois de surcroît que vous m'apportez une lettre de la senhorita Anna Candelária, et que vous vous êtes battu ce matin avec un gitan dont les boucles d'oreilles n'étaient pas en or », affirma Holmes d'un ton énigmatique en enfilant sa robe de chambre.

Le visage de Watson, qui était accoutumé aux acrobaties mentales du détective, ne changea pas d'expression ; mais Inojozas, bouche bée, ne put se retenir d'exprimer sa surprise devant ces extraordinaires déductions :

« Et comment en êtes-vous arrivé à ces conclusions, Mr. Holmes ? demanda-t-il, ébahi.

— Élémentaire, mon cher Inojozas. La danse de Saint Guy, désignée par les autorités médicales par l'appellation de chorée de Sydenham, provoque chez ceux qui en souffrent des tremblements incontrôlables, ce qui explique que votre veste ait été mouillée à cause d'un récipient plein d'eau que vous transportiez et que vous n'avez pas pu vous empêcher de secouer violemment, ce qui vous a éclaboussé. La dispute avec votre épouse peut facilement se déduire du fait que vous avez retiré votre alliance, dont on voit encore la marque à votre doigt. Je constate aussi que la feuille de papier que vous tenez à la main est couverte d'une écriture aux volutes typiquement féminines, et que le message vient donc de la senhorita Anna Candelária, dont j'attends impatiemment des nouvelles. Quant à l'explication de votre bagarre récente avec un gitan, elle est encore plus évidente. Quel meilleur endroit pour saisir un gitan que ses boucles d'oreilles, de manière qu'il ne puisse se débattre sans se blesser lui-même les lobes des oreilles ? Pour finir, le fait que les boucles n'étaient pas en or, mais d'un métal quelconque, est une déduction tout aussi aisée, car je constate que vous avez encore sur vos doigts des taches noirâtres de vert-de-gris », proféra sentencieusement Sherlock Holmes.

Il prit ses vêtements et ses affaires de toilette et sortit triomphalement de la chambre, se dirigeant vers la salle de bains.

« Je reviens dans un instant. »

Inojozas s'assit devant Watson, l'air très troublé. Le docteur s'efforça de le réconforter :

« Remettez-vous, mon ami. Les capacités de déduction de Holmes ont déjà plongé dans la stupeur les plus brillants enquêteurs de Scotland Yard, et ont permis d'envoyer bon nombre d'odieux criminels derrière les barreaux. En ce qui concerne votre danse de Saint Guy, je puis vous dire, en qualité de médecin, que les pastilles d'opium donnent d'excellents résultats pour prévenir les crises.

— Merci, docteur Watson, mais je puis vous garantir que je ne suis atteint d'aucune maladie. Si ma veste est mouillée, c'est parce qu'il s'est remis à pleuvoir. J'ajoute que je ne suis pas marié, et que ce que je portais au doigt n'était pas une alliance, mais une simple bague que j'ai retirée parce qu'elle me serrait. Ce papier n'est pas un message de la senhorita Candelária, mais une lettre que j'ai écrite moi-même et que je dois poster dès que je l'aurai mise sous enveloppe, et il y a des années que je n'ai pas vu un seul gitan ni de près ni de loin. Quant aux taches sur mes doigts, ce sont uniquement des taches d'encre mal effacées, car je me suis sali avec mon porte-plume en écrivant ma lettre, expliqua Inojozas.

— Détails que tout cela, mon cher. Nous n'allons pas avoir la mesquinerie de ternir le brillant exercice de raisonnement auquel nous venons d'assister en relevant quelques inexactitudes aussi infimes que superficielles ! Mais laissons cela. À quoi devons-nous le plaisir de votre visite ? s'enquit Watson, détournant la conversation.

— Je suis monté vous prévenir que le commissaire Mello Pimenta vient de téléphoner, dit Inojozas en se levant.

— Dites-moi, je vous prie, comment dit-on *telephone* en portugais ?

— *Telefone.*

— Alors, cet hôtel est équipé du téléphone ? s'étonna Holmes, qui venait de rentrer dans la chambre vêtu d'un de ses costumes en lin blanc immaculé. J'ignorais que cette technique si moderne fût déjà répandue à Rio de Janeiro.

— Bien sûr, Mr. Holmes. Il y a déjà plus de mille six cents abonnés dans la ville. Le seul problème est que l'entretien des lignes laisse encore un peu à désirer, et que les interférences sont assez fréquentes. Mais avec le temps, nous espérons que cette difficulté sera surmontée. D'ailleurs, le ministre des Travaux publics a récemment promis qu'une solution interviendrait dans les plus brefs délais, répondit non sans orgueil le portier.

— Et la lettre de mon amie ? »

Inojozas expliqua, assez gêné, en tirant une enveloppe de sa poche :

« Je regrette, Mr. Holmes, mais il s'agit seulement d'une lettre que je viens d'écrire moi-même et que je m'apprête à poster dès que je l'aurai cachetée.

— Vous voulez dire qu'une de mes déductions était erronée ? Peu importe. De toute manière, aboutir à trois conclusions exactes sur quatre est déjà une performance appréciable », dit le détective en terminant de nouer sa cravate.

Inojozas et Watson s'abstinrent de tout commentaire. Sherlock poursuivit :

« Et que me veut-il, ce bon vieux Pimenta ?

— Il paraît qu'un nouveau meurtre a été commis cette nuit. Le commissaire vous fait savoir qu'il vous attend sur le lieu du crime.

— C'est ce que je craignais. Encore une pauvre fille assassinée ! Allons-y, Watson, nous n'avons pas de temps à perdre », dit le détective.

Le portier les accompagna jusqu'à l'entrée de l'hôtel, fit signe à un fiacre et dit au cocher de conduire Holmes et Watson au coin de la rua do Resende et de la rua dos Inválidos.

Quand il furent partis, le portier de l'*Hotel Albion* demeura un moment sur le seuil, perplexe, et surtout fort inquiet. En dépit de la température agréable de cette matinée pluvieuse, il sentait une sueur froide lui couler sur le front. Ce que personne n'aurait pu supposer, c'était que Sherlock Holmes, bien que ses déductions se fussent révélées quelque peu hasardeuses, avait sans le savoir mis le doigt sur une vérité des plus embarrassantes. La feuille de papier qu'il tenait à la main était couverte de « volutes typiquement féminines », avait remarqué le détective. La calligraphie fleurie du portier risquait-elle de trahir le secret qu'il gardait avec les plus extrêmes précautions depuis l'adolescence ? Inojozas adressa une prière silencieuse à Santo Onésimo, son saint patron, pour que cette terrible vérité pût demeurer à jamais ignorée. Jusqu'à ce jour, en effet, il n'y avait au monde que Reginaldo, le jeune sommelier qui était l'amour de sa vie et vivait sous son toit depuis près de cinq ans, à qui ses inavouables penchants sexuels eussent été révélés.

## *15*

UNE PETITE PLUIE FINE continuait à tomber sur la ville quand le fiacre qui transportait Sherlock Holmes et le docteur Watson s'engagea dans la rua Nova dos Arcos. L'édifice qui donnait son nom à la rue ne manqua pas de faire l'admiration de Holmes. De fait, la double arcade formée par les quarante-deux petites arches qui soutenaient l'aqueduc avait une apparence des plus majestueuses, et rappelait aux passants les plus belles constructions de la Rome antique. L'aqueduc, achevé en 1750, avait été édifié sur l'ordre du gouverneur Gomes Freire de Andrade, au temps où le Brésil était encore une colonie. Impressionné, Sherlock demanda au cocher dans quel but on avait accompli ce travail de Titans. Celui-ci, habitué à jouer les cicerones pour les étrangers dont c'était le premier voyage à Rio de Janeiro, expliqua :

« C'est un aqueduc qui apporte l'eau de la colline du Destero à celle de Santo Antônio. Mais je dois dire que malgré toutes les tentatives de modernisation, l'approvisionnement de la ville reste très précaire. L'aqueduc a beau paraître énorme, il est très insuffisant au regard des besoins.

— Est-ce qu'on manque d'eau à Rio de Janeiro ? s'étonna le détective.

— Et comment ! Heureusement que nous avons les chafariz. C'est la faute des hommes politiques : tous des fripouilles ! Il y a longtemps de cela, avant l'indépendance, ils avaient même levé un impôt spécial sous prétexte de résoudre le problème de l'eau une fois pour toutes.

— Est-ce qu'ils y ont réussi ?

— Oh ! que oui ! ironisa le cocher. Imaginez-vous que pour éviter les détournements de fonds, ils avaient enfermé l'argent destiné à améliorer le service des eaux dans un énorme coffre-fort muni de trois serrures.

— Excellente précaution, commenta Holmes.

— Apparemment. Une des trois clefs avait été confiée au conseil municipal, une autre au gouverneur et la troisième au prieur des jésuites. Eh bien, croyez-le ou nom, l'argent a quand même disparu ! La preuve de ce que je vous disais : ils sont tous les mêmes, une clique d'escrocs », maugréa le cocher, indigné.

Quelques instants après, il tira sur les rênes et arrêta son fiacre à quelques mètres du lieu du crime. On avait recouvert les restes mortels de la malheureuse Carolina de Lourdes avec des feuilles de journaux. Quelqu'un s'était dévoué pour allumer des cierges de part et d'autre du corps, mais la pluie n'avait pas tardé à éteindre les flammes, excepté une seule qui continuait à vaciller timidement près de la tête de la jeune morte. Les « chauves-souris », comme la population surnommait les sergents de ville, formaient un cordon d'isolement pour empêcher les curieux de s'approcher et d'assouvir leur habituelle curiosité morbide. Soudain, on entendit un bruit de grelots et de chevaux qui arrivaient au trot. Tout le monde tourna la tête, et l'on vit apparaître un corbillard qui tournait le coin de la rua dos Inválidos. Ses rideaux noirs entièrement tirés, le véhicule fit halte juste à côté de la jeune fille assassinée, et du siège avant descendirent deux croque-morts. Avec l'habitude et la froide impassibilité acquises au bout de longues années de pratique, ils ouvrirent l'arrière du corbillard, en tirèrent un épais linceul de toile et en enveloppèrent le cadavre de Carolina. Puis, le soulevant par les pieds et par les épaules, ils le chargèrent à l'intérieur. Avant de remonter sur le siège, un des croque-morts se retourna et souffla le dernier cierge qui s'obstinait à brûler sur le bord de la chaussée. En moins de cinq minutes, le lugubre véhicule avait disparu par la rua do Resende.

Mello Pimenta et Saraiva, qui avaient déjà examiné la victime, vinrent à la rencontre des deux Anglais. Le commissaire se chargea des présentations.

« Bonjour, messieurs. Permettez-moi de vous présenter notre médecin légiste, le professeur Saraiva. »

Holmes traduisit sa phrase pour son ami.

« Voici un de vos confrères, Watson. Le médecin légiste. Quelle spécialité fascinante ! Les légistes sont les seuls médecins qui connaissent tout de leurs patients. Malheureusement, ils l'apprennent seulement quand il est trop tard. »

Mello fit un rapide compte rendu de ce qui s'était passé la nuit précédente, et le détective lui demanda :

« Sait-on déjà qui était cette infortunée jeune fille ?

— Oui. Elle s'appelait Carolina de Lourdes Calixto. Une figure bien connue de la Roue.

— Je vois. Une autre prostituée, dit Sherlock Holmes, croyant que la "roue" était un terme d'argot désignant l'activité des bordels dont les filles assuraient la bonne marche par roulement.

— Non, Mr. Holmes. La Roue est le nom qu'on donne à une institution charitable qui recueille les nouveau-nés abandonnés. La victime était la fille d'un entrepreneur de pompes funèbres, un certain Josué Calixto, et elle y travaillait comme nourrice de jour, bénévolement.

— Ah ! Et qui a découvert le corps ?

— Précisément une des sœurs de charité qui dirigent l'institution. La Santa Casa da Misericórdia — c'est son nom officiel — est à deux pas d'ici, dans la rua Evaristo da Veiga. J'y suis déjà passé pour prendre des renseignements.

— Et avez-vous découvert si par hasard cette demoiselle avait des ennemis ?

— Bien au contraire, elle était très aimée de tout le monde. Tout le personnel de la Santa Casa est bouleversé et horrifié.

— Aurait-on remarqué si elle était suivie lorsqu'elle est partie hier soir ?

— Personne n'en sait rien. Il pleuvait très fort, mais elle avait quand même tenu à rentrer chez elle.

— Quel ennui ! Si je comprends bien, nous en sommes toujours au même point », soupira Holmes, en se passant la main sur le front, car il sentait venir un début de migraine.

Mello Pimenta s'excusa :

« Je me sens un peu gêné de vous avoir dérangé si tôt le matin, mais, comme c'est le “sirialquiler” qui a de nouveau frappé, j'ai pensé que cela vous intéresserait de suivre l'enquête de près.

— Vous avez très bien fait, commissaire. Je suppose que vous avez déjà exploré les environs à la recherche de nouveaux indices.

— Bien sûr, mais les pistes sont toujours les mêmes. Il a de nouveau coupé la langue de cette pauvre fille, et on a retrouvé une autre corde de violon enroulée à l'endroit habituel, répondit Mello Pimenta, en montrant à Holmes le long fil en boyau de chat.

— Au moins, voilà qui dissipe les derniers doutes que nous pouvions avoir sur le fait que le *serial killer* et le voleur du violon sont bien la même personne. Ce qui m'inquiète le plus, c'est qu'il reste encore une corde sur l'instrument... Avez-vous repéré des empreintes de pas, ou des objets que l'assassin aurait laissé tomber sur le sol ?

— S'il y en avait, la pluie les a fait disparaître.

— Verriez-vous un inconvénient à ce que je procède à mon propre examen des lieux ?

— Allons donc, Mr. Holmes ! Au contraire, c'est une faveur que vous me faites. »

Le détective tira sa loupe de sa poche et se pencha vers le pavé noirci de taches de sang. Au moment où il se baissait, il sentit brusquement la tête lui tourner et la loupe faillit lui échapper des mains. Il dut s'appuyer précipitamment au mur pour ne pas tomber. Mello Pimenta, Watson et Saraiva coururent le soutenir.

« Qu'avez-vous, mon ami ? demanda Watson, alarmé.

— Rien, rien. C'est seulement un petit vertige », répondit Holmes, se remettant peu à peu.

Il traduisit sa phrase à l'intention de Pimenta et de Saraiva, et ajouta :

« Je crois qu'hier soir j'ai un peu abusé d'une herbe qu'une amie m'a fait goûter. Je ne sais pas si vous la connaissez : ce sont des cigarettes indiennes. Excellentes, d'ailleurs. Seulement, j'en ai fumé trop.

— Ah ! Je vois, Mr. Holmes, que vous avez expérimenté notre *pango*, dit en souriant le très aguerri professeur Saraiva.

— Votre pango ?

— Oui. C'est ainsi que les nègres appellent le cannabis. Il y en avait, du reste, de très beaux plants cultivés dans toute une partie du potager, derrière la cuisine du palais de Sa Majesté à São Cristovão. »

Mello Pimenta, que le brusque malaise du détective continuait d'inquiéter, le prit par le bras pour l'éloigner de la scène du meurtre.

« Mr. Holmes, je suis tout à fait sûr que vous ne trouverez rien d'intéressant ici. Il serait beaucoup plus raisonnable que vous rentriez à votre hôtel avec le docteur Watson, pendant que j'accompagnerai Saraiva à la morgue pour assister à l'autopsie.

— Nullement, mon ami, nullement. Au contraire, le docteur Watson et moi-même tenons beaucoup à assister également à cette autopsie. Après tout, huit yeux vaudront toujours mieux que quatre.

— Pas huit. Sept, corrigea Saraiva.

— Comment ça, sept ?

— Notre ami Saraiva a perdu un œil, expliqua Pimenta, révélant un détail inconnu de l'anatomie du professeur.

— Un vieux souvenir que j'ai rapporté de la guerre du Paraguay, précisa le légiste, un peu embarrassé.

— Je ne savais pas que vous étiez un héros de la guerre, professeur, dit Holmes, impressionné. Vous avez été blessé pendant un corps à corps ?

— Non, c'est seulement à cause d'une infection. Je me suis frotté l'œil alors que j'avais les mains sales, répondit sans fausse pudeur le professeur.

— Quoi qu'il en soit, j'aimerais beaucoup vous accompagner à la morgue. Ce petit étourdissement était passager », assura le détective.

Saraiva, qui s'y entendait comme personne en matière de réveils douloureux, lui proposa une recette :

« Si je puis me permettre, Mr. Holmes, le meilleur remède contre ces vertiges du matin est une bonne dose de cachaça.

— De cachaça ? Je ne connais pas ce médicament. Qu'est-ce que c'est ?

— Ce n'est pas exactement un médicament. C'est une eau-de-vie à base de canne à sucre. Une boisson absolument exquise. Il vous suffira d'une bonne rasade pour vous sentir complètement rétabli. D'ailleurs, je vais vous accompagner. Moi aussi, je me sens un peu faible ce matin.

— Saraiva, je ne suis pas sûr qu'il soit très sage de faire boire de la cachaça à Mr. Holmes si tôt le matin, objecta Mello Pimenta, prudent.

— Sottises, mon bon Pimenta. J'ai la certitude qu'après quelques gorgées de ce remède du bon Dieu, notre ami anglais se sentira en pleine forme », assura le légiste.

Les quatre hommes se dirigèrent donc vers un petit café au coin de la rua do Riachuelo. Saraiva, avec son enviable expérience d'éthylique invétéré, commanda pour Holmes et pour lui une double ration de la meilleure cachaça de la maison, et vida son verre d'une seule goulée. Quand le docteur vit le liquide transparent, qui exhalait une très forte odeur d'alcool, il demanda, soupçonneux, ce qu'était ce breuvage.

« Rien de plus, mon cher Watson, qu'une eau-de-vie à base de canne à sucre. Le professeur Saraiva m'a affirmé qu'elle possédait de remarquables propriétés curatives », répondit le détective.

Watson jugea opportun de le mettre en garde :

« Cela se peut, mon ami, mais rien qu'à l'odeur, j'ai l'impression qu'il s'agit d'une boisson extrêmement alcoolisée. Je vous conseille de ne pas la boire pure.

— Qu'est-ce que je dois faire, alors ? Ajouter un peu d'eau ?

— Je vous suggère plutôt du jus de fruit. D'orange ou de citron, par exemple. L'orange et le citron ont eux aussi de grandes vertus médicinales. Entre autres, on connaît très bien leurs effets bénéfiques dans les cas de scorbut. »

Sherlock se tourna vers le patron du café.

« Mon ami ici présent me conseille d'ajouter un peu de jus d'orange et de citron dans cette eau-de-vie, dit-il. Pouvez-vous m'en apporter ?

— J'ai quelques citrons verts », répondit le cafetier, intrigué, et sans parvenir à détacher son regard des sandales de vacher nordestin que le docteur avait encore aux pieds.

Watson précisa :

« Peut-être serait-il judicieux d'ajouter aussi un peu de glace et de sucre, Holmes, pour adoucir la brûlure provoquée par l'alcool. »

Sherlock Holmes traduisit les exigences du docteur. Le patron du café alla au bout du comptoir, appela le garçon et lui ordonna d'aller chercher les ingrédients requis. Watson coupa le citron en quatre et plaça les quartiers dans le verre de cachaça, ainsi que le sucre. Puis il en écrasa la chair avec une cuiller, en expliquant :

« Pour pallier tout risque d'intoxication, la méthode la plus sûre est de placer les quartiers entiers dans le verre et d'en exprimer soigneusement le jus ensuite. »

Quand il eut achevé cette opération, il ajouta quelques morceaux de glace et tendit au détective la bizarre potion :

« Voilà, Holmes, à présent je pense que vous pouvez boire sans aucun risque. »

Au fond du café, le cafetier et le garçon les observaient avec étonnement.

« Patron, quelle langue parlent-ils, ces deux bonshommes ? s'enquit le jeune employé.

— Va savoir ! À mon avis, ou bien c'est du latin, ou bien c'est la langue du diable.

— Et cette drôle de mixture qu'ils sont en train de fabriquer ?

— Aucune idée. Apparemment, une invention de ce péquenot, ce *caipiri,* dit-il en désignant le chapeau de vacher du docteur.

— Lequel ? Le plus grand des deux ? demanda le garçon, qui regardait Sherlock Holmes, habillé en blanc comme, à sa connaissance, seuls les paysans voulant se protéger de la chaleur le faisaient.

— Non, le grand caipiri en blanc ne fait que boire en suivant les conseils de l'autre. Celui qui a préparé le mélange, c'est le plus petit, le *caipirinha* », répondit le patron, baptisant ainsi, sans le savoir et pour toujours, le cocktail inconnu inventé par le docteur Watson.

La morgue officielle du largo da Moura réussissait le prodige d'être encore plus lugubre que celle du Tiers-Ordre de la Pénitence. Le sol était en ciment noirci, et les fissures des azulejos sur les murs, très abîmés par le temps, ne faisaient rien pour atténuer cette triste apparence.

Par une ironie du sort, des odeurs bien vivantes s'y superposaient à celles du formol et des désinfectants, car le bâtiment de la morgue se trouvait à l'arrière des immenses cuisines de l'Hospital da Santa Casa, et les effluves de nourriture en train de cuire qui s'échappaient par la cheminée haute de cent soixante et un empans, qu'il avait fallu trente-six mille briques réfractaires importées d'Angleterre pour construire, flottaient en permanence au-dessus des chambres mortuaires. Le mélange qui en résultait prenait à la gorge, et beaucoup de visiteurs, n'y résistant pas, étaient brusquement pris de malaises ou de vomissements.

Il y avait déjà presque une heure que le professeur Saraiva examinait le corps éventré de Carolina de Lourdes. Mello Pimenta et le docteur Watson le regardaient s'activer de loin, mais Sherlock Holmes, penché sur la table de pierre, observait avec la plus grande attention chacun des gestes du légiste. À plusieurs reprises, la justesse de ses remarques ne laissa pas de surprendre Saraiva :

« Puis-je vous demander, Mr. Holmes, comment vous avez acquis des connaissances aussi étendues en matière d'autopsie ?

— En tant que détective, j'ai toujours considéré que la médecine légale était un domaine d'une importance fondamentale. C'est pourquoi j'ai étudié l'anatomie et la paléontologie auprès de sir Richard Owen, du British Museum. De surcroît, il y a très longtemps que je m'intéresse aux travaux de Léonard de Vinci. Or, cet esprit encyclopédique était fasciné par ce qu'il appelait *la figura istrumentale dell'omo,* comme vous le savez sans aucun doute.

— Naturellement », répondit Saraiva, qui n'en savait rien du tout.

Holmes continua d'examiner les entrailles mises à nu de la malheureuse Carolina.

« Professeur, dit-il au bout d'un moment, quelque chose dans l'aspect des viscères de cette jeune personne me semble anormal.

— Quoi, Mr. Holmes ?

— Je ne sais pas exactement. Mais j'ai l'impression que certains organes ont été replacés dans la cavité abdominale. Comme si l'assassin les avait arrachés, puis remis où il les avait pris. »

Le légiste s'inclina davantage sur le cadavre.

« Ça alors ! Vous avez raison ! » s'exclama-t-il au bout d'un instant, stupéfait.

Il enfonça sa main dans le ventre ouvert, et, après avoir écarté l'estomac, en retira le foie de la victime. Sherlock Holmes prit sa loupe et se mit à l'examiner minutieusement. Au bout d'un moment, il appela Mello Pimenta.

« Regardez, commissaire. Il y a des traces très nettes d'ongles humains sur la surface de ce foie, ainsi que de minuscules griffures, invisibles à l'œil nu, comme si l'assassin l'avait frotté contre une surface râpeuse. Au vu des empreintes profondes des doigts et de ces infimes éraflures, on pourrait imaginer que... »

Sherlock hésita un instant.

« Non, ce serait trop horrible ! murmura-t-il comme pour lui-même.

— Je vous en prie, Mr. Holmes, dites-nous ce que vous pensez !

— Je sais que c'est une idée effroyable, mais j'ai la quasi-certitude que ce monstre a pris le foie de sa victime entre ses mains et qu'il l'a frotté contre son visage. »

Tous, à part Watson qui ne comprenait pas ce qui se disait, restèrent interdits. Le détective poursuivit :

« La nuit, la barbe a déjà commencé à repousser, et ces petites stries qu'on voit un peu partout sur la surface de l'organe ont dû être causées par la friction contre la pilosité des joues et du menton. Je suppose donc que dans un accès de frénésie, le tueur fou s'est frotté le visage contre le foie de cette malheureuse petite », conclut-il sombrement.

Mello Pimenta, épouvanté, ne put que se rendre à ces raisons :

« Il n'y a plus le moindre doute, nous avons affaire à un dément, et un dément dont la cruauté dépasse tout ce qu'on peut imaginer. Le directeur de l'asile m'a proposé de venir m'entretenir avec lui la semaine prochaine, mais compte tenu de l'urgence de la situation, je vais le faire prévenir que nous viendrons dès demain. »

Holmes continuait à observer les traces de doigts sur la surface de l'organe.

« Dommage que les recherches de Juan Vucetich n'en soient encore qu'au stade expérimental, dit-il.

— Excusez ma terrible ignorance, Mr. Holmes, mais pourriez-vous me dire qui est ce monsieur ? interrogea Mello Pimenta.

— Juan Vucetich est un officier de la police de Buenos Aires qui étudie actuellement un système d'identification au moyen des empreintes laissées par la peau des doigts. Il a baptisé ce procédé la « dactyloscopie comparée ». Selon lui et quelques anthropologues européens, il n'existe pas deux êtres humains dont les extrémités des doigts aient un épiderme au dessin identique. Si vous examinez avec ma loupe les empreintes laissées par les doigts de l'assassin, vous distinguerez parfaitement les traces des lignes très fines qui composent ce dessin. Malheureusement, en l'état actuel des recherches, cette technique n'est pas encore assez au point pour qu'on puisse la mettre en pratique », expliqua Holmes, en rendant le foie de la jeune fille à Saraiva.

À ce moment précis, la conversation fut interrompue par un hurlement de désespoir provenant de l'entrée de la salle d'autopsie :

« Malédiction ! Malédiction ! »

Se tournant vers la porte, les quatre hommes virent apparaître un homme au visage torturé de détresse. C'était Josué

Calixto, l'entrepreneur de pompes funèbres, père de la pauvre Carolina. Grand, tout de noir vêtu et coiffé d'un haut-de-forme, Calixto était une vraie caricature de sa sinistre profession. Ses pleurs incontrôlables avaient transformé ses yeux en deux minces fentes humides et injectées de sang, perdues au milieu de grands cernes violacés. S'avançant, il demanda d'une voix étranglée par la douleur :

« Ma fille ! Où est ma fille ? »

Saraiva, qui tenait toujours dans ses mains le foie de Carolina, le fourra de nouveau dans celles de Holmes, tout en désignant au père endeuillé la table d'autopsie. Comme il se trouvait entre Calixto et la table, le détective cacha le gros organe brunâtre derrière son dos et s'écarta en toute hâte.

« C'est moi qui l'ai tuée, tout est de ma faute ! Oh, mon Dieu, quel cruel châtiment ! Ma petite fille chérie, jamais plus je ne la reverrai vivante ! » criait Josué Calixto, à qui l'égarement faisait souligner des faits pour le moins évidents.

Sans se faire voir, Holmes lança d'un geste précis le foie qui atterrit entre les mains de Mello Pimenta, puis il s'approcha du père éploré :

« Puis-je vous demander, monsieur, pourquoi vous vous tenez pour responsable de ce meurtre odieux ? »

Josué raconta le long chemin de croix de sa fille, soulignant d'un ton de profond repentir que c'était son moralisme intransigeant qui avait finalement conduit Carolina à travailler à la Roue des enfants trouvés.

« Si seulement j'avais su faire preuve d'un peu d'indulgence et de compréhension, rien de tout cela ne serait arrivé. Oh, mon Dieu ! Pourquoi n'est-ce pas plutôt moi que Tu as rappelé à Toi, en laissant la vie à ma pauvre Carolina ? » se lamentait le pauvre homme, accablé.

Pimenta s'avança vers lui. Au passage, il se débarrassa du foie de Carolina en le refilant de nouveau à Saraiva.

« Senhor Calixto, je suis le commissaire Mello Pimenta. Je comprends que ce moment est pour vous terriblement douloureux, mais il est néanmoins de mon devoir de vous poser quelques questions.

— Tout ce que vous voudrez, commissaire ! Je ferai tout pour vous aider à arrêter ce monstrueux assassin, répondit l'entrepreneur de pompes funèbres, entre deux sanglots.

— Savez-vous si votre fille s'était récemment liée d'amitié avec des personnes que vous ne connaissiez pas auparavant ?

— Non. La pauvre petite consacrait tout son temps aux orphelins.

— Auriez-vous remarqué dernièrement si quelqu'un rôdait autour de votre domicile ?

— Pas davantage. Nous habitons un quartier très tranquille. N'importe quelles allées et venues sortant de l'ordinaire auraient forcément attiré mon attention.

— Je vous remercie. Si par hasard quelque chose qui puisse nous intéresser vous revient en mémoire, vous me trouverez au commissariat du troisième district de police », dit Mello Pimenta.

Cependant que le commissaire posait ses questions, Holmes, qui s'était éloigné, passait en revue avec le plus grand soin les vêtements déchirés de Carolina de Lourdes, entassés dans un coin de la pièce. Il remarqua, dans un pli de la robe, un long crin de cheval qui était passé inaperçu de tous au moment du premier examen. Sans que personne le vît, il l'enroula autour de son doigt et le glissa dans sa poche, tandis que Josué Calixto disait, en essuyant ses larmes :

« Maintenant, messieurs, si vous n'y voyez pas d'inconvénient, j'aimerais rester un moment seul avec ma fille. Lequel d'entre vous est le médecin légiste chargé de l'autopsie ? »

Saraiva, avec une agilité et une précision qui lui eussent assuré une grande carrière de joueur de rugby si ce sport avait été déjà pratiqué au Brésil, se hâta de jeter le foie dans la direction du docteur Watson, qui le rattrapa à la volée, et fit un pas en direction de Calixto :

« C'est moi. Professeur Saraiva, pour vous servir.

— Je vous connais déjà très bien de réputation, professeur. Et puisque nous exerçons deux professions très voisines, je voudrais vous demander une immense faveur.

— Je vous en prie, senhor Calixto.

— Je vois que ce monstre a sauvagement éventré ma pauvre fille. Si vous avez terminé l'examen, j'aimerais maintenant faire appel à toute mon expérience et mon savoir-faire d'embaumeur pour rendre à cette malheureuse enfant l'apparence qui était la sienne dans la vie. Je ne peux supporter l'idée qu'on la voie dans cet état, et je ne voudrais pas non plus qu'elle soit veillée dans un cercueil fermé, expliqua d'un ton grave l'homme de l'art.

— Naturellement. C'est le moins que nous puissions faire, répondit Saraiva, tendant la main au père de Carolina. Et laissez-moi vous présenter toutes mes condoléances. »

L'un après l'autre, Holmes, Pimenta et le légiste prirent congé du pauvre homme, en silence. Quand vint son tour, Watson, qui avait caché sous sa veste le foie extirpé du ventre de la jeune fille, l'en retira, l'essuya soigneusement avec son mouchoir et le remit à Josué Calixto, en déclarant avec componction et dans son plus bel anglais shakespearien :

« Je crois que ceci vous appartient. »

Il rangea son mouchoir dans sa poche et quitta la salle mortuaire avec toute la solennité qu'un tel moment exigeait.

# 16

L'Hospício Dom Pedro II, le plus grand asile d'aliénés du Brésil, se dressait dans la rua Chácara de Praia Vermelha. C'était un édifice imposant, dans le style néo-classique français. Il occupait une surface de mille cinq cent soixante-deux brasses carrées, soit plus de deux kilomètres carrés, et était précédé d'un portique en pierres de taille surplombant les dix hautes marches qui conduisaient à l'entrée. Quatre colonnes à chapiteaux doriques soutenaient une balustrade au niveau du premier étage dont la façade était en retrait, et où se dressaient quatre autres colonnes, ioniques celles-là, et couronnées d'un fronton en marbre sculpté portant un blason aux armes impériales. Entre les colonnes du rez-de-chaussée, on apercevait trois portes, et entre celles de l'étage trois fenêtres dans le prolongement exact des trois portes, tout cela selon une symétrie parfaite. Sur les murs latéraux du bâtiment s'ouvraient vingt fenêtres au rez-de-chaussée et vingt autres au premier, toutes garnies de lourdes grilles de fer. Un attique orné de statues et de vases de marbre cachait le toit, et les plantes et les fleurs qui s'épanouissaient dans les vases contribuaient à rendre moins perceptible la nature carcérale du lieu suggérée par les grilles aux fenêtres.

En bas du grand escalier, le commissaire Mello Pimenta attendait Sherlock Holmes. Après deux jours de pluie persistante, le soleil avait reparu, éclatant, et la matinée était radieuse. Il n'y avait encore que peu de circulation dans les rues, mais le détective était en retard. Un fiacre s'arrêta près de l'entrée ; l'homme qui en descendit d'un saut, toutefois, n'était pas Holmes, mais un vieux marin chenu, vêtu d'une veste bleue très usée par-dessus un maillot blanc à rayures noires horizontales, et d'un pantalon large et trop court, retenu par une ceinture à boucle carrée en métal, qui laissait voir de grosses chaussettes également rayées et de lourdes chaussures en bois. L'homme portait un bandeau noir sur l'œil droit, et un crochet en fer lui tenait lieu de main gauche. En boitant, l'étrange personnage s'avança vers Pimenta, et, tout à coup, se penchant tout contre son oreille, lui murmura, avec un fort accent portugais :

« Où est la carte pour arriver au trésor ?

— Mr. Holmes ! Pourquoi vous êtes-vous habillé de cette façon ? demanda Mello Pimenta, stupéfait.

— C'est un simple déguisement, mon bon ami. J'ai pensé qu'il était préférable de ne pas trop attirer l'attention à ce stade de l'enquête, expliqua Holmes.

— Ah ? Bien, nous pouvons entrer. Le directeur nous attend », dit Pimenta, encore mal remis de l'apparition du détective dans cet accoutrement fantaisiste.

Son crochet en place de main et son bandeau sur l'œil donnaient à Sherlock un aspect des plus patibulaires. De surcroît, il portait un faux nez crochu et une perruque d'un blanc grisâtre sous son bonnet de marin. Le commissaire se demandait comment il expliquerait au médecin aliéniste qui dirigeait l'asile la présence à ses côtés d'un vieux matelot débarqué de Lisbonne. Guidés par un infirmier, ils empruntèrent un long couloir, et arrivèrent devant le bureau du praticien.

Le docteur Hélio Pedregal Noronha était l'aliéniste en chef de l'Hospício Dom Pedro II. Vêtu sobrement, il ne portait pas la classique blouse blanche des médecins, mais arborait un petit bouc très soigné et un lorgnon était en équilibre sur son nez. Les murs du cabinet de consultation disparaissaient derrière des rayonnages où s'alignaient des livres de médecine. Sur la table de travail du docteur, on remarquait une curieuse statuette en bronze : un crâne humain sur lequel était perchée une chouette. Pedregal Noronha ne parvenait pas à détacher son regard de Sherlock Holmes, dont l'apparence ne laissait pas de le surprendre. Il fit signe à Mello Pimenta et au détective de s'asseoir en face de lui.

« Pour être franc, commissaire, je crois que j'ai mal compris le motif de votre visite. Je pensais qu'elle était en rapport avec votre enquête, mais je vois maintenant qu'il s'agit d'un internement », dit-il, en faisant un petit geste du menton dans la direction de Holmes.

Avant que Pimenta fût obligé de fournir des explications, le faux matelot borgne répondit, en agitant son crochet dans un geste de dénégation :

« Vous faites erreur, docteur. Je ne suis atteint ni de démence ni d'aucune forme d'aliénation mentale. Permettez-moi de me présenter : je m'appelle Sherlock Holmes et je suis détective. Ce costume n'est qu'un des nombreux déguisements qu'il m'arrive d'utiliser quand je souhaite passer inaperçu.

— Je comprends », dit le docteur, qui en réalité ne comprenait rien du tout.

Mello Pimenta prit la parole :

« J'ai pris la liberté d'amener avec moi Mr. Holmes, qui s'est déjà révélé d'une aide inestimable dans l'enquête sur cette terrible affaire.

— Et en quoi puis-je vous être utile ? demanda le médecin, consultant ostensiblement sa montre qu'il avait tirée de son gousset.

— Pour commencer, docteur, je souhaiterais qu'il soit bien clair que tout ce que nous nous dirons doit rester strictement confidentiel, dit Pimenta.

— Soyez tout à fait tranquille sur ce point, commissaire. Pour nous autres médecins, le secret professionnel est absolument de rigueur. »

Mello Pimenta se carra sur sa chaise, et fit part au docteur Pedregal Noronha, sans omettre aucun détail, de tout ce qu'il savait sur l'affaire des jeunes filles assassinées. Quand il eut terminé, Holmes ajouta :

« Les circonstances du dernier meurtre nous ont conforté dans la certitude que seul un détraqué a pu commettre de tels actes.

— Cher monsieur, je préférerais que vous utilisiez le terme d'"aliéné" lorsque vous parlez des patients tels que ceux que nous soignons ici. Depuis que Philippe Pinel a développé dans son *Traité médico-philosophique sur l'aliénation mentale* l'idée qu'il était indispensable d'avoir une approche plus humaine du traitement des malades mentaux, nous nous faisons une règle d'éviter certaines expressions péjoratives », commenta d'un ton supérieur Pedregal Noronha, bien qu'il n'eût jamais lu une ligne de l'ouvrage en question.

Mello Pimenta s'indigna :

« Je ne vois pas ce qu'il peut y avoir d'humain dans un être capable d'atrocités pareilles. Arracher le foie d'une pauvre fille et s'en frictionner le visage !

— Messieurs, je puis vous assurer qu'au cours des nombreuses années que j'ai déjà consacrées à m'occuper des maladies de l'esprit, j'ai été parfois confronté à des choses bien plus repoussantes. Or, ce n'est pas pour cela que je renonce à considérer mes patients comme des êtres humains, chacun à leur manière, bien entendu, rétorqua l'aliéniste.

— Qu'entendez-vous par "des choses bien plus repoussantes" ? s'enquit Holmes.

— Eh bien, la coprophagie, par exemple. Autrement dit, des malades qui mangent leurs propres fèces. J'ai ici une femme atteinte d'hystérie qui a même tenté de se suicider en ingérant des quantités massives de ses excréments.

— Se peut-il qu'un individu ait dans la vie un comportement normal tout en se livrant parallèlement à ces pratiques aberrantes ? demanda le commissaire.

— Naturellement. C'est même un des aspects fondamentaux de nombreuses pathologies. Il n'y a rien d'impossible à ce qu'une personne saine d'esprit entretienne des relations sociales normales pendant des années avec un malade mental sans jamais être témoin d'une de ses crises, et donc sans rien soupçonner de l'affection dont il souffre. Soyez conscients, messieurs, que le cerveau humain est encore pour l'essentiel une *terra incognita*, et un défi pour l'intelligence, affirma Pedregal Noronha.

— Vous-même, vous êtes-vous déjà trouvé confronté à un malade présentant les mêmes symptômes délirants que notre assassin ? insista Mello Pimenta.

— En ce moment est interné ici même un patient atteint d'une forme très étrange de pathologie cérébrale. Il s'agit d'un homme d'une grande intelligence et d'une grande culture, mais, quand il est pris d'une crise, il arrache avec les dents des morceaux de chair humaine à toute personne qui a la malchance de se trouver à proximité pour les dévorer tout crus. Par une ironie du sort, avant d'être frappé par cette maladie, c'était un de nos meilleurs aliénistes.

— Et comment s'appelle ce patient ? s'enquit Sherlock Holmes.

— Le docteur Aderbal Câmara. Il souffre de cannibalisme aigu.

— Pourrions-nous avoir une conversation avec lui ?

— Honnêtement, je ne vois pas en quoi cela pourra vous aider, mais si vous y tenez, je vais demander à mon assistant de vous accompagner jusqu'à sa cellule. Il est interné dans la section des furieux, naturellement. Pas plus tard qu'hier, il a attaqué un des infirmiers. »

Pedregal Noronha se leva et se dirigea vers la porte.

« À présent, messieurs, avec votre permission, il est l'heure que je commence ma tournée de visites à mes malades », conclut-il en guise de congé.

Antônio Belmonte, l'interne qui se chargea de conduire Mello Pimenta et Sherlock Holmes le long des couloirs humides de l'asile, avait une démarche curieuse : tous les trois pas, il s'arrêtait et lustrait ses bottines en les frottant contre l'arrière de son pantalon. Finalement, après avoir parcouru ce qui parut aux deux visiteurs un interminable et tortueux labyrinthe, ils arrivèrent devant une grande porte de bois très épaisse qui donnait sur un étroit corridor mal éclairé. Belmonte tira de sa poche un trousseau d'énormes clefs et l'ouvrit.

« Câmara est dans la dernière cellule à gauche, dit-il. À partir d'ici, il vaut mieux que vous continuiez tout seuls. Les dingues ont tendance à devenir brusquement très agités dès qu'ils me voient.

— Je pensais que les mots de ce genre étaient interdits dans cette institution, fit observer Sherlock Holmes.

— Oh, c'est le docteur Noronha qui n'aime pas que nous les employions. Mais pour moi, un dingue est un dingue. Prenez garde à ne pas vous approcher de trop près des cellules. Ici, les internés sont tous des fous dangereux.

— Comment vous appellerons-nous quand nous en aurons terminé ? demanda Pimenta, un peu inquiet.

— Appelez-moi Belmonte, comme tout le monde », répondit l'interne, riant tout seul de sa propre plaisanterie.

Il se reprit :

« Vous trouverez une clochette suspendue de l'autre côté de la porte. Sonnez, et je viendrai vous chercher. »

Il s'éloigna, non sans avoir une fois de plus lustré compulsivement ses chaussures contre le bas de son pantalon.

Holmes et Pimenta s'avancèrent dans le sombre couloir. D'un côté, on voyait l'enfilade des cellules et de l'autre, un simple mur de pierre nue auquel étaient suspendues quelques lampes à pétrole qui pourvoyaient le précaire éclairage de cet antre lugubre de la folie furieuse. Les cellules n'avaient pas de fenêtres, ni même de vasistas. Au passage, les deux visiteurs entendaient les malheureux déments proférer des paroles incohérentes, mêlées à des cris, des gémissements et des murmures sourds et inintelligibles. Holmes entendit clairement une voix masculine rauque et lascive qui lui lançait :

« Beau matelot ! Ooooh, mon beau matelot ! T'as un bel œil, tu sais ! Viens donc un peu par ici... »

Même un observateur peu attentif n'aurait pas manqué de faire immédiatement le rapprochement entre ce qu'il voyait et les cages aux fauves des jardins zoologiques, en passant devant ces étroites cellules séparées du couloir par d'énormes grilles de fer scellées dans le sol et le plafond. À l'intérieur de chacune, il n'y avait qu'un grabat, un pot de chambre, une cruche d'eau et une chaise en piteux état. C'était sur une de ces chaises qu'était assis le tout dernier prisonnier, le docteur Aderbal Câmara. Son visage était invisible, caché derrière le terrifiant masque de Flandres.

Inventé par un obscur ferronnier portugais du XVIIIe siècle à la demande de certains riches fermiers, cet abominable objet avait pour but d'empêcher que les nègres atteints du banzo et moralement ravagés par la nostalgie de leur Mère Afrique et la douleur de penser à leurs familles qu'ils ne reverraient jamais ne mangeassent de la terre pour mettre fin à leurs jours. C'était l'unique forme de suicide à laquelle les esclaves, trop surveillés pour pouvoir se pendre ou se jeter à l'eau, pouvaient avoir recours dans leur désespoir, mais ils préféraient souvent cette mort atroce à la captivité. Il n'était pas rare que ceux qui travaillaient dans les mines de diamants fussent aussi forcés de porter cet effroyable appareil, car leurs propriétaires craignaient qu'ils n'avalassent les pierres et, ensuite, ne les revendissent subrepticement à des contrebandiers après les avoir régurgitées ou déféquées. Les descriptions écrites de cet instrument barbare avaient toujours manifesté l'horreur et la répulsion qu'il inspirait même aux chroniqueurs les plus insensibles. Le masque de Flandres était en fer, couvrait entièrement le visage et s'attachait derrière la nuque au moyen de tiges recourbées qu'on fixait par un cadenas. De petites fentes à hauteur des yeux et des narines permettaient aux malheureux qui le portaient de voir et de respirer, mais il leur était impossible d'introduire quoi que ce fût dans leur bouche. Le cas échéant, il arrivait aussi qu'on emprisonnât sous ce masque le visage des ivrognes, des malfaiteurs, en guise de châtiment, et des fous furieux.

L'homme assis derrière la grille de sa cellule en face de Holmes et de Pimenta avait la tête cachée par cet épouvantable engin, et sa voix leur parvenait étrangement assourdie à travers le métal :

« Ah ! Sherlock Holmes et le commissaire Mello Pimenta ! Qu'est-ce qui me vaut l'honneur de votre visite ? »

Holmes et Pimenta furent frappés de stupeur en entendant ces mots.

« Vous nous connaissez donc ? demanda le détective.

— Mais naturellement. Du reste, il y a déjà quelque temps que j'attendais votre venue. J'ai pris connaissance des comptes rendus du début de votre enquête dans la presse, mais à présent, hélas, on ne m'autorise plus à lire les journaux. C'est parce que j'ai mangé le pouce de l'infirmier qui m'apportait tous les matins le *Jornal do Commercio.* Tout à fait délicieux, soit dit en passant. Sans mauvais jeu de mots, il y avait vraiment de quoi s'en pourlécher les doigts.

— Et pourquoi aviez-vous prévu que nous viendrions vous voir ? demanda Mello Pimenta.

— Voyons, commissaire ! Seul un imbécile pourrait méconnaître que la personne que vous recherchez a d'évidents points communs avec moi. Une personnalité intéressante que ce monsieur. Et il va sans dire que je ne serais nullement étonné s'il en arrivait bientôt à manger la chair de ses victimes. »

Holmes et Pimenta échangèrent un regard en silence.

« Dois-je comprendre à votre air horrifié que notre très sanguinaire ami a déjà devancé mes prévisions ? » s'enquit d'une voix allègre le docteur Aderbal.

Mello Pimenta eut un instant d'hésitation, puis répondit :

« Non, mais nous avons de fortes raisons de penser qu'il a arraché le foie de sa dernière victime et qu'il s'en est ensuite frictionné le visage.

— Quel gaspillage ! On voit tout de suite que ce brave garçon n'est qu'un débutant : il ne sait pas ce qu'il perd, dit le fou, d'un ton navré.

— Vous croyez vraiment ce que vous dites ? s'exclama Pimenta, épouvanté.

— Bien sûr. On prétend que les tigres des Indes, lorsqu'ils ont goûté à la chair humaine, sont pris de vertige tant le plaisir qu'ils éprouvent est extraordinaire. Pour nous, c'est exactement la même chose. Il n'existe pas au monde de nourriture plus exquise, assura le docteur Aderbal.

— Si vous voulez bien, venons-en à l'objet de notre visite, interrompit Sherlock Holmes, que ce cours de gastronomie anthropophagique n'intéressait que médiocrement. Nous aimerions savoir, docteur, si, en tant que praticien et que... patient, et possédant donc une grande expérience des deux côtés de la barrière, si je puis dire, vous êtes en mesure de nous apprendre quelque chose qui puisse nous aider à découvrir ce *serial killer.*

— *Serial killer...* J'ai lu cette expression dans le journal. Une trouvaille très originale... Cependant, Mr. Holmes, permettez-moi de vous dire que je ne vois pas du tout pour quelle raison je devrais vous aider. Que diable aurais-je à y gagner ?

— Rien, excepté la notable satisfaction d'avoir contribué à l'élimination d'une terrible menace pour la société.

— Et puis-je savoir ce qui vous autorise à croire que j'en aie envie ? Je hais la société, Mr. Holmes. C'est la société qui m'a jeté au fond de ce cachot, qui m'a condamné à porter cet abominable masque de fer, pour la seule raison qu'un instinct irrésistible me pousse à vouloir déguster la chair de mes semblables. Pauvre de moi ! Je ne peux même pas me ronger les ongles. Pour la société des hommes dans leur indécrottable stupidité, je suis une créature aussi incompréhensible que le sphinx, qui disait : déchiffre mon énigme, sinon je te dévorerai. Mais elle a fait de moi un malheureux sphinx enchaîné. Aussi, ne vous étonnez pas si je l'ai prise en haine. »

Mello Pimenta éprouvait presque de la compassion pour le pauvre dément emprisonné.

« Dans ce cas, docteur, je pense que nous n'avons plus rien à faire ici. Veuillez nous excuser de vous avoir dérangé.

— Au revoir, docteur », dit à son tour Sherlock Holmes, tendant bravement la main à l'amateur de chair humaine à travers la grille.

Aderbal Câmara, touché et déconcerté par le geste du détective, réfléchit un instant, puis déclara à ses deux visiteurs :

« Pour que vous ne soyez pas venus pour rien, messieurs, je vais malgré tout vous soumettre une devinette à ma façon, sous la forme d'un petit poème, qui peut-être vous mettra sur la voie. »

Il y eut quelques secondes de silence presque palpable. Puis :

*« À ce gracieux séjour dans ces doux paysages,*
*Donnons le nom qu'un tsar à sa ville imposa,*
*Mais qui évoquera des îles aux froids rivages,*
*C'est ce que se disait Paulo Barbosa.*

*Ce nom qui vient du grec me vaudra des critiques :*
*Cela m'importe peu, car tout ce qu'il me faut,*
*C'est charmer un glorieux monarque des tropiques,*
*Qui aime avec passion la langue de Saphô »,*

récita, énigmatique, le docteur Câmara derrière son masque.

Mello Pimenta prit rapidement note de ce mystérieux poème, cependant que Sherlock Holmes remerciait son auteur.

« Nous vous sommes très reconnaissants, docteur. J'espère que nous parviendrons à déchiffrer ce qui se cache derrière ces vers.

— Ça vous a plu ? Comme vous voyez, qu'il s'agisse de médecine, de poésie ou de folie, il est assez clair que chacun a quelques dispositions, mais pour ma part je crois que j'en ai beaucoup », déclara non sans quelque suffisance le docteur Aderbal Câmara, aliéniste, aliéné et poète à ses heures.

Pimenta et Holmes reprirent le chemin de la sortie, mais au bout de quelques pas le détective fit volte-face :

« J'ai une dernière petite chose à vous demander, docteur Aderbal.

— Je vous en prie.

— Comment avez-vous deviné que j'étais Sherlock Holmes, malgré mon déguisement ?

— Allons, cher Mr. Holmes ! Je suis fou, mais je ne suis pas idiot », répondit Aderbal le cannibale, avant de partir d'un terrifiant éclat de rire.

# 17

LE COMMISSAIRE Mello Pimenta avait invité Sherlock Holmes à déjeuner chez lui, dans sa maison de la rua do Pinheiro. Dona Esperidiana, prise de court par cette visite impromptue, s'était aussitôt élancée vers sa cuisine, où elle feuilletait maintenant à toute vitesse le *Cozinheiro Nacional* à la recherche d'une recette.

« Pourquoi ne m'as-tu pas avertie que tu ramènerais le senhor Holmes pour déjeuner ? Je n'ai même pas le temps de préparer quelque chose de convenable, lança-t-elle par la porte ouverte à son mari, d'un ton de reproche.

— Ne vous inquiétez pas pour moi, chère madame. Je suis un convive aux habitudes très frugales », mentit poliment Sherlock Holmes, pour la tranquilliser.

Assis devant la table de la salle à manger, le commissaire et lui s'efforçaient de déchiffrer les mystérieux vers du docteur Aderbal. Pimenta ouvrit son calepin et lut lentement, à voix haute :

*« À ce gracieux séjour dans ces doux paysages,*
*Donnons le nom qu'un tsar à sa ville imposa,*
*Mais qui évoquera des îles aux froids rivages,*
*C'est ce que se disait Paulo Barbosa.*

*Ce nom qui vient du grec me vaudra des critiques :*
*Cela m'importe peu, car tout ce qu'il me faut,*
*C'est charmer un glorieux monarque des tropiques,*
*Qui aime avec passion la langue de Saphô.*

— Non seulement ce poème est d'une très piètre qualité littéraire, mais je n'y discerne pas la moindre signification, avoua Sherlock.

— *Un glorieux monarque des tropiques, qui aime à la folie la langue de Saphô.* Tout le monde sait que dom Pedro parle à la perfection, outre les principales langues européennes, le grec, le latin et le provençal, l'informa Pimenta.

— Le provençal ? L'empereur parle le provençal ?

— Oui.

— Et avec qui ?

— Ça, personne ne le sait.

— Mon cher Pimenta, je crois qu'il va m'être très difficile de vous aider à trouver la solution de ce rébus. Il est évident qu'il y a une référence à l'empereur, mais c'est tout ce que je comprends. Entre autres choses, je n'ai pas la moindre idée de qui est ce Paulo Barbosa, dit Holmes, en allumant sa pipe.

— Moi non plus, malheureusement. Qui peut bien être Paulo Barbosa ?

— Tu ne te souviens pas, Hildebrando ? s'étonna Esperidiana en s'approchant de la table, et révélant au détective le pittoresque nom de baptême du commissaire.

— Je ne me souviens pas de quoi ?

— Paulo Barbosa était autrefois l'intendant en chef de dom Pedro, dit Esperidiana, retournant dans sa cuisine.

— Quand ? » demanda Pimenta.

Esperidiana cria de la cuisine, tout en commençant à préparer le déjeuner :

« Tu n'as pas honte, Hildebrando ? Le senhor Holmes va penser que tu es bien mal informé pour un policier digne de ce nom. C'est Paulo Barbosa qui a donné le nom de Petrópolis à la nouvelle résidence de l'empereur, dans les années quarante.

— Ah, oui. Maintenant je me rappelle, mentit Mello Pimenta.

— J'espère bien ! C'était un exemple de flatterie tellement caractérisée qu'il en est devenu historique. Tous les professeurs de collège le racontent. À l'époque où l'on cherchait un nom pour la nouvelle ville impériale, Barbosa a expliqué à tout le monde : “Je me suis souvenu de Saint-

Pétersbourg, la ville de Pierre le Grand. Je me suis dit qu'il serait juste de choisir le même nom en hommage à Sa Majesté. J'ai traduit le nom en grec en pensant à la « Petrópolis » bâtie sur l'archipel formé par le delta de la Néva. Comme l'empereur se prénomme justement Pedro, il m'a semblé qu'on ne pouvait pas trouver de nom plus approprié" », compléta dona Esperidiana.

Sherlock Holmes se leva et s'écria d'un ton enthousiaste :

« Mon cher Pimenta, je crois que votre épouse a résolu l'énigme. *Le nom qu'un tsar à sa ville imposa* est une référence à Saint-Pétersbourg et à Pierre le Grand, *des îles aux froids rivages* est une façon de désigner l'archipel du delta de la Néva, et le nom du *gracieux séjour dans ces doux paysages* est celui que Paulo Barbosa a trouvé pour la nouvelle ville impériale, en s'inspirant du grec : *Petro* pour "Pedro" et *polis* pour "ville" !

— Donc, le cannibale nous dit dans ce poème que l'assassin est de Petrópolis », conclut d'un ton sentencieux Mello Pimenta.

Dona Esperidiana intervint une nouvelle fois dans la conversation, sans quitter ses fourneaux :

« À mon avis, mon chéri, ce n'est pas exactement ce qu'il veut dire. J'ai plutôt l'impression qu'il laisse entendre que l'assassin appartient à la cour, ou du moins qu'il la fréquente. »

Le commissaire s'irrita :

« Dans ce cas, madame Je-sais-tout, pourrais-tu m'expliquer pourquoi le docteur Aderbal n'a pas fait directement allusion au palais impérial ?

— Pour plusieurs raisons. D'abord, parce que ce serait une information très claire et qu'il a tenu à vous fournir une piste sous la forme d'une devinette apparemment très difficile à résoudre. Ensuite, parce que s'il avait uniquement parlé du palais, les suspects se seraient réduits aux seuls membres de la cour. Et enfin parce que, à la fin de la semaine, José White organise un concert de bienfaisance pour récolter des fonds qui iront aux œuvres de charité de la princesse Isabel, et que ce concert aura justement lieu à Petrópolis, dans le Palais de Cristal. L'empereur a même invité Sarah Bernhardt, entre autres, et elle a reporté ses représentations de samedi et de dimanche pour pouvoir être présente. Il paraît qu'elle a été enchantée quand on lui a expliqué que Petrópolis était une sorte de reproduction brésilienne miniature des villes de montagne suisses[8], détailla fièrement Esperidiana.

— Et comment diable sais-tu tout ça ?

— Je l'ai lu dans la chronique mondaine de Múcio Prado, dans le *Jornal do Commercio,* expliqua-t-elle, en entrant dans la salle à manger avec le plateau du déjeuner. Mais tout cela me donne à penser que ce qu'a voulu vous faire comprendre ce fou à l'asile, c'est qu'il y a de grandes chances pour que l'assassin soit présent aussi. »

Sherlock Holmes était sincèrement admiratif devant l'acuité de raisonnement de l'épouse du commissaire.

« Madame, je tiens à vous complimenter pour votre intelligence et votre extraordinaire capacité de déduction, dit-il.

— Merci, senhor Holmes. J'espère seulement que vous apprécierez aussi mes talents culinaires.

— Et que nous as-tu préparé ? s'enquit Mello, encore un peu vexé que sa femme se fût montrée plus sagace que lui.

— Une des spécialités de ma grand-mère. Du foie de porcelet servi entier, à peine saisi, avec une sauce au vin », répondit Esperidiana en se tournant vers son hôte anglais.

Toute fière, elle souleva le couvercle bombé du grand plat, pour faire admirer le magnifique foie de porcelet luisant, presque cru et nappé d'une sauce d'un beau rouge foncé, qui ressemblait tellement par l'aspect et par l'odeur au viscère sauvagement arraché à l'infortunée Carolina de Lourdes que Sherlock Holmes et Mello Pimenta, soudain blêmes, s'enfuirent immédiatement et au pas de course en direction de la salle de bains, laissant dona Esperidiana pleurer toute seule de désappointement, son plateau dans les mains.

En 1821, le futur empereur Pedro I acheta le domaine du Córrego Seco, au sommet de la sierra da Estrela, à huit cents mètres au-dessus du niveau de la mer, dans l'intention d'y faire construire sa résidence d'été. Toutefois, le destin et une mauvaise gestion financière voulurent que les terres fussent hypothéquées, ce qui repoussa la mise en œuvre du projet jusqu'en 1843, année où l'intendant en chef de la maison impériale, Paulo Barbosa, qui exerçait déjà cette fonction sous la Régence[9], réussit à lever l'hypothèque. Barbosa loua un fragment du domaine à l'ingénieur allemand Júlio Koeler, mais en conserva la plus grande partie pour l'édification du palais. C'est ainsi que le fils réalisa le projet rêvé par son père.

Le voyage jusqu'à Petrópolis ne prenait que quatre heures environ. On quittait Rio en bateau, en partant du port de la Prainha, et l'on débarquait à Mauá. De là, il fallait prendre le train jusqu'au pied de la montagne. Récemment encore, les voyageurs étaient ensuite contraints de monter jusqu'à Petrópolis, à treize kilomètres de la dernière gare, en landau ou en diligence ; mais depuis peu, on avait inauguré le dernier tronçon de la très moderne ligne de chemin de fer Príncipe Grão-Pará, et les passagers pouvaient à présent arriver jusqu'à la petite ville impériale sans descendre du train.

Sherlock Holmes et Mello Pimenta en étaient cependant descendus, mais seulement pour prendre un café à la buvette, profitant de l'arrêt obligatoire du convoi au pied de la sierra, qui leur accordait un petit moment de battement. Le docteur Watson, qui les accompagnait, préféra ne pas se joindre à eux et s'éloigna d'un pas de promenade par un petit chemin, s'appuyant sur la grosse canne de randonnée qu'il avait emportée, avant de s'arrêter quelques dizaines de mètres plus loin, au milieu des buissons et des rochers, pour admirer un moment le paysage. Holmes avait fait savoir à l'empereur qu'il serait présent au concert, car il avait certaines raisons de penser qu'il pourrait y apprendre quelque chose sur l'assassin. Il avait néanmoins pris la précaution d'omettre de préciser l'origine de la piste qu'il suivait. Le détective avait aussi envoyé un message à Anna Candelária, mais celle-ci, à la différence de Sarah Bernhardt, ne pouvait s'abstenir de participer aux représentations de la fin de la semaine au Teatro Santana.

Sherlock rêvait de nouveau à la belle jeune femme qui était entrée inopinément dans sa vie. Depuis le dernier assassinat, il ne l'avait presque pas revue : leurs rencontres s'étaient bornées à quelques brefs moments de conversation à la porte du théâtre. Ou bien c'était elle qui était trop pressée, car elle devait répéter un nouveau tableau pour sa revue, ou bien c'était lui qui se trouvait avec Mello Pimenta, pour les besoins de l'enquête. Mais comme elle lui manquait, la superbe mulâtresse aux yeux verts ! Jamais auparavant il n'avait éprouvé cette sensation de profonde et tendre mélancolie, à la fois douce et poignante, qui s'emparait de son cœur chaque fois qu'il pensait à elle.

Un hurlement de douleur interrompit brutalement sa rêverie. Pimenta et lui tournèrent aussitôt la tête dans la direction d'où venait le cri, et virent Watson qui désignait le sol d'un air terrorisé, en s'exclamant :

« Un cobra ! J'ai été mordu par un cobra ! »

Sherlock s'approcha d'un pas leste, à temps pour voir un long serpent annelé qui glissait parmi les broussailles, s'enfuyant vers une fissure entre les rochers. Il arracha des mains du docteur sa lourde canne de randonneur et, d'un geste rapide et précis, l'abattit d'un coup mortel sur la tête du reptile. Watson alla s'asseoir sur une grosse pierre en gémissant à fendre l'âme et en se tenant un mollet, cependant que Pimenta les rejoignait au pas de course.

« Mon Dieu ! Il ne manquait plus que ça ! Il faut tout de suite appeler du secours.

— Malheureusement, commissaire, je crois qu'il est trop tard. Le docteur vient de se faire mordre non par un cobra, mais par un serpent corail », dit Sherlock, en regardant sa montre.

Il se pencha et ramassa le cadavre du serpent, aux anneaux jaune, noir et rouge. Puis il tira sa loupe de sa poche, et se mit à l'examiner avec la plus grande attention.

« Je ne sais d'ailleurs pas comment il s'est débrouillé pour réaliser cette prouesse, commenta-t-il. Les corails sont une variété de serpents extrêmement craintifs, il est très rare qu'ils mordent. »

Il se tourna vers son ami, qui gémissait toujours :

« Bon sang, Watson ! Que diable avez-vous fait à ce malheureux animal pour qu'il vous attaque ?

— Je n'en sais rien. Je crois que je lui ai marché sur la queue sans le vouloir », pleurnicha le docteur.

Holmes examina tout le corps du reptile à travers sa loupe, comptant soigneusement les anneaux colorés.

« On peut dire que vous avez de la chance, Watson, dit-il à la fin. Ce serpent corail n'est pas venimeux. »

Puis il traduisit à l'intention de Pimenta, dans son plus pur portugais lisboète :

« La morsure de cet ophidien est inoffensive. »

Le commissaire poussa un grand soupir de soulagement. Puis :

« J'ignorais que vous vous y connaissiez en serpents tropicaux, Mr. Holmes, fit-il observer.

— J'ai tout appris à leur sujet à l'époque où je me consacrais à l'étude des poisons exotiques à Macao sous la direction de mon maître portugais, le professeur Nicolau Travessa. Même l'espèce de serpent corail la plus venimeuse, le *micrurus corallus,* n'attaque l'homme que très exceptionnellement. Ce qui est heureux, car son venin est particulièrement violent.

— J'ai remarqué que vous examiniez ce serpent avec une extrême minutie, en comptant le nombre exact de ses anneaux. Est-ce ainsi que vous avez pu conclure qu'il ne s'agissait pas d'une espèce venimeuse ? » s'enquit Pimenta.

Sherlock Holmes s'expliqua :

« Non, commissaire, j'ai tout simplement appliqué la méthode qu'avait coutume d'utiliser le professeur Travessa, à Goa, lorsqu'un Indien se faisait mordre par un serpent. J'ai regardé ma montre et j'ai attendu le temps exact qu'il faut au venin du serpent corail pour agir. Comme, une fois ce temps écoulé, Watson était encore vivant, j'en ai déduit que ce reptile n'était pas venimeux. »

Mello Pimenta jeta un coup d'œil en direction du docteur, qui se massait le mollet à l'endroit où il avait été mordu.

« Allons-nous lui expliquer la méthode que vous avez employée ?

— Oh, je ne vois pas l'utilité de l'ennuyer avec ces détails, répliqua d'un ton dégagé le détective, en jetant au loin le serpent mort et s'essuyant les mains avec son mouchoir.

— J'avoue que je vous envie de pouvoir lutter aussi audacieusement avec ces sales bêtes. Pour ma part, je dois reconnaître que j'en ai une peur bleue, qu'il s'agisse de serpents, d'araignées ou même de lézards », confia Mello Pimenta, l'air un peu honteux.

Holmes se rappela un épisode survenu il y avait plusieurs années, au Pakistan, lors d'une partie de chasse.

« Figurez-vous, commissaire, qu'un jour où je chassais le tigre en pleine brousse, dans la région du Punjab, en compagnie d'un ami à moi nommé Wilfred Marmeduke, celui-ci a eu le malheur de se faire mordre par un naja, et, qui plus est, à un endroit particulièrement délicat. Pour être exact, euh... à l'extrémité du pénis.

— Et pourquoi diable cette horrible bête l'a-t-elle mordu à cet endroit ? s'écria Mello Pimenta, horrifié.

— Marmeduke s'était vu dans l'obligation de se soulager d'un impérieux besoin physiologique, expliqua Holmes, et un fâcheux hasard a voulu que le jet atterrisse sur la tête du serpent endormi.

— C'est affreux !

— J'ai rapidement compris qu'il me serait impossible de le transporter, car le malheureux se débattait dans d'horribles spasmes de douleur. Je suis donc remonté sur mon cheval, et je suis retourné au galop jusqu'au village le plus proche. Mon intention était de ramener avec moi le seul médecin qui s'y trouvait, mais la malchance a voulu qu'il fût en plein milieu d'une opération. Je lui ai donc demandé comment je devais procéder pour venir moi-même en aide à Marmeduke.

— Et qu'a-t-il répondu ? demanda anxieusement Pimenta.

— Il m'a dit qu'en pareil cas, le seul moyen d'empêcher la mort de mon ami, pour qui je nourrissais une immense affection, consistait à pratiquer une incision à l'endroit de la morsure et à sucer tout le venin avec ma bouche.

— Merveilleux, Mr. Holmes ! Et c'est comme ça que vous lui avez sauvé la vie ?

— Non, commissaire. Il est mort », répondit Sherlock Holmes, le regard perdu dans le lointain.

Cette tragédie, il s'en souvenait, s'était transformée par la suite en une anecdote anonyme que les membres des clubs les plus huppés de Londres se répétaient encore à l'oreille.

Soudain, la locomotive siffla, avertissant les passagers que le moment était venu de reprendre leur voyage. Les trois hommes se dirigèrent en hâte vers leur wagon de première classe et montèrent pour parcourir les derniers kilomètres qui les séparaient de Petrópolis.

À l'évidence, on se rappellerait le concert de charité organisé par le violoniste José White comme l'événement mondain de l'année. La recette devait en être versée aux bonnes œuvres présidées par Son Altesse impériale la princesse Isabel, fille aînée de l'empereur, qui se consacrait principalement au sort des esclaves et des prisonniers, et le lieu choisi n'aurait pu être plus approprié, tant les spectateurs qui s'y pressaient y étaient confinés. Construit à l'origine pour servir de serre géante, le pavillon qu'on appelait le Palais de Cristal était une idée de l'époux de Son Altesse, le comte d'Eu, de la famille française des Orléans, président de l'Association pour le développement de l'agriculture et de l'horticulture de Petrópolis. Ce majestueux édifice de fer et de verre, commandé aux ateliers français de Saint-Sauveur-lès-Arras, était extraordinaire à voir, surtout la nuit, quand l'éclairage à l'intérieur accentuait sa transparence presque immatérielle. Au pied de l'estrade dressée pour les musiciens, les sièges destinés au public étaient serrés au maximum parmi la profusion de plantes rares et superbes, et d'immenses chandeliers complétaient la décoration. La salle était absolument bondée. Outre la famille impériale et la cour au grand complet, toute la haute société de Rio de Janeiro avait tenu à assister au prestigieux événement. Sarah Bernhardt et son fils Maurice avaient pris place près des intellectuels et des bohèmes de la capitale, qui, eux aussi, avaient fait le voyage. Maria Luísa Catarina de Albuquerque, baronne de Avaré, qui prenait grand soin de toujours rester à bonne distance de l'empereur chaque fois que celui-ci apparaissait accompagné de l'impératrice et de ses filles, était assise à côté du marquis de Salles. Sur l'estrade, un magnifique Pleyel de concert attirait tous les regards.

Sherlock Holmes, Mello Pimenta et le docteur Watson, pour leur part, préférèrent rester debout au fond de la salle. Le détective et le commissaire scrutaient de tous leurs yeux la foule rassemblée sous les verrières.

« Alors, Mr. Holmes ? Avez-vous une idée de qui pourrait être notre homme ? demanda Pimenta.

— Pour le moment, aucune, commissaire. Mais quelque chose me dit qu'il se trouve certainement dans les parages. Qui sait, même, si ce n'est pas ici qu'il commettra un nouveau meurtre ?

— Au milieu de tout ce monde ?

— Peut-être, une fois le concert terminé.

— Je ne sais pas, Mr. Holmes. Honnêtement, je commence à penser que ce voyage n'est qu'une perte de temps.

— Au moins, ce sera une occasion d'entendre de la bonne musique », conclut allégrement le détective.

L'instant d'après, toutes les conversations cessèrent sous les verrières du Palais de Cristal. Le Cubain José White et le Portugais Artur Napoleão venaient d'entrer sur scène, accueillis par des applaudissements chaleureux. Napoleão s'installa au piano, White leva son archet et le concert commença. Le programme comportait d'abord des sonates de Vivaldi, de Bach, de Haendel et de Mozart. La technique éblouissante et le talent d'interprètes des deux musiciens eurent tôt fait de subjuguer l'auditoire, et les dames replièrent leurs éventails pour qu'aucun bruit, si léger fût-il, ne vînt troubler la pureté des sons que les deux hommes tiraient de leurs instruments.

Après les sonates, l'altiste Julius Weber et le violoncelliste Manuel Zeferino se joignirent à eux pour le *Quartetto en mi bémol majeur, opus 16* de Beethoven. Sarah

Bernhardt était émue et impressionnée. Jamais elle ne se serait attendue à rencontrer dans ce lointain pays tropical des concertistes aussi remarquables. L'extraordinaire qualité de leur interprétation n'avait d'égale que l'enthousiasme vibrant des spectateurs, qui applaudissaient à tout rompre.

José White appela ensuite sur scène le violoniste Adelelmo do Nascimento, auquel il vouait une admiration sans bornes, et le groupe se lança dans une magnifique exécution du *Quintette en fa majeur, opus 34* de Brahms. La salle délirait d'émotion. Quand ils eurent achevé, le violoniste cubain s'essuya le front avec un fin mouchoir en lin, leva la main pour réclamer le silence et annonça, dans un mélange de portugais et d'espagnol :

« Mesdames et messieurs, je sais que nous avons ici parmi nous Mr. Sherlock Holmes, qui, chacun le sait, est un détective britannique aux dons phénoménaux. Ce que l'on connaît moins, c'est son très grand talent de violoniste. Je serais donc extrêmement heureux que Mr. Holmes veuille bien nous faire l'honneur et le plaisir de jouer quelque chose avec nous. »

Dom Pedro fut le premier à se lever en battant des mains, suivi par Sarah Bernhardt, qui cria de sa voix accoutumée à remplir les théâtres de ses accents inimitables :

« Bravo ! Monsieur Holmes ! Monsieur Holmes ! »

L'empereur l'imita de son côté :

« Sherlock Holmes ! Sherlock Holmes ! »

Copiant immédiatement le monarque, le Palais de Cristal au grand complet reprit en chœur et à pleine voix :

« Sherlock Holmes ! Sherlock Holmes ! »

Feignant la modestie, le détective fit mine de décliner la flatteuse requête, mais Pimenta et Watson le poussèrent presque *manu militari* vers le devant de la salle. Holmes monta sur l'estrade improvisée, avec l'air embarrassé de rigueur, et commença par féliciter l'un après l'autre chacun des musiciens. Enfin, il s'arrêta devant José White, qui lui tendait en souriant son instrument.

« Merci, senhor White. Ce n'est pas tous les jours que j'ai l'occasion de jouer sur un authentique stradivarius », dit-il, non sans adresser un clin d'œil sournois au violoniste.

Le Cubain, gêné, feignit de n'avoir pas compris cette allusion subtile au stratagème ourdi par dom Pedro et à l'échange secret des violons. Holmes, cependant, se tourna vers Artur Napoleão :

« S'il vous plaît, maître, quelque chose de vibrant et que, j'espère, vous connaissez par cœur, puisque nous n'avons pas de partitions : le *Quintette opus 44,* de Schumann. »

Il éleva lentement le violon jusqu'à hauteur de son épaule, brandit l'archet dans un geste théâtral et attaqua, avec fermeté, la nostalgique mélodie.

Au vrai, Sherlock Holmes aurait été tout à fait à même de se produire au sein de n'importe quel orchestre du monde. Il avait du talent, une excellente technique et de l'aplomb. En outre, son physique longiligne rappelait celui des pâles violonistes romantiques qui faisaient tant soupirer les jeunes filles à marier. D'emblée, le public du Palais de Cristal fut enchanté de cette attraction inattendue, sans se douter qu'il allait se voir gratifier d'une autre surprise : car au moment où Holmes commençait le troisième mouvement, qui donnait aux interprètes l'occasion d'exhiber toute leur virtuosité, le marquis de Salles grimpa sur la scène à son tour, prit son instrument des mains d'Adelelmo do Nascimento, le deuxième violoniste, et, sans même s'asseoir, se lança à corps perdu dans un étonnant duel musical avec le détective. Celui-ci se leva aussitôt pour relever le défi. Tous deux se mirent alors à arpenter la scène, sans se quitter du regard, comme deux tigres s'observant avant de se jeter l'un sur l'autre, et jouant ce troisième mouvement hérissé de terribles difficultés à une cadence proprement hallucinante. C'était à peine si Artur Napoleão, au piano, arrivait à suivre le rythme vertigineux de ce numéro de voltige. On aurait pu croire que les deux archets, glissant à toute allure d'une corde à l'autre, étaient des fleurets entre les mains d'escrimeurs se livrant un combat sans merci. Holmes n'avait pas encore terminé la dernière mesure d'une phrase que De Salles lui répondait en redoublant de vélocité. Ils continuèrent avec la même frénésie jusqu'à la fin du mouvement, puis attaquèrent ensemble le finale du morceau dans une véritable transe diabolique.

Devant cette époustouflante démonstration, le public choisi du Palais de Cristal se déchaîna. En dépit de la présence de dom Pedro, de l'impératrice Teresa Cristina et des princesses Leopoldina et Isabel, la salle se leva d'un seul élan et gratifia les deux duellistes de la plus délirante ovation qu'on eût jamais entendue de mémoire de mélomane brésilien. « Bravo ! Bravo ! hurlaient les gens, applaudissant à s'en brûler la peau des mains. Viva Holmes ! Viva De Salles ! »

Sur la scène, José White et Artur Napoleão congratulaient les deux rescapés de ce combat singulier, encore haletants, pour leur ahurissante prouesse. Sherlock et De Salles descendirent de l'estrade en se couvrant mutuellement d'éloges :

« Toutes mes félicitations, mon cher Holmes.

— Je ne savais pas que vous jouiez du violon, marquis, et aussi brillamment. J'avoue que j'ai eu beaucoup de mal à vous suivre. »

Sarah Bernhardt se fraya un chemin parmi la foule qui se massait maintenant autour d'eux pour les complimenter.

« Éblouissant ! Inoubliable ! » s'écria-t-elle en s'approchant.

Elle tendit le bras vers les deux bretteurs de l'archet, et poursuivit, toute rose d'émotion :

« Si vous aviez brandi, messieurs, des cimeterres,
À coup sûr tous les deux on vous eût mis en terre !
Pour moi, je ne sais point qui vainquit ce tournoi
Dont mon cœur transporté palpite encor d'émoi,
Mais puisque deux héros sont aujourd'hui des nôtres,
Je les veux la première embrasser l'un et l'autre ! »

Là-dessus, elle se jeta impétueusement au cou du détective, puis du marquis, et leur planta deux baisers sonores sur les joues.

À son tour, Mello Pimenta s'approcha du détective.

« Magnifique, Mr. Holmes ! Rien que pour vous entendre, ce voyage en valait la peine ! Dommage qu'on ne puisse en dire autant pour ce qui concerne notre enquête.

— Je ne sais pas, commissaire. Pour ma part, j'ai eu la sensation très nette que l'assassin se trouvait à quelques mètres de nous.

— Soupçonneriez-vous quelqu'un en particulier ?

— Non, il s'agit seulement d'une intuition, de... Je ne trouve pas de mot qui convienne en portugais. En anglais, je dirais *a hunch. Just a hunch.*

— C'est curieux, je dois dire que moi aussi j'ai ressenti comme un frisson. Mais dans notre métier, il n'y a que les preuves tangibles qui comptent. Et malheureusement, à part le message insoluble des langues coupées et des cordes de violon, nous n'avons aucune piste.

— Si, nous en avons une, dit Sherlock Holmes, en tirant de son gousset le crin de cheval qu'il avait découvert dans les plis des vêtements lacérés de Carolina de Lourdes, à la morgue.

— Qu'est-ce que c'est que ça ?

— Un poil qui vient d'une crinière de cheval. Pour être exact, de la crinière d'un pur-sang anglais.

— Et qu'est-ce que cela signifie ? demanda Mello Pimenta.

— Cela signifie que nous irons bientôt aux courses, mon cher commissaire », répondit Holmes, énigmatique.

Le marquis de Salles venait vers eux, entouré de la Confrérie des fainéants au grand complet, à laquelle s'était jointe la baronne Maria Luísa, dont l'exquise vénusté était particulièrement mise en valeur ce soir par une de ces robes moulantes dont elle avait le secret. Maria Luísa s'approcha du détective :

« En entendant une performance comme celle de ce soir, je regrette un peu moins le vol de mon stradivarius. Jamais je ne serais capable de jouer de cette façon. »

Miguel Solera de Lara, toujours littéraire, s'exclama :

« Extraordinaire, tout simplement extraordinaire ! Je définirais votre prestation comme une fusion entre Paganini et D'Artagnan. »

Chiquinha Gonzaga, qui considérait déjà le détective comme un membre à part entière de la joyeuse bande des bohèmes, renchérit avec enthousiasme :

« Mr. Holmes, quand vous aurez envie de vous produire dans une de mes revues, surtout n'hésitez pas. Votre exhibition de ce soir avec le marquis de Salles est digne de n'importe quel théâtre. »

Albertinho Fazelli tira d'une sacoche plusieurs timbales en métal argenté et deux bouteilles de Dom Pérignon 74, la meilleure cuvée du siècle.

« Je ne me déplace jamais sans l'équipement adéquat », dit-il, en faisant sauter les bouchons du champagne.

Tout le groupe fêta joyeusement le succès de cette brillante soirée, et la fête se poursuivit jusqu'aux premières heures de la matinée au bar de l'*Hôtel MacDowal,* rua da Princesa Dona Januária. Chiquinha Gonzaga s'assit au piano, et ajouta encore à l'allégresse générale en interprétant son répertoire de polkas, de *L'Ensorceleuse* à *La Rayonnante.*

Au milieu de cette euphorie, Sherlock Holmes n'avait qu'un seul regret : que sa chère Anna Candelária n'eût pu se libérer pour assister à son phénoménal triomphe, en cette inoubliable soirée au Palais de Cristal.

# 18

*ASSIS SUR SES JAMBES croisées derrière lui, les genoux à même le froid parquet ciré de sa chambre, il se déchire la peau du dos, pour épurer et aiguiser sa force, au moyen d'un fouet à sept lanières de cuir durci, qu'il a fabriqué lui-même avec les ceintures dont, lorsqu'il était enfant, son père se servait pour le corriger. En dépit des marques profondes qui, déjà, lui sillonnent la peau, il ne ressent aucune douleur. Cela lui procure même une sensation de plaisir de meurtrir ainsi ses chairs. Cette autoflagellation est d'ailleurs indispensable, car à présent le moment approche pour la confrontation finale. Malgré les langues coupées et les cordes du violon, personne ne l'a découvert, personne ne l'a soupçonné, et maintenant, il a la certitude que plus rien ne l'empêchera d'en arriver au dénouement si anxieusement attendu et espéré. Il s'est trouvé de nouveau près d'elle, dans le Palais de Cristal. La dernière femme. La dernière et la première, la putain entre toutes les putains. Celle qui a suscité en lui le déchaînement du besoin primordial, absolu, d'assouvir la volupté meurtrière qui brûle au tréfonds de son corps. Il sourit en songeant à elle : si puissante et pourtant si fragile, si distante et si proche. Elle, qui s'est couverte sans une ombre de pudeur du manteau de l'infamie. À maintes reprises, il a senti ses mains frémir en la voyant, comme toujours, vêtue de ses robes indécentes jusqu'à l'obscénité, sans que pour autant les autres personnes présentes eussent conscience que, au moindre contact, toutes les fibres de son organisme vibraient d'un sauvage dégoût. Il pense à Sodome et Gomorrhe. Il pense aux anges. Non pas aux gardiens des âmes ou aux messagers de la grâce divine, mais à ceux que le Seigneur envoie sur la Terre pour y accomplir ses plus terribles desseins. Ceux qui descendent des cieux pour répandre la peste et la malédiction, les bourreaux de Dieu. Lui aussi désire arracher son âme à la putain en la lui suçant par la bouche, tel un ange de la vengeance. Dommage qu'il ne lui ait pas été possible de l'immoler sous les verrières du Palais de Cristal, au milieu de toute cette foule bestiale qui se pressait autour d'elle. Petrópolis aurait été un parfait mausolée pour la Grande Putain. Petrópolis, cité putréfiée par la présence haïssable d'une cour corrompue. Petrópolis, Petrópolis, Petrópolis. Sépulcre en tout point digne de la Putain suprême. Soudain, il sent que ses genoux s'écartent lentement. Il baisse les yeux, et voit que le sang qui coule de son dos lacéré par les incessants coups d'étrivière forme une flaque visqueuse sur le sol, le faisant glisser sur les lattes humides du plancher maintenant tiède.*

Le Derby Club de São Cristovão avait été inauguré presque un an plus tôt, mais le champ de courses du Prado Fluminense, appartenant au Jockey Club, dans le lointain faubourg de São Francisco Xavier, conservait la préférence des turfistes.

Même ceux qui y venaient poussés par une passion dévorante du jeu n'étaient pas assez endurcis pour ne pas s'abandonner un moment à la contemplation de cet endroit idyllique, et aller aux courses se transformait pour tous en une magnifique promenade. On pouvait se rendre à l'hippodrome par divers itinéraires, et même en empruntant les tramways de la Companhia Vila Isabel ; toutefois, c'était en train, par la ligne du Rio d'Ouro qui longeait la plage du Retiro Saudoso, ou en voiture par la rua da Alegria, jusqu'au largo do Benfica, à partir duquel on continuait par la rua do Jockey Club, qu'on pouvait jouir des panoramas les plus pittoresques au cours du trajet.

Les écuries abritaient de superbes pur-sang venus d'Angleterre, de France, du Rio de la Plata et de São Paulo, qui disputaient une soixantaine de courses par an, et le nombre de paris engagés s'élevait à plus de cinq cent mille, ce qui était considérable même pour une ville de quatre cent mille habitants comme Rio de Janeiro.

C'était le jour du Grand Prix annuel, et Sa Majesté l'empereur serait présente. Pour la première fois, le Grand Prix du Jockey Club devait rapporter un gain de cinq mille réaux au vainqueur et de mille réaux à son dauphin. Les journaux du matin avaient du reste annoncé la nouvelle, et ces chiffres énormes s'étaient étalés en première page :

**DE L'ARGENT À FLOTS !**
**Premier prix : 5:000$000 !**
**Deuxième prix : 1:000$000 !**

À l'entrée du champ de courses, on pouvait lire des extraits du règlement :

L'ACCÈS AUX TRIBUNES EST INTERDIT À TOUTE PERSONNE SANS CHAUSSURES

TOUS LES CHIENS QUI PÉNÉTRERONT DANS L'ENCEINTE DU CHAMP DE COURSES SERONT IMMÉDIATEMENT ABATTUS

LES COURSES PRENNENT FIN À SIX HEURES, LORSQUE SONNE L'ANGELUS

En ce début d'après-midi des premiers jours de juillet, sous un soleil radieux, toute la bonne société de Rio sur son trente et un arpentait avec une lenteur étudiée les pelouses de ce haut lieu des rendez-vous mondains. Les messieurs, en redingote et haut de forme gris, jumelles en bandoulière, parcouraient d'un œil attentif la revue récemment lancée, *O Jockey,* dans l'espoir d'y trouver l'inspiration avant de miser. Les dames et les demoiselles, en longues robes à traîne et « tournure », coiffées de vastes capelines en paille tressée chargées de fleurs ou de plumes, se pavanaient sur le gazon. Les gens avaient coutume de se promener par petits groupes, avant et après chaque course, plus préoccupés de leur apparence et de leur démarche que du pedigree des chevaux en lice. Beaucoup d'histoires d'amour légitime ou illégitime avaient commencé ici, par une conversation innocente.

Les propriétaires de haras, d'énormes cigares aux lèvres, allaient et venaient de stalle en stalle, donnant des instructions aux jockeys sanglés dans leurs uniformes, en prenant toujours soin de parler à voix basse, comme des conspirateurs, pour que leurs sagaces pressentiments ne fussent point dévoilés aux parieurs qui, par hasard, auraient pu s'aventurer dans les parages. Calqué sur les modèles européens, le champ de courses du Jockey Club avait adopté les règles établies par les Anglais en matière hippique : *a best of heats*. L'écrivain Machado de Assis avait d'ailleurs coutume de dire que les courses brésiliennes n'avaient rien à envier à celles d'Epsom.

Circulant parmi les turfistes qui se pressaient devant le tableau des bookmakers, on pouvait apercevoir Fernando Limeira, dit l'Alezan. Limeira ne jouait pas aux courses. En revanche, il était passé maître dans l'art de gruger les joueurs en tout genre, et l'hippodrome lui était un lieu particulièrement propice pour réussir un de ses coups les plus simples et les plus ingénieux à la fois. Peu avant chaque course, il accostait un parieur et lui murmurait à l'oreille : « J'ai appris, sous le sceau du secret et par la bouche du maître des écuries en personne, que le gagnant serait le numéro tant. Je ne veux pas que tu me donnes quoi que ce soit pour le moment, mais quand l'animal aura franchi le premier la ligne d'arrivée, ce qui, de toute façon, est gagné d'avance, tu me paieras trente pour cent de ce que mon tuyau t'aura rapporté. » S'il y avait cinq chevaux inscrits, Limeira répétait ce stratagème avec cinq parieurs, indiquant à chacun d'eux un numéro différent. La course terminée, il revenait vers celui qui avait gagné et empochait le pourcentage réclamé en échange de son inestimable « tuyau ».

Le Grand Prix était sur le point de se courir, avec dix pur-sang au départ. L'Alezan avait déjà convaincu neuf crédules du bien-fondé de ses prétendues informations confidentielles, et il ne lui manquait plus qu'un dernier imprudent à qui refiler le nom du dixième concurrent en lice. Ce n'était pas chose aisée. Il avait déjà offert ses services à deux Portugais et trois propriétaires terriens venus des provinces de l'intérieur, et tous avaient fait la sourde oreille. Neuf sur dix, bien sûr, c'était déjà un espoir raisonnable d'avoir par avance roulé le futur gagnant, mais Fernando Limeira détestait prendre des risques. Une appréhension superstitieuse commençait à le saisir à la gorge, il lui fallait absolument dénicher un ultime « client » avant que le juge, avec son drapeau coloré, ne donnât le signal du départ. Ce fut alors qu'il aperçut Salomão Calif accompagné de sa famille. Le Turc était un parieur invétéré et, régulièrement, invoquait le prétexte qu'il désirait emmener en promenade sa corpulente épouse et ses deux jumeaux pour aboutir comme par hasard à l'hippodrome, où il jouait des sommes très considérables. L'Alezan s'approcha du tailleur, un grand sourire aux lèvres, et le prit par le bras :

« Mon bon Salomão ! Quel plaisir de te rencontrer ! Bel après-midi, pas vrai ?

— Bel après-midi ? Tu parles ! Le moins qu'on puisse dire, c'est que je ne suis pas dans un jour de chance, grommela Salomão Calif, qui était de méchante humeur car il avait déjà perdu plusieurs fortes mises.

— Ça pourrait devenir un bel après-midi quand même, parce que j'ai un tuyau en or. C'est Scarlet Thunder qui va gagner, le numéro 1. Je le tiens de son entraîneur lui-même, chuchota Limeira dans l'oreille du tailleur.

— Allons donc ! Je viens d'étudier les pronostics, et ils sont tous concordants : celui qui va gagner, c'est Panache, le numéro 4. Et c'est sur lui que je vais jouer mes derniers testons. »

Panache, dont le propriétaire était le président du Jockey Club en personne, Luiz Gaudie Ley, était assurément le favori de l'épreuve. Les spécialistes étaient certains qu'il dominerait le Grand Prix de bout en bout. Fernando Limeira dissimula son anxiété, car il avait déjà « vendu » le numéro 4 à une petite vieille toute contrefaite qui se tenait dans la tribune d'honneur. Il serra plus fort le bras de Calif et insista :

« Pas de bêtises, Salomão ! Je t'affirme que c'est Scarlet Thunder qui va gagner. Je ne te demande rien, tu sais bien que je ne fais jamais payer à mes amis les services que je peux leur rendre. Va miser sur Scarlet Thunder, et, une fois qu'elle aura remporté la course, alors tu pourras me donner une petite commission, suggéra l'Alezan, observant nerveusement les pur-sang qui, à présent, s'approchaient de la ligne de départ.

— Je jouerai Panache et je ne te donnerai rien du tout », s'entêta le Turc, en lançant des bonbons à ses deux jumeaux parfaitement identiques qui batifolaient sur la pelouse.

Presque désespérément, Limeira abattit sa dernière carte :

« Salomão, tu es mon ami et je ne peux pas te laisser jeter ton argent par les fenêtres de cette façon ! Je vais tout te dire. Tu as raison, c'était Panache qui aurait normalement dû gagner. Tout le monde en était sûr. Même les jockeys avaient l'intention de miser sur lui en cachette.

— Et ? »

Limeira baissa encore un peu plus la voix :

« Et le hasard a voulu que Panache se soit réveillé plutôt mal en point ce matin. Il a refusé de toucher à son avoine, et on sait très bien qu'un cheval qui refuse de manger est un cheval malade. C'est pourquoi l'entraîneur et ses amis ont conclu un accord avec le propriétaire. Il va laisser Panache courir, tout le monde misera sur lui parce qu'il est le favori de l'épreuve, mais ceux qui sont au courant de son état vont jouer très gros sur Scarlet Thunder, parce que Panache était le seul concurrent qui pouvait le battre. »

Le tailleur commençait à se sentir intéressé :

« Et comment as-tu découvert tout ça ?

— Le palefrenier qui s'occupe de Panache est le petit ami de la cuisinière de mes parents », inventa l'Alezan.

Il n'en fallut pas plus pour convaincre Salomão : il se précipita vers les guichets et misa tout ce qui lui restait sur le numéro 1. Fernando Limeira, content de lui, s'éloigna pour assister de loin à la course. Si le cheval gagnait, il reviendrait trouver Calif pour toucher sa commission, et si c'était un autre, il ne voulait pas perdre de vue ses neuf autres « clients ».

Tandis que se déroulait la tractation entre Limeira et le tailleur, dans la tribune impériale, dom Pedro, entouré d'un aréopage de comtes et de barons — sans compter le marquis de Salles qui, à la demande du souverain, faisait mine, pour éviter de faire jaser, d'être venu en chevalier servant de la baronne de Avaré, et l'inévitable vicomte de Ibituaçu — décrivait à Sherlock Holmes et au docteur Watson les merveilleuses vertus curatives des eaux d'Araxá, la station thermale la plus huppée du Brésil :

« Croyez-moi, messieurs, Araxá n'a rien à envier à Vichy ou à Wiesbaden. Chaque fois que j'en ai le temps, j'y passe une ou deux semaines et cela me fait un bien infini. Je suis sujet aux rhumatismes, et l'effet de ces eaux est tout simplement miraculeux. Vous devriez y aller. Je suis sûr que le docteur Watson, en tant que médecin, serait très impressionné.

— Peut-être, une autre fois », répondit poliment Watson, qui n'avait aucune envie d'entreprendre un inconfortable voyage dans les montagnes brésiliennes.

Un peu plus loin, Miguel Solera de Lara et Guimarães Passos observaient les jeunes coquettes qui arboraient de sémillantes toilettes inspirées des plus récentes modes parisiennes.

« Alors, Miguel, toi qui es célibataire, est-ce qu'elles ne te donnent pas quelques idées ? Tout le monde sait que tu es un bon parti. Tu ne vas pas me dire qu'elles ne sont pas appétissantes, toutes ces jolies petites perruches empanachées ? badina Guimarães.

— Pour être franc, mon cher, je suis plutôt enclin à trouver parfaitement ridicules ces pathétiques exhibitions de fanfreluches », avoua le libraire, étouffant un bâillement blasé.

La baronne de Avaré lisait avec enthousiasme au marquis de Salles des extraits de la critique du concert au Palais de Cristal parue le matin même dans le *Jornal do Commercio :*

« ... *on a pu se rendre compte que ces deux soi-disant amateurs sont en réalité des concertistes-nés, car ils possèdent, outre leurs dons, un aplomb extraordinaire ; et l'on regrette qu'ils ne se soient pas engagés dans la carrière musicale, l'un des deux ayant préféré embrasser celle de détective, et l'autre tenir son rang d'aristocrate et de fin lettré. En effet, il est plus que probable que leur vie professionnelle aurait été une succession ininterrompue de triomphes...* »

Holmes, qui observait d'un air ravi les splendides pur-sang qui trottaient sur la piste avant le départ, se tourna vers l'empereur :

« J'ignorais que Votre Majesté s'intéressait aux courses. Comme vous le savez, l'amour pour les chevaux est une tradition très ancienne dans la famille royale d'Angleterre. On m'a raconté à ce sujet une facétie un peu irrévérencieuse d'un Portugais à l'égard de notre bon roi George IV, qui adorait les chevaux. L'histoire remonte à de nombreuses années... »

L'empereur posa sur Sherlock un regard appuyé et prononça, laconique :

« Filho da Puta ! »

Toute la suite du monarque sentit son sang se glacer. Ces messieurs de la cour, ahuris, avaient du mal à en croire leurs oreilles. Quelle mouche avait donc piqué Sa Majesté pour qu'il proférât une pareille grossièreté ?

« Exactement, Filho da Puta », répondit calmement le détective.

Brusquement, dom Pedro partit d'un grand éclat de rire, auquel Holmes fit chorus. Comme les nobles qui les entouraient étaient visiblement plongés dans la plus grande perplexité, l'empereur expliqua :

« Filho da Puta était le nom d'un pur-sang qui appartenait au roi George IV d'Angleterre. Il avait été baptisé, à la demande du roi en personne, par l'ambassadeur du Portugal, un grand amateur de plaisanteries pas toujours très fines et qui était un excellent ami de Sa Majesté. »

Sherlock Holmes précisa :

« Comme le roi possédait des dizaines de pur-sang, cette facétie serait restée sans conséquences, si le cheval en question n'était par la suite devenu un champion. Il avait en particulier remporté une victoire spectaculaire au Grand Prix de Saint-Leger, à Doncaster, et de nombreux artistes avaient immortalisé l'événement sur des gravures...

— Heureusement, seuls les Anglais qui connaissaient le portugais pouvaient savoir que Sa Majesté le roi possédait un pur-sang dont le nom signifiait *son of a bitch* », compléta l'empereur à l'intention du petit auditoire qui à présent riait aussi, soulagé.

Le vicomte de Ibituaçu, en flatteur incorrigible qu'il était, ne put s'empêcher d'y aller de son petit compliment :

« Seul un monarque de haute souche pouvait raconter une telle histoire avec autant de grâce », dit-il d'un ton mielleux.

Tout à coup, un bruit confus se fit entendre, et toute l'assistance tourna la tête vers l'entrée de la tribune. Sarah Bernhardt venait d'arriver, accompagnée de Philippe Garnier, qui, à en croire les potins, ne se contentait pas de jouer le rôle de son amant Armand Duval dans *La Dame aux camélias,* mais l'était aussi dans la vie. L'actrice arborait une merveilleuse robe d'après-midi couleur d'azur, aux multiples volants, et un grand chapeau fleuri attaché sous le menton par un ruban de la même nuance. On aurait cru voir un immense papillon voletant doucement en direction de dom Pedro.

« Sire, pour ce retard veuillez me pardonner :
Au caprice du sort j'ai dû m'abandonner !
En ville, à peine avais-je entamé mon voyage
Que mille jeunes gens, dénonçant l'esclavage,
Barrèrent l'avenue où filait mon carrosse.
À leurs chants et leurs rires, on eût cru quelque noce !

s'écria-t-elle, apparemment enchantée par cette rencontre imprévue.

— Mon Dieu ! J'espère qu'ils ne vous ont pas trop importunée, s'inquiéta l'empereur, l'air assez contrarié.

— Au contraire ! Ils étaient tout joyeux, et c'était charmant de les voir brandir leurs pancartes en cadence. Tout cela était si amusant que j'ai eu grande envie de me joindre à eux. Philippe voulait intervenir, parce qu'il était encore sur ses gardes après ce qui s'est passé hier soir, mais de toute évidence il n'y avait rien à craindre.

— Et que s'est-il passé hier soir ? s'enquit Sherlock Holmes.

— Rien, ou presque. Mon jeune ami s'est alarmé pour peu de chose. Il a simplement cru remarquer que nous étions suivis par un homme après avoir quitté le théâtre.

— Avez-vous vu qui était cet homme ? demanda le détective.

— Non, il faisait trop sombre et il est resté loin derrière nous. Probablement un admirateur trop timide pour m'aborder. En ce qui me concerne, j'ai l'habitude de ce genre d'adoration à distance, mais Philippe est excessivement jaloux pour tout ce qui touche à ma personne, dit en souriant la Divine, en caressant la joue du jeune acteur.

— Peut-être, mais aujourd'hui, quand j'ai vu cette populace qui criait dans la rue, cela m'a rendu nerveux, se justifia Philippe Garnier.

— Chéri, je ne crois pas que tous ces gentils garçons, qui manifestaient leur attachement à une si juste cause, méritent d'être traités de populace, protesta Sarah. À ce propos, Majesté, je vous prie de féliciter de ma part votre fille la princesse Isabel, car j'ai su qu'elle aussi se dévouait beaucoup pour la libération des esclaves. »

L'empereur s'empressa de changer de sujet :

« Le Grand Prix commence dans un instant. Désirez-vous miser sur un des pur-sang en lice, chère madame ?

— J'en serais ravie, mais vraiment, je ne saurais lequel choisir. Tous ces chevaux sont plus merveilleux les uns que les autres », répondit Sarah Bernhardt.

Sherlock Holmes offrit à l'actrice le bénéfice de son expertise :

« Si vous me permettez de vous donner un conseil, madame, j'ai assisté à une présentation des animaux, et Scarlet Thunder m'a paru le meilleur. »

Sarah parcourut la liste des chevaux.

« Je crois, mon cher Holmes, que vous préférez Scarlet Thunder uniquement à cause de son nom anglais ! Mais puisque je suis française, je vais miser sur Panache », répondit-elle à son ami d'un ton badin.

Elle ouvrit son petit sac, et chargea Philippe Garnier d'aller prendre son pari au guichet. Sherlock Holmes et le docteur Watson, pour leur part, s'abstinrent de jouer ; les autres, par galanterie, se conformèrent à l'intuition de Sarah et optèrent pour Panache.

Quelques instants plus tard, les chevaux s'élancèrent au galop sur la piste. Un pur-sang argentin, Rayo de Luna, prit d'abord l'avantage et se détacha nettement des autres concurrents. Le public vibrait d'enthousiasme, encourageant ses favoris :

« Bravo Biscaia ! »

« Bravo Saltarelle ! »

« Plus vite, Bonita ! »

« Allez Regalia ! »

Les chevaux achevèrent le premier tour de piste, et, progressivement, Rayo de Luna commença à donner des signes de fatigue. Trois autres pur-sang se détachèrent du peloton, rejoignirent l'Argentin, puis le dépassèrent : Scarlet Thunder, Bonita, et Panache à l'extérieur. Une courbe, puis une autre, et bientôt ils se lancèrent dans la dernière ligne droite. Bonita et Scarlet Thunder galopaient côte à côte, presque l'un contre l'autre, prenant alternativement l'avantage. Les jockeys fouettaient la croupe de leurs montures avec leurs cravaches, et la foule en effervescence hurlait sans relâche. Salomão Calif, voyant son cheval engagé dans cette lutte terriblement serrée, s'était mis à hurler comme un possédé, et son accent turc, qui s'accentuait dans les moments de grande excitation, était plus fort que ses amis ne l'avaient jamais entendu.

Les deux jockeys qui chevauchaient Bonita et Scarlet Thunder étaient si concentrés qu'ils ne s'aperçurent pas de l'accélération soudaine et foudroyante de Panache, qui à présent, tout près de la palissade en ellipse qui entourait la piste, donnait le maximum de son effort et soulevait de grands nuages de poussière. Le favori de Sarah Bernhardt prit bientôt la tête de la course, et il lui resta assez de souffle et d'énergie pour distancer ses deux adversaires de plusieurs mètres avant de franchir en vainqueur la ligne d'arrivée.

Son propriétaire, le docteur Luiz Gaudie Ley, était déjà dans le paddock, euphorique, attendant le retour du glorieux triomphateur. En tant que président du Jockey Club, il était heureux à deux titres, puisque c'était lui qui devait remettre et recevoir le trophée. Dans la tribune impériale, tout le monde congratulait Sarah Bernhardt pour son intuition et ses dons de turfiste. L'actrice taquina Sherlock Holmes :

« Vous avez vu, mon ami ? Au moins, sur les champs de courses, c'est la France qui l'emporte sur l'Angleterre !

— Félicitations, madame. Dommage pour votre pays que les généraux de Napoléon n'aient pas eu votre perspicacité.

— Bien envoyé ! » admit l'actrice, *fair-play,* en riant gaiement.

Sherlock Holmes se tourna vers l'empereur.

« Majesté, à présent je vous demande la permission de me retirer. Il est temps que nous partions. Mais nous avons passé un après-midi délicieux, et je vous en remercie infiniment. »

Watson et Sherlock s'inclinèrent devant dom Pedro, baisèrent la main de Sarah Bernhardt et saluèrent tous les autres. En descendant les marches, Holmes se retourna et dit :

« Avant de rentrer à l'hôtel, il y a une petite chose que j'aimerais vérifier. Comment dois-je faire pour rejoindre les stalles des chevaux ?

— Laissez-moi vous accompagner, proposa le marquis de Salles. J'ai un laissez-passer permanent pour les écuries. »

Ils traversèrent la pelouse en direction des écuries. Le commissaire Mello Pimenta les attendait à l'entrée du paddock.

« Monsieur le marquis de Salles, quelle surprise ! Je ne m'attendais pas à vous rencontrer ici.

— Il y a des années que je n'ai pas manqué un seul Grand Prix, commissaire. De surcroît, un de mes propres chevaux participera au Cruzeiro do Sul, en septembre. »

Sherlock Holmes voulait se débarrasser de De Salles.

« Merci, marquis. Je pense qu'à partir d'ici, le commissaire peut se charger de me guider.

— Alors, Mr. Holmes ? dit celui-ci. Allez-vous enfin me révéler la raison de ce mystérieux rendez-vous ici, sur un champ de courses ?

— Venez, commissaire », dit le détective, en reprenant le chemin des écuries à travers le paddock.

Mello Pimenta, cherchant sa carte de police dans sa poche, le suivit, Watson à ses côtés. Le marquis, incapable de résister à la curiosité, leur emboîta aussitôt le pas.

Lorsqu'ils pénétrèrent dans la première écurie, Holmes prit sa loupe et examina de haut en bas les protections de cuir utilisées pour éviter aux chevaux de se blesser en entrant dans leurs stalles. Puis il les toucha, et constata ensuite que le bout de ses doigts s'était enduit d'une matière graisseuse.

« C'est bien ce que je soupçonnais...

— Et que soupçonniez-vous, Mr. Holmes ? » s'enquit Mello Pimenta, intrigué par cette singulière perquisition.

Holmes ne répondit pas. Au lieu de cela, il s'avança vers le cheval bai qui se reposait au fond de la stalle, et, d'un coup sec, lui arracha un poil de sa longue crinière. L'animal, surpris, donna une ruade qui précipita le détective au sol. Par chance, il s'en tira avec une égratignure, mais le mal était fait : le cheval, nerveux, se mit à hennir et à s'agiter dans sa stalle, ce qui fit accourir un jeune palefrenier noir qui s'écria, avant que Mello Pimenta eût le temps d'intervenir :

« Hé, là ! Qu'est-ce vous fichez ici ? »

Sans attendre de réponse, il donna un grand coup de pied dans le flanc du détective étalé par terre.

Holmes se leva prestement, esquivant le poing que le garçon lançait avec force vers sa mâchoire. Il se mit en garde et se plaça en position de pugiliste. C'était un excellent boxeur depuis le temps du collège. Il riposta par un direct du gauche, mais, à sa surprise, le jeune homme fit un tour complet sur lui-même, et, s'éloignant un peu, posa ses mains sur le sol et exécuta une pirouette qu'il termina en frappant le détective de ses deux pieds, en pleine poitrine. Cependant que l'Anglais, chancelant, s'efforçait de retrouver son équilibre, le palefrenier, presque allongé par terre et appuyé sur les mains, décrivit avec ses jambes un grand arc de cercle et ses chevilles heurtèrent violemment les mollets de son adversaire, qui tomba de nouveau à la renverse. Watson et De Salles se préparèrent à intervenir, mais Mello Pimenta s'avança et mit fin à la bagarre.

« Ça suffit ! Police ! Je suis le commissaire Mello Pimenta, et nous sommes ici pour une perquisition officielle.

— Désolé, commissaire, j'ai cru que vous étiez de la bande des "tuyauteurs", s'excusa l'employé, faisant allusion aux aigrefins organisés qui gagnaient leur vie en fraudant sur les paris. Ces types sont toujours à rôder par ici et ils nous rendent la vie infernale.

— Vous êtes blessé, Mr. Holmes ? s'inquiéta le marquis de Salles, en aidant le détective à se relever.

— Voulez-vous porter plainte pour cette agression ? » proposa Pimenta.

Le détective rajusta ses vêtements en désordre.

« Pas du tout. Ce garçon était dans son droit, c'est nous qui étions les intrus. »

Watson, anxieux, palpait le corps de son ami pour sentir sous ses doigts une éventuelle fracture. Holmes, revenu de sa stupeur, demanda avec curiosité :

« J'aimerais seulement savoir comment on appelle cette étrange technique de combat. Je n'ai jamais vu un lutteur capable d'une telle souplesse dans les jambes. »

Comme le palefrenier restait coi et la tête basse, ce fut Mello Pimenta qui se chargea de répondre :

« C'est la *capoeira.*

— La quoi ?

— La capoeira. Un type de lutte inventé par les nègres originaires d'Angola. Je suis très étonné que ce garçon l'ait pratiquée ici, sous mes yeux. Il sait parfaitement que la capoeira est très dangereuse. Du reste, la police espère bien la faire interdire par la loi », conclut d'un ton sévère le commissaire.

Mais Sherlock était décidé à plaider la cause du palefrenier.

« Je pense que dans le cas présent, il serait plus juste de fermer les yeux. Après tout, ce jeune homme a mis sa vie en péril.

— Sa vie en péril ? répéta Pimenta, incrédule.

— Voyons, commissaire, mes coups ont une puissance mortelle ! En principe, les grands boxeurs tels que moi n'ont même pas le droit de se servir de leurs poings hors d'un ring, affirma hautement le détective, en tendant et fléchissant alternativement ses longs doigts.

— Bon, pour cette fois, passons. File vite avant que j'appelle le panier à salade », maugréa Pimenta, en montrant la porte au jeune employé très effrayé.

Holmes entra de nouveau dans la stalle du cheval bai, qui entre-temps s'était calmé. Il caressa le dos soyeux de l'animal.

« Au moins, j'ai eu la confirmation que je cherchais. Une fois de plus, mes déductions se sont révélées exactes.

— Puis-je savoir de quoi vous parlez au juste ? » demanda Mello Pimenta, qui commençait à s'impatienter.

Holmes tira de son gousset un long poil sombre enroulé, et, le mettant dans la paume de sa main à côté de celui qu'il avait arraché à la crinière du cheval, expliqua en détail sa découverte :

« Quand nous étions à la morgue, j'ai trouvé ce crin de cheval dans les plis de la robe de la jeune fille assassinée. J'ai deviné tout de suite qu'il provenait de la crinière d'un pur-sang de compétition.

— Pour quelle raison ?

— Les valets d'écurie qui prennent soin de ces chevaux de race ont l'habitude de leur lustrer les poils de la crinière et de la queue avec une sorte de brillantine pour qu'ils restent toujours bien brillants. Or, regardez, messieurs : les deux crins sont couverts de la même matière, grasse et un peu collante. »

De Salles et Pimenta examinèrent les deux longs poils. Watson, pour sa part, qui ne comprenait goutte à ce qui se disait, attendait, patient, une hypothétique traduction. Cependant, Sherlock Holmes poursuivait :

« Il s'agit de la très renommée pommade du docteur Brewster, confectionnée spécialement dans une officine de German Street. Si vous observez attentivement, vous découvrirez des traces de cet onguent sur toutes les protections en cuir de ces stalles. Ce sont les chevaux qui les laissent lorsqu'ils se frottent contre les parois.

— Et vous en concluez ? demanda Mello Pimenta, à qui l'exposé de Holmes semblait assez confus.

— J'en conclus que soit notre assassin est un cavalier habitué à monter des chevaux de course, soit qu'il en possède un ou plusieurs lui-même », répliqua doctement le détective.

Le commissaire resta bouche bée d'admiration devant cet impeccable raisonnement.

« Mr. Holmes, je crois bien que grâce à vous nous venons de franchir un pas décisif dans notre enquête.

— Hmmm... Pour ma part, malheureusement, j'en doute, dit le marquis de Salles, qui manipulait délicatement les deux poils.

— Comment ça, vous en doutez ? La déduction de Mr. Holmes est sans faille !

— Presque. Elle le serait tout à fait si l'on ne sentait pas, au toucher, que les onguents dont sont couverts ces deux crins sont différents. L'un est effectivement passé à la brillantine, mais pour l'autre, celui qui provient des vêtements de la jeune fille assassinée, on s'est servi d'un autre produit, moins gras et moins brillant.

— Et quel est ce produit, selon vous ? s'enquit le détective, un rien dépité.

— Du brai. Le brai est un résidu du goudron dont on enduit les archets de violon. Vous n'êtes pas sans savoir, messieurs, que les archets des instruments à cordes sont fabriqués avec des crins, et les luthiers assouplissent ces crins en les enduisant de cette substance. Ce que vous avez découvert dans les plis de la robe de la victime, Mr. Holmes, est tout simplement un crin provenant de l'archet du violon dont l'assassin a arraché une corde pour la placer où nous savons », termina De Salles, en rendant les deux longs fils à Sherlock.

Lorsqu'il avait fait fausse route, Holmes n'était pas assez sot pour ne pas s'en rendre compte. Ce qui n'impliquait pas pour autant qu'il fût prêt à accepter ouvertement cette humiliation.

« Félicitations, marquis, vous avez entièrement raison. Naturellement, j'avais immédiatement compris ce qu'était en réalité ce fil, mais je tenais seulement à mettre à l'épreuve vos facultés de déduction. »

Il jeta au loin les deux crins de cheval.

« Nous pouvons partir ? » demanda le docteur Watson, qui s'ennuyait ferme à force d'entendre sans rien comprendre.

Tous quatre se dirigèrent vers la sortie du champ de courses, Sherlock Holmes en tête, qui affectait une totale indifférence à la petite erreur d'appréciation qui l'avait conduit jusqu'ici. En traversant la pelouse, ils eurent la surprise de voir Salomão Calif, qui courait de toutes ses petites jambes en essayant désespérément de rattraper Fernando Limeira, l'Alezan. Écumant de rage, le Turc lui criait, en agitant dans sa direction les récépissés déchirés de ses paris :

« Alors, Panache n'a pas voulu de sa ration d'avoine ? Escroc ! Canaille ! Il a mangé la sienne et celle des autres par-dessus le marché, oui ! »

Là-dessus, déchaîné, il se mit à brailler comme un perdu :

*« Filho da puta ! Filho da puta ! »*

Ses rugissements de fureur faisaient tant de bruit qu'ils parvinrent jusqu'à la tribune impériale. Percevant l'embarras de l'empereur, que ce langage de charretier tombant dans l'oreille des dames gênait beaucoup, le vicomte de Ibituaçu, avec son inaltérable sens de la diplomatie courtisane, commenta servilement :

« Comme vous voyez, Majesté, il y a quelqu'un d'autre ici qui connaît l'histoire du cheval du roi George... »

## *19*

EN CETTE ANNÉE 1886, le Passeio Público, le grand jardin public de Rio de Janeiro, avait un aspect très différent de celui qui avait été le sien lorsqu'on l'avait inauguré plus d'un siècle auparavant.

À cet endroit, il y avait eu autrefois une lagune marécageuse, au voisinage du couvent da Ajuda, dont les relents malsains empuantissaient une bonne partie de la ville. Sur l'ordre du vice-roi Luiz de Vasconcellos, ce marécage avait été comblé, de manière que ce pernicieux foyer de pestilence fût définitivement détruit, et que sur son emplacement on aménageât des jardins. Ainsi était né le Passeio Público.

Ses allées buissonneuses et ombragées étaient rapidement devenues le lieu de promenade favori des habitants de Rio, qui aimaient à y jouir de la douce brise marine, des arômes délicats des bosquets odoriférants que le vice-roi avait fait planter et du gazouillement des oiseaux.

Le soir, sur les bancs de pierre au pied des arbres, on entendait souvent les accords nostalgiques d'une guitare invisible, ou le son cadencé d'une voix qui modulait tendrement une romance énamourée :

*Toutes les chansons que j'aimais*
*S'en sont allées avec le vent.*
*Seul cet air que chantait souvent*
*Dans la douce nuit*
*Mon amour enfui,*
*Mon cœur ne l'oubliera jamais...*

Menant au grand portail, il y avait une rue baptisée par les promeneurs la rua das Belas Noites, la rue des belles nuits, car c'était le chemin qu'empruntaient les amoureux par les nuits de clair de lune. Mais au bout de quelques années, les responsables du cadastre avaient remplacé ce nom poétique par celui, beaucoup moins évocateur, de rua das Marrecas, la rue des Becs, à cause du chafariz qu'on venait de construire à cet endroit.

Sur presque toute sa circonférence, le Passeio était entouré d'un mur de pierre, mais en longeant ce mur on finissait par aboutir à une vaste terrasse donnant sur le front de mer. Le hautes grilles en fer forgé du portail étaient surmontées d'un écusson en bronze doré, portant, gravées sur une face, les armes royales du Portugal, et, sur l'autre, les effigies de Leurs Majestés la reine Maria Iʳᵉ et le roi Pedro III. Sous ces deux portraits, on distinguait une inscription en relief : *Mariae I et Petro III, Brasiliae Regibus, 1783.*

Les dix allées bordées d'arbres du Passeio couraient de part et d'autre d'un petit lac artificiel creusé au centre des jardins, bruissant de la fraîche musique des cascatelles qui tombaient des rochers élevés à une de ses extrémités, et sur lesquels on avait placé parmi de gracieux buissons, comme prêts à s'envoler, des hérons en bronze dont les becs étaient des fontaines. Entre les cascades, un grand cocotier en fer se dressait, peint aux couleurs naturelles d'un arbre véritable, et au pied duquel se prélassaient deux crocodiles aux queues entrelacées qui crachaient de l'eau par leurs bouches grandes ouvertes, produisant un suave et mélodieux murmure. Derrière les deux bienveillants reptiles, la statue d'un enfant tenant une tortue dans sa main versait dans un tonneau en pierre l'eau d'une cruche. L'enfant était nu, portant seulement une ceinture sur laquelle on lisait ces mots : *J'apporte le bienfait du plaisir.* C'était la Fontaine des Amours.

En retrait des allées bordées de grands vases et de bustes de marbre qui conduisaient du portail à la grande terrasse face à l'océan, on apercevait des tables et des bancs de pierre sous des tonnelles et des treilles de jasmin des Indes.

Le vieux café, imitant l'architecture d'un petit temple grec, non loin d'un kiosque à musique où, au bon vieux temps, se produisait un orchestre de musiciens allemands. Dès l'origine, les étudiants bohèmes l'avaient gratifié d'un surnom fort malséant : celui de *Café du cul de la mère,* et du reste, un siècle plus tard, ce surnom était encore employé communément, même si devant les dames on parlait toujours du *C.D.M.* ou l'on désignait l'établissement par son nom véritable, le *Café de la Monnaie.*

En 1886, toutefois, le Passeio avait subi d'importantes dégradations. Les années passant, la pluie avait délavé la peinture du cocotier de la cascade, mais ce n'était pas seulement le temps qui s'était chargé d'endommager le décor raffiné du grand jardin. L'incurie des successeurs du vice-roi les avaient bientôt conduits à se désintéresser de la préservation et de l'entretien de tous ces ornements installés au prix de tant d'efforts et avec tant d'imagination. Les oiseaux qui chantaient gaiement dans les bosquets et autour de la cascade avaient presque tous disparu, et, quand le roi du Portugal João VI avait fui au Brésil le péril des armées napoléoniennes, les superbes réverbères ouvragés avaient été emportés pour améliorer l'éclairage aux alentours du palais. Comme disaient les journaux, « la négligence des administrateurs avait amené à une avilissante agonie la plupart des établissements publics plus rapidement et avec plus d'efficacité que tous les outrages du temps et des intempéries ».

Et pourtant, il était encore beau, le jardin. À présent, sa superficie de cinq mille quarante brasses carrées, éclairée au gaz, était aménagée dans un style plus moderne. On avait dit adieu à la vieille régularité « classique » des allées et des plantations, et les symétries calculées de jadis avaient laissé la place à des sinuosités et à des courbes gracieuses, pour imiter avec élégance, mais aussi par une discipline artistement dissimulée, les fantaisies de la nature. Les grilles avaient supplanté les murs, et l'on pouvait voir au travers des pelouses de dimensions variées, toujours fleuries. Le long de ces pelouses, des arbustes solitaires alternaient avec des bosquets qui semblaient nés du hasard.

À l'entrée, une pancarte près des guérites des gardiens avertissait les promeneurs indésirables :

> L'ENTRÉE DU PASSEIO EST INTERDITE À TOUS LES ANIMAUX DANGEREUX OU NUISIBLES, QUELLE QUE SOIT LEUR ESPÈCE OU LEUR RACE, AINSI QU'AUX PERSONNES IVRES OU AYANT PERDU LA RAISON, À CELLES QUI SE PRÉSENTERAIENT HABILLÉES DE MANIÈRE INCONVENANTE OU SANS CHAUSSURES, OU QUI PORTERAIENT UNE ARME SUR EUX, ET AUX ESCLAVES, MÊME CORRECTEMENT VÊTUS, EXCEPTÉ LES CAMÉRISTES ACCOMPAGNANT LEURS MAÎTRESSES OU LES NOURRICES PROMENANT DES ENFANTS.
> L'ENTRÉE EST ÉGALEMENT INTERDITE AUX ENFANTS DE MOINS DE DIX ANS, À MOINS QU'ILS NE SOIENT ACCOMPAGNÉS PAR UNE PERSONNE CAPABLE DE LES EMPÊCHER D'ENDOMMAGER LE JARDIN OU DE S'AVENTURER DANS DES ENDROITS OÙ ILS POURRAIENT SE BLESSER.
> LES AUTRES VISITEURS DOIVENT S'ABSTENIR DE COUPER LES FLEURS ET LES PLANTES, ET DE TOUT ACTE SUSCEPTIBLE D'ABÎMER LA VÉGÉTATION OU LES ORNEMENTS.

C'était dans les allées de ce jardin, enchanteur malgré tout, que se promenaient Sherlock Holmes et Anna Candelária. La pleine lune, brillante et laiteuse, prodiguait sa soyeuse lumière dans le ciel scintillant d'étoiles. Le détective et la jeune femme étaient enfin parvenus à se retrouver, après une succession d'obstacles et de contretemps. Holmes, apprenant que le Teatro Santana, où se produisait Anna, faisait relâche pour une soirée, avait saisi au vol cette occasion et l'avait invitée à dîner à la *Maison Dorée,* un bon restaurant du largo da Carioca, puis s'était offert pour la raccompagner chez elle. Comme Anna demeurait rua das Marrecas, elle avait, au moment où le fiacre s'arrêtait devant la porte de sa pension de famille, proposé qu'ils profitassent de la douceur de cette fin de soirée pour faire un petit tour dans le Passeio. Sherlock enivré par l'émotion, était radieux comme un adolescent. Jamais, de toute sa vie, il n'avait éprouvé ce qu'il éprouvait en ce moment, car Anna et lui marchaient en se tenant par la main, et tenir la main d'une femme était pour lui une expérience totalement inconnue et nouvelle. Au vrai, c'était la première fois depuis l'enfance qu'il sentait pour plus de quelques instants le contact d'une peau féminine, et la paume douce et chaude de la jeune mulâtresse, ainsi jointe à la sienne, faisait naître en lui une sensation proche de la fièvre. Il n'était plus Sherlock Holmes : il n'était qu'un prolongement d'Anna Candelária, comme si l'entrelacement de leurs doigts était beaucoup plus que la rencontre fortuite de deux extrémités. Il aurait voulu rester pour toujours ainsi, son corps amalgamé au sien par l'intermédiaire de leurs mains accouplées. Avec délectation, il avait oublié pour quelques moments le violon volé, les cordes, les meurtres et les langues coupées. La jeune femme, cependant, lui parlait, d'une voix basse et câline, des merveilles de ce jardin :

« De la fenêtre de ma chambre, je vois presque tout le parc. Quelquefois, le dimanche, je passe des heures à regarder les promeneurs qui vont et qui viennent. C'est toujours intéressant d'observer sans qu'on vous voie. Il y a des familles qui apportent des paniers pour pique-niquer, d'autres qui passent leur temps à houspiller leurs enfants... Mais, depuis que je te connais, ce que préfère, c'est d'écouter toutes ces jolies chansons sentimentales que les garçons chantent le soir en s'accompagnant à la guitare... »

Anna se mit à chantonner à mi-voix, sans détacher son regard des yeux de Sherlock :

*« Bientôt, je te saurai lassé*
*De mon trop innocent amour ;*
*Mais moi, je t'aimerai toujours*
*Et fermerai mon cœur blessé.*

*Ô douleur, quand viendra ce jour*
*Où ton amour aura passé !*
*Seule alors, je pourrai verser*
*Toutes les larmes de mon cœur lourd... »*

Holmes, pris au dépourvu par cette déclaration à peine déguisée, ne savait que dire. Ses connaissances en matière de romantisme se bornaient à une visite sur la tombe de Keats, au petit cimetière anglican de Rome, et à trois représentations de *Roméo et Juliette* auxquelles il avait jadis participé, au Christ Church College d'Oxford. Il jouait le rôle de Mercutio, et Juliette était interprétée par un de ses condisciples, un garçon gros et boutonneux. Excepté lorsqu'il s'était trouvé sous l'influence du cannabis, il n'avait jamais prononcé de mots d'amour. À la vérité, toute forme d'intimité avec le sexe faible était pour lui pareille à un territoire absolument ignoré : comment aurait-il pu s'initier à la compagnie des femmes, puisqu'il n'avait ni sœurs ni cousines et que, depuis l'époque du pensionnat jusqu'à celle de l'université, il n'avait cessé d'être entouré de camarades exclusivement masculins ? En sorte que la relation féminine la plus intense qu'il eût connue à ce jour, c'était celle qu'il entretenait avec sa gouvernante, Mrs. Hudson. Par bonheur, Holmes était un homme de ressources. Peut-être n'entendait-il rien à la conversation amoureuse ou au lyrisme, mais c'était un authentique expert en botanique et en histoire des jardins. Aussi, quand Anna Candelária eut achevé sa mélancolique petite chanson, lui murmura-t-il tendrement à l'oreille, en embrassant d'un geste large le paysage qui les entourait :

« Beaucoup de gens s'imaginent que ces jardins asymétriques et à l'imitation de la nature ont été inventés en Angleterre. Mais, vois-tu, c'est une idée tout à fait erronée...

— Pardon ? »

Anna semblait quelque peu interloquée par cette réponse inattendue à sa tendre complainte. Sherlock, toutefois, se racla la gorge et reprit, d'une voix encore plus caressante :

« Je disais : beaucoup de gens s'imaginent que ces jardins asymétriques sont une invention anglaise...

— Et ?

— Et c'est une erreur historique, mon bel amour ! Ils n'ont pas été inventés par les Anglais. C'est en Chine, non en Angleterre ni où que ce soit en Occident, qu'on a commencé à aménager des jardins de ce genre. Sous le règne de Long-Te-Ch'ing, mon trésor chéri ! Ce n'est que bien plus tard qu'ils ont été imités et adaptés au climat européen par les Anglais. Pourtant, ô passion de ma vie, les gens mal informés se figurent qu'il s'agit d'une création typiquement anglaise...

— Oui, oui... », dit Anna Candelária, fort déroutée, tout en poussant le détective vers un banc de pierre au pied d'un luxuriant *jequitibá*.

« C'est alors, ô mon adorée, qu'en 1730, l'architecte William Kent, qui était né à Burdlington en 1685 et mourut à Londres en 1748, aménagea le premier jardin paysager d'Europe. À Stowe House, la demeure des ducs de Buckingham, pour être précis. Et, en dépit de l'apparence désordonnée de l'ensemble, le choix et la disposition des arbres et des fleurs répond à des critères rigoureusement scientifiques, mon Anna bien-aimée... Les formes irrégulières des allées et de la végétation ont, du reste, conduit le grand écrivain Horace Walpole — né en 1717 et mort en 1797 — à écrire que pour Kent, "la nature tout entière était un jardin". N'est-ce pas que c'est joli, soleil de mes jours ? » conclut-il galamment, comme s'il venait de réciter un poème d'amour à sa belle.

D'abord extrêmement étonnée par les propos de son compagnon, Anna Candelária riait maintenant avec bonne humeur.

« Très, très joli ! Mais sais-tu ce que je trouverais encore plus joli ? répondit-elle. C'est de t'embrasser, là, tout de suite ! J'en meurs littéralement d'envie. »

Et elle posa aussitôt ses lèvres contre celles de Holmes.

L'Anglais répondit à cet élan sensuel avec une ardeur insoupçonnée, fût-ce par lui-même. Il n'avait aucune idée qu'il pût y avoir en lui, ne demandant qu'à jaillir, une telle force de désir. D'une main, il commença à caresser le sein d'Anna par-dessus son corsage, cependant que son autre main essayait de se frayer un chemin sous l'ample jupe de la belle métisse. Soudain, pris d'une audace que, jusqu'à cet instant, il ne s'était jamais connu que lorsqu'il s'attaquait à des criminels, il s'entendit demander, d'une voix haletante :

« Mon amour, pourquoi n'allons-nous pas chez toi ?

— Je voudrais bien, mais j'habite dans une pension de famille et ma logeuse est un vrai dragon, répondit Anna Candelária, elle aussi très essoufflée.

— Alors, à mon hôtel ? proposa Sherlock, presque couché sur elle qui s'était renversée sur le banc et l'embrassant goulûment.

— Oui, mais c'est très loin... N'arrête pas ! N'arrête pas ! » murmurait Anna, attirant de toutes se forces le corps de l'Anglais contre le sien.

Ivre d'excitation, Sherlock palpait les cuisses chaudes et moites de sa compagne sous ses lourdes jupes. La main nerveuse de la jeune femme s'était glissée dans le pantalon du détective et caressait son sexe turgescent. Sa pensée avait beau être égarée par ce torrent de fougueuse passion qui les entraînait tous deux, l'esprit analytique de Holmes ne pouvait s'empêcher de réfléchir à ce phénomène qui le stupéfiait littéralement : jamais, en effet, il n'aurait imaginé que son membre pût atteindre de telles proportions, ni se raidir à ce point. Il mordillait les lèvres pulpeuses d'Anna, et celle-ci répondait en explorant lascivement sa bouche de sa langue humide et suave. L'un et l'autre avaient complètement perdu la notion du temps et de l'espace. Ils ne savaient plus en quel lieu ils se trouvaient, et du reste peu leur importait. S'ils s'abandonnaient à l'affolement de leurs sens au bord d'une allée du Passeio Público, la ferveur érotique exacerbée des amants avait de toute façon déjà transformé l'immense jardin en la plus intime des alcôves. Ils en étaient maintenant à s'arracher leurs vêtements, pour mieux sentir la chaleur brûlante de leurs corps nus l'un contre l'autre. Et, assurément, ils n'eussent guère tardé à connaître l'exultation d'un formidable orgasme ici même, sur ce lit improvisé de pierre dure, si un vigile de la Garde municipale n'était brusquement apparu pour interrompre leurs ébats :

« Police ! Vous êtes en état d'arrestation ! »

Aussitôt, ils tentèrent de reprendre contenance autant que faire se pouvait, et rajustèrent leurs vêtements en désordre. Anna Candelária tremblait de la tête aux pieds, mais Holmes eut vite fait de retrouver son flegme :

« Tranquillisez-vous, monsieur l'agent. Je puis vous garantir que nous ne faisions rien de répréhensible. Nous bavardions, tout simplement », affirma-t-il, en s'efforçant de rentrer discrètement les pans de sa chemise dans son pantalon et de reboutonner sa braguette.

Mais le vigile, hargneux malgré — ou en raison — de son apparence chétive, ne s'en laissa pas conter :

« Vous autres Portugais, vous vous fourrez le doigt dans l'œil si vous imaginez que vous avez encore tous les droits dans ce pays. Qu'est-ce que vous croyez, hein ? Que vous êtes encore dans une de vos colonies, peut-être ? Eh bien, apprenez qu'il y a des lois au Brésil, et que vous devez les respecter comme tout le monde ! lança-t-il d'un ton agressif, induit en erreur par l'accent lisboète du détective.

— Vous vous trompez, dit celui-ci. Je ne suis pas portugais, mais anglais, et mon nom est Sherlock Holmes.

— Je me fiche de savoir si vous êtes portugais, anglais ou moldo-valaque ! Tout ce que je sais, c'est que je vous ai pris en flagrant délit d'attentat à la pudeur. Cet endroit est un jardin public, vous n'êtes pas tranquillement au lit chez la mère maquerelle ! » pontifia le vigile.

Holmes, qui ignorait cette expression en portugais, rétorqua dignement :

« Cette jeune dame ne s'appelle pas Mac Je-ne-sais-quoi, et je vous serais obligé de laisser sa mère hors de tout cela.

— Assez parlé. Allez, tous les deux au trou !

— Tous les deux, certainement pas. Mademoiselle n'est aucunement responsable de ce qui s'est passé. Et si un acte délictueux a été commis, elle n'a été que la victime innocente de mon excès d'impétuosité », dit Holmes, chevaleresque, et se plaçant en protecteur entre le petit flic et Anna.

Celui-ci fut sur le point de protester, mais il était seul, et, en voyant l'attitude résolue et surtout la stature de son vis-à-vis, il se résigna à une solution plus conciliante.

« Soit. Mais si mes supérieurs l'exigent, plus tard il faudra qu'elle vienne témoigner. »

Le détective prit congé d'Anna encore très effrayée, avec un *shake-hands* tout britannique. La jeune femme partit en hâte vers sa pension de famille, soucieuse de ne pas laisser au vigile le temps de changer d'avis. Sherlock se retourna vers lui :

« Nous y allons ? »

Le vigile le saisit par le bras, et ils prirent la direction de la caserne de la Garde municipale du district. Si spectaculaire était la différence de taille entre les deux hommes que, n'eût été l'élégant uniforme dans lequel se pavanaient les agents de la Garde, il aurait été difficile de deviner lequel des deux avait arrêté l'autre.

Ainsi s'en était-il fallu de fort peu que Sherlock Holmes ne perdît son ineffable virginité sous les frondaisons d'un jequitibá séculaire de l'idyllique Passeio Público.

Le capitaine Pina Couto, qui commandait la caserne du cinquième district de la Garde municipale, était dans une humeur de dogue. Il faut dire qu'il avait ses raisons. D'abord, il détestait être dérangé lorsqu'il assurait la permanence de nuit. Ensuite et surtout, il ne supportait pas le statut de policier vedette de la ville de Rio de Janeiro qui commençait à être celui du commissaire Mello Pimenta, et s'il y avait un principal responsable de la soudaine notoriété de son collègue et rival, c'était justement ce grand Anglais plein d'arrogance qui se tenait en face de lui. Le vigile qui l'avait ramené à la caserne une heure plus tôt lui avait déjà expliqué en détail dans quelles circonstances Sherlock Holmes avait été arrêté, mais, à sa fureur, Pina Couto savait très bien qu'en dépit de l'immense plaisir qu'il y aurait pris, il ne lui serait pas possible d'établir un procès-verbal de flagrant délit mettant en cause le détective. Car ce Sherlock Holmes était l'invité personnel de l'empereur, et, de surcroît, tout le monde savait quel rôle de premier plan il jouait dans l'enquête sur les abominables crimes du « chasseur de langues », comme l'appelaient les journalistes. Aussi, bien malgré lui, le capitaine se voyait-il obligé d'admettre qu'envoyer Sherlock devant un juge pour attentat à la pudeur n'était pas en son pouvoir. Qui plus est, dès que le commissaire Pimenta entendrait parler de l'incident, il s'empresserait de tirer son « associé » de ce mauvais pas. Toutefois, il était bien décidé à donner une leçon au détective. Avant que Pimenta pût intervenir, il le placerait en garde à vue au moins jusqu'au lendemain matin dans la plus grande cellule de la caserne, celle où l'on enfermait les récidivistes et toute la lie la plus infâme des bas-fonds de Rio. Il n'était pas prude, mais il n'allait tout de même pas laisser un étranger transformer impunément les jardins publics de la ville en bosquets pour satyres !

« Vous avez gravement enfreint la loi, Mr. Holmes. Très gravement ! martela le capitaine, de son ton le plus sévère. Je ne comprends pas pourquoi vous n'avez pas au moins loué un coupé pour faire le tour du parc, ajouta-t-il, faisant allusion aux voitures de location décorées de miroirs, aux moelleuses banquettes de soie damassée et accessoires d'argent, de véritables petites chambres à coucher ambulantes derrière leurs stores hermétiquement clos, que les petites annonces dans les journaux proposaient quotidiennement.

— Je vous ai déjà dit que je n'avais aucune intention d'expliquer quoi que ce soit. Ayez seulement l'obligeance d'envoyer chercher le commissaire Mello Pimenta.

— Je ne sais pas où le trouver à une heure pareille. Je regrette beaucoup, mais je me vois dans l'obligation de vous faire passer la nuit en garde à vue.

— *Preposterous !* s'exclama Sherlock, incapable de trouver un terme équivalent en portugais.

— Mr. Holmes, j'ignore comment les choses se passent dans votre pays, mais ici, au Brésil, la loi est la même pour tout le monde, affirma hypocritement Pina Couto.

— Je vous garantis que vous vous repentirez de cette impudence !

— Pardon, Mr. Holmes, mais en l'occurrence, il me semble que c'est plutôt vous qui vous êtes montré impudent... »

Pina Couto appela deux plantons et leur ordonna de conduire le détective jusqu'à la cellule principale, tout au fond de la caserne. À l'intérieur, cinq malfrats à la mine patibulaire et à la stature de géants l'attendaient, pour le recevoir avec les cajoleries qui étaient de mise lorsqu'un homme du monde était incarcéré. En apercevant de loin leurs horribles rictus derrière la grille de la cellule, Sherlock se raidit :

« J'exige d'être placé dans une cellule séparée !

— Désolé, mais le capitaine nous a dit de vous mettre dans celle-ci et pas une autre », répondit un des gardes.

Les prisonniers l'interpellaient grossièrement :

« Qu'est-ce qui se passe, ma beauté ? On n'est pas à ton goût, peut-être ?

— Allez, n'aie pas peur. On est des gars très tendres, tu sais ? Tu vas voir, on va te câliner toute la nuit ! »

Ils riaient grassement et faisaient des gestes grotesques et obscènes dans sa direction. Sherlock tenta de se dégager de l'emprise des deux gardes, mais un troisième vint à leur rescousse. À trois, ils entraînèrent le détective vers la porte de la cellule, bien qu'il se débattît comme un beau diable et poussât de grands cris, exigeant d'être relâché sur l'heure. Plus ils s'approchaient de la grille, plus les détenus braillaient, et le vacarme devenait infernal.

« Allez, vite, la flicaille ! Z'avez qu'à nous le refiler vite fait, qu'on soit seuls avec lui, ce mignon... »

Au moment où l'un des gardes allait ouvrir la porte de fer, une voix autoritaire, derrière lui, arrêta son geste :

« Libérez immédiatement cet homme ! »

C'était le commissaire Mello Pimenta qui arrivait par le couloir, accompagné de Pina Couto.

D'une secousse, Holmes s'écarta des gardes, qui le tenaient encore par le bras, et se dirigea vers lui :

« Quel plaisir de vous voir, commissaire ! Comment avez-vous su où j'étais ?

— La senhorita Anna Candelária a réussi à me faire parvenir un message par l'intermédiaire du commissariat. J'ai tout de suite compris que vous ne pouviez vous trouver que dans la caserne du quatrième, du cinquième ou du sixième district. J'ai eu la chance de commencer par celle-ci. D'ailleurs, nous avons tous eu de la chance : vous, moi, et surtout cet imbécile de Pina Couto. Je préfère ne pas penser à ce qui lui serait arrivé si vous n'aviez pas été remis tout de suite en liberté, dit Pimenta, en lançant un coup d'œil féroce au capitaine.

— Je suis navré, commissaire. Tout cela n'est qu'un malentendu. Au moment où vous êtes arrivé, je m'apprêtais justement à ordonner à mes hommes de relâcher Mr. Holmes », s'excusa Pina Couto, mentant effrontément.

Mello Pimenta ne se donna pas la peine de répliquer, et prit Holmes par l'épaule pour le guider sans plus attendre vers la sortie, cependant que dans la cellule, les prisonniers faisaient semblant de se désoler :

« À bientôt, trésor !

— Quel dommage ! Quelle tristesse !

— Dire que nous allions pouvoir nous occuper toute la nuit d'une petite fiancée portugaise... »

## 20

FINALEMENT, après presque sept semaines de triomphes ininterrompus à Rio de Janeiro, Sarah Bernhardt résolut, à contrecœur, de dire au revoir au public brésilien qui l'avait si chaleureusement accueillie et ovationnée soir après soir dans ce qui était presque devenu « son » théâtre, le São Pedro de Alcântara. Pour cette représentation finale, elle avait choisi la *Phèdre* de Racine, un de ses plus fidèles chevaux de bataille. Entre-temps, elle s'était aussi produite pour quelques soirées à São Paulo, dans *Fedora, Frou-Frou, Adrienne Lecouvreur* et, naturellement, sa chère *Dame aux camélias.* Les étudiants de la célèbre faculté de droit de la ville, délirants d'enthousiasme, l'avaient accueillie à la sortie des artistes en observant scrupuleusement la vieille tradition portugo-brésilienne, consistant à étendre leurs capes et leurs manteaux devant les dames de qualité, duchesses, princesses ou étoiles de la scène, pour qu'elles les foulassent de leurs pieds glorieux. Sarah, qui ignorait cet usage, n'avait pas compris le sens de leur geste, et, la voyant qui hésitait à piétiner les manteaux étalés par terre, les jeunes gens l'avaient encouragée en lui criant en portugais : *« Písi, senhora, písi sobre nossas capotas! »* Mais Sarah demeurait perplexe; aussi avaient-ils répété cette invite en employant les mots français qui, selon eux, devaient la traduire exactement — et tous crié en chœur :

« Pissez, madame ! Pour faveur, pissez sur nos capotes ! »

Très élégamment, la Divine n'avait pas fait cas de cette légère méprise, et avait déclaré aux journaux avant de regagner Rio :

« À Saint-Paul, la jeunesse érudite et fougueuse
Ne sait dissimuler sa ferveur généreuse. »

La pluie avait recommencé à tomber sur la capitale, mais cela n'atténuait en rien l'importance de cette ultime apparition, qui s'annonçait comme une soirée particulièrement brillante. Quatre jours plus tôt, toutes les places étaient déjà vendues, jusqu'au dernier strapontin.

Malgré les tribulations de la veille au soir, Sherlock Holmes n'aurait renoncé pour rien au monde à assister à cet événement. L'empereur les avait invités, le docteur Watson et lui, à partager la loge impériale. Personnellement, Sherlock estimait que Racine n'arrivait pas à la cheville de Shakespeare, mais ces préférences n'avaient plus cours dès lors qu'il s'agissait d'aller applaudir Sarah Bernhardt. Tandis qu'il finissait de se préparer, Watson le pressait, impatient :

« Allons-y, Holmes ! Nous ne pouvons pas nous permettre d'arriver après l'empereur. »

Le détective mit dans sa poche son inséparable pipe, ainsi qu'un paquet de cannabis. Depuis qu'Anna Candelária avait été son initiatrice, il avait remplacé l'usage pernicieux de la cocaïne par celui de cette herbe aux délicieux effets. Il jeta à son image dans le miroir un dernier regard d'approbation, et descendit avec Watson l'escalier de l'*Hotel Albion.*

À cause de la pluie, les fiacres étaient rares. Watson regardait anxieusement sa montre, quand une calèche, tirée par deux rapides chevaux blancs, s'arrêta devant le portail de l'hôtel. Du siège du cocher descendit d'un bond un nègre gigantesque, son fouet à la main, qui se dirigea vers Sherlock. Celui-ci reconnut Mukumbé, le factotum de la baronne de Avaré. Il s'adressa aux deux hommes dans un anglais plus que correct :

« Bonsoir, Mr. Holmes. Bonsoir, docteur Watson. Je suis heureux que vous ne soyez pas encore partis.

— Que se passe-t-il, Mukumbé ? Nous allons au théâtre, l'empereur nous attend et nous sommes déjà en retard.

— Je regrette, messieurs, mais je crois que vous ne pourrez pas vous rendre au théâtre ce soir.

— Et pourquoi ? »

Mukumbé s'approcha davantage, et demanda à voix basse aux deux hommes :

« Avez-vous déjà entendu parler du *candomblé* ?

— Du quoi ?

— Du candomblé. C'est la religion du peuple des Yorubas, dont je suis issu. »

Watson, qui s'impatientait de plus en plus, répondit en consultant de nouveau sa montre :

« Nous n'en avons jamais entendu parler, et je crois que le moment est mal choisi pour parler de spiritualité africaine. Le rideau se lève dans quelques minutes. »

Il voulut s'éloigner en entraînant Holmes, mais Mukumbé prit celui-ci fermement par le bras.

« Si je suis venu vous parler du candomblé ce soir, Mr. Holmes, c'est pour une raison tout à fait sérieuse ! Mon *babalorixá,* le roi Obá Shité III, m'a ordonné de vous amener tous les deux à son *ilê.* Il dit pouvoir vous aider dans votre enquête sur les assassinats.

— Avant tout, expliquez-nous, je vous prie, ce que sont un babalorixá et un ilê.

— Le babalorixá est le Grand Prêtre de la communauté, et l'ilê est le temple où il officie. Il vous y attend en ce moment même.

— Et qu'avez-vous à voir dans tout cela ? demanda Holmes, toujours perplexe.

— Je suis l'*ogã axogum* du roi Obá Shité III.

— Franchement, Mukumbé, je continue à ne rien comprendre à ce que vous dites. »

Mukumbé s'expliqua rapidement :

« L'ogã est le maître des sacrifices, celui qui est chargé d'immoler la victime de sa main. Mais nous n'avons pas beaucoup de temps devant nous, Mr. Holmes. Le roi Obá Shité a reçu une information importante que lui ont transmis les *orixás,* c'est-à-dire les esprits protecteurs, sur le monstrueux assassin que vous recherchez. »

Watson était de plus en plus irrité :

« Eh bien, veuillez dire au roi Obá Shité que Sa Majesté l'empereur Pedro II nous attend. »

Il allait faire signe à un fiacre qui approchait, mais Holmes l'en empêcha :

« Mon cher Watson, notre ami à raison. Si cette invitation du Grand Prêtre peut effectivement nous mettre sur la piste du tueur fou, je crois que ce soir, il nous faudra malheureusement renoncer à aller applaudir Sarah Bernhardt. »

Il poussa le docteur dans la calèche et monta à son tour. Mukumbé reprit sa place sur le siège du cocher, fouetta la croupe des chevaux, et l'équipage se mit en route sur les pavés mouillés de la rua Fresca.

L'ilê du babalorixá Iorubá Nagô, consacré roi Obá Shité, se trouvait au pied de la colline de la Gamboa, non loin de la plage de la Chichorra. On y pratiquait la religion Yoruba dans toute la pureté de ses rituels. En tournant le coin de la rua da Saúde, Holmes et Watson pouvaient déjà percevoir le battement des mains sur les *atabaques,* les tambours du candomblé, signe que la communauté était en fête. C'était en effet le jour d'une cérémonie importante, où les jeunes gens, appelés pour la circonstance fils et filles de saints, avaient reçu pour la première fois et officiellement la présence en eux de leurs orixás personnels. Le chant mystérieux des *iaôs* — les nouveaux initiés — imprégnait la nuit d'un étrange mysticisme tellurique. Mukumbé fit arrêter ses chevaux devant l'ilê, et les trois hommes traversèrent le *terreiro,* le « pronaos » soigneusement divisé pour les différents rites, où les jeunes gens qui savaient à présent quel esprit habitait et protégeait chacun d'eux, enfin libérés des petites cellules où ils s'étaient préparés à la cérémonie, dansaient en arborant les riches parures des orixás Ogum, Oxum, Iansã, Nanã, Iémanjá, Oxóssi, Oxumarê et Xangô. Ils entrèrent, et s'avancèrent vers l'*apérê,* le trône où siégeait, imposant, le babalorixá Obá Shité III.

Les ogãs entonnaient les ultimes hymnes du Xirê, en hommage au grand orixá Oxalá, qui devaient clore la cérémonie. Sans mot dire, le roi Obá se leva de son trône et fit signe à ses visiteurs de l'accompagner jusqu'au *peji,* une petite salle au fond du temple où, sur une table couverte d'une nappe en dentelle blanche, était placé le jeu de cauris, des coquilles mélangées à des pièces de monnaie et à des cailloux que les adeptes du candomblé utilisaient pour la divination et l'invocation des divinités. Le babalorixá leur désigna des sièges autour de la table et commença de répandre les cauris devant lui :

« Avant tout, il faut que je sache quel est l'orixá qui plane au-dessus de ta tête, mon fils », expliqua-t-il à Holmes, car dans la religion des Yorubas, les esprits protecteurs veillaient au-dessus de la tête de chaque être humain.

Il ramassa les cauris, et, d'un geste large, les laissa tomber devant lui. Puis il annonça à Sherlock :

« Tu es fils de Xangô. »

Il prit un collier de petits grains marrons et blancs et le passa autour du cou du détective :

« Il te faudra toujours porter ce collier, mon fils. N'oublie jamais : Xangô est ton père. Xangô est ton protecteur. »

À nouveau, le babalorixá rassembla les cauris pour commencer la consultation. Il les mélangea, les laissa de nouveau tomber sur la table, mais coquilles, pièces et cailloux se répandirent de manière complètement désordonnée, comme si les éléments de l'oracle ne parvenaient pas à s'assembler. Le roi Obá Shité eut brusquement l'air soucieux.

« Je ne comprends pas, déclara-t-il. Ce sont les orixás qui t'ont convoqué ici, mais à présent ils semblent ne plus vouloir se manifester. Je regrette, mon fils. Apparemment, il y a une force contraire qui s'oppose à la révélation de l'oracle. »

Watson, qui ne comprenait strictement rien à ce qui se passait, se leva, exaspéré :

« Mukumbé, je vous prie de dire à cet homme que je refuse de me prêter à ces pratiques ridicules ! »

D'un pas digne, il prit la direction de la porte, mais fut dans l'incapacité d'arriver jusque-là : tout son corps, soudain, se mit à trembler, et, deux secondes plus tard, l'habituellement impassible docteur, ex-chirurgien du cinquième régiment de fusiliers du Northumberland, était recroquevillé sur lui-même comme un vieillard, et s'agitait sur place au milieu de la petite salle, dans la position traditionnelle d'Omolu. Il tournoya trois fois sur lui-même et tomba à la renverse.

« Qu'est-ce qui lui arrive ? s'alarma Sherlock Holmes.

— Rien de grave. Le docteur Watson est seulement entré en collision avec un esprit, expliqua Mukumbé.

— Et maintenant, il va falloir lui raser la tête et lui faire trois petites entailles au bras, comme il est de règle pour les nouveaux adeptes », compléta sentencieusement Obá Shité.

Holmes s'efforça de recouvrer son calme.

« Je sais que vos intentions sont parfaitement pures, mais je dois vous dire que nous n'avons malheureusement pas le temps de nous prêter à des rites initiatiques. »

Il s'approcha de Watson, toujours étalé par terre, et le secoua violemment. En vain.

« Watson ! Watson ! Allons, levez-vous ! »

Mukumbé fit de son mieux pour tranquilliser le détective :

« Calmez-vous, Mr. Holmes. Ce phénomène est seulement le signe que votre ami est un homme particulièrement sensible et réceptif. Il a tout naturellement capté les fluides qui parcourent l'ilê. Mais comme il n'a reçu aucune préparation préalable, n'importe quel esprit aurait pu entrer en lui. À ce qu'il semble, la chance a voulu que ce fût justement l'orixá qui le protège personnellement. Ç'aurait pu être bien pire, si par malheur ç'avait été... »

Mukumbé fut interrompu par un grand éclat de rire, très rauque, qui sortait de la gorge de Watson.

« ... une *pomba-gira,* compléta-t-il, soudain effrayé.

— Qu'est-ce que c'est que ça ? » demanda Holmes, de plus en plus inquiet.

Le babalorixá Obá Shité reprit les rênes de la situation, et expliqua calmement :

« Une pomba-gira est un esprit femelle, un démon qui se manifeste à la manière d'une créature féminine. Habituellement, elle ne prend possession que des femmes, ou des... Est-ce que votre ami a, euh... des goûts particuliers ?

— Qu'entendez-vous par là ?

— Est-ce que le docteur Watson est inverti ? traduisit Mukumbé, gêné.

— Non, il est anglais.

— Alors, la pomba-gira n'a pas dû faire la différence », conclut Obá Shité en haussant les épaules.

Tout à coup, Watson se leva et s'approcha de Holmes, les mains dans les poches, d'un air polisson :

« *Que Oibó mais olorundidun »,* soupira-t-il, en humant la nuque de son ami.

L'embarras du détective était visible. Mukumbé vint à son secours :

« Il dit que vous êtes un bel homme blanc, et que vous sentez très bon. »

L'instant d'après, Watson se mit à crier comme une marchande de poissons en colère :

« *Como é ? Eu quero oti ! Eu quero itaba, seus merdas ! E pode acendê as inãs !* » clama-t-il, dans un mélange de portugais et de langue yoruba, et sans le moindre accent.

L'angoisse et la stupeur de Holmes, cependant, ne cessaient de croître :

« C'est incroyable ! Watson n'a jamais compris un seul mot de portugais, ni d'aucune langue africaine !

— Ce n'est pas lui, c'est la pomba-gira qui parle par sa bouche et qui réclame de la cachaça, un cigare et des bougies », expliqua Mukumbé.

Le babalorixá s'empressa d'accéder à cette requête. Watson but d'un trait le flacon d'eau-de-vie, et tira quelques bouffées de son cigare.

« *Qué dizê que suncê qué sabê quem é o zirikili ?* »

Cette fois, Holmes comprit tout seul le sens de la phrase :

« C'est bien ça. Nous avons besoin de savoir le plus tôt possible qui est le *serial killer.* »

La pomba-gira-Watson partit d'un autre rire moqueur :

*« Ha, ha, ha, ha ! Mas suncê conhece o zirikili ! Já andou juntinho de suncê. Suncê só não descobre porque tem fumado muita itabojira no cachimbo... »*

Sherlock n'eut pas besoin de traduction pour comprendre que *fumado muita itabojira no cachimbo* était une allusion à tout le cannabis qu'il avait fumé dans sa pipe. Brusquement, la démone passa à un portugais sinon correct, du moins intelligible :

« Si toi pas fumé trop *itabojira,* toi déjà trouvé qui est le zirikili, parce que le zirikili laissé les cordes et coupé les langues ! Ha, ha, ha, ha ! »

La pomba-gira-Watson ricana tout son soûl, puis reprit :

« *O zirikili é um okorin de owô odara, e ainda vai kufá outra obirin com a obété !* »

De nouveau, Mukumbé servit d'interprète :

« Elle dit que le zirikili... pardon, le *serial killer* est un homme très riche, et qu'il va encore tuer une femme avec son couteau.

— Et pourquoi commet-il ces crimes affreux ? »

Watson avala un autre flacon de cachaça, et se remit à rire :

« *Porquê ?* Parce que zirikili est *kolorí !* » déclara-t-il, et personne n'eut besoin de préciser à Holmes que *kolorí* voulait dire « fou ».

La pomba-gira-Watson mit ses poings sur ses hanches, et brailla de toutes ses forces :

« Alors ? Je vouloir *manga !* Je vouloir *éjé !* Sinon, je pas m'en aller !

— Qu'est-ce qu'elle dit, maintenant ?

— Elle veut du sang. Elle veut qu'on lui sacrifie un oiseau, sinon elle restera dans le corps du docteur Watson, expliqua Mukumbé.

— C'est parfaitement ridicule ! Watson a toujours été végétarien ! »

Mukumbé s'efforça une nouvelle fois de faire comprendre à Holmes le phénomène de possession auquel il était en train d'assister, cependant que le babalorixá allait chercher le nécessaire pour le sacrifice :

« Mr. Holmes, dit-il patiemment, ce n'est pas le docteur Watson qui réclame du sang. C'est la pomba-gira. Pour le moment, votre ami n'est plus que le corps dans lequel elle s'est incarnée.

— Et je ne peux pas lui demander de me dire le nom de l'assassin ?

— Plus maintenant. Quand une pomba-gira désire se désincarner à nouveau, cela veut dire qu'elle ne révélera plus rien. Maintenant, si vous permettez, en tant qu'ogã axogum, mon devoir exige que j'accomplisse le sacrifice. »

Mukumbé prit le grand couteau effilé et la poule qu'avait rapportés Obá Shité, et égorgea le volatile au-dessus de la tête du docteur.

La pomba-gira-Watson riait de plaisir et buvait goulûment le sang de la poule. Il s'en barbouillait le visage en faisant d'effroyables grimaces et, s'esclaffant de plus belle, répétait comme un imbécile : *« Oluparun! Oluparun! »*, mot qui en langue yoruba — expliqua Mukumbé — signifiait « exécuteur ».

Avec autant de rapidité que s'était produit le phénomène de possession, il se passa alors le phénomène inverse : Watson retomba sur le sol comme un paquet de chiffons, puis, une seconde plus tard, se releva, l'air seulement un peu étourdi :

« Alors, nous pouvons partir ? Il me semble évident qu'il n'arrivera rien d'intéressant dans cet endroit. Nous avons perdu notre soirée ! » dit-il d'une voix absolument normale.

Sherlock Holmes avait toutes les peines du monde à croire que les événements dont il était témoin étaient réels.

« Voyons, Watson, vous ne vous souvenez de rien ?

— Mais si, je me souviens parfaitement. Nous sommes entrés dans cette pièce, et cet Africain pour le moins fantaisiste a commencé à mélanger des coquilles avec des cailloux et des pièces de monnaie. C'est tout ! Je regrette amèrement que nous ayons manqué Sarah Bernhardt à cause de l'enthousiasme mal placé de ce garçon », dit-il en désignant Mukumbé.

Holmes, au désespoir, tenta de réveiller ses souvenirs :

« Mon ami, je vous en supplie, dites-moi quel est le nom du *serial killer! »*

Le docteur répondit froidement :

« Mon cher, je crois que le soleil des tropiques vous a trop tapé sur la tête. Pourquoi diable vous figurez-vous maintenant que je connais le nom de ce fou sanguinaire ? »

Holmes voulait lui raconter ce qui s'était passé quelques minutes plus tôt :

« Mais, Watson... »

Faisant la sourde oreille, le docteur Watson se dirigea d'un air méprisant vers la porte :

« Bien le bonsoir, messieurs », lança-t-il sèchement et sans se retourner, en enfonçant son chapeau sur ses cheveux collés par le sang de poule.

# 21

MALGRÉ L'HEURE MATINALE, c'était une véritable foule, joyeuse et bruyante, qui s'était déplacée pour faire ses adieux à Sarah Bernhardt sur le port. Si quelque trois mille personnes étaient là pour l'accueillir le jour de son arrivée, il y en avait au moins le double, à présent, qui se pressait sur le quai Pharoux pour l'acclamer une dernière fois au moment où son bateau lèverait l'ancre.

La représentation de *Phèdre,* la veille, qui concluait la tournée brésilienne de la Divine, avait dépassé tout ce qu'on pouvait en attendre. À la fin de la pièce, l'acteur Vasques était monté sur scène et avait déclamé un long poème qu'il avait lui-même composé pour l'occasion, et dont les strophes alternaient avec un refrain en forme de quatrain qui s'achevait à chaque fois par ces mots : « ... ton nom, Sarah Bernhardt ! » Une véritable folie s'était alors emparée du public, qui s'était levé pour une interminable ovation qu'on avait dû entendre à un kilomètre à la ronde, et avait jeté sur la scène non seulement des capes et des manteaux, mais aussi des chapeaux, des redingotes et même des parapluies. La petite colonie française de Rio avait envahi le plateau, pour déposer aux pieds de la grande Sarah une gigantesque corbeille de fleurs aux couleurs de la France, composée de roses rouges, d'hortensias, de camélias et de myosotis.

Affrontant le mauvais temps, une multitude d'enthousiastes avait ensuite accompagné la calèche qui ramenait la

Divine au *Grande Hôtel*, au milieu d'un tonnerre d'acclamations, et des cris de « Vive Sarah Bernhardt ! » mêlés à des couplets de *La Marseillaise* entonnés par des chœurs improvisés avaient retenti dans les rues jusqu'aux petites heures de la matinée.

Très émue, mais aussi complètement épuisée, Sarah Bernhardt aurait bien voulu échapper à de nouvelles manifestations d'adoration au moment du départ, et c'est pourquoi elle était montée de très bonne heure à bord du *Britannia,* le vapeur de la Pacific Steam Navigation Company qui devait la transporter à Buenos Aires. Mais cet effort avait été vain. Bientôt, ses admirateurs avaient commencé à scander amoureusement son nom, jusqu'à ce qu'elle consentît à apparaître sur le pont pour leur adresser un ultime salut. La population, alors, avait tiré de ses poches des mouchoirs bleu, blanc et rouge pour les agiter dans sa direction.

Parmi tous ceux qui s'étaient massés pour honorer une dernière fois la grande actrice, on pouvait apercevoir Sherlock Holmes, Artur Azevedo, Miguel Solera de Lara, Guimarães Passos, le marquis de Salles et, naturellement, Paula Nei, qui, un mois et demi plus tôt, s'était précipité à bord du *Cotopaxi* à peine la passerelle baissée pour être le premier à l'accueillir.

Le docteur Watson, pour sa part, était resté à l'hôtel : enfermé dans la salle de bains, il s'efforçait d'éliminer les derniers restes de sang de poule coagulé qui collaient à son cuir chevelu. Le bon docteur se refusait toujours à croire en cette ahurissante histoire de possession par une démone dont il aurait été victime dans l'ilê du babalorixá Obá Shité. Il attribuait l'incident à une farce du plus mauvais goût, et s'obstinait à répéter qu'un plaisantin stupide avait mis du sang dans son chapeau.

La troupe du Teatro Santana, avec à sa tête Heller, le producteur de *La femme qui était un homme,* était aussi là au grand complet. Anna Candelária, qui se tenait au côté de Holmes, lui avoua :

« Je suis triste.

— Pourquoi, mon ange ?

— Parce que ce départ me rappelle que le tien se rapproche de jour en jour... »

Sherlock sentit son cœur se serrer. Il s'était pris d'une affection toute particulière pour ce pays plein de contradictions. Il tâta sous sa chemise le collier de Xangô qu'Obá Shité lui avait donné. Malgré cela, il le savait bien, quand viendrait le moment de faire ses adieux à Anna, il en éprouverait un grand chagrin. Une idée lui vint :

« Et pourquoi ne t'embarquerais-tu pas pour Londres avec moi ? »

Anna Candelária le regarda quelques instants, comme si elle avait du mal à comprendre. Puis :

« Je ne sais pas, ce serait très difficile... Tout ce qui fait ma vie est ici, dans mon pays. Je ne l'ai jamais quitté. »

Avant que le détective eût le temps d'insister, il entendit quelqu'un crier son nom au milieu du tumulte :

« Mr. Holmes ! »

C'était le commissaire Mello Pimenta qui s'approchait en se frayant un chemin dans la foule. Il tenait une enveloppe à la main et semblait tout excité.

« Bonjour, commissaire. À ce que je vois, vous aussi vous êtes venu assister au départ de Mlle Sarah Bernhardt !

— En fait, je suis surtout venu vous chercher. Il y a du nouveau ! dit-il, en brandissant son enveloppe.

— De quoi s'agit-il ?

— Eh bien, figurez-vous que j'ai reçu une lettre de l'assassin, envoyée au commissariat », révéla-t-il à voix basse, en approchant sa bouche de l'oreille de Sherlock Holmes.

Celui-ci tenta de lui arracher l'enveloppe des mains.

« Non, Mr. Holmes, dit Pimenta. Il y a trop de gens autour de nous. De surcroît, nous allons pouvoir compter sur une aide supplémentaire. Je suppose que vous n'avez jamais entendu parler du docteur Nina Milet ?

— Effectivement, ce nom ne me dit rien.

— Qui est ce Nina Milet ? s'enquit Guimarães Passos, s'immisçant dans la conversation.

— Un jeune aliéniste spécialiste de criminologie, originaire de Bahia, mais qui a passé son doctorat ici, à Rio. Il nous a beaucoup aidés lors de certaines enquêtes antérieures, et, par chance, il se trouve qu'il s'intéresse à notre affaire. Il veut nous aider à établir le profil mental de l'assassin. »

Le marquis de Salles, qui s'était approché du petit groupe, intervint à son tour :

« Excellente idée. Nous pourrions nous réunir pour le déjeuner chez Lacombe. Je vais avertir le reste de la Confrérie. Je pense que chacun de nous est susceptible d'apporter sa contribution. »

Mello Pimenta n'approuvait guère cette idée, car après tout cette affaire ne regardait que la police, mais Sherlock Holmes estima que la suggestion du marquis était bonne : puisque, de toute façon, ils se trouvaient dans une impasse, toute collaboration, même si c'étaient de simples amateurs qui l'apportaient, serait la bienvenue.

« Dans ce cas, rendez-vous pour tout le monde à une heure, chez Lacombe ? Je me charge de passer prendre Mr. Holmes », déclara Guimarães Passos.

Le détective se retourna pour reprendre sa conversation avec Anna Candelária, mais la jeune femme était partie silencieusement, pour rejoindre la troupe de ses camarades de scène, qui commençaient à quitter le quai. Holmes tenta de la rappeler, mais sa voix se perdit dans le joyeux tumulte de la foule.

La sirène du *Britannia* émit sa longue plainte mélancolique, et chacun eut le sentiment que le paquebot lui-même pleurait ce départ inévitable. Plusieurs petites embarcations le suivirent un moment, tandis qu'il s'éloignait, et leurs passagers continuèrent à lancer des vivats au Mythe, dont la silhouette se faisait plus petite d'instant en instant. Pour finir, les mouchoirs bleu, blanc et rouge furent jetés à la mer, formant un immense tapis coloré dans le sillage du navire. À l'arrière, Sarah Bernhardt, les larmes aux yeux, saluait et saluait encore, un drapeau brésilien à la main.

Le restaurant Lacombe occupait un entresol de la rua São José. La carte offrait un choix de mets extrêmement variés : soupe aux feuilles d'acajou, oisillons frits à la banane, tourte aux huîtres, tendrons de citrouille, tiges de gouets, œufs de caouane (ou tortue marine), aras, cacatoès et perruches rôtis à la broche, poitrine de veau aux fruits de mer, queue de bœuf à la confiture de lentilles, cœur de bœuf grillé, marinade d'oie aux fougères du Brésil, filets d'antilope, friture de grenouilles et de lézards, ragoût de tortue des champs... Toutefois, la grande spécialité de la maison, chez Lacombe, était le cobra. Afrânio, le cuisinier, faisait d'ailleurs à qui voulait l'entendre un éloge détaillé de sa propre recette : « Le cobra offre une chair absolument délicieuse, meilleure que celle des poissons les plus délicats, avec laquelle elle a une certaine parenté de saveur. Les gens qui ont goûté à la chair du cobra la préfèrent ensuite à toute autre. Mais les plus grands avantages que présente la consommation de ce mets sont ses vertus curatives, tout à fait remarquables dans les cas de maladies de cœur, de syphilis invétérée, et surtout d'éléphantiasis, qui, pourvu qu'il ne soit que commençant, peut être totalement guéri par l'ingestion de chair de cobra. Il va sans dire que le gourmet doit oublier l'horreur instinctive qu'inspire cet animal, et plus encore le préjugé selon lequel sa chair serait vénéneuse. On sait parfaitement que le venin du cobra ne se trouve que dans deux petites poches à l'arrière des crocs. Qui plus est, avaler ce venin est entièrement inoffensif : il n'est nocif, et même parfois mortel, que s'il est en contact avec le sang. Quant à la préparation, il est nécessaire de commencer par trancher la tête du reptile, puis de le dépecer, et enfin de l'ouvrir et de le nettoyer de ses viscères. Après quoi, on découpe le cobra en morceaux, qu'on fait fricasser dans deux cuillerées de graisse avec un oignon haché. On le saupoudre d'une cuillerée de farine, puis on ajoute une tasse d'eau, du sel, du persil, des piments et un peu de noix de muscade râpée. On laisse frémir à feu doux jusqu'à ce que la chair soit bien tendre, après avoir lié la fricassée avec deux jaunes d'œufs battus dans un verre de vin. La chair du cobra vivipare est meilleure que celle du cobra ovipare, et, parmi les cobras vivipares, on choisira de préférence le cobra à sonnettes, qui est le plus fin et le plus goûteux. »

Au demeurant, nul des membres de la Confrérie des fainéants ne s'était jamais aventuré à tâter de ce plat pourtant fort appétissant, excepté Albertinho Fazelli, qui de toute façon aurait mangé n'importe quoi. En fait, s'ils allaient régulièrement chez Lacombe, c'était moins pour ce qu'on y servait que pour l'ambiance, sympathique et décontractée, qui régnait dans le restaurant. Ils appréciaient, en particulier, que les autres clients n'y prissent jamais ombrage de leur tapage habituel.

Ce jour-là, les premiers arrivés avaient mis côte à côte deux grandes tables, pour accueillir tous les convives attendus. Assis en bout de table se trouvait l'invité d'honneur, le docteur Edmundo Nina Milet. C'était un jeune homme de vingt-quatre ans, à l'air très sérieux, aux yeux noirs et profonds sous un front haut, qui arborait de longues moustaches gominées. À certains, le physique d'Edmundo Nina Milet rappelait celui de Rui Barbosa*, cependant que d'autres estimaient que cette ressemblance n'était due qu'au fait que tous deux étaient originaires de Bahia. Le jeune savant était non seulement aliéniste et criminologue, mais aussi sociologue et ethnologue, et il étudiait plus particulièrement la race africaine et ses descendances brésiliennes.

Le commissaire Mello Pimenta commença par lire la lettre qu'il avait reçue de l'assassin :

*Cher Commissaire,*
*Au moment où tu liras ces lignes bien maladroitement tracées, je serai en train de me préparer à en dessiner d'autres avec ma lame, beaucoup moins maladroitement, sur le corps d'une autre putain. Que te faut-il de plus pour me découvrir ? Que j'écrive mon nom en toutes lettres sur les carcasses mortes de ces traînées ? J'ai cru — très brièvement — que ton associé anglais s'y entendrait mieux que toi pour déchiffrer les messages que je laisse à chaque fois, mais, apparemment, il est si bête qu'une langue de plus a déjà été coupée, et pas par mes soins : celle qu'il a donnée au chat devant ce simple petit rébus ! J'espère au moins que vous vous êtes jusqu'ici amusés autant que moi, tous les deux. Mais je vous conseille d'agir vite, parce que je suis*

*impatient, très impatient, et il me reste encore une corde, non pas à mon arc, mais à mon violon ! Et, à propos de cordes...* Cordiales *salutations. Vous verrez bientôt combien cet adjectif est approprié !*

Mello Pimenta replia la lettre :

« C'est signé *Oluparun,* dit-il.

— Oluparun ? Qu'est-ce que ça veut dire ? » interrogea Chiquinha Gonzaga.

Edmundo Nina Milet traduisit le terme que Sherlock Holmes avait déjà entendu prononcer dans l'ilê du babalorixá Obá Shité :

« C'est un mot en langue Yoruba Nagô. Cela signifie l'"exécuteur", ou l'"exterminateur".

— Alors, c'est que l'assassin est un nègre », conclut Albertinho Fazelli, fidèle à son habitude de parler d'abord et de réfléchir ensuite.

À ce moment précis, José do Patrocínio pénétra dans le restaurant.

« Je vois que j'arrive au bon moment, observa-t-il ironiquement. Vous parlez de quelqu'un de ma race, et vous supposez automatiquement qu'il s'agit d'un criminel. Apparemment, il va bientôt nous falloir lutter non seulement pour l'abolition de l'esclavage, mais aussi pour faire admettre qu'il nous est possible de ne pas assassiner les gens ! »

Guimarães expliqua qu'Albertinho n'avait fait que commenter la signature d'une lettre envoyée par l'assassin, et présenta Patrocínio au docteur Nina Milet.

« Excusez notre ami Albertinho, dit-il. Vous savez qu'il a toujours tendance à tirer des conclusions hâtives. »

Le commissaire Mello Pimenta fit observer, cependant que la missive passait de main en main :

« La vérité, malheureusement, est que ce billet ne nous apprend pas grand-chose. Il nous donne seulement une raison supplémentaire de penser qu'au fond de lui, notre homme a le désir d'être découvert.

— C'est certainement un individu cultivé, même s'il a pris soin de mal former ses lettres pour ne pas être reconnu grâce à son écriture, affirma Sherlock Holmes, en examinant la lettre. Est-ce que ceci vous est arrivé par la poste ?

— Non, l'enveloppe libellée à mon nom a été remise à un des plantons du commissariat par un jeune commissionnaire, un négrillon qui a ensuite disparu sans demander son reste.

— L'auteur de ces lignes est probablement un métis », proféra sentencieusement Nina Milet.

De nouveau, José do Patrocínio se fâcha :

« Comment pouvez-vous déclarer une chose pareille aussi inconsidérément ?

— Il n'y a rien d'inconsidéré dans ce que j'affirme. Je me borne à tirer une conclusion purement scientifique. Lisez donc l'*Essai sur l'inégalité des races humaines,* de Gobineau, qui, au temps où il était ambassadeur de France au Brésil, fut un ami de notre empereur. Comme les nègres appartiennent à une race inférieure, le métissage a pour conséquence la formation d'êtres dégénérés, dont beaucoup ont des propensions aux maladies mentales et des tendances criminelles dès la naissance.

— Ce sont des idées absurdes comme celles-là qui entravent la cause abolitionniste ! Vous devriez avoir honte de ce que vous dites », répliqua avec indignation José do Patrocínio, qui connaissait déjà ce darwinisme social et les spéculations fumeuses qu'il engendrait.

Mais Nina Milet ne se troubla pas :

« Cher monsieur, je parle en connaissance de cause. Les études de phrénologie et de craniométrie ne mentent pas ! Regardez, par exemple, ce qu'écrit Lombroso, le grand criminologue italien. Si nous nous fondions scrupuleusement sur ses théories, nous serions en mesure d'arrêter n'importe quel criminel avant même qu'il commette son crime !

— Comment ça ? s'enquit Chiquinha Gonzaga, intriguée.

— En classant la population selon les critères définis par la phrénologie. Nous savons que les individus aux tendances criminelles avérées souffrent d'une asymétrie faciale et crânienne. Chez eux, la zone occipitale est plus importante que la zone faciale, les arcades sourcilières sont très fortes et l'observation de leur visage révèle un prognathisme marqué. »

Il fit une pause, puis ajouta :

« Et, comme la majorité des métis, ils ont des lèvres épaisses et des narines plus larges que la normale. »

Holmes se rappela le beau visage d'Anna Candelária, et résolut de mettre un terme à ce déballage d'inepties :

« Je connais bien ces théories, docteur, mais il me semble un peu simpliste d'attribuer aux nègres et aux métis l'existence de la criminalité. Si c'était le cas, il n'y aurait pas de villes plus pacifiques au monde que Londres ou Paris ! »

Nina Milet poursuivit, presque pédant dans son souci du détail :

« Mr. Holmes, le métissage n'est plus de nos jours un apanage du Nouveau Monde. De surcroît, je ne fais que citer *L'uomo delinquente,* l'ouvrage majeur de Lombroso. Dans ce traité, l'auteur démontre également que les individus aux instincts criminels ont, par ailleurs, des tendances à l'épilepsie, ainsi qu'à d'autres altérations psychologiques : par exemple, un bégaiement prononcé, une insensibilité olfactive et papillaire, ou encore des capacités auditives et visuelles tantôt fortes et tantôt faibles. Pour ne rien dire des éléments d'ordre sociologique, comme l'habitude de se tatouer le corps, ou physiologique, comme l'ambidextrie. »

Holmes se tourna vers Mello Pimenta, et s'exclama :

« Alors, vous feriez bien de m'arrêter tout de suite ! Depuis l'enfance, je fais tout avec les deux mains. »

Tout le monde se mit à rire de ce sous-entendu grivois, ce qui eut pour effet de détendre un peu l'atmosphère que les déclarations intempestives du criminologue avaient rendue plutôt pesante.

Mais le commissaire souhaitait qu'on discutât de l'affaire plus objectivement :

« Toutes ces généralités ne nous mèneront nulle part. Prenons les choses point par point, dit-il. Et d'abord : quel sens donner au fait que l'assassin coupe la langue de ses victimes ?

— Une forme malsaine de fétichisme, de la part de quelqu'un qui éprouve une soif intense d'affection..., suggéra le marquis de Salles.

— Et les cordes de violon ?

— Ça pourrait être seulement une plaisanterie de mauvais goût », dit Albertinho, qui n'avait pas beaucoup d'imagination.

Sherlock Holmes intervint :

« Impossible. Dans sa lettre, lui-même insiste beaucoup sur le fait qu'il s'agit de pistes qu'il laisse délibérément derrière lui.

— Pourquoi n'assassine-t-il que des femmes ? demanda Chiquinha Gonzaga.

— Parce qu'elles sont plus faibles, avança Albertinho.

— Pas toutes ! assura Chiquinha.

— Alors, parce qu'il les hait, suggéra Paula Nei.

— C'est plus crédible. Mais est-ce qu'il hait TOUTES les femmes ? demanda Guimarães Passos.

— Il est possible que pour lui la femme soit le symbole du pervertissement des mœurs qui caractérise notre époque, déclara d'un ton pontifiant Solera de Lara.

— Qui sait ? Peut-être qu'il a surtout peur d'elles, réfléchit Chiquinha.

— C'est possible. Ou, plus exactement, il a peur de quelque chose qu'elles éveillent en lui, murmura Sherlock Holmes, songeur.

— Ou que, justement, elles n'arrivent pas à éveiller ! » dit Angelo Agostini, le caricaturiste de la *Revista Ilustrada,* qui jusqu'à présent s'était tenu coi et griffonnait quelque chose sur son grand carnet de croquis.

Il retourna le carnet, et chacun put voir ce qu'il avait dessiné. C'était un violoniste vêtu de noir, qui, en place d'archet, brandissait un énorme compas pour la mensuration des crânes. Il portait un collier de langues coupées autour du cou et dansait, foulant aux pieds un monceau de cadavres de femmes nues, aux sexes presque glabres d'où jaillissaient des cordes de violon tordues en spirales comme des ressorts de montre. Le membre flasque et ratatiné de l'homme pendillait mollement par sa braguette. Il y avait quelque chose de si terrifiant dans ce personnage crayonné que tous le fixèrent un long moment des yeux, sans rien dire, comme hypnotisés. Bientôt, ils s'aperçurent que le monstre avait le visage de l'illustre docteur Nina Milet. C'était la protestation silencieuse de l'artiste contre les théories absurdes dont le jeune savant plein de morgue se faisait le zélateur.

Au bout du compte, le seul intérêt de ce déjeuner consista dans le dessert spécialement confectionné par Afrânio : un gâteau à base de chocolat et d'ambre de cachalot, appelé le « Délice des Affligés », que tous dévorèrent avec avidité, car, à en croire le cuisinier, c'était un excellent remède pour restaurer les forces amoindries par les excès sexuels.

# 22

*Il est seul dans la chapelle, debout à côté du cercueil ouvert de sa mère. Ironie du sort : après tant d'années passées à s'inventer des maladies imaginaires, la pauvre vieille folle a succombé en quelques jours à une soudaine et galopante fièvre variolique. Il n'en ressent ni douleur ni regret. Au contraire : c'est une sensation de délivrance qui envahit son âme tandis qu'il observe, dans l'étroite caisse de bois sombre, le cadavre ravagé de la morte. Ils avaient raison, les esclaves nègres de la ferme paternelle, qui, les nuits de magie noire, l'appelaient dès sa prime enfance « Oluparun ». Comme l'ange du carnage, lui aussi est l'Exterminateur. Il est l'un des sept anges qui portent les sept coupes d'or de l'Apocalypse. Il est le linceul de la Grande Prostituée. La Grande Prostituée est venue pour corrompre les rois de la terre, écrit l'apôtre, et c'est ainsi qu'elle a perverti un imprudent monarque des tropiques. Qu'il en soit fini d'elle ! Les habitants de la terre ne s'enivreront plus du vin de sa prostitution. Il sait qu'Oluparun a pour mission de faucher la Femme pleine de noms blasphématoires, la Femme toujours parée d'or, et de pierres précieuses, et de perles, celle qui a dans sa main la coupe pleine des abominations et des impuretés de sa dépravation. Elle est arrivée, l'heure d'abattre enfin la Grande Prostituée de cette encore inculte Babylone de la mer et des collines. La femme qui a éveillé en lui la bête immonde de la luxure. Car maintenant, Oluparun, la Bête, l'Ange et lui-*

*même se fondent en une seule et même créature. Il est la Bête qui s'enivrera du sang de la mère de toutes les putains et de toutes les abominations de la terre. Tout son être est tendu vers le moment où il laissera, écrit sur son front, un nom :* MYSTÈRE. *La Bête hait la Prostituée, et elle la rendra désolée et nue, et elle mangera ses chairs et la consumera par le feu, parce que l'Ange a rempli l'esprit de l'homme-Bête des desseins d'Oluparun. C'est seulement lorsqu'il les aura exécutés qu'il cessera d'être la Bête. Alors, l'Ange aimera la Bête qui était, mais qui n'est plus.*

Par cette fraîche soirée du milieu de juillet, Maria Luísa Catarina de Albuquerque, baronne de Avaré, achève la lecture de *Splendeurs et misères des courtisanes,* confortablement installée dans son joli boudoir, si intime, la pièce qu'elle préfère dans son palais de la rua Cosme Velho. Comme elle n'attend pas de visites, elle n'est vêtue que d'un peignoir de soie par-dessus sa fine chemise en organdi. De temps en temps, elle croque un des marrons glacés qu'elle s'est fait apporter de chez Cailtau, le meilleur confiseur de la ville, ou boit une gorgée de champagne. Soudain, une page de son livre se tourne toute seule sous le souffle de la brise. Maria Luísa est un peu étonnée, car elle est sûre d'avoir fermé la porte-fenêtre qui donne sur le balcon, derrière elle. Elle regarde par-dessus son épaule, et il est là, debout, immobile dans l'encadrement de la porte-fenêtre ouverte.

« Vous ? Mon Dieu, vous m'avez presque fait mourir de peur ! proteste-t-elle, surprise. A-t-on idée d'entrer chez les gens comme ça, à une heure pareille et sans se faire annoncer ? »

Lui ne dit rien. Il traverse le boudoir à pas lents, en direction de Maria Luísa. La jeune baronne ne sait plus que dire en le voyant s'avancer ainsi, sombre et taciturne. Mais elle sait bien que, parfois, la perte d'un être cher peut provoquer chez les gens d'étranges réactions.

« On m'a dit que votre mère était décédée. J'en suis sincèrement désolée. Je sais combien vous l'aimiez. »

Il ne répond toujours pas. Alors, un peu troublée, elle se lève et recule imperceptiblement. Il continue de s'approcher, pas à pas, les mains croisées derrière le dos. La baronne se rend compte qu'il y a quelque chose d'insolite dans ce comportement. Elle essaie de plaisanter :

« Allons, mon ami, vous ne savez pas que vous risquez de faire jaser en rendant visite à de jeunes veuves à cette heure de la nuit ? »

Lentement, il décroise les bras, et son geste révèle ce qu'il tient dans ses mains : un violon auquel il ne reste plus qu'une corde. Faisant glisser l'archet sur cette corde unique, il en tire un son triste, monotone, prolongé. Alors Maria Luísa reconnaît son stradivarius, et, en une fraction de seconde, horrifiée, elle comprend tout. Elle court vers la porte pour appeler au secours :

« Mukumbé ! Mukumbé ! »

Elle ouvre la porte du petit salon, et son cri se fige : posé sur la large rampe de la balustrade qui borde l'escalier vers la cour intérieure, il y a un plateau d'argent, et, sur le plateau d'argent, la tête coupée de Mukumbé, dont les yeux sans vie paraissent levés vers elle comme s'ils imploraient son indulgence.

Il la saisit par sa chevelure et la tire à l'intérieur du salon, son long couteau à la main. Maria Luísa se débat, lutte de toutes ses forces pour échapper à la mort, mais ses tentatives sont vaines contre la force hors du commun de son assaillant. Elle le supplie, agrippée à ses longues jambes :

« Mais pourquoi ? Pourquoi ? »

Sa voix est réduite au silence par la pointe de la lame, qui, d'un coup sec, s'enfonce dans sa bouche et lui transperce le cerveau.

Il s'agenouille, livide, à son côté, lui ouvre la poitrine du tranchant de son arrache, en arrache le cœur encore tout chaud et dévore avidement l'organe ensanglanté ; il en gémit de plaisir, et, lorsqu'il achève ce macabre festin, son pantalon est maculé de taches blanchâtres.

À présent, Maria Luísa Catarina de Albuquerque est étendue, morte, aux pieds de Miguel Solera de Lara.

Il reste un moment près du corps profané, haletant. Sans se hâter, il tranche la langue de la jeune baronne, puis il arrache la dernière corde du violon — celle de *ré* — et l'enroule soigneusement dans la toison crépue du pubis de la morte.

Il manque encore un détail pour parachever cette effroyable cérémonie. Il se baisse, trempe son doigt dans le sang qui coule de la gorge perforée, et trace sur le front de sa victime le mot MYSTÈRE. Puis il se relève, et, sautant du balcon, s'engouffre dans les ténèbres protectrices de la rua Cosme Velho.

Pauvre petite baronne de Avaré, joyeuse courtisane du palais impérial. Elle n'avait pas commis de bien graves péchés : sa grande faute était d'avoir, en toute innocence, éveillé la concupiscence perverse d'Oluparun...

Pour Mello Pimenta et Sherlock Holmes, qui buvaient du café à une table du bar de l'*Hotel Albion,* il n'y avait pas le moindre doute : depuis que la série de meurtres avait commencé, l'assassin comptait couronner ses exploits en mettant à mort la malheureuse baronne. Il avait pris des risques, en osant exécuter sa victime dans sa propre maison. C'était ce que prouvait le bain de sang qu'il avait laissé sur son passage, car, outre Mukumbé, il avait prestement occis trois esclaves et deux mucamas dans le seul but de mieux surprendre Maria Luísa. Et elle était la seule qui eût mérité cette inscription étrange en lettres de sang sur son front.

« Avez-vous une idée de ce que cela signifie, Mr. Holmes ?

— Si je ne m'abuse, c'est une référence à l'Apocalypse de saint Jean. On y trouve un verset où le prophète décrit la Grande Prostituée de Babylone, en mentionnant qu'elle a le mot *mystère* écrit sur son front.

— Je regrette que ce dément ait eu une si mauvaise opinion d'une dame aussi charmante », dit Pimenta, en faisant lentement tourner sa cuiller dans sa petite tasse.

Tous les deux se sentaient profondément déprimés. Ils avaient passé la matinée à fouiller de fond en comble le palais de la rua Cosme Velho, sans rien découvrir qui pût les aider dans leur enquête. Pimenta avait emporté la corde de violon, avec une inconfortable sensation de soulagement. Quelque chose lui disait, peut-être faussement, qu'au moins la série d'épouvantables crimes du tueur au stradivarius était terminée. Il avait raccompagné Holmes jusqu'à son hôtel en début d'après-midi, et ni l'un ni l'autre n'avait eu la moindre envie de déjeuner, fût-ce légèrement, après avoir contemplé le spectacle d'horreur dont la belle demeure de la baronne s'était faite le décor. Ils étaient en train de boire leur café à petites gorgées, sans rien trouver à se dire, quand le concierge Inojozas entra brusquement dans le bar, très agité. Ses cheveux, d'habitude artistement coiffés et calamistrés, étaient en bataille et il n'avait même pas pris la peine de gominer sa moustache.

« Mr. Holmes, il s'est passé quelque chose de terrible. Je ne sais comment vous l'annoncer !

— Qu'est-il arrivé ?

— Dans toutes mes années de carrière dans l'hôtellerie, c'est la première fois que je suis confronté à un pareil désastre !

— Allons, mon ami, dites-nous tout de suite de quoi il s'agit !

— Des cambrioleurs ont pénétré dans vos appartements.

— Quoi ?

— La femme de chambre vient de me prévenir. Quand elle est montée nettoyer la salle de bains, elle a trouvé votre fenêtre forcée. »

Sherlock Holmes et Mello Pimenta, précédés d'Inojozas, se précipitèrent vers l'escalier. Ils montèrent les marches quatre à quatre et coururent jusqu'à la porte de la chambre. Une femme en bonnet et tablier blancs, toute pâle, les attendait sur le seuil. Holmes ouvrit rapidement la porte et entra. À première vue, tout était dans un ordre parfait, excepté la fenêtre forcée qui pendait hors de ses gonds. Soudain, Mello Pimenta dit d'une voix sombre, en pointant son doigt vers le lit :

« Regardez, Mr. Holmes ! »

Sur le lit, appuyé aux coussins, était posé le *Chant du cygne,* l'œuvre ultime d'Antonio Stradivari, volé deux mois plus tôt à la défunte baronne de Avaré. Sans ses cordes, l'instrument paraissait presque obscènement nu. Une petite carte en bristol était accrochée à l'archet, sur laquelle on pouvait lire, tracé d'une écriture très élégante, un seul mot, en anglais : *Goodbye.*

Sherlock Holmes avait beau chercher, il ne trouvait pas de raisons valables pour prolonger son séjour au Brésil. Assurément, il s'était adapté avec volupté au rythme indolent de la vie à Rio de Janeiro : il se couchait et se levait tard, et il ne se passait pas de jour sans qu'il remplît sa pipe d'une bonne ration de cannabis. Il avait définitivement abandonné la cocaïne au profit de cette herbe aux effets merveilleux. Il ne se privait pas non plus de quelques rasades quotidiennes de cachaça — mais, bien sûr, toujours additionnée de citron vert, de sucre et de glace. Cependant, le docteur Watson insistait avec toujours plus de véhémence pour qu'ils reprissent le chemin de Londres et de leur appartement de Baker Street, et le détective n'avait rien à lui objecter. C'est pourquoi, le lendemain du tragique dénouement de l'affaire du *serial killer,* il attendait, Watson assis à ses côtés et le stradivarius sous le bras, que Sa Majesté l'empereur les fît entrer dans une petite salle d'audience du palais de Boa Vista.

Les portes s'ouvrirent, et dom Pedro II s'approcha pour les accueillir. Visiblement très abattu, il semblait encore plus âgé que sur ses portraits les moins flattés. Il s'adressa à ses visiteurs en anglais, sur un ton grave et empreint d'une profonde tristesse :

« Mr. Holmes, docteur Watson, je regrette infiniment que votre visite au Brésil se soit déroulée dans d'aussi pénibles conditions. J'aurais aimé vous convier à passer quelque temps à Petrópolis, pour vous permettre de vous détendre et d'oublier un peu toute cette désolante affaire, mais pour le moment le devoir d'État m'oblige à ne pas m'éloigner du palais.

— C'est très aimable à Votre Majesté, mais nous aussi préférons partir par le prochain bateau pour l'Angleterre. Je suis venu vous remercier pour votre généreuse hospitalité, et vous remettre le *Chant du cygne,* finalement retrouvé dans de funestes circonstances », répondit Holmes, en tendant l'instrument à l'empereur.

Le souverain, d'un geste délicat, écarta de lui le violon :

« Veuillez me pardonner, Mr. Holmes, mais le *Chant du cygne* ne ferait que réveiller en moi le douloureux souvenir de ma tendre amie Maria Luísa. Rien qu'à le regarder, j'ai l'impression de sentir mon cœur se briser, expliqua dom Pedro, en essuyant une larme discrète.

— Je comprends très bien, Majesté. Mais dans ce cas, que dois-je en faire ? Après tout, c'est quand même un stradivarius !

— Vous savez que, officiellement, ce violon n'a jamais existé. Ou, plus exactement, tout le monde est convaincu que le *Chant du cygne* appartient à José White, lequel s'apprête justement à partir en tournée à travers l'Europe. Aussi vous demandé-je de le garder. »

Sherlock Holmes, confus, ne savait comment répondre à une telle offre :

« Sans parler de tout le sang et de toutes les larmes dont la mémoire est désormais attachée à cet instrument, je ne sais si je puis accepter un présent d'une telle valeur », dit-il.

L'empereur insista :

« Naturellement, vous le pouvez. Ce sera un secret entre vous et moi, un souvenir de votre séjour sous les tropiques. »

Comme Sherlock semblait encore hésiter, dom Pedro poursuivit :

« À Rome, cher Mr. Holmes, quand César rentrait victorieux d'une campagne militaire et que la foule l'acclamait, il avait coutume, alors que se déroulait dans les rues la cérémonie du triomphe et que tous lui rendaient hommage comme à une divinité, de garder à son côté un esclave qui lui murmurait à l'oreille : "Tu es vieux, chauve, ventripotent..." Il voulait, de cette façon, être sûr de ne jamais oublier qu'en dépit de sa gloire, il n'était qu'un pauvre mortel. L'humilité est la mère de toutes les vertus. Gardez donc le *Chant du cygne,* Mr. Holmes. Gardez-le comme le trophée couronnant la scabreuse affaire, que, justement, vous n'avez pas résolue. »

Holmes, ému, serra contre lui le violon :

« Je vous suis infiniment reconnaissant, Majesté. Je l'avoue, il y a une chose qui continue, et continuera toute ma vie à m'intriguer. Ce sont les pistes que l'assassin a délibérément laissées derrière lui. Il en a même fait état dans la lettre qu'il nous a envoyée, mais je ne parviens toujours pas à en comprendre la signification.

— Ne vous torturez pas, Mr. Holmes. Le plus probable est que couper la langue de ses victimes et laisser les cordes du violon là où il les a laissées ne sont que les élucubrations délirantes et vides de sens d'un esprit ravagé par la démence, répondit dom Pedro, philosophe et résigné.

— C'est possible. L'unique consolation qui nous reste est de savoir que les crimes du violoniste fou sont arrivés à leur terme.

— Pouvons-nous en être certains ? demanda l'empereur.

— Il me semble que oui. Toutes les cordes ont été utilisées et le violon rendu. On a donc tout lieu de présumer que la soif de sang de ce monstrueux assassin est définitivement étanchée », conclut Sherlock Holmes, baissant la tête.

Le monarque s'efforça de réconforter le détective humilié :

« Eh bien ! Voilà encore une brillante déduction, Mr. Holmes. Je ne sais vraiment pas comment vous réussissez à bâtir des raisonnements avec une telle maestria ! »

Avant que Sherlock pût répondre, Watson, qui jusque-là n'avait pas dit mot, fit un pas en avant, et, d'un air dédaigneux et avec une familiarité des plus audacieuses, ce fut lui qui rétorqua, laissant le détective et l'empereur muets de stupéfaction :

« Élémentaire, mon cher Pedro ! »

# 23

POUR LEUR ULTIME RENCONTRE avant le départ du détective pour l'Angleterre, Anna Candelária avait donné rendez-vous à Sherlock Holmes dans un lieu pour le moins original : le département d'antiquités égyptiennes du Museu Nacional e Imperial. Au vrai, chaque fois qu'elle hésitait devant une décision grave, la jeune mulâtresse avait coutume de venir se recueillir dans le calme de cette petite retraite tout empreinte d'exotisme. Situé entre la rua da Constitução et la rua do Conde d'Eu, avec une façade donnant sur la praça da Aclamação, le musée possédait une fort belle collection d'authentiques momies du temps des pharaons. Les premières étaient arrivées en 1826, apportées par un spécialiste en antiquités d'origine italienne, un nommé Niccolò Fiengo, et les fonctionnaires des douanes, perplexes devant ce singulier chargement, n'avaient su dans quelle catégorie ranger le précieux bagage. D'abord, remplis d'indignation, ils avaient estimé que se présenter avec ce funèbre amoncellement de cadavres desséchés constituait un outrage aux autorités douanières ; mais ensuite, après moult discussions et consultations des textes législatifs en matière d'importation, il avaient fini par autoriser l'entrée des momies sur le territoire brésilien, en les répertoriant comme « provisions de viande séchée ». Mis au courant, l'empereur Pedro I s'était au contraire montré plein d'enthousiasme, et avait acheté les momies pour qu'on les exposât dans une salle du Museu Real, récemment inauguré.

Plus tard, le musée s'était enrichi d'une autre acquisition d'importance, car en 1876, à l'occasion d'une visite de dom Pedro II en Égypte, le roi Ismaïl avait offert en cadeau protocolaire à la couronne brésilienne le sarcophage et la momie de la prêtresse Sha-Amun-Em-Su, provenant du sanctuaire du dieu Amon. Le corps de la prêtresse avait été momifié sans que ses bras et ses jambes fussent emmaillotés dans des bandelettes, selon le procédé qui était apparu à l'époque des dernières dynasties, et il n'existait que trois momies de ce genre dans le monde. Pour la protéger de toute dégradation, on avait construit quelques mois plus tôt une sorte de reliquaire, contigu à la salle principale. La légende affirmait qu'une étrange malédiction était attachée à cette momie : sur les femmes au fort tempérament, à quelque stade de leur cycle qu'elles se trouvassent, le seul fait de s'approcher du petit corps rabougri de Sha-Amun-Em-Su avait pour effet de déclencher aussitôt les menstrues.

Sherlock Holmes entra et aperçut Anna au centre de la grande salle, debout près de la statuette du Grand Prêtre Menkhêperré. Sa peau de métisse contrastait avec la blancheur immaculée de sa robe de lin. Silencieusement, il s'approcha d'elle et murmura dans son dos :

« Chérie, je dois t'avouer que si j'apprécie beaucoup les collections d'antiquités égyptiennes du British Museum, j'ai du mal à comprendre pourquoi tu m'as donné rendez-vous dans ce sinistre mausolée. »

Souriante, Anna lui prit la main :

« Pardonne-moi, mon amour. Mais, vois-tu, quand j'ai besoin de réfléchir à quelque chose d'important, c'est souvent ici que je viens. Comme tu vois, cette partie du musée est aussi tranquille et silencieuse qu'une église, et on n'y croise presque jamais personne. En outre, cela m'aide à clarifier mes idées sur ma propre vie de me trouver à côté de gens qui sont morts depuis si longtemps.

— Et à quoi réfléchissais-tu ?

— À ta proposition de m'emmener à Londres avec toi, confessa Anna Candelária, en baissant les yeux.

— Alors, j'espère que les momies ont été bonnes conseillères !

— Je crois que tu vas nous en vouloir beaucoup, à elles et à moi. »

Sherlock s'efforça de contrôler ses émotions.

« Est-ce une façon de me dire que tu ne veux pas venir ?

— Essaie de comprendre, mon chéri. À Londres, je me sentirais comme un poisson hors de l'eau. Combien de temps durerait notre amour, si je me trouve dans un pays où tout m'est étranger ?

— Et le Brésil ? C'est la première fois que j'y viens. Crois-tu que tout ne m'y soit pas étranger, à moi aussi ? objecta Sherlock.

— C'est différent. Tu es un homme, tu parles notre langue. Tu n'es ici que depuis quelques semaines, c'est vrai, mais tu t'es si facilement adapté à notre mode de vie que, sans ton accent de Lisbonne, on pourrait te prendre pour un Brésilien.

— Mais, Anna, à Londres, tu serais ma femme ! Tu serais Mrs. Anna Candelária Scott Holmes, déclara pompeusement le détective.

— Oui... Seulement, j'ai mon métier, et je suis bien trop indépendante pour me contenter du rôle d'épouse.

— Tu pourrais continuer à travailler. Le théâtre anglais est parmi les meilleurs du monde.

— Travailler ? Allons donc ! Je ne parle pas un mot d'anglais.

— Tu apprendrais très vite ! De surcroît, il y a quelque chose que tu ne sais pas. Figure-toi que j'ai moi-même été acteur. J'étais membre de la Sasanoff Shakespeare Company, et je jouais sous le nom de William Escott, confia Holmes, de plus en plus pressant.

— Vraiment ? fit Anna, incrédule.

— Je te le jure sur ce que j'ai de plus sacré. De plus, j'ai beaucoup d'amis qui font du théâtre en Angleterre, et qui ne demanderaient qu'à t'aider, affirma Sherlock.

— Ça ne m'avancerait à rien. Je ne suis qu'une débutante et, pour le moment, je ne fais qu'une toute petite carrière, mais on m'a déjà offert un bon rôle dans *Zé Capoira* pour la saison prochaine, au Teatro Príncipe Imperial. C'est Machado, un des meilleurs acteurs de ce pays, qui sera à la fois mon partenaire et mon metteur en scène », rétorqua la belle métisse aux yeux si doux, sans se rendre compte de l'absurdité qu'il y avait à mettre en balance les prestigieuses scènes du West End et les pauvres repaires d'histrions du Rossio.

Sherlock Holmes comprit qu'il venait de perdre Anna Candelária pour toujours. L'idée lui vint de tout abandonner, de s'installer au Brésil pour demeurer à ses côtés, mais il pressentait que tôt ou tard le destin l'arracherait à cette terre et le forcerait à retrouver Londres et ses brouillards. Il se sentait au désespoir. La passion, intransigeante et implacable, avait totalement pris possession de son âme. Il voulait garder auprès de lui cette jeune femme, et de toute sa vie rien n'avait jamais éveillé en lui un désir qui pût se comparer à celui qu'il avait d'elle. Il avait rêvé qu'ils pourraient vivre ensemble, que chaque jour il entendrait sa voix, il toucherait sa peau, il poserait sa bouche contre la sienne, il respirerait son haleine. Et pourtant, il savait maintenant qu'il lui fallait se résigner devant la détermination inébranlable d'Anna. Il glissa son bras sous le sien, et tous deux marchèrent lentement parmi les sarcophages, jusqu'au seuil de la petite chambre mortuaire qui abritait la momie de Sha-Amun-En-Su. Ils entrèrent.

« Je pars demain. Tu viendras me dire au revoir sur le quai ? demanda Holmes, d'une voix rendue presque inaudible par l'émotion.

— Non, mon amour. Je préfère que nous nous quittions ici. Je ne sais pas si j'aurais le courage de te regarder monter à bord.

— Alors, c'est adieu pour toujours ? »

Anna se serra contre sa poitrine et lui dit à voix basse, langoureusement :

« Je ne veux pas que tu t'en ailles sans t'avoir senti en moi au moins une fois...

— Ici ? s'exclama Sherlock, interloqué.

— Pourquoi pas ? Nous sommes seuls. Les gardiens sont vieux, ce sont tous des mutilés de guerre, des anciens combattants de la guerre du Paraguay. Quand ils arrivent le matin, ils s'asseyent à l'entrée et ils n'en bougent plus de la journée », dit-elle d'une voix pressante et tremblant déjà d'excitation.

S'appuyant contre le sarcophage de la prêtresse, Anna l'attira contre elle et l'embrassa longuement, avidement, s'enivrant de la chaleur fiévreuse de ses lèvres. Sherlock répondit à son baiser avec plus d'ardeur encore. Il sentit, contre son sexe qu'il avait dénudé, une agréable sensation de chaleur et d'humidité. Pour ôter plus facilement les vêtements qui l'embarrassaient, il fit un pas en arrière, et c'est alors qu'il comprit d'où venait cette chaude moiteur. Une grande tache rouge maculait la blancheur neigeuse de la robe d'Anna Candelária. La malédiction de Sha-Amun-Em-Su s'était accomplie une fois de plus.

Sherlock Holmes recula, gêné. Malgré la frénésie de désir qui s'était emparée de son corps, faire l'amour dans ces conditions était une chose impensable pour un loyal sujet de Sa Gracieuse Majesté la reine Victoria.

Il caressa du bout de ses doigts le visage de sa bien-aimée, puis se retira, sûr à présent qu'il rentrerait à Londres en remportant avec lui, intacte, son inexpugnable virginité.

Seuls le commissaire Mello Pimenta et Júlio Augusto Pereira, le marquis de Salles, étaient venus assister à l'embarquement de Sherlock Holmes et du docteur Watson pour l'Angleterre. Bien loin des joyeuses démonstrations qui avaient entouré le départ de Sarah Bernhardt, l'atmosphère était à la tristesse. Les quatre hommes étaient montés à bord du *Kaikoura,* qui devait lever l'ancre d'un instant à l'autre, à destination de Liverpool. Sherlock avait de nouveau revêtu son lourd costume anglais, avec sa cape à carreaux et son habituelle casquette à deux visières. À ses pieds était posé contre le bastingage le violon dans son étui. Il répondait aux paroles d'amitié de ses amis brésiliens :

« N'oubliez pas : quand vous viendrez à Londres, il y aura toujours une chambre au 221 b, Baker Street pour vous accueillir.

— Merci, Mr. Holmes, balbutia Mello Pimenta, très ému, car il savait que cet Anglais sympathique et impétueux lui manquerait beaucoup.

— Et quand vous reviendrez au Brésil, je tiens absolument à vous offrir l'hospitalité chez moi, dit le marquis de Salles.

— C'est très gentil de votre part, marquis, mais je crois qu'il est peu probable que je revienne un jour, hélas ! »

Tandis qu'il parlait, un homme de haute taille, tout en noir, se hâtait d'escalader la passerelle. Il était suivi de quatre esclaves qui transportaient ses bagages, plusieurs énormes malles. Mello Pimenta le reconnut aussitôt :

« Regardez ! Est-ce que ce n'est pas Miguel Solera de Lara ? »

De Salles l'appela par son nom :

« Miguel ! cria-t-il. Viens donc par ici ! »

Le libraire s'approcha.

« Bonjour, messieurs. Mr. Holmes, docteur Watson ! Ainsi, nous allons voyager ensemble ? Quelle heureuse coïncidence.

— Je ne savais pas que vous partiez pour l'Angleterre. En voyage d'agrément ? demanda Holmes.

— Non, j'ai l'intention de m'installer définitivement à Londres. »

Le marquis de Salles le taquina :

« Ce n'est pas parce que tu pars pour Londres qu'il fallait filer à l'anglaise ! Personne n'est au courant.

— Tu sais très bien qu'il y a des années et des années que j'aspire à vivre en Angleterre, mais jusqu'ici tu t'en étais toujours moqué, répliqua Solera, l'air un peu gêné.

— Vous avez toujours voulu habiter Londres, senhor Miguel ? questionna Mello Pimenta, curieux.

— Toujours, commissaire. S'il n'y avait pas eu la mauvaise santé de ma pauvre maman, je serais déjà parti depuis longtemps. À présent qu'elle n'est plus de ce monde..., expliqua d'une voix triste le libraire.

— Mes condoléances, senhor Solera de Lara. J'ignorais que votre mère était décédée, dit le détective.

— Merci, Mr. Holmes. Par une ironie du sort, le terrible chagrin d'avoir perdu ma mère se transforme en la réalisation d'un vieux rêve : ouvrir une petite librairie à Londres, et mener là-bas une vie très tranquille, en me consacrant à l'étude des classiques.

— Si vous avez besoin de quoi que ce soit, sachez que je suis à votre entière disposition. J'ai été accueilli dans ce pays avec une si généreuse hospitalité que j'aurais plaisir à rendre la pareille aux citoyens brésiliens, déclara solennellement Sherlock.

— C'est très aimable à vous, Mr. Holmes. Maintenant, avec votre permission, il faut que je m'occupe de mes bagages. Au revoir. »

Miguel Solera de Lara fit une discrète courbette et s'éloigna.

Les quatre hommes regardèrent un instant la mélancolique silhouette toute de noir vêtue disparaître en direction des cabines. Sherlock Holmes sentit la compassion l'envahir :

« Pauvre garçon ! Il a vraiment l'air abattu.

— Il était totalement dévoué à sa mère. Miguel est un homme très bon, il y a en lui des trésors de douceur et de sensibilité », commenta De Salles.

Un membre d'équipage vint annoncer que les personnes qui ne faisaient pas le voyage devaient maintenant redescendre sur le quai. Le *Kaikoura* s'apprêtait à lever l'ancre. Mello Pimenta serra la main de Watson, puis s'avança vers Holmes pour l'embrasser :

« Au revoir, Mr. Holmes. Ç'aura été pour moi un grand honneur et un grand privilège de vous connaître. Bon voyage. »

Et, avant que Sherlock éberlué eût le temps de réagir, il lui planta deux gros baisers sonores sur les joues.

Le marquis de Salles prit congé de Watson, et, en grand connaisseur des affaires du cœur, il saisit Holmes par le bras et lui dit :

« Mon bon ami, croyez-moi : une longue traversée est le meilleur des remèdes contre les chagrins d'amour. »

Le détective lui sourit, reconnaissant. Puis il tira de sa poche un petit paquet, qu'il tendit à Júlio Augusto :

« C'est ce qui me reste de cannabis. Prenez-le, s'il vous plaît. Je ne pourrais plus jamais en fumer sans me souvenir tristement d'Anna Candelária. Pour moi, elle restera toujours LA femme », avoua-t-il, en glissant entre ses lèvres le bout de sa pipe vide.

Le vapeur s'éloigna paresseusement du port, comme si l'indolence des tropiques s'était insinuée sous le métal de sa coque. Du pont, Sherlock Holmes regardait, pensif, ses deux amis qui, de loin, à l'extrémité du quai Pharoux, continuaient à agiter la main en signe d'adieu. Il caressa un moment son vieil étui à violon, qui, maintenant, abritait en secret le *Chant du cygne*. Tournant la tête, il remarqua que Watson, près de lui, prenait des notes dans un petit cahier.

« Qu'écrivez-vous, Watson ? Vos impressions de voyage ?

— Non, Holmes. Je viens de me résoudre enfin à suivre le conseil de Mlle Sarah Bernhardt. Désormais, j'ai l'intention de faire le récit par écrit de toutes vos enquêtes. Elle a raison, notre amie française : ces petites histoires pourraient donner matière à quelques livres tout à fait divertissants. J'ai déjà trouvé le titre général : *Les Aventures de Sherlock Holmes*. Qu'en pensez-vous ?

— Excellent, mon cher Watson. Mais cette aventure brésilienne est la seule que vous ne pourrez jamais raconter », répondit le détective, en caressant discrètement sous sa chemise le collier coloré de Xangô.

Soudain, inexplicablement, un cri rauque jaillit de sa gorge, poussé par la voix reconnaissable entre toutes de l'esprit protecteur, qui prononçait son salut :

« Kawô-Kabiyèsilé ! »

# 24

*SOUS LE CIEL PIQUETÉ D'ÉTOILES d'une nuit chaude et sans nuages, le* Kaikoura *cingle doucement vers le large. Il se tient seul sur le pont supérieur du vieux navire, et respire à pleins poumons la brise légère de l'Atlantique. Avec mépris, il pense à cet étranger qui n'a pas été capable de déchiffrer les messages, si lisibles pourtant, qu'il a laissés derrière lui tout au long de son sanguinaire parcours. Il sourit. En son for intérieur, il admet, à la décharge de son adversaire, qu'il a joué avec un jeu aux cartes un peu truquées. En Angleterre, les notes de la gamme diatonique sont toujours désignées par des lettres. Et pour cet Anglais stupide, les quatre cordes d'un violon — instrument dont lui-même n'a jamais trouvé le courage de jouer en public — sont les cordes de G, de D, de A et de E. Pour les latins, sol, ré, la et mi. Euphorique, il épelle, pour le vent du soir : MI pour Miguel, SOL pour Solera, LA pour Lara, RE pour le* Recanto de Afrodite, *« l'Antre d'Aphrodite » : le nom de sa librairie, un coup de génie. Aphrodite ! Le détective obtus n'a pas pensé à toute la signification de ce nom, à tout ce que représente cette déesse. Le Saxon barbare ne s'est pas rappelé que la fille d'Uranus, née de l'écume de la mer qui n'était autre que le sperme tombé des testicules tranchés de son géniteur, était vénérée de toutes les putains de l'Antiquité et protégeait toutes les prêtresses de l'amour vénal. Aphrodite, apparue dans sa conque qui lui faisait office de nacelle et de trône.*

*Comme, justement, on la voit au-dessus de l'entrée de sa boutique. Le prétendu prince de la déduction, dans sa sottise, ignore que la « conque » est un des noms du sexe féminin. Conque,* concha, cona. *Et* con *en français, et* cunt *en anglais même ! Le souvenir d'avoir finement, macabrement joué sur les mots le fait rire. La conque, le « mont de Vénus », l'endroit du corps où il a laissé, enroulées, les cordes du violon, mêlées à la sueur de la panique, dans la noire toison du péché. Restent les langues coupées. Mais c'est tellement évident, ces langues coupées ! De nouveau, il éclate de rire, seul face à l'océan. Au fond de lui-même, il a toujours su que ce Londonien niais et inculte ne remonterait jamais jusqu'à lui, qu'il ne ferait jamais le lien. Les divers idiomes de sa librairie internationale, toutes les langues des livres qu'il commandait pour sa clientèle de lettrés polyglottes. Des livres, une librairie, un libraire. Miguel Solera de Lara. Il tire de sa poche un grand mouchoir, qu'il déplie, et contemple les langues de ses quatre victimes. Puis, il se penche par-dessus le bastingage et lance dans l'océan ces derniers vestiges de son crime sans châtiment. Enfin, il se sent en paix. Lui, la Bête rédimée, lui, l'Ange contraire, lui, Miguel Solera de Lara, lui, l'Oluparun. Soudain, une pensée inquiétante vient un instant troubler cette harmonie : et si la Messaline cachée sous la dentelle de tout corsage, sous la soie de toute jupe bruissante, se révoltait contre lui, s'il lui fallait l'affronter à nouveau, lui, l'Avatar enfin apaisé ? Il hausse les épaules, dédaigneusement. Ça n'a pas d'importance. Il emporte avec lui le couteau effilé des rites païens de son enfance. La longue lame froide qu'il garde sous ses vêtements, contre la peau nue de son ventre, veille en sûre gardienne sur la tranquillité de son esprit. Il se retourne et regarde pour la dernière fois, au loin, le pays-continent où le sort l'a fait naître et dont les côtes ne sont plus maintenant qu'une mince ligne bossuée que la distance efface, presque une ombre aux formes diffuses. Adieu, Brésil, adieu, terre de soleil et de lumière. Les brouillards d'Albion nous attendent.*

# THE STAR

LONDRES, 2 SEPTEMBRE 1888

WHITECHAPEL – Jamais, pour autant qu'on s'en souvienne, un meurtre n'avait été perpétré avec autant de férocité et de sauvagerie. La lame de l'arme blanche utilisée, probablement longue et très effilée, a éventré la malheureuse femme assassinée en incisant l'abdomen depuis le bas-ventre jusqu'au diaphragme, non pas une fois seulement, mais deux. Le coup de lame initial a décrit une courbe vers la droite, qui a tranché le pli de l'aine de la victime et s'est dévié vers la hanche. Mais le second, pratiqué avec une étonnante adresse, a entamé la chair de manière à ouvrir une profonde entaille parfaitement rectiligne, exactement au centre du corps, de la limite supérieure du pubis jusqu'à la pointe du sternum. Un acte de mutilation d'une telle violence et d'une telle barbarie ne peut être que l'œuvre d'un dément.

# THE TIMES

LONDRES, 4 OCTOBRE 1888

*Au directeur général*
*du Central News Office,*
*London City*

Monsieur le directeur,

J'entends que l'on colporte en permanence des rumeurs fantaisistes selon lesquelles la police m'aurait arrêté, mais la réalité est qu'elle a fait la démonstration, du moins pour le moment, de sa totale incapacité à me découvrir ou à m'identifier. Je dois dire que je ris de bon cœur lorsque j'entends ces messieurs de Scotland Yard s'ériger en experts et prétendre qu'ils sont sur une piste qui les conduira inexorablement jusqu'à moi...

... Ma vocation est d'exterminer les putains dont l'odieuse présence infeste nos villes en usant de méthodes appropriées à ce qu'elles sont, et j'ai la ferme intention de poursuivre cette tâche aussi longtemps que je serai en liberté pour le faire. Vous voudrez bien me concéder, monsieur le directeur, que ma plus récente intervention en ce domaine a été une exceptionnelle réussite. L'ignoble traînée dont j'avais fait ma cible n'a même pas eu le temps de crier. Qu'en sera-t-il désormais ? Une chose est tout à fait certaine : c'est que je tire le plus grand plaisir de la besogne à laquelle je me suis attelé, et que, naturellement, je compte bien persévérer.

Très prochainement, vous entendrez donc à nouveau parler de moi et de mes aimables facéties.

Un dernier détail : à l'occasion de ma prochaine contribution à la restauration de la moralité publique, j'ai le projet d'introduire une innovation et de faire parvenir à la police la langue coupée de la femme exécutée...

Jack l'Éventreur
Londres, le 3 octobre 1888

## NOTE DE L'AUTEUR

Ce livre est une œuvre de fiction.
Même les personnages ayant historiquement existé qui y apparaissent sont traités sur le mode de la fiction.

J. S.

# NOTES DU TRADUCTEUR

1. Un *quilombo* était une sorte de « camp retranché » où se réfugiaient les esclaves en fuite, et où ils pratiquaient librement leurs cultes magiques d'origine africaine. L'abolition de l'esclavage fut décrétée le 13 mai 1888 (soit deux ans après l'époque où se situe le roman). L'année suivante (le 15 novembre 1889), la monarchie brésilienne, déjà chancelante depuis un certain temps, fut renversée sans violences et la république proclamée. (p. 14)

2. « Je ne crois pas aux sorcières, mais elles existent, elles existent ! » (p. 34)

3. Sur ces différentes friandises : La *canjica (canjiquinha* est un diminutif) est à base de maïs blanc cuit dans du lait de coco, réduit en bouillie et additionné de cannelle ; elle se mange chaude. La *pamonha* est un gâteau à base de maïs vert frais. Le *doce de coco* est de la noix de coco confite. Le *quindim* est une sorte de mousse à base de noix de coco râpée, d'œufs et de sucre, servie refroidie et solidifiée. Le *pipoca* est du maïs soufflé, une sorte de pop-corn. La *goiabada* est confectionnée avec du caillé, du petit-lait et de la pulpe de goyave. La *cocada* est un petit gâteau assez semblable au « congolais » français, parfumé au clou de girofle. Enfin, les *pés-de-moleque* (« pieds de négrillon ») mentionnés à la fin du chapitre 11 sont des gâteaux faits avec de la farine de manioc, des cacahuètes pilées et du gingembre. Ceux de ces mets qui étaient de consistance molle, comme la *canjica* ou le *quindim,* étaient vendus dans des godets en papier. (p. 45)

4. À partir de 1624, les Hollandais lancèrent des expéditions destinées à supplanter les colons portugais sur la côte sucrière du nord-est du Brésil. Ces tentatives furent, pour un temps, couronnées d'un certain succès, et un gouverneur officiel hollandais fut même nommé : Maurice de Nassau (1604-1670), qui exerça sa charge de 1636 à 1644. Il établit ses quartiers généraux à Recife, et, s'entourant d'administrateurs, de savants et surtout d'urbanistes de premier ordre, il transforma ce qui n'était jusque-là qu'un simple port de pêche et un comptoir commercial en une ville moderne de type européen. La ville voisine d'Olinda avait été brûlée lors d'une des premières expéditions, en 1630, et elle aussi reconstruite « à l'européenne ». (Après de nombreuses batailles, les Hollandais furent définitivement chassés du Brésil en 1654.) (p. 58)

5. Lors de son retour à Rio de Janeiro, en 1905, Sarah Bernhardt se produisit dans *La Tosca* de Victorien Sardou. Au dernier acte, lorsque l'héroïne se suicide en se jetant de la terrasse du château Saint-Ange à Rome, les machinistes avaient oublié les matelas normalement destinés à accueillir l'actrice derrière le décor. L'actrice se blessa grièvement à un genou, qui par la suite ne cessa plus de la faire cruellement souffrir, au point qu'il fallut l'amputer quelques années plus tard. (p. 77)

6. Il s'agit des Mémoires de Sarah Bernhardt, intitulés *Ma double vie,* qui s'interrompent à l'année 1881. (p. 102)

7. João VI : roi du Portugal (1767-1826), qui régna à partir de 1816 et accorda l'indépendance au Brésil en 1822. Son fils aîné, l'infant Pedro, abdiqua alors ses droits à la couronne portugaise pour devenir le premier empereur du Brésil sous le nom de Pedro I. (p. 122)

8. La ville de Petrópolis avait effectivement été édifiée sous la direction d'architectes non pas suisses, mais munichois, d'où son aspect alpestre. (p. 224)

9. L'empereur Pedro I avait abdiqué en 1831, alors que son fils, le futur Pedro II, n'avait que six ans. L'empire fut donc dirigé par un conseil de régence de trois membres, puis par un seul régent : le père Diego Antônio Feijó, auquel succéda Araúji Lima. La régence prit fin en 1840, et Pedro II, déclaré majeur bien qu'il n'eût que quinze ans, commença alors d'exercer véritablement le pouvoir impérial. (p. 225)

# NOTICE

AGOSTINI Angelo (1843-1910). Arrivé de son Piémont natal à 16 ans, il fonda plusieurs journaux et périodiques — dont celui qui rencontra le plus de succès fut la *Revista Ilustrada.* Il s'agissait de publications contestataires, et Angelo Agostini lança plusieurs campagnes de presse dénonçant les gouvernants et les possédants de l'époque. Sa participation était double, car il était à la fois un satiriste et un pamphlétaire à la plume particulièrement acérée et un remarquable caricaturiste. Ses deux grands combats furent l'abolition de l'esclavage et l'instauration d'un régime démocratique et républicain.

AZEVEDO Aluísio (1857-1913). D'abord peintre et caricaturiste, il se consacra ensuite à la littérature, et son deuxième roman *Le Mulâtre* (1881), qui dénonçait la condition des gens de couleur, fit scandale. Son roman le plus connu, *La Ruche* (1890), est une chronique naturaliste finement observée de la vie du petit peuple de Rio. Il fut aussi un journaliste contestataire, mais, à partir de 1895, abandonna complètement la littérature pour se consacrer à la carrière de consul du Brésil dans divers pays. Son frère Artur AZEVEDO (1855-1908), d'une nature plus fantaisiste, se rendit surtout célèbre par ses chroniques humoristiques et son activité de revuiste à succès.

BARBOSA Rui (1849-1923). Originaire de Bahia, il se consacra, d'abord dans sa région natale, au journalisme politique. Il fut élu à l'Assemblée provinciale du Pernambuco, puis, en 1884, appelé dans la capitale par l'empereur Pedro II qui en fit son conseiller personnel. Ses allocutions publiques en faveur de l'abolition de l'esclavage en firent un personnage très célèbre. Après la proclamation de la république, il fut très actif dans l'élaboration de la constitution et du code civil du nouveau régime, tout en reprenant son activité journalistique, et remplit plusieurs mandats d'ambassadeur extraordinaire du Brésil et de parlementaire.

BILAC Olavo (1865-1918). Il publia ses premiers vers — des sonnets surtout — dès 1883, dans diverses revues et périodiques, et devint dès lors une des grandes figures de la bohème littéraire de Rio. Influencé par Goethe, Keats et Musset, c'était un poète tendre, nostalgique et très marqué par le panthéisme du romantisme allemand, mais il possédait aussi une veine satirique qui s'épanouit dans une carrière de journaliste, et ce fut un activiste politique très combatif, s'engageant contre toutes les formes d'injustice et d'autoritarisme. Son esprit contestataire ne l'empêcha pas d'occuper, à partir de 1906, diverses fonctions officielles — il fut notamment ambassadeur du Brésil aux Conférences pan-américaines. En 1907, il fut élu « prince des poètes brésiliens », et reste considéré comme une sorte de héros national, pour des raisons littéraires aussi bien que civiques.

CALDAS BARBOSA Domingos (1738-1800). Il fut un des plus grands poètes de langue portugaise du XVIIIe siècle, mais son nom est surtout connu parce qu'il réunit en plusieurs volumes des poésies et des chansons traditionnelles récoltées par ses soins aux quatre coins du Brésil, et fut un des premiers auteurs à adapter ses textes poétiques à des musiques typiquement brésiliennes, avec accompagnement de guitare. Ces compositions, très appréciées, lui valurent une énorme popularité.

COELHO NETO Henrique (1864-1934). Autre figure de premier plan de la bohème littéraire à la fin du XIXe siècle, il fut d'abord journaliste — et, comme tous les autres personnages réels de la Confrérie des fainéants du roman, militant abolitionniste —, puis connut une brillante et féconde carrière de romancier, mais aussi d'auteur dramatique. Il fut également universitaire et, à partir de 1909, député et secrétaire général du gouvernement de l'État de Rio de Janeiro. Écrivain plein de force et d'originalité, grand styliste de la langue portugaise, il fut de son vivant considéré comme une véritable institution nationale.

DEMERVAL FONSECA José da (1852-1897). Il rédigea des chroniques humoristiques pour diverses publications, et fut surtout connu comme auteur de vaudevilles. Son œuvre la plus célèbre en ce domaine est *Madame Torpile, modiste pour les deux sexes, 69A rua do Ouvidor,* qui remporta un énorme succès en 1888. Il fut aussi sénateur après la proclamation de la république.

GOMES Carlos (1836-1896). Compositeur brésilien, auteur, principalement, de nombreux opéras en italien et dans un style proche de Verdi — qui l'admirait — mais où des réminiscences de la musique afro-brésilienne sont souvent présentes. Le plus connu est *Il Guarany,* créé en 1870 avec grand succès à la Scala de Milan. Cet opéra a pour sujet les amours contrariées de la fille d'un dignitaire portugais avec un prince du peuple amérindien des Guarani, dans le cadre d'une révolte sanglante des indigènes contre les colonisateurs, et assura la réputation internationale de Gomes. *Il Guarany* fut ensuite représenté à Rio, où il connut un triomphe.

GONZAGA Francisca Edwiges Neves, dite Chiquinha (1847-1935). Compositeur très fécond d'œuvres légères (chansons, danses, souvent sur des rythmes sud-américains), et, en particulier, de nombreuses opérettes satiriques qui la firent surnommer l'« Offenbach féminin », et dont certaines connurent un succès colossal. Elle était aussi chef d'orchestre et se produisit triomphalement dans plusieurs pays européens. Sa popularité artistique, sa personnalité « scandaleuse » de femme émancipée, sa participation active aux grands combats politiques — ainsi que pour les droits des artistes — firent d'elle un des personnages les plus connus de son époque.

GUIMARÃES PASSOS Sebastião dos (1867-1909). Une des grandes figures de la bohème littéraire de Rio, qui connut souvent la misère avant d'obtenir un poste élevé de fonctionnaire, il fut un poète extrêmement précoce, qui publia ses premiers vers dans des revues, écrivit quelques ouvrages didactiques (grammaire, rhétorique...), deux recueils de poèmes seulement (dont un à caractère humoristique, écrit en collaboration avec Olavo Bilac) et une comédie. Plus qu'un écrivain hors pair, il fut surtout un littérateur mondain, une grande figure de la bohème littéraire, et aussi un courageux aventurier de la rébellion politique.

MACHADO DE ASSIS Joaquim Maria (1839-1908). Écrivain métis, il commença par publier dans des revues littéraires d'avant-garde, dont *A Marmota,* ses premiers écrits (principalement des poèmes de filiation romantique et des satires). Poète, essayiste, chroniqueur, romancier et auteur dramatique, il se fit d'abord connaître par ses contes et ses chroniques de moraliste mi-amer mi-amusé. Mais c'est à partir des *Mémoires posthumes de Brás Cuba* (1881) — roman qui marque un changement radical et délaisse les thèmes « sociaux » de ses premiers ouvrages pour la psychologie, où l'humour s'assombrit et qui révèle son scepticisme, son profond pessimisme et sa fascination pour la folie — que Machado, d'abord tenu pour un auteur fin et spirituel, mais assez léger, connut un vrai succès, et commença d'être considéré, grâce à son style épuré mis au service de thèmes « pirandelliens » avant la lettre (le doute, l'indécision, la démence), comme une des figures majeures de la littérature brésilienne. Il occupa également des fonctions politiques importantes.

MARTINS PENA Luis Carlos (1815-1848). Auteur de nombreuses comédies à succès. *L'Anglais mécanicien* (créé en 1845) est une satire des Anglais en villégiature au Brésil — où ils étaient très présents, car leurs puissantes sociétés commerciales et industrielles y étaient depuis fort longtemps profondément implantées.

MEDEIROS DE ALBUQUERQUE José (1867-1934). Il fut un poète mineur — dont le principal mérite fut d'être parmi les tout premiers à faire connaître au Brésil Verlaine, Rimbaud et Mallarmé —, mais ses nombreux romans et contes, renommés pour leur grande finesse d'observation, apportent un témoignage lucide sur la vie brésilienne à son époque. Il se consacra aussi, avec talent, à la critique littéraire.

NABUCO Joaquim (1849-1910). Grand érudit, journaliste et essayiste, qui se lança dans la politique à partir des années 1880. Il fut en particulier l'ami et le conseiller de l'empereur Pedro II, qui était personnellement un libéral mais se trouvait déchiré entre les partisans d'une politique de réaction et les progressistes (la question de l'abolition de l'esclavage — dont il était secrètement partisan mais pouvait difficilement imposer aux riches propriétaires de mines ou d'exploitations agricoles — étant, bien sûr, au centre de cet affrontement).

NAZARETH Ernesto (1863-1934). Pianiste et compositeur spécialisé dans les romances et les danses de salon souvent inspirées de rythmes traditionnels afro-brésiliens. À partir des années 1910, ses tangos — danse qui, entre-temps, avait cessé d'être tenue pour vulgaire et bonne pour la populace et était devenue très à la mode dans les milieux mondains — firent de lui le musicien-vedette de son pays.

PARDAL MALLET João Carlos (1864-1894). Sans doute le plus épris de dandysme, le plus excentrique et le plus frondeur des bohèmes lettrés de l'époque, il écrivit deux romans de jeunesse, mais fit surtout une carrière de journaliste, à la *Cidade de Rio,* où il fut l'adjoint de José do Patrocínio (voir ci-dessous), puis en fondant *A Rua,* qu'il codirigea avec trois confrères, dont Olavo Bilac. D'un tempérament exalté, une de ses lubies fut de rétablir au Brésil la coutume du duel, et, à la suite d'une mésentente, il persuada même son meilleur ami, Olavo Bilac, de l'affronter au fleuret. Après la proclamation de la république, il contesta par de violents pamphlets le régime du maréchal-président Floriano Peixoto, ce qui lui valut d'être déporté en Amazonie. Les rigueurs de cette déportation furent la cause de sa mort précoce.

PATROCÍNIO José do (1853-1905). Fils naturel d'un prêtre et d'une esclave noire, il fut un des rares hommes de couleur de son époque à occuper une place importante dans l'intelligentsia brésilienne. Romancier « social », conférencier, mais surtout figure de proue du journalisme progressiste, il fut à la tête du très important quotidien *A Gazeta da Tarde* à partir de 1881, et se consacra à une lutte acharnée pour l'abolition de l'esclavage, ainsi que pour l'amélioration du sort des paysans du Nordeste, fréquemment réduits à la famine par la sécheresse — c'est le thème de son roman *Ceux de l'exode,* écrit après un voyage au Ceará ravagé par la misère. En 1887, il fonda un nouveau journal, *A Cidade de Rio,* qui devint la tribune de la cause abolitionniste, mais, à la différence de beaucoup d'intellectuels, il était un ardent défenseur de la monarchie, ce qui lui valut d'être déporté en Amazonie lorsque la république fut proclamée. À son retour, il abandonna le combat politique.

Paula Nei Francisco de (1858-1897). Une autre figure pittoresque de la bohème de Rio, et pilier des cafés littéraires de la rua do Ouvidor surtout connu pour sa personnalité exubérante et turbulente et son extraordinaire faconde. Lui aussi milita activement pour l'abolition de l'esclavage. À la fin des années 1880, il finit par renoncer à sa vie d'oisif et de fêtard pour entamer une carrière dans le journalisme, et publia quelques sonnets.

# BIBLIOGRAPHIE


AZEVEDO Moreira, *Mosaico Brasileiro,* Rio de Janeiro, Garnier, s/d.
*O Rio de Janeiro,* Rio de Janeiro, Garnier, 1877.

BARING-GOULD William S, *Sherlock Holmes of Baker Street (A Life of the World's First Consulting Detective),* New York, Clarkson and Potter, 1962.

BASTOS Sousa, *Carteira do Artista. Apontamentos para a História do Teatro Português e Brasileiro,* Lisbonne, José Bastos, 1898.

BEANIS H. et BOUCHARD A., *Précis d'anatomie et de dissection,* Paris, J.B. Baillière et Fils, 1877.

BERGER Paulo, *Dicionário Histórico das Ruas do Rio de Janeiro. Centro,* Rio de Janeiro, Grafica Olímpica, 1974.

BERNHARDT Sarah, *Ma double vie,* Paris, Fasquelle, 1907.

BESOUCHET Lídia, *Pedro II e o século XIX,* Rio de Janeiro, Nova Fronteira, 1993.

BROCHIER Jean-Jacques, *Le Marquis de Sade et la Conquête de l'Unique,* Paris, éditions Éric Losfeld, coll. « Le Terrain Vague », 1966.

CALDEIRA Jorge, *Mauá : Empresário do Império,* São Paulo, Companhia das Letras, 1995.

CALDEIRA Pedro Soares, *Questões de Higiene e alimentação (Corte do Mangue – Degeneração sanitária),* Rio de Janeiro, J. Villeneuve, 1889.

CALMON Pedro, *História de D. Pedro II,* Rio de Janeiro, José Olympio, 1975, 5 v.
*O Rei Filósofo.* São Paulo, Companhia Editora Nacional, 1938.

CAMINHOÁ J. M, *Estudos das Ágas Minerais de Araxá,* Rio de Janeiro, Laemmert, 1890.

CARMIL Renato, *Anthropometria. Método para Verificação de Identidade Pessoal. Relatório,* Rio de Janeiro, Tipografia do Jornal do Commercio, 1898.

CARQUEJA Ulpiano Fuentes e., *O Anedotista ou Leituras para Rir,* Rio de Janeiro, Tipografia a Vapor do Reis, 1883.

CASCUDO Luís da Câmara, *Conde D'Eu,* São Paulo, Companhia Editora Nacional, 1933.

COARACY Vivaldo, *Memórias da Cidade do Rio de Janeiro,* Rio de Janeiro, José Olympio, 1955.

COUTO DE MAGALHÃES José Vieira, *O Selvagem,* São Paulo/Rio de Janeiro, Magalhães, 1876.

*Cozinheiro Nacional ou Colleção das Melhores Receitas das Cozinhas Brasileira e Europeas,* Rio de Janeiro, Garnier, 1880.

CRULS Gastão, *Aparência do Rio de Janeiro,* Rio de Janeiro, José Olympio, 1965, 2 v.

DEMPSEY David et BALDWIN Raymond P., *The Triumphs and Trials of Lotta Crabtree,* New York, William Morrow and Co, 1968.

DINIZ Edinha, *Chiquinha Gonzaga, uma História de Vida,* São Paulo, Rosa dos Ventos, 1984.

DOYLE Arthur Conan, *The Adventures of Sherlock Holmes,* Londres, John Newnes Ltd, 1892.

EDMUNDO Luís, *O Rio de Janeiro do meu Tempo,* Rio de Janeiro, Imprensa Nacional, 1938, 3 v.
*Recordações do Rio Antigo,* Rio de Janeiro, Biblioteca do Exército, 1949.

FERREIRA Procópio, *O Ator Vasques, o Homen e sua Obra,* São Paulo, s/e, 1939.

FONSECA Rubem, *O Selvagem da Ópera,* São Paulo, Companhia das Letras, 1994.

FONSECA Jr. Eduardo, *Dicionário Yorubá (Nagô) Português,* Rio de Janeiro, Civilização Brasileira, 1988.
Zumbi dos Palmares, Rio de Janeiro, Yorubana do Brasil Sociedade Editora Didática Cultural, 1988.

FREYRE Gilberto, « D. Pedro II, Imperador Cinzento de uma Terra de Sol Tropical », in *Perfil de Euclides e outros Perfis,* Rio de Janeiro, Record, 1987.
*Ordem e Progresso,* 6e éd., Rio de Janeiro, Record, 1993.
*Sobrados e Mucambos,* 10e éd., Rio de Janeiro, Record, 1992.

GOLD Arthur et FIZDALE Robert, *A Divina Sarah,* São Paulo, Companhia das Letras, 1994.

HOLANDA Sérgio Buarque de, *O Brasil Monárquico,* 2e éd., Rio de Janeiro/São Paulo, Difel, 1977.

*O Império do Brasil na Exposição Universal de 1873* em *Vienna d'Austria,* Rio de Janeiro, Tipografia Nacional, 1873.

JORGE Fernando, *Vida e Poesia de Olavo Bilac,* São Paulo, T. A. Queiróz, 1992.

LAUTRÉAMONT comte de, *Les Chants de Maldoror,* Paris et Bruxelles, Lacroix, Verboeckoven et Cie, 1869.

LE PILEUR A., *Le Corps humain,* Paris, Hachette, s/d.

LEITE Míriam Moreira, *A Condição Feminina no Rio de Janeiro no Século XIX,* São Paulo, Hucitec, 1993.

LIMA Oliveira, *O Império Brasileiro,* São Paulo, Melhoramentos, 1927.

LYRA Heitor, *História de D. Pedro II,* São Paulo, Companhia Editora Nacional, 1938-1940, 3 v.

MAGALHÃES Jr. Raimundo, *Antologia de Humorismo e Sátira,* Rio de Janeiro, Civilização Brasileira, 1957.
*Artur Azevedo e sua Época,* São Paulo, Martins, 1939.

MAURÍCIO Augusto, *Algo do meu Velho Rio,* Rio de Janeiro, Brasiliana, 1966.

MAURO Frédéric, *O Brasil no Tempo de D. Pedro II,* São Paulo, Companhia das Letras, 1991.

MENESES Rodrigo Octavio de Langgaard, *Minhas Memórias dos Outros,* Rio de Janeiro, José Olympio, 1934-1936, 3 v.

MENEZES Raimundo de, *Aluísio Azevedo, uma Vida de Romance,* São Paulo, Martins, 1958.

MONTEIRO Fernando, *A Velha Rua Direita,* Rio de Janeiro, Banco do Brasil, 1965.

MOSSE Benjamin, *D. Pedro II, empereur du Brésil,* Paris, Firmin-Didot, 1889.

NEEDELL Jeffrey D., *Belle Epoque Tropical,* São Paulo, Companhia das Letras, 1993.

OTTANI Juan Carlos, *Stradivario : Vida y Obra del Famoso Constructor de Violines,* Buenos Aires, Claridad, 1956.

PAIVA Salvyano Cavalcanti de, *Viva o Rebolado!,* Rio de Janeiro, Nova Fronteira, 1991.

POE Edgar Allan, *The Works of the Late Edgar Allan Poe,* New York, J. S. Redfield, 1850-1854.

QUIERÓS Eça de, *Uma Campanha Alegre (As Farpas)*, Lisbonne, Ediçao Livros do Brasil, 1890.

QUÉRILLAC Anne et TRÉVIÈRES Pierre, *Manuel nouveau des usages mondains*, Éditions Stock (Paris, Delamain et Boutelleau), 1926.

RAEDERS Georges P. H. D., *Pedro II e os Sábios Franceses*, Rio de Janeiro, Atlântica, s/d.
*O Inimigo Cordial do Brasil (O Conde de Gobineau no Brasil)*, Rio de Janeiro, Paz e Terra, 1988.

RENAULT Delso, *O Rio Antigo nos Anúncios de Jornais*, Rio de Janeiro, José Olympio, 1969.

ROSTAND Maurice, *Sarah Bernhardt*, Paris, Calmann-Lévy, 1950.

RUY Afonso, *Boêmios e Seresteiros Bahianos do Passado*, Salvador, Livraria Progresso, 1954.

SARMENTO Alberto, *Os Crimes Célebres de São Paulo*, Campinas, Tipografia a Vapor do Diário de Campinas, 1886.

SCHWARCZ Lilia Moritz, *O Espetáculo das Raças*, São Paulo, Companhia das Letras, 1987.
*Retrato em Branco e Negro*, São Paulo, Companhia das Letras, 1987.

SHARKEY Terence, *Years of Investigation*, New York, Dorset Press, 1987.

SILVA Lafayette, *História do Teatro Brasileiro*, Rio de Janeiro, Ministério da Educação, 1938.

STIDWORTHY John, *Serpentes*, São Paulo, Melhoramentos, 1993.

TÁVORA Araken, *Pedro II e o seu Mondo Atravès da Caricatura*, Rio dc Janciro, Documentário, 1976.

VENEZIANO Neyde, *O Teatro de Revista no Brasil*, Campinas, Unicamp, 1991.

VERNEUIL Louis, *La Vie merveilleuse de Sarah Bernhardt,* Paris, Brentano's, 1942.

VIANNA Helio, *D. Pedro I e D. Pedro II, Acréscimos às suas Biografias,* São Paulo, Companhia Editora Nacional, 1966.

WOLFF Frieda, *Pedro II e os Judeus,* São Paulo, B'nai Brith, 1983.

WOON Basil, *The Real Sarah Bernhardt (Whom her Audiences Never Knew),* New York, Boni and Liveright, 1924.

REMERCIEMENTS

Je remercie de tout cœur, pour leur grand dévouement
et la collaboration précieuse qu'elles m'ont apportée
dans mes recherches, Angela Marques da Costa
et Lilia Schwarcz.
Toute ma reconnaissance aussi à Ricardo
et Paulo Santoro, Affonso Romano de Sant'Anna,
Edinha Diniz, Antônio Houaiss, Massimo Ferrari,
João Lara Mesquita, José Bonifácio de Oliveira Sobrinho,
Eliana Caruso, Walter de Logum-edé, Israel Klabin,
Max Nunes, Júlio Medaglia et Maria Emília Bender.
Sans oublier la joyeuse bande du DEDOC :
Juraci, Duncan, Luís Arturo, Pepe, Bizuca, Zulmira, Eliseu,
Ferrão et Jorgel Miguel, qui m'ont tant aidé
lors de nos délibérations jusqu'à des heures indues...

*Photocomposition* CBM *Graphic*
*Saint-Herblain*
*Achevé d'imprimer en février 1997*
*sur les presses de Brodard et Taupin*
*à La Flèche*
*pour le compte des Éditions Calmann-Lévy*
*3, rue Auber, Paris 9e*

N° d'impression : 6350R-5
Dépôt légal : février 1997
N° d'éditeur : 12374/02